祝你永远保持天真.

微风几许

———

著

长江出版社
CHANGJIANG PRESS

图书在版编目（CIP）数据

仲夏之南 / 微风几许著. —— 武汉：长江出版社，2025.2.—— ISBN 978-7-5492-9942-3

Ⅰ.Ⅰ247.5
中国国家版本馆 CIP 数据核字第 20243LC440 号

仲夏之南　　微风几许　著
ZHONGXIA ZHINAN

出　　版	长江出版社
	（武汉市解放大道 1863 号）
选题策划	眸　眸
市场发行	长江出版社发行部
网　　址	http://www.cjpress.cn
责任编辑	罗紫晨
封面设计	莫意闲
印　　刷	长沙鸿发印务实业有限公司
版　　次	2025 年 2 月第 1 版
印　　次	2025 年 2 月第 1 次印刷
开　　本	880mm×1230mm　1/32
印　　张	16
字　　数	373 千字
书　　号	ISBN 978-7-5492-9942-3
定　　价	69.80 元

版权所有，翻版必究。如有质量问题，请联系本社退换。
电话：027-82926557（总编室）　027-82926806（市场营销部）

目录 contents

上 册

001　Chapter 01　受 伤
"我是郁南的雇主,也算是朋友,对吗,郁南?"

020　Chapter 02　格 调
你不用在意别人都穿什么,做自己就行。

048　Chapter 03　感 谢
今天你知道来吃饭,出门前都不照照镜子?

070　Chapter 04　疤 痕
你的脸有多好看,那片疤就有多吓人。

091　Chapter 05　玫 瑰
罗曼·罗兰说过,艺术是一种享受,我正在享受。

114　Chapter 06　肖 像
每个人都有不想做的事,我们不用勉强去接受它。

134　Chapter 07　心 事
如果你跟我道歉的话,我就原谅你。

164　Chapter 08　寂 寞
如果可以选择,我宁愿选择寂寞。

185　Chapter 09　隐 私
郁南的人生应该大放异彩,而不是单单围绕着你。

223　Chapter 10　身 世
世界上最爱我的只有我妈妈,你们不能和她比!

下 册

251　**Chapter 11　被 骗**
哥哥，你以后再也不要提起这个人了。

274　**Chapter 12　锋 芒**
如果你再次欺骗郁南，我不会对你客气。

328　**Chapter 13　比 赛**
郁南在纸上画下第一根线条，画出了自己。

364　**Chapter 14　加 加**
希望郁南做事为人思量有加，三思而后行。

388　**Chapter 15　隔 阂**
我才不要，我一直和颜料做伴就可以了。

414　**Chapter 16　确 信**
祝你永远保持天真。

430　**Chapter 17　保 护**
你也不要怕，我会保护你的。

439　**Chapter 18　礼 物**
"再买一份香草口味的冰激凌。"

449　**Chapter 19　了 解**
让你每次看到画都只能想起这是我画的，而想不起其他讨厌的人。

469　**Chapter 20　幸 福**
你现在在我的地盘。

481　**Chapter 21　凡 尘**
郁南是一位艺术家，本该与俗世绝缘。

Chapter 01
受 伤

"我是郁南的雇主,也算是朋友,对吗,郁南?"

郁南从餐厅出来的时候正下着小雨,他一路小跑进地铁站,身上被雨淋湿了不少,被地铁车厢里的冷气一吹,人都清醒了。

手机突然收到一条微信。

宫先生:你忘了这个。

对方还发来了一张图片。

郁南一看,照片上是自己遗忘的伞,因为当时自己走得太急,完全忘了这回事。

也就是这时,郁南注意到旁边的角落。

角落里的两人都是二十来岁,高的那一个背着电吉他,正同另一个人说话,还在那边拿着歌词本说些什么。

郁南与他们隔着十几个人头,原先他还担心自己看错了,等广播响起,地铁到了新的一站,人群上上下下后,车厢里的人变得稀少,于是一下子看得更清楚,也更加笃定。

那个背着电吉他的人是覃乐风所在乐队的吉他手石新,另一个人却不是覃乐风,那两人手上拿着歌词本,但歌词都是覃乐风写的。郁南作为覃乐风的朋友,知道他最近在写一首新歌,也只拿给石新看过,为什么石新现在拿着覃乐风的歌词本在和别人商量事情?

郁南腾地离开座位,直接走了过去,说:"石新。"

石新听到有人叫他的名字,一回头就看见郁南,郁南不知道什么时候走到了他们身侧,正皱眉看着他们。

郁南皮肤白皙，离得这样近了也看不出瑕疵，脖子细而长，单薄的背脊挺直，琉璃球似的漂亮眼睛冷冰冰的，也不笑，瞧着有点瘆人。

石新被郁南这么盯着，于是下意识地离身边的人远了一点儿："郁南？"

他稍微稳了下心神，安慰自己对方不过是不谙世事的温室花朵，一天到晚除了画画，什么都不懂，这样的人是很好糊弄的。

一丝尴尬很快就从石新脸上消失，他若无其事地打招呼："你怎么在这里？"

这条地铁线路穿越东区，通往郊县，而去城市另一端的湖心美院得换乘地铁，按理说不爱出门的郁南不应该出现在这趟地铁上。

石新身边那个人拉住石新说："新哥，这是谁？"

郁南看了对方一眼，有些反感。

郁南没有回答石新的问题，直接道："你有没有什么想解释的？"

石新装糊涂道："什么解释？我要解释什么？"

郁南向来不懂"委婉"二字，单刀直入："你们刚刚的对话我都听见了，你为什么背着覃乐风用他的东西，却准备让别人替代他？"

这时有乘客被这边的动静吸引了目光，朝他们看了过来，石新试图结束这个话题："好了，不管你误会了什么，我会给乐乐打电话说清楚，你看怎么样？"

郁南虽然单纯，却没那么好骗："我都看见了。你不承认也没有关系，我回去就告诉覃乐风。"

石新旁边的人想必也是早就和石新商量好的，遇见对方的朋友还当场发现，不但不觉得尴尬，反而轻哼一声，无所谓地双手抱胸，袖手旁观。

石新的脸色不好，但他拒不承认："郁南，你真的误会了。"

郁南不能接受这种说辞："没有误会。我不近视，你们刚才拿着什么，我看得清清楚楚。"石新没想到郁南这么难缠，皱起眉道："那你想怎么样？"

郁南一本正经道："覃乐风不在这里，你就在手机上跟他说吧，我看着你发。"

石新自恃有才华，混迹地下乐队也算得上小有名气，还从来没遇到过别人这么不给脸面，对自己说教的情况。他一张脸气得铁青，眼看面子就要挂不住了。

此时地铁到站，石新为了摆脱郁南，即使不是在这站下车，也黑着脸迈腿就走。

逃跑代表心虚。

郁南立刻打电话告诉覃乐风这件事，覃乐风得知此事，在宿舍里暴跳如雷。

等郁南从地铁站出来，覃乐风就打电话说已经联系不到石新了，他不知道是心虚还是破罐子破摔，干脆装死，一个电话都不接。

郁南听覃乐风骂石新骂了半天，发现他骂来骂去都是那几个词，实在是没什么创意，只是面目越发扭曲，便很害怕覃乐风会"走火入魔"。

覃乐风果然"走火入魔"了，忽地冷声道："我带你去酒吧见识一下，怎么样？"

郁南长这么大第一次来酒吧。

覃乐风爱玩，却从来不带着郁南一起玩，因为郁南是一个小乖乖。到了目的地之后，覃乐风还是有一点后悔。

两人到了光线昏暗的酒吧里，这里充满了年轻人的气息，正在台上表演的是一位婉转吟唱的烟嗓女歌手，并不是石新。

覃乐风是来找石新的，为防止被熟人认出来走漏风声，他还戴上了口罩，要做一个冷面杀手。

两人找了一个卡座坐下，服务生前来接待。覃乐风粗暴地按照最低消费点了两杯鸡尾酒，给郁南点了一个果盘。

"他今晚会来吗？"郁南紧张地问。

覃乐风与郁南已经商量好了，在不惹麻烦上身的情况下，趁石新不注意，毁掉他吃饭的家伙——那把电吉他，把他气得悔不当初。最重要的是，买那把电吉他的钱有一半是覃乐风出的，覃乐风想起来就觉得恶心。

郁南对这个计划很满意，既能出气，又能给敌人造成真实的伤害。

覃乐风冷笑道："当然，上个星期他对我提过今天有表演，今天晚上他一定会来。"覃乐风想了想，又问郁南，"等等，今晚你干什么去了，怎么九点才上地铁？"

郁南平时去兼职，最多晚上八点就能回到学校，风雨不改，也难怪覃乐风有此一问。不过要不是郁南今天回来得晚，可能也撞不到石新，自己还会继续被蒙在鼓里。

郁南说："今天晚上，宫先生请我去吃了法国菜。"

覃乐风点了点头，接着似乎看到了什么，目光紧紧锁定在门口的一行人身上。

郁南顺着覃乐风的目光看过去，只见石新和队友从酒吧门口走了进来，几个人有说有笑，完全没有被覃乐风的事情影响。

更可恶的是,他身后还跟着地铁上那个人。

郁南气道:"那个人就是他找来代替你的。"郁南的本意是要提醒覃乐风,说完才察觉对方已经眼眶通红。

这短短的十几秒里,覃乐风见证了曾经同甘共苦的乐队成员的背叛,此时他那号称"冷面杀手"的特质荡然无存,平日的不羁与嬉笑怒骂全部消失不见了,如同刺猬露出了柔软的肚皮,谁都可以轻易伤害。

"浑蛋!"覃乐风似乎觉得丢脸,在眼泪掉下来的一瞬间便伸手抹去了。

郁南不知道怎么办,就给好友递了一张纸巾。

"谢谢。"覃乐风吸吸鼻子,很快就整理好自己的情绪,声音却还是有点颤抖,"一会儿他们会唱三首歌,唱完后会把乐器放到后台,然后来前面喝酒。"

"收到。"郁南神情严肃,"等他一出来,我就把他叫走,你再趁机进去砸电吉他。"

"嗯!"覃乐风点头,"你拖他一会儿,随便怎么骂他都可以。我有他置物柜的密码,应该很快的,砸完马上给你打电话。"

虽然郁南黑白分明的眼睛里写着"包在我身上",但他身体紧绷,毕竟是第一次干这种事,覃乐风知道郁南会紧张。

覃乐风犹豫道:"要不然我让别人把他叫走?"

郁南摇头道:"不要,你一露面就会暴露的,这样很容易会查到你,就算不上完美的报复计划了。"覃乐风还没说话,郁南已经看出对方的担心,"你放心,他不会把我怎么样的,我就把他叫到门外的巷子里。"

覃乐风松了一口气,稍稍放心了些。石新虽然不是一个好人,但还不至于在外面对郁南动手,便说:"好,一有什么事,你要立刻给我打电话。"

石新上台了，两个人忍耐着听完三首摇滚乐，耳膜被震得生疼。等石新下台后，覃乐风一口喝掉整杯酒给自己加油，找了一个地方准备行动。

郁南将要上场，桌上还剩一杯酒，其便学着覃乐风的样子一口闷掉，谁知道那酒只是颜色漂亮，根本不甜，他差点被辛辣的口感呛死，赶紧吃了几片水果压惊。等他做完这些，石新也出来了，郁南直接站起来走了过去。

台上又换回了那位女歌手，背景音终于变得正常，至少郁南的说话声能清晰地被听见，其连忙喊道："石新。"

吧台前全是石新的朋友，那个"替代品"也在，郁南这么不冷不热的一声便引起了所有人的注意。

"郁南，又是你。"石新在酒吧昏暗闪烁的灯光下认出对方，愣了一秒，紧接着抬头四处张望。

郁南知道石新这是在找覃乐风，看人有没有来，但覃乐风早就离开了卡座，所以石新看了也是白看。郁南清楚这些人正在打量自己，但平时被人打量惯了，也不是很在意。

那个"替代品"的脸色不太好看："阴魂不散。"

郁南没理那人，只对石新说："你能不能跟我出来一下？我有话想跟你说。"

石新没找到覃乐风，放松下来："好，走。"

酒吧的侧面有一条四五人宽的小巷，巷顶有盏仿古的油灯衬托氛围，所以常常有人在这里等人。

此时这里只有郁南和石新两个人，酒吧里的音乐隐隐约约传来，石新吊儿郎当地靠着墙，点了一支烟："你要说什么？是覃乐风让你来找我的？"

007

郁南受不了烟味，刚才喝的那杯酒也让人有一点头晕，虽然这两者加在一起让人很难受，但他却站着没动，说："是我自己要来的。"

"哦？"石新吸了一口烟，"你来干吗？想继续教训我？我劝你算了。"

郁南问："为什么？"

"反正我都被你逮到了，再和覃乐风假模假式地演戏也没意思，还不如大家好聚好散。要真不是覃乐风叫你来的，那你正好顺便回去帮我通知覃乐风一声。"

郁南惊叹于这人的无耻，却还是忍着没有发作，继续道："所以你连接电话的勇气都没有，甚至没勇气自己说出事实，简直是缺德又懦弱。"

石新说："随你怎么说，我不在意。"

郁南气道："我没有要教训你，就算教训了，也不认为覃乐风会原谅你的行为，毕竟垃圾不值得回收利用。"

石新的脸僵了一下，他冷冷地道："你什么意思？"

郁南新学了骂人的话，还没使用最有杀伤力的词汇，自顾自地说："我的意思是，你这种垃圾不配和覃乐风在一个乐队，也就配得上另一块垃圾。"

石新马上反应过来，郁南是骂他和那个"替代品"都是垃圾，他本来气极，却忽地笑了。

郁南站在橘黄色的油灯下，面容依旧是好看的，整个人就像发着光，不仅脖子修长，还容貌过人，即使是在酒吧这种场合，看上去也是马上要拿起画笔画画的艺术家。

石新缓缓地说："说得好，垃圾不和垃圾待在一块，难道和你？"

郁南后退一步，满脸厌恶，石新却冷笑一声，转身走了。郁南见他走开，暗骂时间拖延得不够久，立刻拿出手机给覃乐风打电话提醒对方。

谁知这时有人从背后狠狠推了郁南一把，"咚"的一声，郁南撞上小巷的墙壁。剧痛袭来，没等郁南反应过来，膝盖又被人狠狠顶了一下，整个人直接跪倒在地，额头上有温热的液体流了下来。

覃乐风的声音在手机里响起："郁南？怎么了，郁南？"

郁南痛得说不出话，眼泪瞬间流了出来，背后那人蹲下来："你真把自己当道德标杆了是吗？"

那人脸上带着笑，表情有些扭曲，又有些享受。刚才"替代品"跟着他们出来，把郁南骂自己的话也听了进去，内心的恶意久久无法平息。

郁南踉跄着站起来，额头上的剧痛还在，但是已经比刚才好了一些，连酒意都散去了一半。

他没空与这人对话，迅速抓住对方的肩膀，给了对方一个漂亮的过肩摔。

"啊！"地上的人抱着肚子蜷缩着，面露痛苦，痛得一句话都说不出来。

郁南一击即中，轻松反杀，便没再动手，刚抬手擦了擦流到眼皮上的血，就听到有人喊了自己的名字："郁南。"

郁南下意识地回头，发现自己的雇主宫丞站在那里，他穿着定制的西装，正是傍晚在法国餐厅里穿过的那套。他高大挺拔，气质优雅华贵，似乎旁人都没资格触碰他的一片衣角，但他身上却挂着一个醉醺醺的十八九岁的男孩。

"宫先生？"在这里遇到宫丞，郁南很意外。

男人面色不虞道："你不是说急着回去做作业？"

空气中弥漫着一丝尴尬，郁南着急地想，要怎么解释这其实是突发事件，之前自己说要回去做作业真是要做作业，不是提前离开的托词？

就在这时，宫丞的助理小周也来了，其看到郁南这副模样吓了一跳："郁南？你没事吧？你的额头在流血。"

郁南还没回答，覃乐风已经冲了出来，见到这个情景脸色大变："这人竟然敢打你！"

覃乐风气红了眼，已经失去了理智，抬脚就要踢地上的那人。

石新的朋友也跟着覃乐风跑了出来，连带着酒吧里面的酒保一起，十几个人围成一团，有人正在打电话报警，有人在拉覃乐风。

宫丞把挂在他身上的那个男孩扔给小周，长腿一迈，朝郁南走过来。他居高临下，开口道："你怎么样？"

郁南摇头说："我没事。"

宫丞冷着脸对小周道："叫人过来处理。"

小周做了一个手势，两个穿着黑衣黑裤，足有一米九的保镖不知道从哪里冒了出来，他们看上去训练有素，如同两尊煞神一般。在场的人哪里见过这种架势，纷纷后退，连带着覃乐风都住了手，任由酒保把自己拉开了。

保镖把地上的人拖了起来，看样子要带走，旁边认识他的人开始阻挠，双方正僵持着，或许有人通知了酒吧的负责人，对方急匆匆跑出来一看，却是认识宫丞的。

"宫先生您好，我们上次在一个酒会上见过的，我姓徐。"负责人看了眼这情形，"这是……唉，都是我这里的客人，要不我们还是等警察来处理吧？"

宫丞自然不认得他，冷冷地道："不用等警察，我的人现在就带他去警局，这是蓄意伤害。"宫丞说完，从口袋里掏出丝质手帕，递给郁南，完全没有要理那位负责人的意思。

负责人站了一会儿，觉得被晾在一旁有些尴尬，也明白了对方是站在哪边的，赶紧让围观的人都散了。

覃乐风还没缓过来，看着郁南的伤势心急如焚，好不容易才镇定一点："这位先生，谢谢你出手帮忙，不过郁南受了伤，我想还是要马上去医院。"

郁南却只记挂着一件事："乐乐，电吉他砸了没？"

覃乐风无法理解郁南的思路："郁南，你还有空管这个？你在流血！"

郁南皱眉对覃乐风道："可是我们来这儿的目的就是这个，你到底砸了没？"

覃乐风眼眶通红，说："砸了，砸得稀巴烂。"

郁南听完明显放松下来，显然有些满意："干得漂亮。"

但其实覃乐风并没有砸到电吉他。覃乐风进后台的时候，遇到了一个服务员，花了些时间等他离开，其还没来得及进去打开置物柜，就接到了郁南的电话，现在这么说是因为很后悔，自己竟然害郁南受伤，简直蠢透了，还不如直接把石新约出去，找几个人把他揍一顿。

外面发生了这么大的事，刚才的人群里却不见石新的身影，覃乐风再次怀疑起自己的眼光，他当初怎么会信任这样的人？

宫丞知道两人都是学生，便说："警局那边我的人会去沟通，这位同学可以先回去。我带郁南去看医生，如果警察那边需要郁南做笔录，我也可以帮忙带他过去。"他这么说，摆明就是要替郁南揽下这件事。

覃乐风并未见过宫丞，只能看出来他和郁南认识。眼前的男人成熟英俊，举止从容镇定，三十岁出头，看上去和自己还有郁南不是一个世界的。

覃乐风疑惑地问："您是？"

宫丞说："我是郁南的雇主，也算是朋友，对吗，郁南？"他说这话时，看着郁南。

郁南点头说："对，是朋友。"

覃乐风恍然大悟。最近郁南去做兼职，说是在替人画肖像，对方挑的时间特殊，每次仅画两个小时却报酬不菲，原来就是他，那么今晚请郁南吃法国菜的也是这位了。

说话间，宫丞的助理小周开过来一辆黄色的跑车。之前挂在宫丞身上那个男孩坐在副驾驶座上，醉眼蒙眬地看着他们，口齿不清地道："我不回去，你……你别管我。"

宫丞说："你把他送回去之后，用冷水给他好好醒醒酒。"

小周应道："是。"

郁南也喝了酒，还受了伤，伤口疼得厉害，脑子也不清楚，对覃乐风挥挥手，迷迷糊糊地跟着宫丞走了。

小周先走就没人开车，于是宫丞自己坐上了驾驶位。郁南坐在副驾驶座上，自己用手按着伤口。

宫丞面容冷峻，高挺的鼻梁下是一张薄唇，令他看起来有些严厉，眼尾有一条不易察觉的细纹，那是岁月的痕迹。不过三十多岁的男人并不因此显出衰老疲态，只觉得多了一丝威严，令人心悦诚服。

"你喝酒了？"宫丞问。

"我喝了一点点鸡尾酒。"郁南说。

"你因为喝了酒，所以和别人打架？"宫丞发动车子朝前开去。

年轻人的世界宫丞向来不能理解,既热血又冲动,荷尔蒙过剩,出于再稀奇古怪的原因去打架都不奇怪,他只是没想到看上去斯斯文文的郁南还能把别人过肩摔。

"不是的。"郁南否认。

郁南把和覃乐风制订的计划说了一遍,宫丞听得连连皱眉:"为什么非要砸电吉他?"这个计划漏洞百出,那个叫石新的很快就能想明白是谁干的,后续的麻烦只会无穷无尽。

郁南正色道:"伤害一个人,就要毁掉他最珍视的东西,精神上的痛苦比肉体上的痛苦更为折磨人。我一想到他能受到折磨,就觉得很快乐。"顿了顿,郁南又小声问,"我是不是很坏?"

如果这就算很坏的话,宫丞认为自己算是罪大恶极了,但他完全不赞同郁南的做法:"你不应该一个人去打头阵,就算要砸电吉他,你朋友一个人去就足够。"

郁南解释道:"不行的,如果让覃乐风一个人去,就没有人转移石新的视线。由我引开石新,就算他知道是覃乐风干的也没有证据,可以气死他。"

宫丞皱眉说:"你有没有想过,如果你今天遇到的是打架很厉害的人,怎么办?"

"不会的。今天会打架完全属于意外,是一个变量,不在我们原本的计划里。"郁南按照自己的思路解释,"另外,我受伤是因为有人在背后偷袭。"

"偷袭?"宫丞的语气冷淡了些。

"嗯。"郁南想起来还有点郁闷,"那个人突然从背后推了我一把,把我推到墙上撞到额头,我很快就把对方'反杀'了。

所以，并不是我打不过，要不是我毫无防备，那人根本不可能伤得了我。"

宫丞忍无可忍，道："郁南，我是在担心你，你知不知道刚才多危险？"

郁南说得起劲，闻言霎时间卡壳："啊？这……这样啊。"

郁南回想起今晚发生的一切，这时他又注意到宫丞握着方向盘的修长手指，上面有干涸的血迹，触目惊心。

郁南干巴巴地说："您放心，您不用太担心我，我是不会有事的，我舅舅是武术教练。"

宫丞头疼，不欲再与他交流："我在附近有个住处，我们先把你额头上的伤处理了再说。"

郁南以为他们要去医院，实际他们不仅没有去医院，也没有去警察局。

"附近的住处"从他口中说出来很简单，仿佛算不得什么，而这个地方却是在寸土寸金的市中心，可能是他平时用来休息的地方。

时值深夜，宫丞在途中还接了几个电话，他处理公事时说话的语气和平日一般无二，并不是很严厉，但因为说的是英文，听上去和平日又有点不同，好像不太容易接近，给人距离感。

虽然宫丞没有避讳，直接当着郁南的面谈公事，但郁南的英文挺烂，根本听不懂。最后郁南反而被他流利的英文催眠了一路，竟然睡了过去。

"郁南？"宫丞的声音在郁南耳边响起。

郁南从浅眠中醒来，眼里还有一丝迷茫："嗯？"一时间竟没反应过来自己身在何处。

车门已经开了,男人的脸上没有不耐烦,而是在耐心地等对方清醒。

"宫先生?"郁南想起来了,自己是在宫丞的车上。

"下车。"宫丞说,"要我扶吗?"

郁南赶紧摆摆手,说:"我自己可以的。"

宫丞"嗯"了一声,两人一起上了楼。

两人出电梯时,门口已经有一个医生模样的人提着药箱在等待了:"宫先生。"大半夜被叫过来,医生看上去没有丝毫怨言。

"看看额头,尽量不要留疤。"宫丞语气不佳。

郁南不好意思地道:"您好。"

医生笑笑,说:"你好,我姓王,是宫先生的家庭医生。"

郁南脸上遗留的血迹被清理干净之后,伤口的原貌露了出来。按理说撞到墙不应该流血,大部分情况下会出现鼓包和瘀青,郁南额头上却留下一道长达1.5厘米的伤口。

"那墙上好像拆过什么,有几块凸起的铁皮,还有钉子。"郁南回忆了一下。

宫丞重复了一遍:"钉子。"

王医生听他语气严肃,也知道这种伤口很危险,要是郁南个头再高一点,眼睛或许就保不住了。他赶紧缓和气氛:"没关系,等酒精排出以后,我会帮小朋友打破伤风疫苗。小朋友,我现在先缝针,你怕不怕痛?"

小朋友?自己哪里像小朋友了?

郁南在心里嘀咕,身体却往后缩:"可不可以轻一点?或者打一点麻药?"

"现在你知道痛了?"宫丞责怪了一句,然后又安慰对方,"痛就忍一忍。"

"好了。"王医生说。

郁南一脸茫然,这就缝完了?

王医生道:"这种缝合留疤的概率很小,这几天不要沾水,忌食辛辣食物和饮酒。"

宫丞忽然问:"等等,你还有没有其他地方受伤?"刚才他看郁南上楼时就觉得对方走路不太得力,直觉没那么简单。

郁南悄悄地将手指蜷起来:"好像膝盖也受伤了。"当时他被人从后面顶了一下,双膝磕地还是很疼的。

他低头,把裤腿拉上来,一路卷到膝盖处,他的两边膝盖都有瘀青,不太严重,但显得很吓人。

郁南有一点点心虚。看来自己不能对宫先生证明自己打架厉害了,郁南丧气地想,连一点防范意识都没有的人确实很差劲啊。

王医生给郁南打完破伤风疫苗,又留下一瓶药油让他自己擦,郁南道了谢,王医生才背着医药箱走了。

郁南平时的作息算不上规律,为了画画、赶作业,熬夜是常有的事,今天大概是因为喝了酒又受了伤,倒真的有些累了。而宫丞则早就有些疲惫,却不仅仅是因为郁南的事。

他早已摘掉袖扣脱了西装,领带松松垮垮地挂在脖子上,衬衣袖子一路挽至手肘。

即使是这样,宫丞也算不上平易近人,属于年长者与上位者的威压仍在。

一旦安静下来,明明很大的空间却变得不可思议的狭窄,郁南手足无措,开口道:"我现在是不是该去警察局了?"

"那边有人会处理。"宫丞道,"今天已经很晚了,明天再去做笔录。你在这里住一晚,我的卧室借给你。下次你再遇到今晚这种事，可以直接打我的私人号码。"

郁南是在一片刺眼的阳光中醒来的，睁开眼后，好半天才适应强烈的光线。他看到那两片黑色的电动窗帘缓缓往两旁移动，阳光穿过落地窗，争先恐后地洒满了床。

这房间由烟灰色的壁纸与做旧的木地板搭配，铺着雪白的毛绒地毯，身下的大床十分柔软，人坐起来还会随着动作微微下陷。

郁南一醒来，额头的伤口就传来疼痛感，他迟钝地回忆起昨晚自己受伤了，遇见宫先生也不是做梦。

郁南打开卧室门，隐隐听见说话声，是助理小周的声音："少爷一大早就打电话给我，说严思尼是他同学，您看……"

只见偌大的客厅也被清晨的阳光填满，所见之处一片金黄，高大的男人在不远处的中岛台前冲咖啡："不用管他，该怎么办就怎么办。"

两人听见开门声，都朝卧室方向看来。小周面露惊讶，他不知道郁南会在这里留宿。

郁南早上总是要迷瞪好一会儿才能完全清醒，见两人都看了过来，才发觉自己的滑稽："对不起，昨晚我换下来的衣服不知道去哪儿了，我明明放在凳子上的……"

郁南身上那件深蓝色的睡袍是全新的，袖口与领口都绲了白边，袖子对郁南来说过于长了，便挽起来一截，露出纤细的手腕。

小周很快反应过来，微笑道："应该是用人一大早替你收拾了衣服，新来的人不懂事，我马上打电话叫他们准备干净的衣服送过来。"

017

郁南一向睡得很沉，闻言很不好意思。其他人都已经起床，就自己一个人睡懒觉，在别人家借宿时这样可以说很失礼了，还好小周帮着解了围，于是他红着脸道："谢谢小周哥。"

小周笑眯眯道："不客气。"

"你先过来吃早餐。"宫丞说。

郁南没有吃早餐的习惯，本想直接回学校的，但新的衣服还没有送来，自己总不可能穿着睡袍在大街上走，只好先在餐桌前坐下。

精致的食盒在桌面上一字排开，装的皆是补气养血之物，还有一碗小米粥已经晾到适宜温度，看来用人的确是来过了。桌子中央还放着一束娇艳欲滴的粉色玫瑰，香气馥郁，似是刚从枝条上剪下来。郁南以前听小周提过，宫先生特别中意这种植物，家中还有请专人精心打理的玫瑰园。

"你发什么呆，今天要不要请假？"宫丞喝了一口咖啡，漫不经心道。

郁南说："不用了，今天上课的教授超级严格，我的伤没那么严重，更不想被他点名。"

宫丞看了郁南一眼，说："膝盖不疼了？"

"嗯。"郁南在凳子上抬腿活动给他看，"我已经好多了，王医生给的药油很管用，比我舅舅的跌打药还要好，我回去就推荐他买这个。"

没人关心药油，宫丞只道："那一会儿我让小周送你回学校。"

郁南想一个人走，便说："小周哥要和您一起去上班，我还是坐地铁吧。那条线路不怎么挤，我不会迟到。"

小周规规矩矩地站在一旁，保持着那份恰到好处的礼貌："没关系，郁南。"

不多时，门口来了一位司机，是来等宫丞的，原来由小周送自己回学校的事情早就定了。

宫丞换完衣服出来，抬腕看了一下表，应该是马上要出门。他好像很忙，除了每个周四在画廊与郁南度过的两个小时，其余时间应该都在忙于工作，成功男人的世界并不是想象中那么轻松。

郁南礼貌地说了一句："宫先生再见。"

宫丞临走前只留下一句话："周四见。"

在送郁南回学校的路上，小周简单说了下事情后续："昨晚的事应该很快就会有处理结果。你放心，那个人会得到应有的惩罚，也不会来找你麻烦。"

"谢谢小周哥帮忙。"郁南说。

小周笑了一下说："你谢我做什么，要谢就谢宫先生。说来也巧，昨晚要不是我们恰巧有事去那边接人，还碰不到你。"

郁南一下子就想起昨晚在酒吧遇见他们的场景，当时宫丞身边还有一个男孩，便问："是去接那个男孩？"

小周打着方向盘答道："对。"

郁南忍不住问："他是谁？"郁南问完又觉得不合适，自己不该去打听别人的私事。

小周只是一笑，说："你可以直接问宫先生。"他只是一个助理，有些事不适合他多嘴。

Chapter 02
格 调

你不用在意别人都穿什么,做自己就行。

这天早上的第一节课覃乐风没来，郁南在同学们怜悯的目光中如坐针毡。

湖心美院是排名全国前三的艺术类高校，有才华的人如过江之鲫，在校园里随手一捞，就能捞出一个某某赛事一等奖的优秀学生，但想要捞出郁南这种长相的可不容易，是以他成为名副其实的班级宠儿，受了伤怎么可能不被大家关心。

郁南为了保护好友的隐私，只说自己是在宿舍楼下的铁门框上撞的。郁南熬到上午的课程快要结束时，覃乐风才姗姗来迟。

教授在讲中外美术史，台下学生都听得昏昏欲睡，覃乐风一看就是躲在被子里哭了一整晚，却偏要装出一副"我没事"的模样。

郁南不擅长揣摩人的心思，看不出来好友有没有事，便直接问："乐乐，石新有没有找你？他没有发现电吉他是你砸的吧？如果他发现了，你千万不要承认。"

覃乐风根本不想提石新，何况自己也没砸到电吉他，那个人怎么可能主动联系自己？郁南受伤这事才是眼下覃乐风最关心的，忙道："昨晚我已经在朋友圈和微博昭告天下我退出乐队了，谁还记得他啊？你先过来，让我看一下你的伤口。"

郁南怕痛覃乐风是知道的，就连钉画框的时候手指被扎了都要掉眼泪，何况这次被人推倒撞破头。覃乐风对于昨晚自己一时冲动带郁南去酒吧的事内疚得要死。

"对不起。"覃乐风轻轻揭开纱布一角看了一下,语气忽然低落下来,"都怪我。"

郁南一本正经地说:"又不是你推的我,你不需要道歉。"

覃乐风更气了,说:"那个严思尼,我以后一定见一次揍一次。"

郁南问道:"严思尼?"

"就是推你的那个人啊!"覃乐风恨恨地道,"我之前在驻场的地方见过这人几次,听说其家里还是书香门第,开私立医院的,不知怎么就教出来这么一个没教养的。"

郁南对此不做评价,昨晚那个过肩摔也没让对方好受,总之自己以后大概不会再见到那个人了,于是把早上小周告诉自己的事对覃乐风说了一遍:"宫先生那边的人已经帮我们处理好了,严思尼会得到惩罚的,我们就不要再管了。"

覃乐风想,也只有郁南这么豁达了,毕竟在这人的认知里,正义至上,坏蛋得到惩罚事情就翻篇了,若换了旁人,长了这么一张脸,还伤在脸上,不知道得多难受呢。

不过郁南这么不在意自己的外在,覃乐风也能想出原因。

"好。"覃乐风说,"对了,你下周四还去不去兼职?"

郁南只对覃乐风说过自己现在做的兼职是还原一幅被烧毁的油画肖像,但其实那幅肖像是宫丞本人的,画上的他只有十几岁,画画的人笔触也稍显稚嫩,算不上是成熟的作品。郁南接到这份工作的时候就知道,这幅画应该对他很重要,所以他才会请人临摹重绘。

每周四,郁南都会去宫丞的画廊工作,一般来说,宫丞也会在那里,以便对缺失部分提出意见。宫丞大多时候都在看书,郁南则画画,他们会聊各种各样的话题,从米开朗琪罗到欧·亨利,宫丞似乎无所不知。

覃乐风继续说道:"人家是长辈,平时请你吃饭什么的就不说了,这次又帮了我们,你下次去兼职的时候问问他什么时候有空,我们也请他吃饭表示感谢。"

长辈?

他们之间确确实实隔着年龄的鸿沟——宫丞都可以当他的叔叔了。

郁南点点头说:"我下周要去的。"

中午,两人去食堂吃了饭,没走多远就听到机车发动机的轰鸣声由远及近。

来人迎着烈日走来,汗水挥洒在黑色背心外的肌肉上,泛出蜜一样的光泽。他摘下头盔,露出一口白牙:"郁南,这么巧!"

郁南礼貌问好:"学长好。"

此人是雕塑系的封子瑞,已考了本校的研究生,成了著名雕塑艺术家的第二个亲传弟子,近日在学校里风头正盛,而郁南和他是上学期在周日集市上认识的。

"嗨。"封子瑞这才和覃乐风打招呼,"你们也去吃饭?介不介意一起坐?"

覃乐风是个自来熟的人,自然不介意,郁南也不置可否,反正自己一向随波逐流,三人便选了一个靠窗的位置。

封子瑞拿了一瓶矿泉水,他拧开瓶盖,仰着头咕咚咕咚灌了大半瓶,喉结随着他吞咽的动作一上一下。果然是雕塑系出来的高手,这样子看起来随手搬一百斤水泥都不在话下。

封子瑞喝完水,问道:"郁南的头怎么了?"

"我在宿舍楼下铁门框上撞的。"郁南还是那套说辞。

封子瑞眼中带笑："你怎么这么不小心？我早就提醒你走路要看路，上次你就撞上电线杆了，还不长记性呢？"

郁南说："我以后能记住了。"

封子瑞又聊起别的话题："说起来，我一直很好奇，你为什么没考隔壁的电影学院，我听说有星探来找过你，做明星可比画画容易出头多了啊。"

郁南则是一副云淡风轻、不食人间烟火的模样："我考不上。"

封子瑞还要说笑，他以为郁南在自谦，覃乐风不悦地打断他："我们郁南心中只有艺术，皮相算什么，难道你只看得到郁南的外在？"

封子瑞一时噎住，他不知道覃乐风的反应为什么这么大。

郁南则认真回答："我喜欢画画。学长，你没有听我们的大学长、著名的余深老师讲过吗？画画改变命运。不管是经历挫折、穷困还是苦难，画画都能成为希望的曙光。"

封子瑞讪讪地笑道："除了撞门框上，你还能有什么苦难？"

郁南点头道："有过的，现在没有了。"

其实若不是七岁那年发生的那件事，身为话剧演员之子的郁南很有可能会走上另一条艺术道路。郁南从小就长得很漂亮，像洋娃娃一样，大家都不得不承认造物主对他的偏爱。

出事后，郁南很快展现了此前并未显现的天赋——能准确描绘出所见之物的具体形象，能分辨色卡上普通人难以区分差别的色彩，命运似乎替郁南打开了另一扇门。郁姿姿激动不已，斥巨资给孩子请老师、买画具，郁南便一头栽进了美术世界。

高中时郁南开始接触油画，喜欢上了余深的作品，看过几次他的专访后，那个五十岁的老头就成了郁南的偶像，他更是打定主意要考偶像的母校湖心美院，并一举成功，现在他的梦想则是成为一个大画家。

郁南对"画画改变命运"这句话深信不疑，几乎快成为他的口头禅。

"我听过这句话。"封子瑞看着一脸认真的郁南，顺着对方的话说。

覃乐风稍微消气，拍了拍郁南的头，语气却是骄傲的："你怕是被余深传染了。"接着覃乐风转头告诉封子瑞，"你看，千万不要拿名利和南南的梦想比，肤浅的人不配当郁南的朋友。"

当天下午，班里通知下个月要去千佛山写生，班里一片哀号，说天气这么热，老师是嫌他们还不够难受吗。郁南打电话给郁姿姿，一连打了三次都没有打通。

郁姿姿作为话剧演员，又是单身母亲，工作起来很投入卖力，有时排练没听见手机响也正常。郁南手中还有一些钱，但郁姿姿一直教育孩子，出门在外要有备无患，需要钱的时候最好给她打电话。

手机忽然振动了一下，有人发了微信过来。

封子瑞：郁南，上次我听你说你平时在做兼职，我这里有一份还不错的工作，你要去吗？

郁南想了想，才回复道：是哪方面的？

封子瑞：我叔叔手上有个墙绘改造的活，交给我负责了。

郁南和覃乐风之前给一家幼儿园搞过墙绘，算得上有经验，问了报酬后，发现比自己上次弄墙绘的酬金还高一些。能自己解决钱的问题当然很好，郁南欣然应允：谢谢学长，我明天就可以去。

第二天一早，封子瑞的机车就停在了楼下，他说正好带郁南一起过去。郁南下楼前被覃乐风戴了一顶鸭舌帽，衬得脸小小的。

那台机车浑身漆黑，像一头力量勃发的黑豹。郁南平日里是小乖乖没错，但骨子里却偏爱机械感的东西，离得近了，也被勾起想试一试的欲望，封子瑞一看就知道他这是感兴趣了。

昨天封子瑞知道自己说错了话，惹得桌上的气氛有些凝固，才想起来用兼职弥补失误。不过郁南似乎根本不在意那些，对他的态度一如既往。

郁南摘掉鸭舌帽，戴上头盔，上了后座，封子瑞问："坐好了吗？"

郁南点点头，说："好了。"

封子瑞声音里带着笑意："别怪我没提醒你抓紧！"

封子瑞话音刚落，机车陡然发动，如离弦之箭一样冲了出去。强大的后坐力让郁南的身体急速朝后。

封子瑞的笑声闷在头盔里："我早就跟你说了抓紧我！"

郁南稳住身形，机车驰骋在清晨没什么人的校道上，不一会儿就驶上了校外的机动车道。郁南从来没体验过这样的刺激，忍不住喊道："学长，再快一点！"

封子瑞无不应允，猛踩油门，两人一路飙到树与天承停车场。

"太爽了！"郁南摘下头盔，"我第一次坐这种车，下次我能骑一下吗？"

封子瑞长腿撑地，也取下头盔，笑道："可以，不过你要先考驾照，无证驾驶会被抓起来的。"

郁南连小汽车驾照都没有，更别提考摩托车驾照了，不由得有点失望："我差点忘了这个！考驾照难不难？我连开车的游戏都不擅长。"

封子瑞说："刚开始难，也很危险，但是我可以教你，你这么聪明，还怕学不会？"

郁南的兴奋劲还没过去，应道："好。"

两人一起上楼，许多兼职的人已经到了。这群学生都是读大四，本来就没什么课，只有郁南一个大二的临时混了进来。

郁南和学长们打过招呼后便问："我负责哪一块？"

立体墙绘改造重绘的地点在深城CBD（中央商务区）的"树与天承"，这是一幢犹如魔方一般的巨大建筑，它包含了空中花园、科技广场、中式庭院，除了顶端的办公区，整幢建筑约等于半开放的美术馆，是深城东区的地标。

"树与天承"引领着深城的文化风潮，经常会举办各类艺术展、拍卖会与比赛等，几乎囊括了与艺术相关的活动。封子瑞接下的墙绘单子，就是要对其中一面长达十几米的立体墙绘进行重绘。

天气炎热，郁南额头的纱布已经拆除，伤口倒算不上狰狞，看起来快好了。郁南即使穿着普通，在一群汗流浃背的学生中也是鹤立鸡群。

封子瑞看了下进度，很明显要给郁南最轻松的部分，正大光明地徇私道："先给白鲸涂底色怎么样？"

郁南以为封子瑞要考察自己的实力，爽快地点头："没问题。"

郁南听着学长们插科打诨，讲讲八卦顺带吐槽专业，白鲸的底色涂了大半，一个上午很快就过去了。而整个上午郁南都没和封子瑞说几句话，一直在认认真真地做事。

郁南做起事来很专注，几乎让人忽略其存在。此时郁南站在人字梯上面两层，鸭舌帽下的脸干干净净，属于从下方看也是无死角的类型，肤色也很白，可能是因为没涂防晒霜，在日晒下呈现粉色，在清一色的小麦肤色中有些晃眼。

众人中午吃的是盒饭，封子瑞统一选好了菜色，只是给郁南的是少盐少油、口味清淡的菜。

"哟，疯子给小朋友开小灶，不公平啊！"一个学长道。

封子瑞说："你没瞧见郁南头上有伤？少吃点刺激性食物有助于伤口愈合。"

有学长说："我们就少嫉妒了，疯子才是我们的老板。你们知道我为什么这么说吗？因为这里一向是由专业团队承包的，这墙绘以前是请的国外团队和设计师弄的，艺术周刊上还有专访。我记得那个设计师好像是混血儿，据说当时请那个人设计这面墙花了一百万呢。"

"真的？"有人道，"那么贵。"

"是啊，树与天承嘛。"学长再次感叹，"所以我说封子瑞厉害，不仅仅有关系，还有实力。"

郁南听封子瑞说过这个项目是他叔叔交给他负责的，却没想到这么重要，闻言不由得把注意力放到他身上，也感叹道："学长真的很厉害。"

到了下午，烈日下忽然走来一位身穿职业装的美女，她脚蹬七厘米高跟鞋，露出修长美腿，身后还跟着两名员工，手中抱着保温箱。

学生们纷纷看过去，只见那位美女指挥员工将箱子放下，揭开盖子后笑着说："我是Anna（安娜），这些是给大家解暑的冰激凌。天气这么热，你们可千万不要中暑了。"

封子瑞到底认识几个这里的人，自然也认识Anna，便说："谢谢你，Anna姐。"

Anna没什么架子，笑道："不用谢我，是我们宫先生在楼上看到大家这么辛苦，特地吩咐的。来，你们喜欢什么味道的冰淇凌随便选。"

那些冰激凌都是从园区里的冰激凌店现搬过来的，用各种玻璃器皿精心装着，还冒着凉气，学生们纷纷道谢，上前挑选。郁南还在认真工作，直到被封子瑞喊了一声，才从架子上下来。

Anna客气地跟他们说："工作进度虽然重要，但是安全也很重要。明天中午，大家饭后可以去B座三楼的图书馆休息，三点之后再上班，晚一两天交工不要紧。"

郁南刚落地，Anna就随手把单独装好的那份冰激凌递了过去，说："你吃这个吧，不客气。"

等Anna他们走了，封子瑞走过来，好奇地道："咦，我刚才怎么没看见你这个口味的冰激凌？"

郁南发现手中的冰激凌果然和大家的不一样，看上去很像那晚和宫丞在法国餐厅里用餐时被自己打翻的那种，几乎可以说是一模一样了，但也没在意："你要吃吗？我可以跟你换。"

封子瑞说："不如一人一半，怎么样？"

郁南无所谓道："可以啊，学长你多分一点都没关系，正好我也想吃蓝莓。"毕竟他还想跟封子瑞学骑机车呢。

"树与天承真豪气，也不催进度，还给我们送冰激凌。"一位学长说，"我们明天是不是真的能去图书馆休息？我听说那里的卡可不好办，我还从来没去参观过。"

封子瑞道："应该是。他们就是这样，和别的公司一点都不同，大概是搞艺术的都很随性吧。"

"带出这种风气的不就是他们那位老大吗,刚才那位美女说冰激凌是他送的。"那个学长说,"我听说他特别牛,建这里的时候他觉得实物不如图纸美观,都建到三分之一了,直接推倒重建。这不是跟玩儿似的吗?他得多有钱啊,简直任性又传奇!"

"哎,疯子,这是不是真的?"旁边有人问道。

封子瑞知道内幕,答道:"是真的,刚才那位美女就是他的秘书。我听说他家祖上好像是做舶来品的,从爷爷那辈开始造船,就是现在大名鼎鼎的国轮。如今家族企业已经交到他的手中,创立树与天承还不跟玩似的?"

郁南也学他们那样蹲在墙根,附和道:"真的好任性。"

"这人这么忍不了瑕疵,一定是处女座!"那人说完,又指着封子瑞道,"比如这个吹毛求疵的家伙。"

封子瑞笑着踹他:"走开点,少说我们处女座。"他转而问道,"郁南是什么星座?"

郁南舔了舔勺子,嘴唇被冰激凌冰得发红:"我是天蝎座。"

"哇,天蝎座很记仇的!"之前那人笑着打趣。

郁南一脸茫然,自己不懂星座,觉得那些分析都是胡说八道。

封子瑞再次笑骂:"你闭嘴吧!"

第二天中午,大家吃完午饭后,按照 Anna 的吩咐去图书馆休息,途中经过美术走廊,看到与艺术协会联合举办的藏品展即将在树与天承举行。

郁南忍不住驻足,其不只是被上面那些藏品宣传图吸引,还有绘画作品的展览,主办人正是自己的偶像余深。

封子瑞站在郁南身侧,也看见了宣传海报:"你想去看?"

郁南说:"去不了吧?学长你看这儿的说明,展览仅对协会会员和内部邀请人员开放,还分批次进行。"

封子瑞笑中带了点痞气:"说白了就是邀请函,那还不简单?只要你想看,我找人搞定。"

郁南摆摆手说:"不用了,那太麻烦你了。而且这种邀请函一般来说都是限量的,我们去了,其他本来有名额的人就去不了了,我在网上看也是一样的。"

和郁南认识以来,封子瑞有时候觉得他太过于单纯,也有人说他单纯得有点傻了,不知道是怎样的生活环境与经历才造就了这样一个人。

"你别考虑那么多。"封子瑞拍拍郁南的肩膀,"走吧,我们去图书馆。"

郁南当天回到学校没多久,封子瑞就打电话过来,问道:"郁南,我这里有两张周四下午的展览邀请函,你有没有时间和我一起去?"

覃乐风听郁南说了封子瑞的邀请,只问:"你想不想和他一起去?"

郁南关心的是展览本身,并不在意和谁一起去,只不过周四他本来就要去做兼职,宫先生时间宝贵是一方面,另一方面他也不是言而无信随意请假的人,便摇头说:"你忘了?周四下午我要去给宫先生画画。"

郁南也这么在通话中回复了封子瑞:"谢谢学长,可是我周四有兼职,不能和你一起去了。"

封子瑞笑了一下,不以为意:"打个电话请一天假怎么样?这次机会难得,能学到的东西肯定很多。"

但郁南还是拒绝了。

封子瑞在电话那头沉默了一会儿，说："也怪时间太不凑巧，行，我和别的同学去。"

一周过得很快，中间小周打电话告诉了郁南事情处理的结果，又不容拒绝地找郁南要了账号，将严思尼赔付的医药费转了过来，事情处理得很是干净漂亮。覃乐风又和郁南提了一次要请宫先生吃饭的事，像生怕好友欠雇主人情，于是郁南准备今天就提。

谁知到了下午，郁南刚出学校，一个陌生的号码便出现在了手机上。

"您好。"郁南按下接听，礼貌地道，"南风工作室。"

"看你左边。"来电人是宫丞。

一周不见，骤然听到宫丞的声音，郁南有些惊讶。

他往左边一看，路旁一辆黑色的车正缓缓降下后座车窗，露出宫丞英俊的脸庞。"等着。"宫丞说完这句话便挂了电话。

郁南听着忙音，手足无措地将手机揣进裤兜里，有点傻了。两人方向相反，眼前的情形倒有些像宫丞来学校找人，而自己差点错过一样。

那辆车稳稳地在路口掉了头，缓缓驶到郁南面前停下。驾驶室下来一位司机，他毕恭毕敬地替郁南打开了车门："请。"

郁南生平第一次有这种待遇，对方还比自己年纪大，顿时有点受宠若惊："谢谢！"这下郁南确定宫丞是来找自己的了。

司机微微一笑，说："应该的。"

随着车门关上，热潮被完全隔绝开来，车内冷气十足，仿佛到了另一个世界。

"南风工作室？"宫丞先开了口，"是什么？"

"是我和朋友开的小店，有时候会对外接活。"郁南有些不好意思直视对方,"我不知道是您。"

郁南与覃乐风一起开了一个网络商店,偶尔接一些手绘板绘画业务,诸如画头像、漫画改编等,赚一些小钱。因为两人常常不在线,所以都留下了手机号码,有时便会有陌生电话打进来约稿。

宫丞之前从未给郁南打过电话,两人只有对方的微信,聊天记录也只有一句"你忘了这个"。

宫丞道:"那是我的私人号码,你存一下。"

郁南心里想:上次宫丞说下次再有什么事就打他的私人号码,原来是真的,于是乖乖用手机存了。他发现宫丞一直看着自己,随口问:"宫先生,您怎么会在这里?"

两人中间隔着一道扶手,宫丞修长的手指在扶手上敲了一下:"我带你去看展览。"

郁南很惊讶:"看展览?今天不画画了?"

"画画可以改天。"宫丞道,"怎么,你不是喜欢余深吗?"

郁南在任何场合都不吝于表现出对偶像的崇拜,宫丞的画廊有余深的作品,自己大概对着宫丞表达过对余深的喜爱。

"您是说树与天承的藏品展?"郁南没想到宫丞会想去看展览,"会不会耽误您的时间?"

每周四两个小时画画,错过了就会拖延重绘的进度。

宫丞随意道:"没关系,提高你的审美对重绘我的画像也有好处。下次你补上就可以,我会让小周安排。"

郁南放心了些,有点高兴地点点头:"没想到今天我还是去看展览了,说不定还能遇见我的一个学长。"

宫丞对郁南期待的巧遇没有兴趣,说:"你的伤怎么样了?"

郁南把头稍微偏了一下,说:"差不多全好了。"

年轻人身体好，伤口愈合速度快，不过才一周，额头就只剩下了一条疤，不仔细看根本看不出来，相信再过一段时间就会彻底消失。宫丞又说："你把裤腿撩起来让我看看。"

郁南除了小时候受伤不敢回家告诉大人，已经很久没这样被检查过了，因此愣了一下，说："膝盖也好了，您不用担心，我每天都有好好擦药的。"

宫丞忽地轻笑一声，说："是好了。"

郁南反应过来自己穿着破洞牛仔裤，两个膝盖恰好都破了一个大洞，膝盖是什么样早就一览无余，特别显眼。

他们很快就到了树与天承，进了藏品展后，人们均身着正装，即使没有穿正装，也断然没有直接穿T恤和牛仔裤的，男士们西装革履，女士们长裙及地，这儿看着不像是画展，倒像是参加高级酒会。

看展的人谈吐不凡，无一不是各大领域的名人，郁南一眼就看见好几位叫得上名字的艺术家，难怪这个展览需要邀请函才能进入，看来不是什么人都可以来参观的。

郁南这身打扮太过格格不入，见有人投来好奇的目光，他懊恼道："糟了，我好像穿错了衣服，现在回去换还来得及吗？"

"你不用在意别人穿什么，"宫丞走在他身侧，面不改色地道，"做你自己就行。"

"真的？"郁南作为一个很遵守规则的人，心里很忐忑。

宫丞说道："有我在，你怕什么？"

果然，宫丞一跟郁南说话，那些人的目光就都收了回去。偶尔有人大着胆子凑过来与宫丞打招呼，都只称呼"宫先生"，并不敢过多打扰。郁南眼中的宫先生是开画廊的，认识一些艺术领域的人也不奇怪，他算是沾了宫先生的光了。

顺利进入会场后,郁南一下子就忘了自己不合时宜的穿着,眼睛发亮:"怎么办,我恨不得长十双眼睛。"

宫丞说:"长那么多眼睛干什么,你慢慢看,没有人催你。"

这个下午过得很快,从战国时代的藏品到近现代的超现实主义作品,郁南目不暇接。

两人一路看过去,郁南一遇到艺术品就秒变话痨,和宫丞讨论吴冠中、徐悲鸿不管是"以形写神"还是"以神绘形",都能让他侃侃而谈。

郁南面对无数珍藏品,有时展示自己所知道的小知识,有时又安静长达十几分钟,神情专注,眼睛低垂。

有人询问宫丞身侧的人是谁,对方大约以为郁南是宫家那个小纨绔宫一洛,宫丞只淡淡一笑,没有多说。久而久之,人们识趣而退,两人倒是清净了些。

"你喜欢这个?"宫丞问。

郁南正盯着柜中一个青面獠牙的古代傩戏面具看得出神,小时候跟着父母随团演出,曾看过剧团的大人们表演傩祭。本来早就随着年纪增长忘记的画面,到他看到面具时又涌了出来——他曾经戴着一个大红色的面具骑在父亲肩膀上。

因为不是喜欢面具才如此,他便摇了摇头。

宫丞只道:"这是美术协会那群人做着玩的,那边还有很多,一会儿走的时候可以领一个。"

郁南便有点兴趣了,问:"有没有大红色的?"

宫丞失笑,只当他是小孩子心性。

看完西厅的展览,他们又去了长廊,那边有不少名家画作。郁南虽然学习油画,但是涉猎很广,从国画到水彩都有了解,此时一看到画,便更加欣喜。

他们面前是一幅翠绿色调的画，尺寸不小，外行人来看的话，会觉得这只是一片雾状的色块。

"好漂亮，这是余老师的作品。"郁南仰着头，神情虔诚，不知不觉又开始夸起余深，"您看，余老师结合了国画的手法，线条是从这里开始的。这幅画叫《潮》，他是抽象派，其实就是树林草地……色块的叠加很美，真的是大象无形。"

身旁忽然有一个人说："你太过夸奖了。"

郁南回头，看见一个端着保温杯、戴黑框眼镜的老头子，说是机关单位门口看饮水机的大爷也有人信。

此人正是余深。

郁南乍见到偶像，惊讶得不知道说什么好，余深笑道："我听宫先生说，你是我的小粉丝。"

宫丞和郁南从树与天承出来，恰是深城夜晚的好时候。CBD内各式大厦都还灯火通明，如一尊尊身披金甲的天神般屹立于天际。

初夏，些微热浪在空气里翻腾，郁南的掌心微微出汗，但兴奋不减："没想到余老师这么平易近人！我真的做梦都没想到可以在这里遇见他！他还给我名片了，让我把作品发到他的邮箱，给我好多鼓励！"

小周来得晚，宫丞陪郁南看完展览，还有一个跨国视频会议需要去露个面。

宫丞还没出来，是以小周已经听郁南讲了五分钟如何遇到余深，如何向余深要签名的经过了。

小周的表情十分精彩，他斟酌半天才道："其实不是那么巧，是宫先生特地……"

"怎么不上车？"

宫丞被一群人簇拥着走下台阶，他比众人皆高一头，气度不凡，引人注目，不过他并不与那些人过多交际，竟是甩开众人与一些记者，直接朝他们走来。

郁南对他说："我在和小周哥说遇到余老师的事。"

宫丞难得看到郁南这么高兴，说话时神采飞扬的，整个人因此变得更为鲜活。尤其是他微张着手，避免手心的字迹晕染开来的模样，更让人觉得这人是赤子之心，难能可贵。

宫丞已有许多年未体会过这样纯粹的开心了。他年少时想要一匹名驹，父亲以课业为考核，命他和大哥公平竞争，那次他赢了，现在回想起来，那竟是他最后一次因为得到一样东西而感到高兴。

"外面热，上车再讲。"宫丞道。

小周替他们开了车门，两人重新坐了进去。郁南这时才发现宫丞手中拿着一个大红色傩戏面具，凸眼獠牙，和自己以前的那个有些相似。原来刚才宫先生折回去，是为了替他拿这个。

郁南一下子愣住了。

"宫先生，这是送给我的吗？"郁南喃喃，这个面具对自己有不一样的意义。

"你把手摊开一下。"宫丞说道。

"怎么了？"郁南不解。

郁南的手很漂亮，细而长，是属于年轻人的手。

方才郁南和余深聊到最后，果真做出粉丝才会做的事，向余深讨要了一个签名。余深本来不打算出席今天的展览，只在开幕式致过辞，他是看在宫丞的面子上才临时过来，根本没有准备纸笔。

旁人西装口袋里正好别着一支价值几十万的钢笔，余深便顺手拿了过来，在郁南的手心签了个字。在这些画画的人眼里，根本没有合不合适，想做便去做了。

宫丞取了一张纸巾，让郁南趁着墨水没有干透，将手心的字迹擦去。

郁南心疼那个签名："啊……真可惜，虽然我回去之后肯定免不了会洗掉，但是多保留一会儿也没什么不好，我还没拍照呢。"

郁南的脾气还算好，又是一个讲道理的，言语之间并没生气，只有惋惜。

"你那么喜欢他？"宫丞沉声问。

郁南点点头，说："嗯，我想成为像余老师一样的画家，有一天能办个人画展。"

宫丞挑眉说："成为画家和办个人画展其实都很简单，你也可以。"

郁南不敢狂妄自大，谦虚道："我的画还不够火候。"

宫丞说："艺术不是只看火候，还看灵气，更重要的是人脉。"

郁南疑惑道："人脉和艺术有什么关系？难道画得足够好，还不能说明什么吗？"

宫丞不想击碎对方的天真，只道："画得足够好当然可以说明实力，但是人脉、阶层、背景，也是一个画家成功的重要因素。等你像老余这么大的时候，这些都会拥有。"

郁南还是不太赞同，又说："画画不应当与这些扯上关系。我们教授说，心无旁骛，驀直前进，才是求艺术大成的核心要义。"

在这方面，郁南显得有些固执。宫丞见郁南还在看掌心，便说："好了，别看了，我补了一张纸质的给你。"

他说着,拿出一张纸,上面果然龙飞凤舞地签着余深的名字,甚至还题了词:

祝郁南,前程似锦。

——余深

郁南十分惊喜,急不可耐地用另一只手去拿签名。

"余老师的亲笔签名!"他将偶像的墨宝拿在手中,反复端详,几乎爱不释手,"谢谢宫先生!"

耳旁传来宫丞的低笑,似乎在笑郁南的小孩子心性:"今天开不开心?"

郁南很兴奋,道:"开心。"

"开心就好。"宫丞道,"我也没有白费力气。不过你要是喜欢弹钢琴,我们还能去听场音乐会。"

宫丞昨天刚从国外回来,又看了一天展览,有些累了,一只手靠在车窗上,长指按着太阳穴。

郁南说:"那我会睡着的,我妈妈说他们剧团在舞台上表演的时候,其实连观众挖鼻孔都看得见,每个表演者最喜欢认真的观众。如果我在音乐会上睡觉,乐团的人肯定能看见,他们会觉得自己不被尊重。"

宫丞失笑:"我在下面,他们不敢。"男人平时都很有威严,许是很少露出笑容,因此眼角显现出些微细纹。

"郁南,楼下有人找你。"

郁南脚步虚浮,还没进到宿舍里,就有同学来喊人。

他下了楼,看见路灯下停了一辆油光锃亮的黑色汽车,漆面反射着看起来就很贵的光。这台车和宫先生那辆有些像,郁南一开始还以为是宫先生叫司机倒回来了。

车门开了，一只穿着黑色皮鞋的脚先放了下来，然后露出一个年轻男人的身影。男人面容清俊，眉目淡然，看到郁南，他有些愣怔，面露讶然。

郁南早已习惯别人看他的目光，还在张望到底是谁来找他。那人却回过神，径直朝着郁南走了过来："郁南，你好，我是严思尼的哥哥严思危。打扰了。"

严思尼？这个名字怎么有些耳熟？

郁南蓦地想起来，那晚将自己推到墙上还踹了几脚的人，好像就叫严思尼，前几天他听覃乐风说起过。这是严思尼的哥哥？两个人怎么长得一点都不像。

严思危说完话，又转过头对车里喊："出来。"那口吻十分严厉。

只见严思尼慢吞吞地从车里钻出来，满脸写着不情愿，左脸上有个清晰的巴掌印，一身衣服脏兮兮的，眼神怨毒地看着郁南。

那晚之后，郁南就没见过严思尼，他以为再也不会见到这个人了，可对方却找上门来，这是要找自己算账吗？

谁知严思危说："你不要怕，我们是来道歉的。"

郁南：……

"说。"严思危将人狠狠一推。

严思尼含糊道："对不起。"

郁南：……

严思危冷声道："你这是道歉的态度吗？要不要让我再教教你？"

那晚得意忘形、目中无人的严思尼不见了，他在哥哥的威势下戾得很："郁南，对不起，我害你受伤，请你原谅我。"

郁南被严思尼看得头皮发麻。这样的道歉他并不想要,再说了,道歉其实毫无意义。

"家父让我也向你道歉。"严思危抓着严思尼的衣领,把人推到一边,纤瘦的手腕好像有种与之不符的爆发力,"我们严家从来没出过这样的丑事,简直道德败坏,丢人现眼。若不是这次宫先生较真了,思尼还会把闯的祸糊弄过去。对不起,是我管教不严,请代我向你的朋友道歉。"

不远处,严家的司机在车上等待,来来往往的学生好奇地朝他们看过来。

而严思尼大概觉得丢脸,已经回到车上,将车窗关得死死的。郁南知道对方一定躲在车窗后,用憎恨的目光看着自己。

这让郁南想起了小时候自己闯祸,用画笔在别人装修好的房子里乱画一通,舅舅带自己去上门道歉赔钱的那一幕。

郁南还没被年长的人这样郑重地道过歉,并且对方自我批评起来毫不含糊,连忙退了一步道:"不是你的错,也不是你们家的错,你不用道歉。事情已经根据相关规定处理好,我朋友也不会再把精力放在这些事上,都过去了。"

严思危道:"谢谢。我保证严思尼以后不敢再来找你们的麻烦。"

莫名被人找上门来道歉,郁南已经有些摸不着头脑,严思危临上车时却又像忽然想起了什么,倒回来问:"郁同学,你好像不是深城人。"

郁南说:"我家是霜山市的。"

严思危点点头,说:"不好意思,是我冒昧了。"

郁南将怪诞的大红色面具抱在怀中,刚要回宿舍,却又听到另一个人喊自己的名字。

封子瑞倚在机车上，看不清表情。

"学长？"郁南走了过去。

两人离得近了，封子瑞的表情才在路灯下变得清晰，他笑了一下，说："今天我在藏品展上看见你了。"

"真的？"郁南有点遗憾地说，"我怎么没看见你？我在雕塑区站了好一会儿，还以为会碰见你呢！那棵青铜树你看见了吗？真的好震撼，我以前只在书上看到过。"

这一下午的见闻对郁南来说足够回味好久了，学到的东西不是普通的展会可以比拟的，更何况还遇到了自己的偶像。

封子瑞见郁南心情很好，完全没有将这件事放在心上，一时不知道该怎么质问对方。

明明说要去兼职，却还是出现在展览上，此刻又这么镇定自若地说希望和他偶遇，封子瑞的心情很复杂。

郁南却明白了过来，之前封子瑞好心想请自己看展览，带自己开开眼界，却被自己拒绝了。郁南又不是傻的，知道他误会了，便解释说："我是去兼职的时候才知道会去看展览，不是故意要拒绝你的邀请。下次有别的活动，我们再一起去吧。"

封子瑞还没开口，郁南又说："今天要是遇到学长就好了，那里的人我都不认识，穿得也很奇怪。"

郁南穿着T恤和破洞牛仔裤，在展览上的确有点突兀，明显就是突然被拉去的。

封子瑞一下子就释怀了，他觉得自己想得有点多，看郁南认真的样子，说："没关系，让他们看看，人靠衣装这个说法在你身上不适用。"

郁南不好意思地抠着手中的面具："你不用安慰我。"

封子瑞笑了，说："对了，我听说北区新修了一条路，那附近没什么人，你不是想学机车吗，什么时候有空，我带你去？"

郁南的眼睛亮了一下，说："真的？"

封子瑞说："难道我还会骗你？"

郁南高兴起来："本来过两周做完墙绘的兼职我能空出时间，可是我们系下个月就要去写生了……等写完生回来怎么样？我顺便去驾校报名，再有学长教我，应该很快就能持证驾驶了。"

封子瑞说："行，说定了。"

两人很快告别，封子瑞看着郁南的背影消失在宿舍大门口，忽然想起今天看到郁南时的情景。

当时郁南身边还有一个高大的男人，他只看到了侧面，觉得有些眼熟，特别像传说中的大佬宫丞。他因为叔叔的缘故，在树与天承见过宫丞两次，但都只是远远地看了几眼。那个男人是天之骄子，如今又执掌商业帝国，按理说不可能和郁南有交集。郁南应该是和兼职的雇主一起去的，宫丞那种身份地位，怎么会让一个学生做兼职，还带着人去看展览呢？

封子瑞摇摇头，想不明白。

郁南上了楼，明明有钥匙却偏不自己开，而是轻轻敲了敲门。

覃乐风说："谁啊？"

覃乐风一打开门，郁南就跳了进去："哇！"

傩戏面具猛地出现在面前，凸眼獠牙，吓得覃乐风大叫一声："妈呀！这是什么鬼！"覃乐风一边大叫一边去拿扫把。

郁南赶紧取下面具，大笑道："哈哈哈，是我是我！"

覃乐风：……

覃乐风反应过来后，将郁南反手按住逗弄他，郁南笑得上

043

气不接下气,两人纠缠了一阵,覃乐风终是不敌郁南背后的男人——那位武术教练舅舅,被郁南四两拨千斤地反撅了回去。

谁能相信看上去羸弱的人竟有如此武术傍身?覃乐风上了几次当,还是百思不得其解。

"今天你怎么这么开心?"覃乐风坐起来,抢过郁南的面具,"这玩意哪儿来的?"

宿舍的空调不太好,两人闹了一番,郁南的额头出了细汗,湿漉漉的。

"宫先生带我去看完藏品展,然后送给我的。"郁南说,"我再给你看一样东西。"

郁南伸出手,掌心是一团黑乎乎的墨迹。

覃乐风:……

郁南得意地道:"这是余老师给签的名!我在藏品展上遇到余老师了,他还给了我名片。"

"那余老师的签名可真够写意的。"覃乐风吐槽。

郁南不慌不忙地掏出那张纸显摆:"他又给我补签了一张!看,他祝我前程似锦!"

覃乐风接过纸,仔仔细细一看,果然是余深的笔迹。难怪郁南今天会这么高兴,按照郁南的性格,估计明天就会去画室做个小框,将这张签名裱起来挂在墙上,每天看个五六遍,用以自勉。

"今天你没去兼职?"覃乐风问,"你怎么没和封子瑞去看展览,最后倒是和宫先生去了?对了,你不是说那个展览得有邀请函才能去吗?"

郁南把今天的事情说了一遍,包括见闻、感想,一一道来。

"兼职的事下次补上。"郁南去洗澡前说,"宫先生说不耽误。"

覃乐风若有所思。

郁南洗完澡出来，想起刚才在楼下遇见严思危的事，也不知道严家家教严成什么样，他才会做到这种地步，便当成奇事一件，跟覃乐风说了。

覃乐风一听，便知道其中肯定有宫丞的原因。郁南不知道的是，这几天石新一直给覃乐风打电话，他只能将手机关了。

石新骚扰覃乐风，主要是求情，听说不知道是谁打了招呼，他的乐队在深城知名夜场的合作全部泡了汤，电吉他也被砸了。他现在混不下去，一无所有，而覃乐风一下子就想到了宫丞。

"宫先生人可真好啊。"覃乐风感叹一句，又问，"今天我让你跟他约个时间请他吃饭，你约了吗？我觉得请宫先生吃饭吧，档次不能太低了，恰好我今天没事做，对比了几家五星级酒店，有一家水上餐厅评价很好，价格我也能负担，就去那家怎么样？"

郁南这才想起这件事，"啊"了一下，自知失职，心虚地说："我给忘了……"

"我想也是。你见了余深，怕是连自己姓什么都忘了。"覃乐风笑着说。

这个晚上，郁南做了一个梦。

自己面前有一个游泳池，太阳明晃晃地照在蓝色水面上，水波荡漾。郁南周围有许多小朋友，女生们穿得漂漂亮亮，男生们则只穿了泳裤。郁南取下毛巾，跳进水里的一刹那，周围惊叫声四起，大家都被吓坏了。

"好可怕啊！"

"怪物！"

"郁南是个丑八怪！"

教练吹口哨叫他们停止，可是却引来了更多人围观，郁南泡在清澈见底的泳池里，每一寸皮肤都被大家看得清清楚楚。他爬不上岸，因为没有人愿意拉一把手。最后教练跳下来把郁南抱了上去，他一个人坐在更衣室里，教练在外面教训同学。很久之后，郁姿姿来了，用宽大的毛巾将他包裹起来，抱回了家。

"郁宝贝是最漂亮的。"妈妈把郁南抱在怀里说，"他们都不够喜欢你，只有真正喜欢你的人才知道，我们郁宝贝是最漂亮的孩子。"

第二天早上郁南醒来时，阳光已经洒到了床上。

覃乐风应该是出去了，只有角落里的几个画架、满地的颜料与洗笔水还有点存在感，到处都散落着线稿等半成品，挂在衣帽架上的那个大红色的傩戏面具成了宿舍里唯一的亮色。

郁南把面具取下来玩了一会儿，然后爬起来摸到自己的手机。金色的阳光里，宫丞的名字出现在手机屏幕上。

"郁南。"男人很快接起了电话。

郁南有些紧张："宫先生。"

宫丞那边有些嘈杂，他似乎在和别人说着什么，郁南不知道是不是小周。宫丞一向是很忙的，自己还在床上睡懒觉的时候，他就已经开始工作了。

郁南正迟疑要不要稍后再打过去，宫丞那边已经安静下来，听筒里传来纸张翻阅的声音。

"怎么了？"宫丞的嗓音没有变化。

郁南赶紧说正事："是这样的，上次的事很感谢您帮忙，我和覃乐风想请您吃饭。"

"我和你的朋友又不熟。"宫丞轻笑,"如果是你一个人请,我可以考虑。"

郁南说:"这……这样啊。"

宫丞说:"时间、地点。"

郁南便把覃乐风说的餐厅讲了,却是宫丞听都没听过的地方。两人又约了时间,郁南说完便急不可耐地挂了电话。

小周全程屏住呼吸,努力降低自己的存在感。宫丞将地址说了,让他记得周六晚上清场。

小周记下来后,赶紧退了出去。

Chapter 03
感 谢

今天你知道来吃饭,出门前都不照照镜子?

周六，新的一天的墙绘工作开始了。

郁南只有周末来，全天没课的学长们却是一周七天都在这里工作，眼看长达十几米、高近五米的墙绘就要收尾，大家工作起来都十分卖力。

天气愈加热了，粗略算起来，他们每天在室外工作的时间其实不到六个小时，可长时间地做同一件工作，还是使这群学艺术出身的学生觉得有点枯燥。在这种情况下，大家免不了聊聊天。

学长们都读大四了，聊的大多是找工作、考研等话题，郁南插不上嘴，便默默地在一旁做自己的事。

今天轮到郁南勾线，因为大家都没他那么静得下来和有耐心，而他确实一笔一画勾得很认真。

"你的手很稳。"有人说。

郁南从梯子上往下看去，看见一个年轻人正抬头看向自己。

这个人看上去二十七八岁，轮廓中掺杂了异域人的特点，眼睛偏琥珀色，微卷的中长发是栗色的，头发随意地绾在脑后，让他那有点攻击性的外表显得柔和了些。

树与天承里来来往往的人很多，画家、摄影师、设计师等都常常在这里进出，不难看出这个人也很有艺术气质。

"谢谢。"郁南礼貌地点点头。

那人又说："你画的这一块在设计的时候其实是反方向的，

如果你换个方向勾线会轻松许多。"

郁南怔住了,说:"是吗?"

他将颜料桶挂在梯子上,很快从梯子上下来,站得远远的看全景,不多时就恍然大悟道:"真的!换个方向真的会好很多!"

对方闻言,露出微笑,整张脸也因此变得更加迷人。他身上那股淡然冷静的气质让周遭的炎热空气似乎凉了不少,同时又让人觉得高不可攀,不可接近。

"谢谢您告诉我。"郁南也微笑了一下,"接下来我的进度应该会快起来了!"

对方说:"不客气。"

郁南将梯子搬到另一边,重新爬上去勾线,那个人却没走,饶有兴致地看了起来。

这不是第一次有人站在墙绘下欣赏了,有时候甚至会聚集一拨人对这设计进行讨论。他们画的是抽象的海底世界,时而简单,时而繁复,让人难以窥见设计这个墙绘的艺术家功底到底有多深厚。但还是第一次有一个这样有存在感的人站在阳光下,安静地观看。

封子瑞他们也注意到了这个人。

"你叫什么名字?"那人问。

郁南低头道:"您问我吗?"

对方又淡淡地笑了一下,说:"对。"

"我叫郁南。"郁南自我介绍,"郁郁葱葱的郁,南方的南。"

等那个人走了,封子瑞才从另一部一字梯上下来,眉目之间都是兴奋:"郁南,你知不知道刚才跟你说话的人是谁?"

郁南摇头,难道不是一个路过的艺术爱好者?

"那个人就是这个墙绘的设计师 Louis(路易斯),也就是那个大名鼎鼎的混血设计师,我上次有说过的,你听说过这个人没?"

郁南惊讶极了,难怪对方能一眼看出自己勾线的方向不对,还好意提醒。不过他没听说过这位设计师的名号,想来是因为自己更关注绘画而非设计,不过还是不由得产生一股钦佩之情。

对方还问了自己的名字,使得郁南有种被认可的感觉,心里也升起一股小小的雀跃来,并没想过之后还会遇见对方。

而那股雀跃则持续到了收工,很快就换成了另一种雀跃继续盘旋。

今天是周六,郁南和宫先生约好了在水上餐厅会面,现在是时候过去了。以往封子瑞都会顺路载郁南回学校,这次郁南提前告诉他,说自己与人有约。

封子瑞还有一点工作没有完成,正要下梯子和郁南说话,郁南已经说了句"学长再见",算是跟所有人打了招呼,之后就小跑着离开了。

郁南刚上地铁,宫先生的微信就发了过来:你在哪里?

郁南回复:我已经上地铁啦,很快就到。

另一头,宫丞的车从树与天承的停车场开出来,他见到墙绘工作区前面果然没有郁南的身影,不禁扶额。郁南完全没搞清楚他到底是谁。

"直接过去。"他吩咐道。

"是,先生。"车子重新发动。

郁南到餐厅时,宫丞还被堵在路上。到了深城的上下班高峰期,任你是谁,都只能混在车流里随大部队缓慢移动。

郁南还是第一次来这么高档的餐厅用餐,来之前覃乐风便告诉他不要紧张,只需要报预约者的名字即可,会有侍者将他带到桌前。可令郁南感到奇怪的是,偌大的餐厅里竟然一位客人都没有。

地板与墙壁上都嵌有玻璃,餐厅被水层层包围,如同身处海底世界。热带鱼与鲨鱼相安无事,不时从天穹中游过。餐厅设计的另一个巧妙之处是偶然穿插的落地窗,一眼望去便能看见外面矗立的高楼,让人一时分不清是现实还是梦境。

"您请坐。"侍者忍不住看向郁南,并为他倒了一杯水,"请问是现在替您上菜,还是要等另一位客人?"

郁南说要等人。

侍者见他有些不安,又道:"好的,今天这里已经为您清场了,您有任何需要都可以按桌上的服务铃。"侍者说完,便礼貌地退下了,走出几步还忍不住回头看了郁南一眼。

郁南很吃惊,心想覃乐风这么大手笔,竟然包了场,不一会儿才反应过来,包场的怕是宫先生。

他不知道自己等了多久,天慢慢地黑了。不过他也不着急,拿了桌上的纸笔,倚靠在水墙前,对着落地窗外的建筑速写。鲨鱼安静地停在一旁,他被衬托得有些渺小。

"画错了。"一道成熟的男声响在郁南耳侧。

"宫先生!"因为等太久了,郁南以为宫丞不来了。

宫丞的唇角微微翘起:"花猫。"

郁南不明所以,顶着沾了一抹红色颜料的脸而不自知。宫丞也不说破,俯身指着对方手中的速写纸说:"后面被挡住的这栋楼有七十六层,你画错了,最多只有七十层。"

郁南低头一看,不是很明白:"我画的这部分,是按照能看见的楼层如实画的,怎么会画错呢?"

宫丞说:"你要看建筑的比例。"

宫丞说着,便帮着修改了画。

宫丞将那栋楼的比例拔高,整幅画一下子顺眼了很多,虽然之前也很不错,算得上精美,但现在这样更加接近现实。他下笔熟练,不像只是说说而已,简直令人怀疑他是不是学过建筑设计,老道得像画了许多幅速写。

"现在就对了。"宫丞说。

郁南觉得神奇:"真的!您怎么知道我画错了?"

宫丞说:"我像你这么大的时候学过一点,但只学到了皮毛,并不精通。还有就是……我曾在那栋楼的顶层办公两年。"

"原来是这样!"郁南笑了。

宫丞轻声道:"我们先吃饭,今天你请我吃什么?"

这里既然是水上餐厅,菜单上便理所当然以水产、海鲜等为主。郁南与覃乐风预订菜单时虽不能负担最高规格的菜品,但都是尽量按照贵的来,这么粗略一看,鲍参翅肚竟然全部齐了。这顿饭价值不菲,几乎花了覃乐风大半的积蓄,但覃乐风坚持说事情因他而起,怎么也不该让郁南来请客。

宫丞这辈子除了信得过的餐厅,很少在外用餐。因为他身份特殊,衣食住行一向都由专人打理,细到每一餐的规划都会按照他的喜好与可口程度提前一个星期做好并让他过目,他偶尔兴致来了也会下厨,在他看来,烹饪是一门艺术。

得知今天宫先生要来,这家五星级酒店的餐饮部精心打理,每一道菜品都选用空运来的食材,不敢有半点怠慢,但落入宫丞眼中,这种档次的食物并不能让他胃口大开,只是寻常而已。

侍者要来帮忙,宫丞挥手拒绝,他不太喜欢陌生人的触碰,自己将餐布整理好了。郁南坐在他对面,脸色稍微缓和。

郁南刚坐好，就听到宫丞说："今天你知道来吃饭，出门前都不照照镜子？自己脸上沾了东西都不知道？"

郁南愣了一下，说："我脸上有什么？"

宫丞说："颜料。"

郁南用餐巾纸擦了擦，发现餐巾上染了红色颜料，才知道宫丞不是诓人。

他一脸赧然，说："难怪刚才在地铁上总是有人看我，来餐厅后那个小哥哥也总是看我，他们只看不提醒，是怎么回事？"他心里还有点不舒服，想着那些人怎么有点坏呢。

其实郁南是怪自己来时太兴奋了些，在地铁上也光顾着发呆，都没从玻璃反光处好好检查一下自己的仪容。好像自己每次和宫先生除了工作外的见面都是狼狈的，要么就是打架，要么就是穿错衣服，今天干脆连脸都没洗干净。

"我平时不是这样的。"郁南为自己辩解。

"没事。"宫丞照顾到小孩的面子，转移话题说，"先吃饭吧，你随便尝尝，下次我带你去更好的地方用餐。如果有时间的话，我也可以在家给你做一些刺身。"

"您会做刺身？"郁南问。

"你想吃？"宫丞见郁南傻傻点头，他才说，"看你表现。"

用完餐，两人走出餐厅，径直上了车，没有交谈。宫丞一旦不说话，气氛就会显得很严肃。

郁南在手机上回复覃乐风消息，说自己马上就要到学校了。

覃乐风：好，那我在楼下等你。

原来覃乐风听说宫丞拒绝了两人一起请客的邀请，便知道对方无意与自己结交。不过没关系，覃乐风也不是攀附权贵的人，请客也只是不想欠人情。

等车子到了,覃乐风接到郁南,对宫丞道:"宫先生,谢谢您上次的帮忙,也谢谢您送郁南回来。"

"举手之劳。"宫丞只对覃乐风点了点头,车子便开走了。

覃乐风问郁南:"我怎么感觉他不太高兴,你惹他了?"

郁南也发现了这点,可宫先生之前还说有时间要给自己做刺身。于是他把今天晚上发生的事告诉了覃乐风,忐忑地道:"大概是我今天有点丢人吧。"

郁南又对着手机发起了呆。

这一周,他与宫丞失联了。郁南没有主动联系宫丞,对方也没有打电话过来。

到了周四,小周致电郁南:"今天的兼职取消了,你不用特地过来一趟。"

郁南其实已经到了画廊门口,疑惑道:"为什么?"

小周委婉地说:"宫先生很忙,如果他有时间,我会通知你。"

画廊的员工认识郁南,见他来了,还是把人请进了画室让其休息。犹剩三分之一未完成的油画还摆在窗前,上一次郁南与宫丞在这里画画聊天,现在却没了宫丞的身影。

角落里的高脚花瓶里插满了新鲜玫瑰,是粉色的凡尔赛,和过去几次一样。这是宫丞最近喜欢的品种,但该来的人没有来。

郁南手触花瓣,有点失望地问:"宫先生最近都没来吗?"

那位员工见郁南好几周没来,以为是他的画技让宫先生不太满意,大概要丢饭碗,便安慰道:"宫先生是大忙人,以前一年也不会来一次画廊,临时取消安排也是常有的事,你不要想太多了。就算宫先生以后不要你来画了,报酬肯定也不会少付的。"

郁南不小心扯下一片花瓣："不要我画了？"

那位员工说："你不要难过，那幅画本来对宫先生来说就很重要，你还年轻，还可以好好磨炼，以后还有更多的兼职机会。"

郁南有点慌，并不明白发生了什么，又为什么会这样。

他站在大街上，顾不了那么多，直接给宫丞打了电话，对方却没有接听。

整个周六的上午，郁南都有些沉默。

"郁南，你是不是不舒服？"休息时，封子瑞问道。

郁南摇摇头，说："没有。"

这是郁南来参加的最后一周墙绘，剩下的部分他们会在周二之前完工。

今天郁南穿着一件白T恤，在烈日下鼻尖冒汗，发梢也被打湿了些，漂亮的眼睛毫无神采。封子瑞买来一瓶冰水递过去："给，你小心点，不要中暑了。"

"谢谢。"郁南接过水，却不急着喝，反而叹了一口气。

"怎么了？"封子瑞挨着郁南坐下，长臂搭在膝盖上，坐下了也依然人高马大。

郁南也没继续说，安安静静地坐了一会儿，神情有些恍惚。不多时，他放下那瓶水，重新爬上梯子，准备继续工作。

封子瑞叫住对方："郁南。"

"嗯？"郁南回过头，一脚踩空，从梯子上往后倒。

"小心！"

说时迟那时快，封子瑞站起来冲过去，想将人扶住。

郁南慌忙稳住身形，封子瑞愣了一秒，他后退几步，满脸诧异："你？"

郁南的 T 恤后摆因为刚才的动作掀起了一些，露出了一片皮肤。郁南站在梯子上，把衣服整理好了，良久后才说了句："不好意思。"

封子瑞还没缓过来。

郁南顿了顿，不知道该说什么好，便重新拿起挂在梯子上的颜料桶，一言不发地继续画画。郁南本已经准备好应付对方接下来的询问，封子瑞却只站了几秒，就说了句"没关系"，很快走开了。

郁南闭了一下眼睛，松了一口气，手一落下才发现在发抖。他并不太想和别人讨论这件事，那只会引来毫无意义的同情。

整个下午，两人都没有再交谈一句，大家只以为是忙着赶进度，所以封子瑞没空去闹郁南，而郁南也没表现出异常，被问到也照常搭话，不说话时就和以往一样。等到了六点，太阳逐渐西斜，才有人问："疯子，今天你要不要顺道送郁南回学校？"

封子瑞没吭声。

另一个人说："你没看见郁南早就走了吗？送？送空气啊？"

封子瑞这才发现郁南已经不见踪影，之前郁南待过的地方只剩下收拾得整整齐齐的颜料和工具。

他站在原地思考了一阵，咬咬牙，暗骂了一声，随后抓起机车钥匙，一阵风似的冲了出去。

郁南走了没多远，甚至还没走出树与天承的广场，便听见封子瑞喊自己："郁南！"

他停下脚步："学长？"

封子瑞跑得上气不接下气，停下来时气喘吁吁的："你……你怎么不等我？不是说好了坐我的车？"

他面前的人垂着眼睛，没有说话。

郁南以为今天下午封子瑞的反应已经表明了态度——他有一些朋友曾因为他背上的东西疏远他，当然，不至于到反感的程度，毕竟那又不是传染源。可是人的本性就是这样，一旦发现某件事物与想象中有差距，态度就会截然不同。慢慢被朋友疏远的过程，郁南不想再感受一次。

"我自己回去吧。"郁南说。

封子瑞拦住对方，说："走，你和我一起，我还有话要跟你说。"

郁南拗不过他，只好跟着他往停车场走。下到负二层，停车场的凉意抚平了封子瑞心中的焦躁，他做梦也想不到郁南竟然有这样的秘密，现在看到郁南的脸有多精致，就觉得有多讽刺。

一辆黑色的加长轿车驶入停车场，两人有些挡道，那台车便对着他们闪了下灯。两人都被车灯刺激得眯了下眼，车子擦身而过，封子瑞一把将郁南拉到一侧。

郁南想要后退，封子瑞却拦住郁南，说："你知道吗？我从第一次在周日集市上看见你，就想和你认识一下了。那天你们的摊位人最多，你的画架前围了一大群人，我听说你的名号就觉得好奇，又有些不以为意，直到我走过去看见了你，才知道什么是名不虚传。"

封子瑞足足高了郁南半个头，骨架也大，一身肌肉也不是白练的，郁南被他这么一挡，竟毫无离开的空间。

"但是你刚才也看见了……我不意外你会因为那个疏远我，我知道我没有那么完美。"在封子瑞面前，郁南似乎并未因身上的疤痕自卑，认真的样子分外乖巧。

可惜郁南说的话不是封子瑞想听的，他的脸色不佳："我不介意那个！"

封子瑞刚要继续说话，就听见有人喊郁南的名字。

"你们在干什么？"

刚才那辆车停在最靠里面的位置，小周下车后替宫丞打开了车门，宫丞这才侧身从车里下来，不紧不慢地开口。双方相距不过五六米，停车场空旷而安静，他的音量并不大，却让人听得很清楚。

宫丞朝他们走了过来。气场强大的男人比封子瑞还要高一截，身穿款式简单的黑色衬衣，却将在场所有人都压了一头。

封子瑞认出他来，下意识地后退几步。这是宫丞？他怎么会认识郁南？

郁南乍一见到宫丞，不知道他为什么会出现在这里，却别开了头，看样子竟是不太想理他。

"宫叔叔？"封子瑞勉强露出一个微笑，"您好。"

宫丞冷淡地问："你是哪位？"

封子瑞有点尴尬，但人家不记得他也很正常，便自我介绍道："我是封越的侄子，以前去过您家的，宫一洛小时候还常常跟我玩。"

宫丞点点头，似乎并没有想起来他是哪位，只用吩咐的语气说："郁南，你跟我过来。"

郁南没动，只用右手按着左手腕。

"我看看。"宫丞说着就要看，却被郁南避开了。

郁南是有些不开心的。宫先生二话不说就与自己断了联系，还通知说不用去做兼职，打电话也不接。

气氛有点冷，宫丞也失了面子，还好小周会打圆场："郁南，这么巧在这里碰见你，正好我想和你商量下次画画的时间，不如你跟我们去一趟？"

提到兼职的事，郁南才勉强点点头道："好。"

郁南跟着他们走了，却一个人走在一旁，仍旧没理宫丞。封子瑞呆站在原地，一脸愕然。

三人从停车场直接乘了电梯，进入树与天承的A座写字楼，那是他们内部办公的地方。

此时已经是下班时间，工位上的白领们却还在忙碌着。

一路上，不断有人与宫丞打招呼，均是毕恭毕敬，口称"宫先生"。对于跟在宫先生身后的郁南，也没有人敢投来多余的眼神，各自忙着自己的事。

郁南心里好奇，为什么宫丞会来这里？为什么这些人会认识他？直到那位踩着高跟鞋的美女Anna出现，郁南才有点明白过来。

"先前的策划案二部总监审核通过了。"Anna跟在宫丞身侧，"第一次会议没有人提出异议，现在还需要您过目。"

宫丞道："先放着。"

Anna有点为难："这……大家都还在会议室，说好今晚加班不超过十点的。"

宫丞道："那你就告诉所有人，先下班。"

Anna点点头，还要说什么，小周把她拦住往一旁走了。郁南跟着宫丞进了那间偌大的办公室，听到门"哐"的一声关上，才后知后觉地发现小周没跟进来。

郁南也不傻，就是有点不知所措，此时他才知道宫丞就是那位传说中的大佬、树与天承的创始人、国轮制造的当家人。他到底为什么会觉得宫丞就是一个画廊老板？等等，上次Anna送来的冰激凌……宫丞早就知道他在这里兼职了？

这里和宫丞那个临时住处一样，也是整面的落地窗，不过风格相对要沉稳很多,从大片暗色调中能看出宫丞是一个喜欢安静的人。

郁南只随便看了一眼,便发现能透过落地窗看到他们平时画墙绘的情景。也就是说,平日自己在楼下的一举一动,都被宫丞看个一清二楚。

宫丞随意地在单人皮质沙发上坐下,问:"你们刚才在说什么?"

郁南终于开口:"我不太想告诉您。"

办公室里只有他们两人,虽然一个坐着,一个站着,郁南却还是觉得自己是被俯视的那个。

宫丞难得见到郁南生气,不怒反笑:"行,你不想说就不说。不过上次我说要看你的表现,你就是这么表现的?"

郁南想起来,上次在水上餐厅,宫丞说要下厨做刺身时,好像是这么说过。

宫丞道:"我这周忙得脚不沾地,你却有空闹小孩子脾气。"

都这么晚了,所有人还在加班,刚才 Anna 也说有会议,郁南知道他说的不是假话。那么……之前小周哥说取消兼职,会不会是这个原因?

郁南稍稍平复了一点情绪,又记起画廊员工跟自己说的话:"您不是以后都不要我画画了吗?是不是我画得不好?如果是,我可以改,可以重画。"

"谁告诉你的?"男人沉声说。

郁南退了几步,说:"画廊的小哥哥说的。"

宫丞扶额,慵懒地靠在沙发靠背上:"哦,他倒是能代替我辞退你了?"

原来那不是宫丞的意思,是自己误会了。郁南一时语塞,不服气道:"我打电话给您,您又不接,我只能以为我是真的被辞退了。"

宫丞终于弄清楚郁南在闹什么别扭。

"你还学会生闷气了。"宫丞面上没显露出分毫情绪,站起来走过去,"我有自己的工作和生活,还会有许多顾不上和你联系的时候,你是不是每一次都要生气呢?"

听到宫丞这么说,郁南顿时觉得自己十分没出息,他磕磕绊绊地道:"您忙吧,我……我先回学校了。"

男人低声笑道:"没事,我没生气。小孩子闹脾气而已,我不介意。"

郁南觉得自己弄了个乌龙,现在宫先生又这样说,便更加不好意思,不由得浑身僵硬:"我又不是小孩。"

宫丞还在笑:"十九岁,当然不是小孩了。"

郁南:……

宫丞又说:"在我面前你也算是小孩。"

"我年少时逃避责任,不愿接手家族企业,直到我父亲去世,大哥一病不起,才不得不接管一切。"宫丞继续说,"我三十岁才在家族企业站稳脚跟,三十二岁才有时间开创自己的事业,所以到了三十七还脱不开身。"

郁南明白他说的是树与天承,想了想问:"所以您才这么忙吗?"对于自己今天的行为,郁南有些后悔了。

宫丞本不是这个意思,闻言却笑了一声:"我也不是天天这么忙的,毕竟我手底下没有废物,只是最近比较忙罢了。"

宫丞看着郁南,又继续说:"所以我无法分出很多精力在别的事情上。若是下次出现这样的情况,你与我失去联系,或者我没有及时回电话,其实不用多想,既然你的空余时间多些,那可能需要你在这种时候主动联系我。"

郁南慢慢软化下来，眼睛眨了眨，像是明白了。

他垂下眼睫，越发愧疚："您不用特意跟我解释了。对不起，应该道歉的是我，是我不了解情况就随意下了结论。下次您若是要改变兼职时间，提前告诉我，我也可以及时调整。"

"我暑假有全天的工作。"郁南对他说起自己的规划，"那幅画还有三分之一没有完成，不过您不要担心，我会尽量抽出时间过来的，您安心忙就好了。"

郁南顿了顿，一本正经地说："您也不一定非要接我的电话，我有时候画画忙起来，也不接电话的。"

门外响起轻轻的敲门声，Anna隔着门催促："宫先生。"正值最忙的时候，Anna可不敢真的叫所有人下班，所以大家都还在等着。

郁南朝门口看去，又对宫丞说："他们催您开会吧？我真的要走了。"

宫丞道："不行。"

郁南说："为什么？"

宫丞只说："我很久没和工作伙伴以外的人待在一起了，陪我坐一会儿。"

郁南哑然，而宫丞说到做到，他将人安排到先前他坐过的沙发上坐下，又打了内线电话叫Anna进来。不多时，Anna便送来甜品与饮料。

"你在这里等我，要是无聊，可以看一会儿书。"宫丞对郁南说道，说完随手在桌面上拿了一支笔，带着Anna去开会了。

宫丞办公室里的摆设很简单，书也没有几本，只有沙发旁的小圆几上有几本杂志可以看。郁南不好在宫丞的办公室随意走动，便拿起杂志看，才发现这些竟是树与天承内部发行的艺术刊物，有许多雕塑、绘画、文物方面的科普知识，郁南一看便入了迷。

不知过去了多久，郁南把杂志看完了，小周进来换了新一波的点心与饮料，嘱咐他少安毋躁。又过了一阵，一名员工进来说宫先生怕郁南无聊，要带他去楼顶的花园参观。

夜晚的深城很漂亮，郁南在树与天承楼顶的一方绿地里眺望将他们包裹的高楼大厦。

从楼顶回到办公室的途中，郁南还遇到了那天画墙绘时遇到的那个混血的年轻人，对方正和一名员工说话，两人在平板电脑上滑动商量什么。

封子瑞告诉过郁南，这个混血的年轻艺术家叫Louis，是大名鼎鼎的设计师，还是设计墙绘的人，原来他也在这里工作。

Louis看见了郁南，对他露出一个笑："你来找宫丞？"

郁南有些意外，打招呼道："Louis老师，您好。"

Louis的鬈发这次没有拢起来，而是柔顺地披在肩上。Louis一点也不高冷，反而很谦和地说："宫丞今天的会议没那么快结束，你要久等了。"说完，他便与那名员工继续话题，与郁南擦肩而过。

对方自信淡定，全因才华傍身又声名在外，这几乎是郁南奋斗的目标。郁南有些羡慕地看着Louis，等他的背影消失才回去。

宫丞开完会已经是三个小时后，Anna一边替他打开门一边汇报，宫丞一看到门内的情形就做了个噤声的动作，低声道："你先出去吧。"

Anna这时也看见了办公室里的情形——郁南在她家老板的黑色软皮沙发上睡着了。

办公室的门轻轻合上，宫丞踩着暗花纹地毯，发出的声音几乎可以忽略不计。而郁南睡得太沉，自然一无所知。

郁南手中的手机在振动，屏幕上显示的名字是"封子瑞学长"。宫丞想起来，对方好像是介绍郁南来画墙绘的人，也就是今天下午他在停车场遇到的那个男生，自称是封越的侄子，当时两人看起来像在吵架。

虽然郁南不愿意告诉宫丞他们在吵什么，但宫丞却记得当时自己听见封子瑞大声喊了一句·"我不介意那个"。他不介意什么？

手机屏幕又亮了一下，还是封子瑞，这次是他发来的信息。

封子瑞学长：郁南，我不是开玩笑。你的秘密我不会告诉别人……

信息的内容在锁屏状态下显示不全，宫丞能看到的就这么多，但看出这条信息带着些威胁的意味。

宫丞皱眉，站起来打了一个电话。等他挂断电话之后，郁南依旧睡得沉沉的。

郁南睡了一个小时，醒过来的时候听见敲打键盘的声音，他睡眼蒙眬地爬起来坐好，就听到了男人熟悉的低沉嗓音："你醒了？"

郁南抬头一看，才发现宫丞不知道什么时候回来了，正在桌前处理公事。

似乎是怕打扰郁南的睡眠，办公室里只开了宫丞办公桌上的那盏台灯。静谧的灯光给宫丞打上了一层光影，像是一幅画。

"宫先生？"郁南拍拍脸，"不好意思，我睡着了。"

"是我开会开得太久。"宫丞合上电脑，站起来开了灯。

065

办公室一下子亮如白昼，郁南伸手遮了一下刺眼的灯光，等放下手时，宫丞已经站在他面前，居高临下地问："你饿不饿？想吃点什么？"

郁南吃点心都吃饱了，还没开口，宫丞便说："走吧，我做点东西给你吃。"

这是郁南第二次来到这套房子，同样是在晚上。大片的落地窗外夜景绚烂，高楼大厦间是彻夜不息的人间烟火。

看上去本该与厨房绝缘的男人，此时却身着家居服，腰间围着一条白色半长围裙，一边挽袖子一边对郁南说："过来帮忙。"

郁南"哦"了一声，跟着他走向料理台，看一眼就被吓了一跳："这是什么？"

只见一个硬壳的肉色海洋生物微微蠕动，时不时向上翘起。

宫丞见郁南表情怪异，淡定地道："象拔蚌，做刺身用的。"

郁南一脸惊奇："真的很像大象的鼻子。"

宫丞失笑，他吩咐道："池子里有剪过头的八爪鱼，你先把那个洗干净。"

"好。"郁南也不想再说这个，欣然应允。

刚才在路上，宫丞便让小周安排人送来新鲜食材，是以这些东西都还隐隐散发着海腥味，在池子里纠缠成一团，还带有些许泥沙。

郁南对清洗海鲜一窍不通，但这样的烹饪流程却给人新鲜感。他先用水冲了一会儿，那只八爪鱼在水花中翻滚，看上去并没有战斗力，他便大着胆子抓住每一根触须，仔细清洗。

等郁南洗完八爪鱼，宫丞也开始处理蚌鼻的部分了。蚌身的处理过程郁南没看见，现下只见宫丞刀工熟练，将肉黄色的粗皮轻松剥掉。宫丞表情认真，似乎这对他来说是一种享受。他从冰箱里拿出细碎的冰块，下刀又快又准，一片片蚌肉被均匀整齐地铺开在冰块上。看得出来，他深谙如何处理这些食材，显然是常做的。

"之前我在一位大厨手底下学过几天。"宫丞说，"偶尔会做来自己吃，所以不是每个人都有这个荣幸吃到的。"他说着，抬头看了郁南一眼。

"我是第一个吃到这个的吗？"郁南问。

宫丞继续摆放蚌肉："当然不是。"

郁南"哦"了一声。

"在这里吃到的，你是第一个。"宫丞补充了一句。

郁南愣了一下，露出笑容，小声赞叹："哇！"

宫丞捏起一片蚌肉，蘸了酱递给郁南："尝一尝。"

这块肉一入口，郁南只觉得极鲜，鲜到甚至有一点甜味。郁南咀嚼着美味，好吃得连眼睛都微微眯起。

二十几分钟后，桌上摆了一碗蚌肉汤、一份象拔蚌刺身、一份生吃八爪鱼。这些菜色看着简简单单，兴许并不能饱腹，却让人食指大动。

两人吃到一半，这时有不速之客按响了门铃，宫丞不得不起身去开门："你怎么来了？"

郁南有些好奇，只见一个男孩大大咧咧地闯进来，他染了一头白毛，看起来飞扬跋扈："我听到任叔在吩咐人给你准备食材送过来，就赶紧过来了，这种千载难逢的机会，我才不会放过！"那个男孩一边说一边甩掉脚上的鞋子，"你一个人在吃什么好吃的？"

他说着走向餐厅，一眼便看见坐在桌前的郁南，惊讶地道："不是一个人！"

郁南觉得他有些眼熟，很快就想起来，这人是那晚在酒吧外面挂在宫丞身上的男孩。郁南曾问过小周，这个男孩是谁，小周却避而不谈，叫郁南自己问宫先生。

他是谁？

"你好。"郁南对来人打招呼。

男孩想了想，忽然笑起来，可那笑却让人不太舒服："我记得你，你就是上次和严思尼打架的人。"

他怎么知道的？郁南疑惑地想。

宫丞不紧不慢地走了过来，毫不客气地掐住男孩的后颈："你给我回去。"

男孩缩起脖子，说："我不！我也要吃！我听见任叔说你要做吃的了！"

宫丞无情地道："没有你的份。"

"我不服！"男孩耍无赖，"上次你和Louis吃饭的时候就说过看我表现的，我最近表现很好！"

宫丞冷笑道："是吗？就你这一脑袋白毛，剃了就给你吃。"

男孩挣脱宫丞的手，跳到桌前，宫丞冷冷喝令道："宫一洛。"

宫一洛根本不理他，对郁南吐舌："你不介意吧？"

郁南是客人，当然不可能介意。宫一洛自问自答也不需要谁同意，自己坐了宫丞的座位，便毫不客气地开动。

"你叫什么名字？"宫一洛问。

郁南答了，宫一洛又说："我们上次在酒吧外面见过的，你还记得吧？推你的那人叫严思尼，是我同学，我还替那家伙向我小叔求情来着，可他却一点面子都不给我。"

郁南这下明白了，原来是这么回事。不等郁南说话，对方又极快地问："你看上去很嫩，多大了？"

这是什么形容词？郁南反驳道："说不定我比你大。"

"我马上二十一岁了。"宫一洛说。

郁南说："我……十九岁。"

年轻人比年纪比输了，可是要莫名矮一头的，郁南难得吃瘪，没办法再反驳他。

宫一洛见郁南那副表情，又道："你很有意思啊，叫我一声哥怎么样？哥以后罩着你。"

郁南才不愿意，拒绝道："不。"

宫一洛急了："叫啊，你又不吃亏。"

"宫一洛。"宫丞的语气十分冷淡，"回去。"

不速之客却没脸没皮地说："我知道了，吃完就走。"

他吃完却不走，要加郁南的微信，完了还要和人一起打游戏。郁南年纪尚小，没有不玩游戏的道理，宫一洛的游戏段位高，还能带着郁南提升战绩，于是两人就坐在沙发上开始打游戏。

"上上上！郁南你上啊！"

"这里有个包，快来拿。"

"我想要个消音器。"

……

两个人叽叽喳喳的，连带着郁南话都多了不少。

游戏果然是开解心情的良药，见面后一直没有完全展露笑脸的郁南竟也放松下来，眉眼弯弯地笑了好几次。宫丞没再赶人，任他们在客厅里玩耍。

Chapter 04
疤 痕

你的脸有多好看,那片疤就有多吓人。

封子瑞等了郁南一个晚上，郁南不仅没有回复他的信息，等他第二天早上到宿舍去找郁南的时候，还被告知昨晚郁南并没回去。

当他看见郁南从一辆豪车上下来的时候，顿时心中不悦。

车窗里露出宫丞的侧脸，他正对郁南说着什么。接着郁南挥手对宫丞说再见。等那台车子开走了，郁南才回头往宿舍方向走，不过眉头深锁，看上去有心事。

郁南看到封子瑞，愣怔了一瞬，并没有只言片语，只顾继续走路。

"郁南！"封子瑞挡住对方的去路，"昨晚我给你发的信息你没看见？"

郁南说："看见了。"

封子瑞道："那你为什么不回复？"

郁南站在树荫下，阳光从树梢投射下来，星星点点的光斑洒在脸上，显得其眉目如墨，清新脱俗。

封子瑞质问道："昨晚你去哪里了？"

郁南觉得自己的事没有必要向学长交代，便不说话。

封子瑞自己答了，表情难看："我知道了，你去找宫丞了对吧？"

郁南不置可否。

封子瑞提高了声音道："我告诉你，你是不可能真正巴结上宫丞的，你知道为什么吗？"

郁南猜到封子瑞要说什么，脸色白了一分："我不想知道。我要回宿舍了。"

封子瑞低声道："因为你对他来说是不完美的。"他一句接一句，直白又剜心，"宫先生最出名的不是他的背景，也不是他的能力，而是他对完美的变态要求。我曾经告诉你，树与天承修到一半经历过一次重建，就是因为他无法忍受实物的瑕疵，硬生生将这个项目推后两年！这可是他在宫家之外建立的最重要的个人事业！"

郁南僵住了。宫先生对自己说过他的个人经历，虽然他轻描淡写，但郁南能感觉到他对树与天承的重视程度，也记得封子瑞说过这件事，树与天承因为瑕疵推倒重建也是事实。

"我叔叔说，他曾经因为员工搭配衣服失误而禁止对方出现在他面前，曾经因为喜欢的玫瑰气味不佳而命人培育新的品种。你想想，他对事业对生活尚且是这样，何况是人？"封子瑞道，"曾经在他身边待的时间最久，最受他信任的人你知道是谁吗？"

郁南并不想知道。

"是Louis。"封子瑞说出了答案。

郁南微微张开了唇，神色讶然。

封子瑞笑得有点瘆人："没错，就是那天来到工地的Louis。我明白了，Louis是专程来找你的！"

郁南说："找我？"

封子瑞说："Louis是怎么样的人，你已经见识过了，人家是混血，还是知名设计师。Louis和宫丞认识了十几年，现在又回国发展，估计是听闻你最近和宫丞走得近，所以Louis来看看你是什么人。郁南，你真的认为你和Louis一样吗？"

郁南想开口说话，喉咙却像被人掐住了，发不出声音来。

"宫丞知道你身上有疤吗？"封子瑞说，"我想不知道吧？不然他不可能还允许你和他往来。"

郁南：……

"我没看错的话，你那片疤应该很大，不然你为什么那么紧张？"封子瑞还在继续说，"那么大、那么丑的一片疤，皮肤都变形了。你的脸有多好看，那片疤就有多吓人。你想一想，这是宫丞能接受的不完美吗？"

郁南的脸色更白了。

郁南耳边反反复复回荡着封子瑞的那一句"你的脸有多好看，那片疤就有多吓人。"

当年转学后，郁南平平淡淡地上了另一所高中。

霜山市并不大，任何崭露头角的孩子都会在各所学校被口口相传。郁南拿了许多奖，郁南有望获得参加顶级比赛的资格，郁南被著名大师接见……郁南的名字越响亮，被越多人关注，流言就越鼓噪。有人在学校拦住郁南问："喂，我听说你身上有一大片疤，腿都烫烂了，是不是真的？"

现在的情形和那时何其相似。

封子瑞为了心中快意讲完这些，但看到郁南这模样却又莫名难受。他头昏脑涨，也不知道自己为什么会这样。

"对不起。"封子瑞说，"我说得过分，却是事实。"

封子瑞话音刚落，郁南便冷冷地开口："你走吧。"

封子瑞难以置信："郁南？"

郁南的脸上浮现他从来没见过的冷漠之色，说："我就算有疤，我不完美，也与你无关，你以后不要再来找我了。"

073

郁南回到宿舍，面对覃乐风的询问，却只顾着打开电脑去搜索Louis的信息。

Louis，三十岁，混血，知名设计师，才华与外貌并重，号称有一副被天使吻过的皮囊。

手机振动起来，是宫一洛发来了信息。

宫一洛：喂，你怎么突然走了？招呼都不打一个！

郁南早上离开的时候宫一洛还在睡觉，小周叫他，他还不耐烦地翻过身继续睡。宫丞对他视而不见，似乎懒得理他，只在走之前吩咐小周，等他走了就叫人来收拾干净房子。

郁南羡慕宫一洛这么肆无忌惮，他也想那么恣意、无忧无虑，可是他做不到，此时也没有心情回复宫一洛的信息。

宫一洛自说自话，继续发信息：你干吗，不想和我搞好关系？

郁南手指移动到宫一洛的个人资料上，将他从联系人里删除了。他做完这些，心跳得特别厉害，像是做了某种决定一样。优柔寡断，患得患失，都不是郁南想要的特质。

这一周，宫丞主动与郁南通过两次电话。郁南每一次都认认真真和他讲一些无关紧要的事，有一次他们通话甚至超过了三十分钟。

到了周四，两人终于如约在画廊见了面。这天临走前，郁南说："这幅画只剩下面的衣角没有完成了，我想加快进度，您不在的时候我可以过来吗？"

宫丞问："是因为暑假要去工作的事？"

郁南"嗯"了一声。

宫丞说："你可以不用去工作，暑假就在这里画像，怎么样？"

郁南摇头道："不行，从大一开始我就在那里上班，也答应了老板每年暑假都去，他对我很好的，我不可以食言。"

宫丞便同意了："行，做人应该言而有信。"

令他没想到的是，当他不在的时候，郁南连续赶工，很快就将那幅画完成了。

有天小周进办公室时表情古怪，支吾半天说不出话。

宫丞道："我要破产了？"

小周说："不是。"他抓耳挠腮，好几分钟后才鼓起勇气说，"是郁南。"

宫丞的动作顿了一下，他以为郁南又被什么人欺负了，那个叫封子瑞的才被他处理了。

他的眉头皱起："郁南怎么了？"

小周说："郁南在您的画像上别了这个，今天我过去拿画的时候才看到。"

一张字条递到宫丞办公桌前，宫丞接过来一看，上面用幼圆的字体写着：宫先生，这份工作结束了，我想，我们不要再联系了。这幅画送给你，你不用付我报酬了。

宫丞：……

大巴车在高速路上平稳前行，窗外的青山绿水一闪而过。郁南他们这次写生去的是远在三百公里外的千佛山，不算是太出名的景点，却胜在植被颜色丰富，很利于色彩与意境的练习。

车内空调温度适宜，又是时隔一学期后再次全班出动去写生，学生们都算得上神采奕奕，有的打游戏，有的聊天，还时不时互相扔团纸打闹一下，这就是美术生们的假日时光了。

郁南坐在靠窗的位置，覃乐风最近在网络上新认识了一个网友，两人还没见过面，但似乎有很多话题。

中途到服务站休息的时候，郁南下去买了两瓶冰水，正巧看见班里两个女生站在卫生间外。

其中一个是他们班的小个子班长方有晴，她脸色苍白，看上去有点难受。

"怎么了？"郁南问。

另一个女生道："班长有点晕车。"

郁南记得班长坐在后排，而后排正是排尾气的地方，又不太舒适，便主动说："班长你和我换位置吧，我坐在前面靠窗的位置。"

方有晴点点头，说："好。"

他们重新上了车，覃乐风已经换到后面去和同学打游戏了，郁南便坐了覃乐风的位置，把自己的位置给了方有晴。

"给。"郁南把冰水给她。

"谢谢你啊，郁南。"方有晴说。

班里的同学都认识快两年了，方有晴虽然个子小，却一直很有领导力，为人积极向上，充满正能量。

郁南还是第一次看见方有晴手腕上的文身。那是一片彩色的羽毛，呈渐变状，轻飘飘地躺在她白皙的手腕上，显眼又漂亮。

方有晴将手伸给郁南看："好看吗？我想用文身的图案挡住手上的这块疤。"

郁南轻轻托起她的手腕道："好看，疼不疼？"

方有晴已经好了些，笑道："一点点而已，这家工作室的文身师手艺很好，如果你要去的话，我可以给你介绍。"

郁南很怕疼，并没有文身的想法。另外，如果郁南临时起意想要在身上文个图案，也可以自己画一个，他参加漫展的时候就给同学画过。

当天下午，众人就到达了目的地，大巴直接开进了景区。学校包下来的旅馆在山顶观景台旁边，那里的风景是最漂亮的，美中不足的是只有一条蜿蜒小道可以上去，而缆车只能送他们到半山腰。

千佛山山体绵延，他们爬的山虽不算主峰，却也有两千多米高。大部分美术生都缺乏锻炼，他们爬得手脚发软，看起来最柔弱的郁南反而气定神闲。

"郁南，你是神仙吧？"有同学说。

郁南心想：不，我是一个坏蛋。他叹了一口气，告诉自己不要再想宫先生那边的事了。

他想了很久才决定用留字条的方式与宫先生告别的，覃乐风说他这是懦夫行为，他不得不承认覃乐风说得对。让他当着宫先生的面或者打电话跟宫先生说不要再联系，他都没有办法做到。

接近黄昏的时候，他们终于爬到了山顶旅馆。老板和服务生早就为他们准备好了晚餐，吃完饭再安排房间。学生们爬了一下午，早就饿得前胸贴后背，对着一桌子的菜狼吞虎咽，郁南却只吃了一点米饭。

老师一边点名一边分房间，当晚众人便各自回房休息。

郁姿姿前几天终于和郁南取得了联系，得知孩子要去写生又联系不上她，就自己找兼职搞定了费用，她半天没说话。

这晚郁南刚躺上床，就收到一条转账信息，郁姿姿转过来两万块钱。郁南吓了一跳，以为她多打了一个零，赶紧打电话过去询问。

郁姿姿说："郁宝贝，你要记住，不管发生什么事，妈妈都有能力供养你。"

郁南敏锐地察觉到郁姿姿的语气与以往有些不同。

父亲去世的时候郁南还很小，爷爷奶奶似乎对自己很有意见，竟逼着郁姿姿将自己带走，还要自己改姓。郁姿姿这些年没有再婚，和郁南相依为命，郁南早就无比熟悉母亲的一举一动。

郁南说："妈妈，发生什么事了吗？"

郁姿姿说："没有发生什么事。你只要记得，妈妈很有钱，很爱你，比世界上任何一个人都爱你就行了。"

郁南挂断电话之后，覃乐风问："郁南，你妈妈还缺孩子吗？"

郁南想了想，说："应该是不缺了，她养我一个人就很累了。"

宫丞的电话在郁南写生的第二天打了过来。

郁南正坐在观景台的石阶上，这个位置高得有些吓人，很多女生甚至都不敢靠近，他却一坐就是一下午。手机铃声响起，郁南拿出手机一看，上面显示着宫丞的名字，吓得他差点从石阶上栽下去。

夕阳落下，天边悬着看不到尽头的火烧云，昨夜下了一场暴雨，今天的景色特别漂亮。

宫先生打电话来干什么？郁南有点迟疑。

在他迟疑间，电话挂断了，他刚松了一口气，铃声很快再次响起。

他小心翼翼地接通电话："宫先生？"

宫丞的声音听起来与以前一般无二。

"你在学校？"男人说，"我一会儿叫小周去接你。"

对方不生气，郁南反而不好意思："你为……为什么要叫小周哥来接我呢？那幅画我不是已经画完了吗，是不是哪里没画好？"

他看不见宫先生的脸色,但是能猜测到一定是不大好看的,因为接下来宫丞的声音严厉了些:"郁南,我不想说第二遍。"

郁南意识到了事情的严重性,看来自己那么做真的很差劲,于是看着天边的火烧云说:"可是……我现在千佛山写生,不在学校。"

宫丞沉默了,他似是吸了一口气让自己平静下来:"什么时候回来?"

郁南说:"半个月后。"

这次电话那头沉默了足有一分钟,宫丞才说:"我过几天要出国。"

郁南说:"哦。"

这一声"哦"听起来非常冷漠,毫无感情色彩。

"等着。"男人最后说。

宫丞说的"等着"是什么意思,郁南不太明白,若不是宫丞要出国,郁南还以为这是他要来千佛山当面和自己说清楚的意思。

年轻人总是想一出是一出,朝令夕改再正常不过。因为人生还很长,他们莽撞又恣意,顾头不顾尾,完全不考虑后果。

天刚放晴了两天,等到写生的第四天傍晚,暴雨再次降临了。

此时正值酷夏,算是雨季,可这雨水大得像是天空破了道口子,水不要命地往下灌,从旅馆屋檐流下的雨水连成了水线,密得让人几乎看不清几米外的一切。

学生们完全不在乎下不下雨,甚至还疯闹起来,拿着水桶、水盆等物,光着脚踩在旅馆天井的青石板上,在雨中打水仗。

暴雨似乎下累了,在天黑时堪堪收住,大家洗澡乘凉,还商量着第二天去看一看主峰的风景。谁料半夜寂静时，蓦地响起一声雷，所有人陡然惊醒，只见窗外刹那间亮如白昼，紧接着眼前一黑，又是响彻天际的雷鸣。

"这是怎么了？"有同学惊疑不定。

郁南与覃乐风同住一间房，另外还有两位同学，大家都从床上坐了起来。外面传来女同学的叫声，有人在喊停电了。

老师与旅馆老板打着手电筒，挨个房间检查，检查到郁南这一间房时，郁南发现老师整个人都湿透了，头发紧贴着头皮，上面甚至还挂了树叶。原来外面已经狂风大作，暴雨如注，阳台上都积了水。

"大家都待在房间里，不要乱跑，"老师交代，"也不要惊慌，只是暴雨而已，继续睡觉吧。"

覃乐风问："老师，这么大的雨，什么时候能来电啊？"

老师说："等雨停了，老板就会去检查线路，不要担心。"老师说完，又急匆匆地去检查下一个房间了。

郁南睡不着了，房间里黑漆漆的，伸手不见五指，只有几簇蓝幽幽的光亮起，那是手机屏幕的光。

"我睡之前忘给手机充电了。"有个同学大概也是睡不着，想玩一下手机，"谁有充电宝？"

另一个同学找出充电宝递了过去。

覃乐风怕黑，从自己床上摸到郁南床上，两人挤在一起："这雨下得有点恐怖啊，我之前看过天气预报，没说有这么大的雨。你怕不怕？"

郁南摇头道："我不怕。"

"那我就不保护你了。"覃乐风打了个哈欠，迷迷糊糊地睡了。

郁南觉得无聊，刷了一会儿微博。过了一会儿，郁南发现自己的邮箱里有一封新的邮件，看时间是今天下午发来的，郁南打开一看，发现发件人的署名是"余深画室"。

郁南同学你好：

你提供的作品我已全部仔细阅览过。你技法纯熟、构图独特，对色彩的运用大胆而不失主题性表达，我十分欣赏。我已有许多年未收学生，幸得上次宫先生倾力推荐我与你见面，才没错过可造之才。在此，我想诚意邀请你从大三开始来余深画室学习，做我的学生……

郁南一下子惊住了，这是余深本人发来的邮件，还要收自己做学生！这该不会是做梦吧？

愣了两三秒，他才从惊喜中回过神来，看到邮件中提到的宫先生，他倏地心里一酸，不知怎的眼眶就红了。

原来那次在藏品展上与余老师的相遇并不是巧合，宫先生也不是一时兴起要带自己去增长见识，那本就是为了将自己推荐给余深而进行的会面。

郁南翻到宫丞的头像，想对宫丞说点什么，可他发现自己什么都说不出口。

可是不管是感谢，还是道歉，既然自己已经做了不负责任的事，现在就什么都不能做了。

暴雨下了一整夜，第二天早上众人起来时，旅馆内依旧没有来电。天空是昏黄色的，预示着至少还有一场雨正在酝酿中。

郁南站在积水的阳台上，看见旅馆附近的树木有一部分被吹断了，泥泞满地，更不幸的是，从山下通往山上的电线杆倒了几根。目之所及已经是这种情况，更远的地方说不定还有其他状况，难怪这里会停电。

大家在餐厅集合，因为没有电，这天早上只能靠牛奶和面包充饥。

气温骤降，还好来之前大家听老师说山上昼夜温差大，都带了一些薄外套。今天的写生与观光计划肯定是不能成行了，手机也要少用，大家便找老板拿了扑克，准备玩纸牌打发时间。

老板准备步行下山去买蜡烛、柴油等物，顺便看看情况。不到两个小时他就回来了，带来一个不好的消息——昨夜有一座小山峰发生了泥石流，观景台通往山下的缆车断了，山路也受到波及，他们被困住了。

到了此时，手机也没有了信号，几个胆子小的女生害怕得哭了起来。

"不要哭，我们人都没事，有水也有吃的，至少还能坚持好几天。"出来写生遇到这种事，老师的责任是最大的，他早已焦头烂额，却还要安抚大家，"我们只要等待救援就行了。"

"对！"方有晴也站出来安慰大家，"老板说了，只是另一座山发生了泥石流，我们这里是没有问题的，大家不要害怕啊，勇敢一点！"

"可是这天看上去还要下雨。"

"我们这里要是也出现山体滑坡怎么办？"

老板也很急："大家放心，我们这座山植被茂密，房子也很坚固，肯定会没事的！"

一天很快就过去了，众人期待的救援没有到来，到了晚上却又开始下暴雨。一群年轻人前几天还无忧无虑的，今天的氛围已经变成了愁云惨淡。

天灾面前，危险暗藏，安宁或许只是一时的，谁也不知道接下来会发生什么,学生们晚上听着雨声更是不敢入睡,三三两两聚在大堂聊天、玩桌游打发时间。

"不如我们来列愿望清单吧?"有人提议,"都这样了,万一出了什么意外,也能让后来人知道我们来过这个世界。"

"好啊!"一群人一拍即合,纷纷附和,老师很无奈,但也只能由他们去了。

郁南也在其中,他列出的清单可长了:想开画展,想去旅行,想养一只狗,想吃一份麻辣锅,想玩跳楼机,想收集世界上所有不同饮料的瓶盖……

每个人都表情肃穆,写得认真,不知道是谁开始将清单内容念出来,气氛顿时从热闹变得悲伤。

"我想回去见我爸。我想告诉他,我不该和他对着干,我不该任性地选择来深城念书,我只是想引起他的重视罢了。"

"我也想我爸妈了。"

"我也是……"

"我也是!"

一个男生说:"啧啧,我就和你们不一样了。我之前想割双眼皮来着,一直不敢去,这次要是真的下不去了,我就是到死也没有双眼皮。"

大家笑出了声。

气氛稍稍活跃了一些,有个女生说:"那我还这么胖呢,到死也是一个胖子。"

"我有脚臭。"有人道,"哎!你们别打我啊!我承认,阳台上的臭袜子就是我放的。"

"我们早就知道了!呕!"

老师走开了,话题也变得奇怪起来。班里的生活委员分享了一个自己的秘密，所有人狂笑起来，覃乐风也顺势说了一个自己的秘密。

又有几个人自曝糗事，连方有晴都加入了，她淡定地盘腿而坐："你们说的那些都不算什么，我曾经很悲观。"

在场的人都震惊了，因为方有晴乐观向上的形象已深入人心，她总是给大家带来正能量，大家怎么也想不到她会有那样的过往。

小个子的女孩一脸不屑，伸出手腕道："你们看见我手上这个文身了吗？"那个羽毛状的文身在烛火中看起来特别漂亮。

"这其实是我的一道伤疤，艺考前，我……过程就不说了，反正最后留了一道疤。"她对当时的伤痛轻描淡写，"现在回想起来，我只觉得那时候自己脑子有病。还好现在伤疤被文身完全遮住，看不出来了。"

有人不信，说："我看看。"

几位同学轮番抓住她的手腕查看。

"看是看不出来，好像摸起来是有点不一样。"

"原来是这样，刚上大学的时候，我们一直以为你以前是'校霸'，哈哈哈。"

郁南就坐在方有晴旁边，其觉得十分不可思议，好像新世界的大门打开了。聚会散了后，郁南问方有晴："班长，如果有更大面积的疤痕，也能用文身遮住吗？"

方有晴有点意外郁南会问这个："大面积？有多大？"

郁南回答得很准确："身体的百分之二十五。"

方有晴听到疤痕有那么大的面积，很惊讶，她仔细想了想才道："理论上应该是可以的。不过我上次去的时候听说这要看个人的疤痕情况与体质，还要做一些检查。如果你朋友需要的话，我觉得最好先去咨询一下医生。"

郁南道："不是我朋友，是我。"

黑暗中，精致漂亮的郁南就像漫画中的精灵一般，本该出尘脱俗，不会与伤痛和苦难扯上一丝一毫的关系，任谁都想不到这个人竟然会有这样的经历。可郁南说得很顺口，几乎未经考虑，眼神里还带着兴奋，一副跃跃欲试的模样。

覃乐风站在不远处，已经听到了两人的对话，脸色微变，上前一步扯开郁南："你在干什么？"

郁南说："我想要去文身。班长的文身很漂亮，我以前怎么没有想到这种方法呢？"

覃乐风现在根本没有考虑这个，心里想的只有郁南的个人隐私。

一个人的隐私怎么能轻易说出口，如果有人想用这个来中伤郁南怎么办？当然，不是说方有晴是那种人，而是覃乐风下意识就想护着郁南。

方有晴脸上的震惊根本来不及收起来："你自己？"她完全看不出来郁南身上有伤痕。

郁南对她说："班长，回去之后，你能不能带我去那个文身工作室看看？"

方有晴点点头，说："可以。"

郁南在黑暗中想了想，说："嗯，如果我们能平安出去的话。"

暴雨下到半夜终于停歇，郁南起床的时候闻到山间雨后的泥土气息，朝外面看了一眼，天看上去像要放晴了。

当然，这次暴雨带来的损害并没有大家想象中那么严重，半山腰被泥石流阻断的道路很快被清理出来，当地政府也派来救援人员，困在山顶的师生终于被平安转移。

离开时，所有人都有一种劫后余生的感觉，即使他们在泥泞中走得双腿发软，也不曾喊一声累。

写生泡汤了，老师安排大家在城里住了一晚。手机恢复信号后，众人都给家里人报平安，然后一行人坐上大巴回学校。

"郁南，有你的包裹。"宿管老师叫住郁南。

郁南接过那个方方正正的纸箱，不知道里面装的什么，自己最近也没在网上买东西。

等郁南回到宿舍拆开纸箱一看，里面竟是一个崭新的黑色头盔。

"你买的？"覃乐风正收拾东西。

郁南摇摇头，说："不是。"

郁南心里有了一个猜想，随即发现纸箱里还有一张字条，上面写着：郁南，之前的事我很抱歉，祝你以后一帆风顺，得偿所愿。

落款是封子瑞。

自那次的事情后，郁南就将封子瑞从通讯录里删除了，也删了微信好友，所以这么久以来郁南再没有收到他的消息。不过郁南没想到对方会道歉，看起来态度还很诚恳，这令人有些意外。

郁南将头盔放在柜子里，忽然失去了学骑机车的兴趣，准确地说，他最近对什么都没有兴趣。

暑假很快就要到来，郁南与覃乐风从大一开始就在一家少儿美术培训班兼职，这次原本也是要去的，可是郁南现在还面临一个选择，就是去余深画室。

去与不去，郁南还没回复余深，因为这让他想到了宫先生。

事实上，经历过这次灾难，郁南的一些想法也有些动摇了。

不管以后和宫先生还能不能友好相处，自己都应该为将来做出一些努力，像方有晴一样，去迎接更为美好的明天。

天气逐渐炎热，过两天就放暑假，方有晴骑着单车，在校门口与郁南和覃乐风会合。

今天郁南要和方有晴一起去文身工作室，覃乐风作陪。前一天郁南已经去医院检查过，医生告诉郁南，疤痕没有增生，做文身应该没有问题。

路上，方有晴告诉郁南，工作室的老板是从湖心美院毕业的学长，叫俞川。对方技艺高超，构图新颖，近年来在业内十分有名，要他立刻就接单基本上是不可能的，因为预约通常排到了第二年。

到了工作室，冷气终于给大家带来了清凉，前台小美女还给每个人倒了冰水。方有晴与覃乐风汗流浃背，忙着休息，只有郁南在认真地看文身图册。

不知过了多久，一道斯文的声音响起："是哪一位想文身？"

"学长好。"方有晴抬头笑道。

来人二十七八岁，戴着一副黑框眼镜，长相清秀，并不是郁南想象中的大汉，而且对方身上似乎一处文身都没有。

"是我。"郁南举手道，其像一个被老师点名的学生。

俞川手上的手套还没摘，看来是刚工作完，他看到郁南，语气温和："你想文哪里？"

郁南想了一下，说："身体。"

方有晴之前在电话里只是咨询，不方便透露太多，此时郁南本人来了，她也就没什么顾忌了："学长，我同学和我一样，想用文身遮盖疤痕，不过我同学的疤痕在身上。"

俞川点点头，说："你先进来，我看看。"

覃乐风拉住郁南："要不要我陪你？"

郁南说："不用了，你不是也想文身吗？我刚才看到一个图案挺好看的，你看看吧。"

郁南跟着俞川穿过走廊，来到内室，内室只有一张白色的桌子，像是工作台。俞川很平淡地对郁南说："你把衣服掀起来让我看看。"

对方一边说一边扯掉手套洗了个手，又打开了白炽灯，等他回头一看，郁南已经掀起了衣服。

俞川露出震惊与复杂的表情，他看到眼前这一幕，第一个念头就是这得有多疼？

郁南的皮肤很白，光滑细腻，与其精致绝伦的五官搭配，再加上修长匀称的身体，任谁都不得不承认这是一个美少年。

可这些都被那一大片横亘于身体的疤痕破坏了，它从后腰左侧开始，一路蔓延到小腹，再从左臀与大腿根继续向下，到膝盖上方十厘米处才堪堪停住。

可能是当时处理得比较好，疤痕上并未看见粘连与增生，但疤痕组织上不自然的浅白色与粉色交错，皮肤也有一些扭曲的褶皱。

这片疤痕出现在这具美好的躯体上，看上去狰狞恐怖。

俞川整理好自己的情绪，问道："是烫伤？"

郁南说："是的。"

饶是俞川见过许多伤疤，也不免替眼前的人感到难过："怎么会这么严重？"

郁南告诉他："我小时候在剧团食堂玩，不小心打翻了汤桶。"

所有人都以为郁南不记得那时的事了，其实每个细节他都记得。

他记得那个汤桶很大,因为妈妈的三十多个同事都会在排练完后来食堂吃饭;他记得那个垫着汤桶的塑料凳是大红色的,有条腿看上去快折了;他也记得桶里面装的是豆腐汤,自己喜欢豆腐,又正好饿了,所以才凑近去看。

不过郁南只看了一眼,塑料凳腿就"咔嚓"一声折断,汤桶倾覆,热汤往他身上淋了上去。

那年郁南七岁。

俞川走近了些:"我从来没做过这么大面积的文身遮盖。"

郁南静静地看着他,好像一个等待裁决的人,眼里带着希冀。

俞川也不卖关子,直接说:"做是肯定可以做的,但是在疤痕上文身比在一般的皮肤上来得要疼,而且次数还会因此增多。你的疤痕面积这么大,真的能忍受那种痛苦吗?你文到一半就跑掉的话,我不会退你钱。"

郁南说:"有没有烫伤那么痛?"

俞川看出对方的决心,答道:"没有。"

郁南说:"那我就不怕了。"

"不怕就好。"俞川又看了看郁南腰侧的疤痕,"你有没有想过文什么图案?我一般都会给顾客建议,但是我听方有晴说,你也是湖心美院的美术生,我想你可能会有自己的想法。"

郁南其实并没有想好要文什么,刚才看到的几幅文身作品都很骇人:"我还没想好,你可以不要给我文鲤鱼背、菩萨、真佛什么的吗?"

俞川扶额:"你以为你是混黑社会的?"他提议,"我最近正缺可以参赛的作品,你这个情况很适合我。如果你想好了,我可以推掉最近的预约,这几天就给你文身。"

郁南没想到能这么快,想了想道:"那文玫瑰花怎么样?适合我吗?"

"可以,你皮肤白,文大红色会好看。"俞川点点头,又认真地跟郁南说,"小朋友,你来文身只是为了遮住伤疤,而我作为文身师,却希望它能成为你身上最独特的风景。"

受过苦难的人,都值得一帆风顺。

Chapter 05
玫 瑰

罗曼·罗兰说过,艺术是一种享受,我正在享受。

期末考试结束了,一行学生走出教学楼。楼外有一个景观系的学生建的小花园,流水潺潺,鸟语花香,新培育的欧洲月季花团锦簇。鹅卵石小道延伸出去的校道上,停了一辆油光锃亮的黑色轿车,在阳光下反射着耀眼的光芒,看起来就很贵。

有同学赞叹道:"哇,宾利,传说中的有钱人呢。"

郁南不关注车,也不清楚什么是宾利,但同学的语气这么浮夸,就往那边看了一眼,心里顿时咯噔一响。

深城当然不止这一辆宾利,郁南却只坐过其中一辆,于是立即想到了某个让自己"等着"的人。

车内,小周道:"宫先生,要我叫郁南过来吗?"

宫丞眸色沉沉地看着窗外的人:"我自己来。"

他的手指在小桌上敲了一下,很快就滑动手机屏幕拨通郁南的电话。

今天郁南穿了一件白色的T恤,露在外面的胳膊细白,下半身依旧是破洞牛仔裤加板鞋,标准的学生打扮。因这打扮,他显得比实际年龄要小。

电话响了两声,郁南从裤兜里拿出手机,见上面显示着"宫先生",抬头再次看向那辆车。

"喂?"郁南不敢确定。

电话里的男声很快证实了郁南的想法:"过来。"

果然是宫先生!郁南愣在当场。

宫丞按掉手机，好整以暇地等着人过来，却看见阳光下，郁南愣怔几秒后拔腿就跑，跑得比见了鬼还快。

宫丞都要气笑了，小周不敢猜测他的心思，不知道应该怎么办，只听他沉声道："追。"

郁南前几天熬夜画图，根据自己的疤痕形状与走向描摹细节，好不容易把想要的图案画好了。昨天俞川抽出时间给郁南割了线，等下一次上色还需要几天时间。

跑步的动作使得衣服在身上摩擦，还发着红的皮肤阵阵发疼，尤其是大腿内侧的皮肤，被牛仔裤反复摩擦，折磨得郁南想哭。

郁南没想到宫丞会突然来找他，还抱着侥幸心理——说不定宫先生不会再来找自己算账了。所以他乍见到宫丞，完全没有心理准备，只好逃跑。

郁南转过弯，蹿入一条小道，再钻出竹林，他打算躲入大四学长们常用的庆华堂。可惜宫丞的车比他"跑"得更快，绕了一个圈还是将人堵在了竹林出口。

车窗降下来，宫丞表情冷淡道："上来。"

一阵说笑声突然传来，说来也巧，这时庆华堂里走出来一群学生，熙熙攘攘的。

郁南说了句"对不起"，也不看宫丞是何脸色，转身就往人群里面跑了。

等人群散去，郁南早就消失得无影无踪了。

郁南直到跑回了宿舍才找回些安全感，一口气灌了一大杯水才缓过神来，心还在兀自地咚咚跳着，不知道是因为悸动还是害怕。难怪老人们常说平生不做亏心事，原来是这个意思。

郁南觉得身上有点痒，只好脱掉T恤站在全身镜前观察，其发现原本就丑陋的疤痕因为割线后的发红变得更丑了，他只看了一眼就不再看，只祈祷线条不要晕开，不然昨天受的苦就白受了。

描线、割线，每一个步骤俞川都做得很细致，足足忙了十几个小时。

郁南裸露着皮肤趴在黑色皮椅上，他本就是一个对疼痛很敏感的人，自然因这刺青痛得满身大汗。覃乐风坐在一旁，用毛巾替好友擦拭汗珠，说："我觉得文身全部完成以后一定会很好看，加油啊，郁南。"

郁南勉强开口："罗曼·罗兰说过，艺术是一种享受，我正在享受。"

这种说法俞川还是第一次听到，忍不住停下割线机，笑道："你都这么说了，我这个'刽子手'必须给你再打个折。"

漫长的"享受"一直持续到天黑才结束，郁南疼了一晚上，今天又耗费心力进行期末考试，本打算去食堂吃完饭就回来躺着的，这下好了，饭没有吃，覃乐风也出去见人了。

郁南在床上躺了一会儿，有同学来敲门："郁南。"

他爬起来开了门，原来是隔壁宿舍的同学。

对方惊讶地道："你的脸怎么有些发白，是不是生病了？"

郁南摇摇头，说："我去文身了，有点疼。"

今天他已经对不下十个同学说过这件事了，毕竟他认为文身是一件人生大事。

再说了，文身也是一件特别酷的事，郁南现在就觉得自己很酷。

那个同学来了兴趣："你文什么了？我可不可以看看？"

郁南很大方地说:"可以,不过现在没文完,我下次给你看。你找我什么事?"

同学说:"哦,这个给你。"对方将一个袋子放到郁南宿舍的桌上,"我刚才下楼的时候,有人叫我带上来的,是从苍记打包的外卖,好奢侈啊,我甚至都不知道他们家还能提供外卖呢。"

郁南有点丈二和尚摸不着头脑:"我没有点外卖,是谁给你的啊?"

同学说:"一个二十多岁的男人,很有礼貌的样子,哦,他说他叫小周。"

原来是宫先生送的。

等那个同学走了,郁南看着那份外卖,心里五味杂陈。宫先生怎么这么好啊?他一边吃外卖一边感动,心里觉得更对不起人家了。

宫先生不计前嫌,是已经原谅自己了吗?

上完最后一次色的夜晚,郁南独自走在学校里的小道上。

俞川告诉郁南,上红色颜料会很疼,因为红色不利于皮肤显色,很可能需要反复上色,可郁南还是没想到会这么疼。要命的是,因为烫伤面积太大,再加上大腿内侧及臀部皮肤娇嫩,俞川得分好几次才能完成上色。

不仅郁南难以忍受,作为文身师的俞川也很累,因为文一次就需要四五个小时。前几次有方有晴和覃乐风陪郁南,这是最后一次,郁南高估了自己的忍耐力,而方有晴和覃乐风因为有事先走了。

上完色,效果已经出来了,郁南对着镜子看了好一会儿,身上红肿,过几天还会结痂,可是他还是舍不得移开视线,这是他长这么大以来第一次喜欢上自己的身体。

郁南一边走一边想,一会儿回去拍两张照,把这过程拍下来留作纪念。忽然,一只手臂从背后伸来,他来不及惊叫出声,就被来人塞进了一辆车里。

车里有淡淡的香水味,冷气十足,空间极大,后座上还坐着宫丞。

"宫先生!"郁南震惊了。

宫丞对保镖吩咐道:"关门。"

"是。"

车门被关上,然后传来"咔嗒"的落锁声。

"讲一讲为什么离开。"宫丞好整以暇地看着郁南。

郁南知道宫丞在看自己,对方的眼神正投向自己的侧脸上,被他盯住的地方都开始发烫。自己小时候做错了事很心虚,被妈妈好脾气地询问的时候,好像就是这种情况。

郁南答不出来,只能硬着头皮道:"对不起,都是我的错,我知道我那么做很不负责任。"

宫丞说:"是吗?你这样道歉可一点也没有诚意。"

郁南戾戾的,看向宫丞:"要怎么样才算有诚意?我错了我就会负责,您说吧,只要我做得到的,我都可以做的。"

宫丞自认为已经很了解这个单纯的小孩了,郁南直率、坦荡,从不得寸进尺。他本想质问对方忽然离开,见了面还要逃走的原因,这时却心念一转。

"宫先生?"郁南见他的眼神越来越深邃,又不讲话,不由得出声提醒。

宫丞一伸手,郁南就吓得缩了一下,闭起眼睛。

"你怕什么？难道我还会打你？"宫丞无奈地说。等郁南再次睁开眼，宫丞便收起了笑意，沉声问，"你突然那样做，是不是和 Louis 有关？"

Louis？郁南当然记得那人，他听封子瑞说，宫丞和 Louis 认识了十几年，两人关系应该很好。毫无疑问，Louis 的才华与外在条件都是自己不能比的。郁南会退缩，其实有这个原因，不过其从没单独将它拎出来好好分析罢了。

不过，宫先生是怎么猜到的？郁南认为宫先生不知道 Louis 与自己见过面。

事实上，宫丞本来并不知道。他从国外回来那天，Louis 来汇报工作上的进度，恰巧宫一洛也在，他前些日子与人赛车被举报了，当天便赖在树与天承讨要被宫丞扣下来的跑车。

"Louis！"宫一洛一见 Louis 便黏了上去，"我上次帮了你的忙，你可要谢我。"

宫丞抬起眼问："帮了什么忙？"

宫一洛说："哎，就是那天去你家吃饭。哼，你只带郁南吃自己做的饭，这也太偏心了吧？"

Louis 没说话，只是静静地站在那里，宫丞却看都没看 Louis 一眼，直接对宫一洛说："下次你不准自作主张，拿了车钥匙滚吧。"

宫一洛撇撇嘴，当真拿了车钥匙，临走时说："小叔，你是不是得罪郁南了？我才发现郁南把我也拉进黑名单了。"

宫丞只给了宫一洛一个冷眼。

等宫一洛走了，宫丞才对留在办公室的 Louis 说："我以为你没这么无聊。"

Louis 笑了，将浅色头发拂在耳后，道："我只是出于好奇去看过一眼,你不要想太多。说正事吧。"

正是因为这样,宫丞才再次过来逮人。这次他话不多说,直接让保镖上阵,免得郁南又跑掉了。

此时宫丞见郁南脸色微变,眼睛瞪大,以为果然被自己猜中了,沉着脸道:"Louis 跟你说什么了?"

郁南摇头道:"没有说什么,Louis 只夸了我的手很稳。"

宫丞说:"以后不管 Louis 说什么,你都不用理。"

郁南愣住了,以后?宫先生的意思是他不怪自己做出那样的行为吗?郁南还以为宫丞逮住自己是要算账呢。

宫丞的想法果然是郁南想的那样:"这一次就算了,下次不要这样,我真的会生气。"

郁南想起了别的事,便问:"宫先生,上次我见到余老师,是您安排的吗?"

宫丞道:"怎么了?"

郁南其实有点困扰,解释道:"我收到了余老师的邮件……他邀请我去他的画室工作,还让我做他的学生,我还没回复他。"

"你不愿意?"宫丞问。

"我愿意的。"郁南摇摇头,"可是我以前不是一个喜欢通过关系等捷径去达到目标的人,这一次却要走捷径吗?我知道,靠我自己的话,这可能是我永远办不到的事。我也知道,错过这次机会,我可能永远都得不到这种机会了。"

宫丞明白郁南的困扰,这无非是靠个人实力还是靠人脉关系两个想法之间的博弈。对郁南来说,这两者非此即彼,完全是对立面,不可能融合。

宫丞便举例给郁南听:"上次我跟你说过,想成为一名成功的画家,实力与人脉同样重要。就连你崇拜的余深,如果不是他的老师三次保荐他参加比赛,他当年也不可能在那么多新生派中崭露头角。我认识他的时候,他不过三十岁,他举办的第一场画展就是我赞助的。"

郁南惊讶地道:"是您?"

"没错。"宫丞道,"那时我才十五岁,刚被父亲送去学习商业管理。有一天我去拍卖会,见到余深的一幅获奖作品觉得很喜欢,他的老师在我面前对他不吝称赞,我就赞助了他。"

郁南却想到了宫丞十五岁的样子,也想到了他帮宫丞画的那幅画:"所以我重绘的那幅画就是余老师当年画的?"说完自己又否认了,"不对,那不像余老师的笔触。"

宫丞顿了一下,笑道:"跑题了。"他将话题拉回来,"我的意思是,靠实力还是靠关系,这两者并不冲突。一个没有实力的人,就是将全天下的画廊都买下来,他也不会得到任何一个人的赏识。"

郁南若有所思。

宫丞说:"你想通了没有?我认识的郁南可不是一个草包。"

郁南抬头,眼睛亮晶晶的,自信地说:"我当然不是草包,我会成为一个很好的画家。"

到时候,他会为宫先生画一幅画,好好地装裱起来,永不出售。

郁南想通了心里就轻松多了,很认真地说:"我想请余老师为我安排一次考试,如果我通过了,才是真的有资格做他的学生。"

宫丞失笑:"好。"他按下车窗叫人开车,"小周。"

小周哥竟然也在?郁南刚才被带上车时完全没有注意到,这时只觉得十分不好意思,说:"宫先生……我要回宿舍了。"

小周过来问道:"宫先生,我们要走了吗?"

他的余光看见郁南正襟危坐,努力装得十分自然。

宫丞临走前特地问郁南:"我还会不会收到字条?"

郁南十分尴尬,猛摇头道:"不会了不会了。"

宫丞点点头,说:"去吧。"

郁南下车后却又想起了什么,走过来小声告诉他:"等下次,我想给您看个东西。"

小孩的语气有些神秘,仿佛故意卖关子一样。

宫丞扶了扶额,他有预感,那就是郁南的小秘密。

郁南回到宿舍时,覃乐风还没回来。这人这两天总是回来得很晚,一方面是因为兼职,另一方面却是为了和一个在网上认识的朋友见面。

郁南百无聊赖,干脆架起画板画画,画了一幅乱七八糟、色彩斑斓的抽象派作品。

没过多久,舅舅的电话打了过来,在电话那头乐呵呵地说:"郁宝贝,我们下个月准备到深城去玩。"

郁南挺高兴的,说:"真的吗?我妈妈来不来?"

舅舅说:"她没有时间,就我和你弟弟妹妹,舅妈也不来。"

郁南家在霜山市,距离深城有三千公里。因为太远了,他读大学两年了,只有寒假才会回家,暑假都留在深城打工,自力更生。而家人到他念书的城市来,还是第一次。

虽然妈妈工作忙不能来,但是舅舅他们的到来还是让郁南特别兴奋,当晚他就在网上做了好些攻略,问了舅舅的航班之后,还订了一家距离学校不太远的民宿。

一个多月后,舅舅一行三人到了深城,覃乐风这天没有安排,便和郁南一起去机场接人:"我和你一起带他们去玩,你那么宅,做攻略也没用。"

郁南在出站口翘首以盼,甚至站在栏杆上眺望出站的人群:"来了来了!"他像一个小孩一样兴奋,"舅舅!"

人群里,一个方脸男人笑着挥了挥手。

覃乐风见到他的那一刻,终于知道郁南那一身蛮力从哪里来的了,对方简直就是亚洲版巨石强森。覃乐风毫不怀疑,要是有人敢欺负郁南,这位舅舅仅用两根手指就能把对方捏死。

其实覃乐风是来饱眼福的,他想着郁南这么好看,这人的弟弟妹妹肯定也很好看。一行人走近了,跟在舅舅身侧的双胞胎的容貌也逐渐清晰了。

一个是郁柯,像是缩小版巨石强森。

另一个郁桐,大概是长得像母亲,很清秀,却算不上美人坯子。

一家人一见面就热情地拥抱在一起,只有覃乐风陷入了沉思:郁南怎么和家人一点都不像?是基因变异吗?

还没讲两句,郁南就忍不住了,悄悄对郁柯说了什么,郁柯大叫道:"爸,郁南去文身了!"

一行人到了民宿,放下行李,舅舅就叫住郁南:"我看看,文哪儿了?"

郁柯和郁桐都看了过来,郁南就拉起T恤给他们看,三人都震惊了,舅舅表情复杂,双胞胎两人却逐渐兴奋起来,不仅啧啧感叹,还上手去摸。

"郁南,你好牛啊。"郁桐蹲在地上,用手摸郁南的腰,"好漂亮!"

郁南被摸得发痒,笑着躲开,眉梢眼角都是得意:"别摸了,

101

痒痒。"

站在郁南背后的郁柯又上手了："这里也有！"

郁桐也是艺术生，和郁南一样学习美术，当即就说："爸，我也要文身！我文个花臂！"

郁柯就不一样了，他和老爸一样学武术，比画着道："我文这儿，文个观音。"

覃乐风看郁南舅舅那副表情，总觉得带坏小孩的郁南马上就要挨打了，便不动声色地把房间门打开，准备舅舅一发难，就立刻带着郁南逃跑。

谁知舅舅走过去，在郁柯和郁桐的头上重重敲了一下，怒道："郁南成年了，你们成年了吗？"

郁桐委屈地道："那我成年了就去文身。"

舅舅说："你们都没看到郁南的疤不见了吗？郁南去文身难道是因为好玩？"

两人愣住了，纷纷噤声，不敢再起哄。

郁南将衣服整理好，舅舅一只手将其抱住，在背上拍了拍，夸奖道："我们郁宝贝最怕痛，文这么大片图案还能坚持下来，真勇敢。"

郁南微笑道："嗯，我也觉得自己很勇敢！"

覃乐风满脸疑惑，心想：这家真的不缺孩子了吗？

"我订了火锅，我们现在去吃吧。"郁南说，"舅舅你们今晚好好休息，明天我再带你们去玩。"

从火锅店饱餐一顿出来，郁南被双胞胎一人一边挽住，叽叽喳喳说个不停。郁南走了几步，手机就响了，拿出来一看，是宫先生打来的电话。

"你们先走。"郁南握着手机，满脸笑意，"我要接个电话。"

商场外，人潮涌动，夜色斑斓。郁南站在人行道上，背对着橱窗。

"你在哪里？"男人问，他听见手机那端背景音嘈杂，又道，"这么晚了还在外面？"

没等郁南说话，宫丞又道："你在外面干什么？要不要我让人去接你？"

郁南把家人来深城的事讲了："我舅舅他们是第一次来深城，我要陪他们去玩。"

宫丞在电话那头回道："好，那我等你。"

第二天一早，大家约好在民宿楼下会合。郁南出发前接到小周的电话，原来宫丞吩咐小周送来一些高级餐厅的餐券与深城很难预订的演出票、景区票，甚至还准备了主题乐园的门票。从日期的选择来看，不仅细心有序，而且处处都考虑到了，比郁南自己做的攻略不知道高大上多少倍，足够一家人玩上一整个星期。

小周还拿出了一张黑色的卡："卡没有密码，也不设额度，你想买什么想玩什么可以随便刷。"

郁南吓了一跳："不用了。"他怎么能要宫先生的卡？

"郁南，你还是个学生，总有用得上钱的时候，就不要客气了。"小周笑了笑，"再说了，这是宫先生的一番心意，要是你真的不想用，那收着就行。"

郁南迟疑了片刻，还是将黑卡收好了。郁南正感动着，而小周接下来的话更让人惶恐："我考虑到你们可能需要用车，会给你安排司机，这几天负责保证你们的出行。"

郁南赶紧拒绝了，这样太过兴师动众，不仅麻烦了别人，

103

连舅舅他们也会不舒服的。

小周不再勉强，微笑颔首："宫先生祝你们玩得开心。"

小周的车刚开走，郁柯和郁桐就不知道从哪里冒了出来，郁南疑惑地问道："你们怎么在这里？我们不是说好在楼下会合吗？"

原来郁桐也想考湖心美院，正好民宿离湖心美院近，就让郁柯陪她一起来逛一逛，顺便和郁南一起过去，谁知撞见了这一幕。

郁柯好奇地问："郁南，那个人是谁啊？"双胞胎的动作出奇一致，一齐对远去的车屁股行注目礼。

郁南不便说太多，只道："是我的朋友。"

"看起来很有钱的样子。"郁桐自言自语了一句，又很紧张地问："你要是有钱了，还会认我们吗？"

郁南皱起好看的眉毛："你怎么这么问？"

郁桐欲言又止，像是要说什么，却被郁柯拉了一下，生硬地转移了话题，几人很快说起了关于湖心美院的奇闻逸事。

在去民宿的路上，郁南说："现在放暑假了，好几个画室都不开门，不然我可以带你们去看看。"

说起这个，郁南真的觉得他们来得有点匆忙，之前完全没提起过，而舅舅向来不是一个没有计划的人。

郁柯抱住郁南撒娇道："那是因为我们想你了。"

这两天一家人玩得很开心，一切都很顺利，久违的家人相聚给郁南带来了欢乐。

有家人在身边陪伴，郁南成了最幸福的人，每天都要和宫丞发信息报备他们玩了什么：

——今晚我们看了烟花秀，太精彩了！

——今天我吃多了冰激凌，肚子痛，也没有您请我吃的那种好吃。

　　——啊，我在地铁里要被挤扁了！今天早上不该睡懒觉的！

　　宫丞有时候回消息，有时候不回，郁南也不在意，乐此不疲。

　　最后一天舅舅他们就要走了，是晚上的飞机。不过白天他们还要去壁画岩博物馆，那是深城唯一保存完好的千年古刹，门票是宫先生提前准备好的，不去游览会很可惜。

　　天气太热，郁桐有些中暑，舅舅去买药，郁柯去买水，郁南则留下来陪她。

　　"我回去之后会很想你的。"可能是要分别了，郁桐很不舍地说，"你不在，都没人教我画画。"

　　郁南说："有老师啊。"

　　郁桐撇嘴："老师没你画得好。"

　　郁南教育她："老师既然是老师，肯定有他的过人之处。你都不虚心地去学习，怎么能学得好呢？"

　　过了一会儿，郁桐没声音了，郁南才发现她在哭，以为是自己话说得重了，手忙脚乱地想哄她，她却抱着郁南的腰大哭了一场。

　　舅舅回来看见这一幕，把郁桐好一顿批评，而郁桐竟然没回嘴，委委屈屈的，爸爸说什么她都听着。

　　郁南的衣服被郁桐哭湿了，他准备去盥洗室清理一下，回来的时候正好看见刚才还很乖的郁桐在撒泼："我不管，我就要郁南！是郁南，不是别的什么南！你不准我讲也没用，还让郁南做什么心理准备！别人都找来了，我们追过来干什么？郁南早晚会知道的！"

　　舅舅一副头痛的样子，郁柯蹲在地上一言不发，半晌才搭腔道:"我们不是不想说,是觉得这件事该由姑姑说,万一郁南接受不了怎么办?"

郁桐说:"那我就在这里陪郁南,我不跟你们回去了。"

舅舅道:"你不要添乱!"

郁南站了很久,看他们渐渐平静下来才装作刚回来的样子走过去,自然地道:"走啦,里面还有好多地方没参观,我们再不去就来不及了。"

三人纷纷回神,若无其事地说笑起来。

傍晚,舅舅临走前给了郁南一些钱,让郁南不要省,放寒假早点回家。

这次钱给得有点多,就像他那次写生时,郁姿姿忽然转过来几万块钱一样。

"谢谢舅舅。"郁南没有多问,就像什么也没发现一样。

郁南送走了舅舅他们,就给覃乐风打电话,对方却没接,郁南这才想起来覃乐风今天有兼职。

他并没有多少交心的朋友,这时一个人走在路上,忽然觉得很迷茫,感觉这两天的幸福像是虚幻的泡影,甚至怀疑舅舅他们到底有没有来过。

要是没有就好了。对于将要发生的事,郁南一点也不想知道,他只是郁南,一个会画画的郁南,仅此而已。

他拿出手机时,有什么东西从口袋里掉了出来,那是宫丞给他准备的演出票,不过是大后天的,舅舅他们没有用上。

郁南有些愧疚,他怎么忘了,他还可以找宫先生啊。

宫丞回到家,发现郁南蹲在门口,整个人缩成小小的一团。

郁南听见电梯门打开的声音,一下子就抬起了头。

一个小时前，宫丞接到郁南的电话十分意外。

"你怎么不进去？"宫丞问道，他在电话里明明告诉了郁南电梯密码和门锁密码。

郁南摇摇头，大概是觉得主人不在家，他这么直接进去很没有礼貌，才会在外面等待，却没有解释。这家伙难得话少，可见是真的情绪低落。

两人进门后，屋内漆黑一片，只有玄关的灯自动亮了起来，落地窗外的夜景十分迷人。

宫丞在酒柜前倒酒，他在杯中加了冰块，冰块碰撞玻璃杯发出清脆的声响，然后又倒入冰凉的威士忌。他走过来坐下后，便仰头喝了一口酒。

宫丞回头瞧见郁南盯着自己，问："怎么了？"

郁南深深地叹了一口气，带着一点小情绪地说："我可能是我妈妈捡来的。"

宫丞失笑，他以为是什么事，原来是和家里人闹脾气了，开玩笑道："哪里捡的，怎么我没捡到？下次再扔的时候，和我说一声行不行？"

郁南见他把自己当小孩，有点懊恼说出了这种事，不过以他的阅历和他们之间的关系，他是最适合给自己意见的人。

他正色道："我不是胡说，也不是开玩笑，我很小的时候就知道了。"

郁南的妈妈是话剧演员，算不上国色天香，父亲早逝，在郁南的记忆中，他也是一个相貌平平的男人。父亲早逝后，爷爷奶奶不愿意让郁南再跟他们那边姓，还要和郁南断绝关系，郁姿姿一气之下就给孩子改了姓。郁南还记得那时爷爷说，他们没有缘分，叫自己不要怪爷爷奶奶狠心。

宫丞听到这里，皱起了眉："这只能说明你的爷爷奶奶品行有问题，不能说明你不是亲生的。"

郁南很笃定地说："不是的。小时候我问妈妈，我是怎么生的，她明明告诉我是剖宫产，后来我再问她，她又说是顺产的。我想她可能自己都忘了上一次是怎么说的，因为本来就是瞎编的，说来哄我的而已，所以才前后矛盾，可是我什么都记得。另外，我和家里人长得都不像。"

郁南又把舅舅和弟弟妹妹来这里时发生的小插曲说了一遍，讲他们这场奇怪的探访，这次匆匆忙忙的旅行。

"我不是没想过会有这么一天。"郁南说，"可是我还是很难过。"

他猜测，应该是有人找到他了，所以妈妈和舅舅的表现才那么反常。那会是他的亲生父母吗？郁南不知道，也宁愿永远都不知道。

宫丞说："你怕家里人会不要你？"

郁南摇摇头，眼神黯淡："不可能的，他们很爱我。"不然他们也不会在害怕会伤害到自己的同时还要努力表现得若无其事了。

宫丞问道："郁南，你在难过什么？"

郁南看着他，清澈的眼睛如初："我不想他们难过。"

宫丞没想到会得到这样的答复。

换了常人，必定会因为接受不了自己不是亲生的这一事实而难过。唯有郁南，不害怕接受自己的身世，不担心自己真实的出身是什么样，仿佛从对这件事有所怀疑起就十分坦然。等这一天真的来临了，让他难过的却是爱自己的家人会难过。

郁南知道，不管他会不会被亲生父母要走，对郁姿姿他们来说，他都像是失物招领处的宝贝，被失主找到后，就永远不再是他们的了。

这是无法改变的事实，郁南觉得十分无力，又因为这样的无力而沮丧。

宫丞说："你就不好奇你的亲生母亲到底是什么模样？"

郁南摇头说："我不想，我只想当郁南，不想当张南、李南或别的什么南。"

郁南和宫丞聊完之后，心里的低落也少了些许，毕竟这种事没有任何人可以帮自己。过了好一会儿，他才记起还有一件令人担心的事。

郁南不是藏得住话的人，起了个头说："其实我舅舅今年四十一岁，只比您大四岁。"

宫丞有点头疼："你想说什么？难道我让你想起了你舅舅？"被拿来和那位武术教练对比，他可高兴不起来。

郁南很快否认："当然不是，我舅舅看上去比你大多了。"

宫丞的脸色稍霁，却不料郁南想了想又补充："不过，以前我是想过叫您叔叔，后来觉得不适合，就叫宫先生了。"

宫丞黑着脸问："你到底想说什么？"

郁南看着宫丞一本正经地说："我是说，我舅舅以前不喜欢文身，但是因为我，他接受了。你们年纪相差不大，您应该也能接受吧？"

宫丞眼神深邃，探究般看着郁南："你的意思是你有文身？"难道这就是郁南的秘密？

郁南"嗯"了一声，道："我上次说过要给您看的，您要看吗？"

他说完，犹豫了几秒，不等宫丞回答，便拉着自己的 T 恤下摆往上拉，将被掩藏的那部分文身展示给宫丞看。

他用一种推销般的口气向宫丞介绍："看，不吓人吧？设计图是我自己画的，不是每一个文身的人都是混黑社会的哦！"

那片文身像是火一般，玫瑰花瓣层层叠叠。

宫丞蓦地想起了一句话——

什么是玫瑰？为了被斩首而生长的头颅。

天亮了，窗帘还没有拉开，阳光从窗帘的间隙里漏进来一点刺眼的亮黄。

郁南昨晚留宿在次卧，早上宫丞去叫他起床的时候发现他有点发烧，便打电话叫王医生开药拿过来，又叫小周帮自己推掉最近几天的工作，顺便送点新鲜食材过来。

郁南吃了退烧药，一直睡到傍晚才醒，还是被饿醒的。宫丞正在厨房熬粥，听到声响回头一看，郁南睡眼蒙眬地站在卧室门口。

"宫丞，我的衣服去哪儿了？"他觉得很奇怪，为什么自己在这里留宿总是会找不到自己的衣服。

宫丞道："送去干洗了，还没拿回来。"

郁南：……

宫丞带着郁南去衣帽间："我已经叫人按照你的尺寸去定做衣服了，现在你先将就一下穿我的吧。"

郁南套上上次穿过的那件睡袍，慢吞吞地喝了一碗小米粥，又乖乖吃了一次药，又回去睡了一觉。

其间，覃乐风给郁南打了电话，是宫丞接的。

"郁南，你去哪里了？"覃乐风不知道打了多少个电话才终于接通了，语气很着急，"我打了这么多电话，你怎么一个也没接？"

110

宫丞说:"我是宫丞。"

覃乐风顿了一下,没想到接电话的会是宫丞,有点紧张:"宫……宫先生,郁南和您在一起吗?没什么事吧?"

宫丞关上房门,放低音量:"郁南很好,现在已经睡着了。你有什么事?"

覃乐风有些语塞,犹豫着挂断了电话。

郁南一觉睡到半夜,难受得醒了过来。他发烧出了一身汗,浑身湿漉漉又黏糊糊的,热得有些喘不过气来。

卧室墙角有一盏立筒式的小灯,它发着微弱的光,宫丞在房间的书桌前看书。

虽然宫丞比郁南大一些,但他保养得当,除了眼角一点细微的皱纹,几乎看不出岁月的痕迹。

"你在想什么?"宫丞问,他的声音低沉。

"我想去洗个澡。"郁南说着,便从床上起来。

宫丞说:"你还有一点低烧,不能洗澡。"

郁南皱眉道:"可是我不舒服……"

"哪里不舒服?"宫丞耐心地问。

郁南告诉他:"身上不舒服。"

宫丞笑道:"发烧当然会不舒服。"

郁南"嗯"了一声,说:"我没想到会这样。"

宫丞说:"是你身体太弱了,文个身也能让自己发烧。"然后,他指着郁南身上露出来一点的文身说,"不过,你的胆子很大,文身也很漂亮。"

郁南如实告诉他:"是为了遮盖我的伤疤。"

宫丞说:"什么?"

郁南道："是小时候意外被烫伤的。"

宫丞的神色晦暗不明，终于明白了之前郁南一直说不出口的原因。

他并没有多问，而是对郁南说："以后你再也不会疼了。"

第二天一大早，郁南就趴在床上给余深回邮件。

送走舅舅他们后，郁南也不急着和覃乐风一起去培训班兼职了，目前搞定偶像这边才是最重要的。郁南提出想要一场考核，余深那边很快给了回复。

深城美术协会马上要举办一场画展，报名日期截至当月底。与学生参加的画展、比赛有所不同，这种面向社会的展览在报名上更有难度。余深告诉郁南，只要他能顺利通过报名并展出作品，得不得奖都算他通过考核。

郁南兴奋得在床上打滚。

宫丞也有工作，天刚亮，他就接到电话，小周送了些文件过来便匆匆走了。他处理完工作过来看郁南的情况，便见郁南坐在床上，眼睛发亮。

"我给余老师发邮件了。"郁南告诉他，不过越说越小声，"我要去参加画展。"

"参加画展还不高兴？"宫丞低声问，"未来的大画家。"

郁南将什么都写在了脸上，他道："我不是不高兴，是因为要报名就得回学校准备资料证件，还要填申请书，很麻烦的。"

宫丞失笑："等你参加完画展，我带你出去玩。"他又道，"你想去哪里？"无论哪个国家的旅游城市，任由郁南选择。

宫丞并不是全年都忙，他的工作也有淡旺季之分，树与天承的发展已经走上正轨，家族的企业，新一批高管管理得当，他年近四十,终于体会到什么叫作真正的生活。

郁南想了想,道:"我也不知道,哪里都可以吧。"

宫丞应道:"好。"

吃过早餐,宫丞吩咐人给郁南定做的衣服送来了,因为时间匆忙,仅仅赶出来几套当季的。郁南还在长身体,下一季的衣服他们会提前派人来量尺寸。

郁南一脸好奇,站在衣帽间看他们摆放鞋子、挂衣服,礼貌地给他们让路。等那些人走了,宫丞才进来,问道:"你还不换衣服?"

郁南说:"我不知道穿哪件。"

宫丞便挑了一件款式简单、质地轻薄的衬衣,说:"穿这个。"

郁南又问:"裤子呢?鞋子呢?"语气十分理所当然。

宫丞道了句"懒得得寸进尺",却还是给郁南拿来了裤子、鞋子。

郁南无意瞥见衬衣的领口,发现那里用蓝色丝线绣了一个小小的纹样,很特别,之前他也在宫丞的衣服上见过,说是用特殊方法绣出来的,算是代表宫丞的标志。

郁南问有点高兴:"为什么我的衣服上也有?"

宫丞说:"这是在告诉别人,你身后站着的人是我,这样就没人敢招惹你了。"

Chapter 06
肖 像

每个人都有不想做的事,我们不用勉强去接受它。

郁南在学校填完了资料，成功上传了证件与申请书，只需要等到审核通知下来，自己再提交作品就可以了。审核通过后，提交作品的时间大约是一个星期，意思就是他需要在这一个星期内完成创作，当然，也可以提交以前创作的没有参加过画展的作品。

可是郁南对那些作品都不满意。

他是一个对自己要求很高的人，永远不会对自己已取得的成绩感到满足。

于是郁南开始选题材，最终选择了比较拿手的静物，还从一位学姐那里借来一套水晶餐具，买了洋葱、萝卜、枣子、南瓜等物，准备以扎实的素描基础来展现实力，不求表现多独特，但是一定要稳妥。毕竟，他的目标并不是获得大奖，而是取得进入余深画室的资格。

郁南从不炫技，也不妄自菲薄，这是他一直以来做事的态度。

覃乐风对此评价道："傻瓜，你明明可以直接去做余深的学生，偏要给自己出难题。"

郁南说："我想向宫丞证明，他推荐我是没有看错人的，因为我有实力。"

上次郁南和宫丞说的话并不是假的，他真的一忙起来就会忘记身边的人与事物。

因为忙着画画，他将手机调成了静音，宫丞这两天打来了几次电话,他很少能接到,每次挂了电话,下次再想打通他的电话就很难了。

第三天下午,郁南一个人在宿舍里画画,忽然听见一阵敲门声。

现在已经放暑假了,留在学校的同学大多数都有兼职,这个时间待在宿舍楼里的人很少。郁南以为是隔壁宿舍的同学来借东西,一打开门,却是一个意想不到的人。

门口的男人穿着一身黑衣,气质雍容,与这寒酸的学生宿舍格格不入。他站在那里,高大的身躯令单薄的木门都显得狭小,他神色淡定地看着眼前的人。

郁南仅仅愣了一下,就双眼放光地说:"宫先生!"

郁南兴奋得脸都发红了:"你怎么来了?你是怎么进来的?"

宫丞挑眉:"我说我是你的家长。"

实际上,他仅仅是登记了而已,本来是准备叫小周上来接人的,但见宿舍楼里一片安静,忽地起了来看看的心思,看看郁南平时是在怎样的地方生活。

"哪一张是你的床?"宫丞问。

湖心美院的宿舍是双人间,住宿条件在各大高校中算不上多好,唯有这一点很受学生们欢迎。这确实是一间大学生的宿舍,完全没有多余的装饰,甚至算得上有点乱,到处是书、石膏像、画架画板,窗边是郁南刚刚还在画的静物,地上摆有两三桶洗笔水。

郁南介绍道:"当然是这一张啦。"

两张床风格迥异,一张堆满了抱枕与公仔,只留一点空地睡觉,另一张则干干净净,什么都没有。不过与宫丞想象中截然相反的是,前者才是郁南的床。

"我喜欢抱着东西睡觉……"郁南很不好意思地说出自己幼稚的习惯,"有些枕头是我过生日的时候同学送的,有些公仔是抓娃娃抓的。覃乐风抓娃娃很厉害,抓了又不喜欢,就全部送给我了。"

"要去我那边玩两天吗?"宫丞说,"给你买更多的娃娃。"

郁南很为难,又想跟他去,又想留下来完成作品,便道:"可是我的画还没有画完,还有几天就要提交了。"

宫丞道:"所以我来找你了,去我那边画,那边更方便你发挥。"

郁南拆了布景,将那套借来的水晶餐具仔细包好,给覃乐风留了字条,请对方帮忙把那套餐具还给学姐。小周将郁南画了一半的画小心翼翼地放进后备厢。

午后,校道上没什么人,车子平稳地前行着,阳光透过枝叶的间隙洒下来,令人心情愉悦。

郁南低头发信息,宫丞看了眼说:"你在说什么?"

郁南关掉手机:"我提醒乐乐,我已经和你走了,今晚不用给我带饭。"

他有些懊恼,他最近不仅忙着参赛,还要准备舅舅的生日礼物,甚至从月底开始要和覃乐风重新去培训班兼职。他不知道如何合理地安排时间,觉得总是会忽略身边的朋友。

下了车,宫丞问道:"电梯的密码你还记得吗?"

郁南想了想,道:"611205。"

宫丞满意地道:"你记好了,门锁密码也要记住,懒得记就留一个指纹。"

短短两天,房子的格局已经有所改变,原先一间光线良好的卧室已经被腾空,眼下放着全新的画架、颜料与画布等物,甚至还准备了有可能用到的数位屏、电脑,不用宫丞介绍,郁南也知道这是专门为自己准备的画室。

郁南愣了几秒,说:"这些都是给我准备的?"

宫丞靠着门框道:"是。你看看还缺不缺东西,我叫人去买。"

郁南兴奋不已,四处查看:"我觉得很好,太棒了,没有什么缺少的!"

这里与宿舍相比简直有天壤之别,不仅光线充足、空间够大,晚上也不用闻着颜料的味道入睡,更重要的是足够安静,他可以很快投入创作中。

郁南注意到墙上挂着一幅画,正是不久前自己为宫丞重画的那一幅。

"这个也在这里?"他有些不好意思地问。上次他把画画完就留下字条走了,这简直是他耍性子的罪证啊!

宫丞道:"以后只要是你画的画,都挂在这里,怎么样?"这便是墙面未加装饰,大量留白的原因。

郁南想象着未来一幅一幅的画慢慢填满这里的墙面的景象,眼里充满了期待:"那这里就是郁南画室。"

宫丞道:"喜不喜欢?"

郁南猛点头:"喜欢。你什么时候弄的?"

宫丞道:"今天刚弄好,我就去逮你了。我再不去,你怕是能拖到下一周才来。"

郁南心中感动,解释道:"不会的,我最近很努力,晚上都没有怎么睡觉,一直在赶工,布景的台灯没电了,我都换了两个充电宝来充电。"他又指着自己的眼睛,"你看我的黑眼圈。"

郁南熬夜画画,眼下果然有了淡淡的青色。

宫丞说:"现在你不用赶工了,今天好好休息,明天再画。"

郁南说好,又对宫丞说:"我做梦都没想到能拥有这么宽敞的画室!上学的时候,同学们都是共享一间画室,虽然大家一起画画很开心,但很难全身心投入……啊,不过也比我在家的时候好,我在家的时候都只能在客厅画画。"

宫丞说:"为什么?"

郁南说:"我的房间太小了,是从我妈妈的房间隔出来的。"

郁姿姿是单身母亲,虽然她是剧团里的国家二级演员,但是独自负担一位美术生对她来说并不是一件容易的事。郁南的父亲去世后,郁姿姿便买下单位提供的一室一厅的房子,用剩下的资金一心一意培养郁南。

郁南讲起这些并没有半分羞涩和自卑,像分享自己的故事一样讲给宫丞听:"本来我们是住一间房,后来我长大了一些,妈妈说要给我私人空间,就和我分房睡了。"

宫丞从来没听对方讲过这些,在这样的环境里长大的孩子,聊到家人时显露出来的只有爱,可见郁南受到了十分良好的家庭教育。郁南知道感恩,懂得珍惜,看什么都只看得到美丽的一面。

"有时候她要练琴,我要画画,我们就会趁对方还没开始时先开始。"郁南回忆起家中生活,眼中带着笑意,"我抢先画画,她就不能练琴了,因为会影响我。"

宫丞说:"在这里没人会影响你。"

郁南笑着说:"你可以来影响我啊,我不介意。"

宫丞听着也笑了,说:"我也要工作,我们互不影响。"

这个下午郁南不画画,宫丞最近也闲下来了,令他惊喜的是,宫丞竟然还在客厅准备了一套游戏设备，让自己可以有一些娱乐活动。不过一个人打游戏不好玩，他缠着宫丞，想要两人一起玩。

"我们来打游戏吧！"郁南招呼他。

宫丞的年纪摆在那里，他已经十几年没玩过这种东西了，只说："你自己玩。"他说着便要从郁南面前走过。

郁南求他："来嘛，你和我一起玩，很好玩的。"

宫丞对游戏不感兴趣，再次拒绝："不要。"

郁南眨巴了几下眼睛："我保证，只玩一会儿，只玩一会儿就不烦你了。"

好在老男人的头脑并没有退化，几个回合下来已经能操作自如。要是让别人看见大名鼎鼎的宫丞竟然盘腿坐在地上玩这些游戏，恐怕要怀疑见了一个假的宫丞。

郁南玩游戏的技术不错，宫丞一开始会输，过了一会儿，两人渐渐开始了较量，宫丞被激得有了胜负欲，连连反超，乘胜追击，感觉好像回到了二十几岁在国外念书时的状态。

郁南输得惨不忍睹，偶尔也有耍赖的时候，他在又输了一把之后直接躺下装死："我不玩了，完全没有游戏体验。"

宫丞放下手柄，说："是谁缠着我玩的？"

郁南翻了个身，说："那你也让让我啊，我一开始都让你了。"

他很快翻了回来，眼睛亮晶晶的，看着宫丞说："再玩一次，这次我肯定会赢的。"

夕阳的余晖穿过高楼大厦的间隙，透过落地窗洒进来，为宫丞的脸镀上一层淡淡的光芒。

郁南突然眯了眯眼睛："等一下！你不要动！"

宫丞道："怎么了？"

郁南从地毯上爬起来："我马上回来，你等等我！"

创作的欲望来得很突然，他被本能驱使，快速找到画板与颜料，又冲了回来。

未等郁南坐好，宫丞便沉声开口："你要画我？"

郁南点点头："对！现在的光线与色调非常好看，画面很漂亮！我很快的，你先不要动。"

他把土黄色的颜料挤在调色板上，准备快速涂底色，却被阻止了。

"我不画肖像。"宫丞的声音变得有些冷淡。

郁南愣住了，说："为什么？"

宫丞站起来，很明显不太想谈论这个话题："没有为什么。你可以画别的东西，但是不要画我。"

郁南有些失望，不明白他为什么不愿意让自己画："可是你以前不是画过肖像吗？就是我帮你重绘的那幅。"

宫丞道："那是以前。"

郁南将调色板放好，跟在宫丞后面，打破砂锅问到底："到底是为什么呢？为什么以前可以画，现在就不可以画？"

宫丞走向冰箱，拿出一瓶冰水，仰头就喝。

郁南就站在旁边看他喝水，执着地想要一个答案。郁南原本只是单纯好奇，现在却觉得这件事好像不太简单。那幅画为什么会被烧掉一半，又是谁画的，他为什么会那么重视，这些都是谜团。

另一方面，郁南对不能画宫丞感到很失望，因为他本来打算专门替宫丞画一幅肖像的。

宫丞有些烦躁，不想再谈论这个话题："郁南……"

郁南却忽然很认真地说："你不想说，我就不问了。等你什么时候想说了，我再听。你不要因为这个不开心，每个人都有不想做的事，我们不用勉强去接受它。"

宫丞愣怔片刻，半晌后失笑道："你这是在开导我？"

郁南说："是。但你要答应我，等你想画肖像的时候，可以让我来画吗？"

宫丞说好。郁南看着他说："你不要骗我。"

宫丞说："我不骗你。如果真有那么一天，我让你做第一个画我肖像的人。"

郁南总算心满意足了。

翌日，郁南睡到日上三竿。前几天他因为忙着赶工失去的睡眠，在昨晚都补了回来，这一觉睡得格外舒畅。

郁南醒来时听见外面有声响，出去却看到一张陌生的面孔。

对方六十几岁，两鬓斑白，面容很和蔼，其正将一大束玫瑰花放在中岛台上，准备整理好插入瓶中。对方见到郁南这副模样，还对他点了点头。

郁南结结巴巴说："您……您好。您是？"

对方插花的动作很熟练，回道："你好，我是宫先生的管家，你可以叫我任叔。小朋友，要不要来帮忙？"

郁南点头道："好啊。"他说完，飞速地跑回房间里，找了一套比较正式的衣服穿上，这才重新回到中岛台前。

任叔对郁南的态度十分友好，前几天郁南发烧昏睡，他过来送花时就见过郁南。

"负责插花的人生病了。"任叔对郁南说，"最近我每天都得替他跑一趟，没有打扰你吧？"

郁南说："没有。"

他坐在高脚凳上，模样很乖巧，任叔将打刺钳递过去，说："像我这样，顺着枝条拉下来，刺就没有了。"

　　任叔做了示范，郁南很聪明，一看就会，便道："是这样吗？"他捏着花朵底部，学着任叔的样子将一枝花的刺处理干净。

　　任叔满意地点点头："先生很喜欢玫瑰花，我们花圃里每天早上都会有新鲜的花朵送过来。我老了，实在不想跑，以后就叫其他人送花到门口，插花这件事可以暂时交给你来做吗？"

　　郁南说："可以，您再教教我。"

　　任叔教郁南刮刺、剪枝，又说了怎么插花才漂亮，二十分钟后才算完成。

　　这位长辈给郁南的感觉很亲切，他便放松了不少，问出了那个自己一直好奇的问题："任叔，宫先生为什么喜欢玫瑰？"

　　任叔正收拾东西，随意说道："在宫先生十几岁的时候吧，他突然就喜欢上玫瑰了，每天都要叫人换上最新鲜的，后来干脆弄了一个温室花圃自己培育，这习惯保持至今。"

　　讲到这里，任叔对郁南说："现在宫先生常住这里，自然花都往这里送，他每天晨跑回来，看见玫瑰心情会好一些。"

　　郁南点点头，原来宫丞那么早就喜欢上玫瑰花了，就像自己喜欢上美术一样，都是很久远的事，已经变成刻在骨子里的爱好了。

　　"小朋友，你多大了？"任叔问。

　　郁南不好意思说自己才十九岁，便报了一个虚数："我今年二十岁。"

　　任叔笑了笑，说："你还这么小，前途无量。"

　　任叔将插花技巧倾囊相授。他走了之后，郁南拍了一张玫瑰花的照片，打算第二天自己一个人处理的时候能有个参考。

他刚做完这些，宫丞便从外面回来了："你醒了？"

宫丞身穿白色T恤，戴了耳机，是郁南平时没有见过的装扮。

"刚才任叔来过了。"郁南告诉他。

宫丞说："他每天都来，你才知道？"

郁南说："我还帮他插花了！你看，好看吗？"

宫丞喝了一瓶水，走过来欣赏玫瑰花："不错。"

其实宫丞没有看出来哪里不错，在他眼中，花本身足够好看就行了，是下面的人非要让专业的花艺师来给他插这么单一的品种。任叔为此还学过一些插花知识，不过那也是老年兴趣班的产物。

郁南忙着准备参加画展的作品，那幅静物画只待收尾，布景拆了之后，他就对照着照片来完善作品。

郁南画画时，宫丞就在书房工作，他还会下厨，做好了饭再来叫人。

郁南很喜欢这样的生活，在他的想象中，毕业之后如果能和朋友这样一起生活就很完美了。

作品完成后静置了两天，郁南便与宫丞一起去美术协会提交作品，初步审核已经通过了，报名是否成功则要等第二次审核作品才能知道。

宫丞问郁南："你有没有信心？"

郁南说："有啊！我没想过能拿奖，因为我的实力还差那么一丁点，但是报名通过应该是没问题的。"

宫丞便告诉郁南："那就好，我准备明天带你出去玩。"

第二天一早，司机便到家里来接他们。宫丞并没有告诉郁南去哪里，郁南早上起不来，要好一会儿才会清醒。

车子连续开了两个小时，却并没有离开深城，他们来到了郊外一片宽阔的马场，这里也是宫丞的产业，是他年少时的兴趣爱好之一，眼下已经交给别人打理了。

草坪一片碧绿，阳光和煦，令人通体舒畅。草坪上有一些马儿在悠闲地奔走，不时低头吃草，远远看上去就像一幅画。

郁南一扫迷迷瞪瞪的状态，完全清醒了过来，还没下车就跃跃欲试。

"我们是要去骑马？"郁南问宫丞。

宫丞说："是，不然我带你来马场干什么？你怕不怕？"

郁南摇头，笑道："我才不怕呢！"

车子停进车位，司机下来替他们打开车门。宫丞脚一落地，马场的值班经理便走了过来："宫先生，您说要来，追云好像有感应一般，早上激动得都有些拉不住。"

提起追云，宫丞就勾起唇角笑了一下："是吗？"

郁南见他心情愉悦，猜想着追云是谁。

宫丞示意郁南跟上："走。"

郁南被他引着，一路走向马厩，却见一匹通体雪白的公马发出嘶鸣，急躁不堪。宫丞走过去，马儿打了个响鼻，十分通人性地将头往宫丞身上蹭。

"它叫追云。"宫丞抚摸马的鼻子，又摸了下它的耳朵，"追云很聪明，能听懂人话。来，你跟它打个招呼。"

郁南觉得新奇极了，赶紧对马儿说："追云，我……我叫郁南。"

宫丞见郁南当了真，还这么老实，失笑道："傻瓜，我逗你的。"

郁南也不生气，还说："你怎么知道追云一定听不懂呢？"他满脸兴奋，心痒都写在脸上，"我可不可以摸摸它？"

宫丞指导着郁南在追云脸上抚摸。马儿很通人性，完全没有敌意，还低着头看郁南，在原地走了几步，表示亲昵。

"走吧，我们去换衣服。"宫丞说，"一会儿我教你骑马。"

经理带着郁南去更衣室，宫丞则去了另一间。

骑马装穿起来比寻常衣服麻烦，马靴、马甲和头盔都是必备的。郁南穿好之后，宫丞已经在外面等着了，男人一身劲装，看起来更为高大。

郁南的身材本就瘦削纤长，现在他穿上骑马装，更是多了几分帅气，连马场的几位员工都忍不住投来了目光。

宫丞将自己的头盔递给郁南："换一个头盔，你戴我的。"

郁南不明白为什么要换头盔，但还是乖乖照做，取下了和自己身上的骑马装配套的头盔给宫丞。

经理却心中了然，宫先生的头盔是他个人专用的，安全系数很高，甩了马场里本来就很高档的头盔不知道几个档次。

一切准备就绪了，郁南一心想骑追云，宫丞却叫马场给郁南准备了另外一匹更为乖巧温顺的马。

"你先和马儿熟悉一下，再做一做自我介绍。"宫丞笑着调侃，"追云可是我的，它是烈性马，你还驾驭不了。"

郁南：……

乖巧的马儿低头凑了过来，郁南眼睁睁看着宫丞潇洒地翻身上马，追云撒开蹄子小跑着远去，背影令人赞叹艳羡。

宫丞有时候也挺坏的。郁南心想。

宫丞骑马跑了一圈回来，微微出汗。追云好不容易见到主人，还没跑尽兴，嘶鸣着在原地不断踱步。郁南已经在教练的指导下爬上了马背，见他回来，得意地和他打招呼。

"宫丞！"郁南神采飞扬地叫他，"你看！"

郁南的马儿正在教练的带领下往前走，步伐缓慢，那是一匹特别有耐性的马。

宫丞利落地翻身下马，顺便对那位教练挥挥手，让他下去，看样子宫丞打算亲自教郁南。

"你把缰绳拉好，左右保持相同的长度。"宫丞并没有夸奖郁南，而是从最基本的教学开始，"腰要挺直，耳、肩、肘、胯、脚踝最好呈一条直线，小臂和缰绳也要呈一条直线，任何时候都要保持缰绳是直的。"

郁南收起兴奋，认真按照他说的去做。

"这里。"宫丞指指郁南的腰，"挺起来。"

郁南依言挺直腰杆，动作做得很标准，问他："现在我可以开始让它跑了吗？"

宫丞道："不着急，你想屁股颠成几瓣吗？"

郁南有些不解，自己明明看见宫丞就是这样操作的，他刚才不是一翻上马背就让马儿跑出去了吗？郁南不敢骑那么快，但是小跑一下还是让人很期待的。

宫丞从来没教过人，不知道是不是每个新手都是这样迫不及待，但是他可不想看见郁南今晚回去喊屁股疼。

"你先学慢步，再学打浪，学会了你就可以小跑一圈。"宫丞道，"现在你先让马儿走起来。你坐稳了，放松自己的同时用腰腿的力量将它往前推，适应它的节奏，找到平衡。"

郁南连忙照做，可是马儿却纹丝不动，甚至站在原地甩尾巴。

"它不听我的话！"郁南急道，"怎么这么难啊？"

"我光是打浪就学了半年，那都是基本功，你以为很容易？"宫丞说，"马术可不仅仅是骑马而已。"

郁南端正心态，认认真真又学了半个小时，马儿终于慢慢往前走了。

他一专注起来，眼里就没有其他事物了，一副一心一意要学会的架势。

不久之后，这匹温驯的小马也适应了背上的人，稍微加快步伐往场地中间跑去，郁南逐渐得心应手，听见身后传来马蹄声，是宫丞骑着追云追了上来。

"我十几岁就来这里骑马，那时候认识了许多爱好马术的朋友，其中不少人现在已经是专业骑手了。"宫丞回忆起年少时的事情，"那时候我几乎每天泡在马场，你看到前面那个小山坡了吗？我十九岁时在那里摔断过锁骨。"

郁南顺着他的目光看去："就是那里？"

宫丞笑道："没错。"

宫丞十九岁，那就是十八年前的事了，对郁南来说好像上辈子一般遥不可及。

他有些咋舌道："那时候的你和我现在一样大啊，是不是很疼？"

"很疼。"宫丞点点头，"把我从背上掀下去的就是追云，它忽然发了脾气。"

郁南吓了一跳，难怪宫丞刚才不让他骑追云，原来长得这么漂亮的追云竟然那么可怕。

宫丞看出郁南的担忧，安抚道："你不用担心，追云那时刚成年，现在已经是一匹老马了。除了要认主，它的脾气也没那么坏了。我现在很少过来，所以每次来这里，必须先骑着它跑几圈。"

他这么说着，追云似乎真的听懂了，还动了下耳朵。

郁南又觉得它十分可爱，说道："要是我能早一点出生就好了。"

宫丞听出对方语气中的遗憾，饶有兴致地问："为什么？"

"如果我能早一点出生，说不定就可以早一点认识你，这样就可以在你受伤的时候安慰你。"郁南的脸上还带着一丝天真，"我们可以一起骑马。"

这话完全出乎宫丞的意料，却又十分暖心，他失笑。

宫丞没有束缚住追云奔跑的方向，不知不觉，他们早已经跑出了赛道，奔向了草坪，有人认出了宫丞，远远地避开。

足足跑了二十分钟，此时他们已经来到了一处小树林，不远处有条清澈的小溪，宫丞爽朗一笑："原来它还记得这里，想到这里来。"

郁南好奇地问道："这是哪里？"

宫丞说："我以前带它来散步的地方。"

四周空无一人，胜似世外桃源，郁南觉得在这样的地方拿一本书躺上一天也很不错。

宫丞问郁南："感觉怎么样？"

疲劳一扫而空，这种刺激让连续几天作画的郁南全身心放松，他恋恋不舍地说："好玩，我还想再跑一遍，可是我的大腿已经有点酸了。"刚才宫丞说，常年骑马的骑手大腿内侧是有茧的，原来并不是夸张。

宫丞道："我是说，比起骑机车的感觉怎么样？"

郁南认真地回答："骑马更刺激！不过和骑机车是不一样的感觉，骑马比骑机车难多了，因为马儿是活的，更有个性，人骑得很好的话能享受和它的互动，可骑得不好就会被掀翻。马儿有脾气，但是机车没有，相对来说，机车比较好掌控。"

天气本就炎热，此时已近中午，树林枝丫间投射下来的阳光已经有些灼人，他们该回去了。

下马的时候，郁南差点摔倒，还好旁边的员工一把将人扶住了。

经理笑着给郁南解围："第一次骑马都是这样的，你们又骑得太久，在马背上不觉得，一下来才觉得腿软。"

经理上前帮忙牵追云去马厩，对它说："追云，今天跑了这么久，跑舒服了吧？"

追云动了动耳朵，椭圆的棕色眼睛眨了眨。

洗完澡，郁南准备去休息区小憩，却在走廊上遇到了俞川，对方一身马术服，看样子是准备去骑马，不过看上去可比自己要熟练多了。

经过之前的文身，俞川已经很欣赏这位同校后辈了。当然，郁南长得好是一个原因，更重要的是他十分佩服郁南的忍耐力。

在大片疤痕上文身的痛苦，不是一般人可以承受的，郁南看上去清瘦羸弱，实际上却是个特别能忍痛的。他不仅能忍痛，还要求长痛不如短痛——要求俞川尽量少分几次上色，尽快完工。俞川要参赛，自然求之不得，他的技术也没得说，几天相处下来，两人已经有了惺惺相惜的感觉。

"川哥，你怎么也在这里？"郁南跟着文身工作室的小弟们一起这么喊他。

俞川笑道："我是这里的会员，经常和朋友一起来。你呢？"

郁南想起宫丞，说："我和朋友一起来的，我们刚才去骑马了。"

俞川来了兴趣，便问："他也是我们美院的？"

郁南还没回答，就有人走了过来，那个人面容清隽，身材修长，也穿了马术服。

他想起来了，这个人是严思尼的哥哥，上次还到学校来跟自己道歉，好像叫严思危。

严思危自然也认出了郁南，他快步走了过来，张了张嘴，似乎半天才想到名字："郁南。"

郁南对他点点头，礼貌地道："你好。"

俞川好奇道："你们认识？"

郁南没好意思当着严思危的面再说一次自己和严思尼的事，毕竟人家都道过歉了，他也不是一个得理不饶人的人。

严思危的目光却投向郁南脸上，他道："是，前段时间郁南和严思尼有点小摩擦。"

俞川笑道："这样啊，不用说，我也知道是严思尼的错。那家伙最近不见人影，是被教训了吧？"

严思危意简言赅地道："是，在外婆家。"

俞川说："有你外婆惯着，旁人不好管。"

郁南插不进他们的话题，有点想走开，他怕宫丞找不到自己，严思危却把话题拉了回来："郁南，你也在这里骑马？"

郁南不好意思地说："嗯，我不太会，今天是第一次来。川哥你们慢慢聊，我去看看我朋友去哪里了。"

俞川点了点头，郁南刚说了句"再见"，就看见了宫丞的背影。

严思危问起俞川："你和郁南是怎么认识的？"

"郁南也是湖心美院的学生，"俞川道，"前不久由一个学妹介绍过来文身。"

严思危皱眉，似乎有些不快："郁南还有文身？"他回忆了一下，方才没在郁南外露的皮肤上看见文身，"文在哪里？

文的什么？"

俞川很有职业操守，面对好友也没坏了规矩，还调侃对方："客人的隐私我就不能告诉你了，倒是你对郁南这么关心……有点奇怪。"

严思危理所当然地说："我对郁南再关心也不奇怪。"

俞川从未见过好友这样，满脸好奇。

严思危却说："过段时间你就知道了。"

"有内情啊，我说你怎么突然对我的客人这么感兴趣。"说到一半，俞川惊讶地道，"啊，那个人是不是宫丞啊？"

走廊另一头，郁南在对着另一个人说话。阳光下，他的笑容十分灿烂，看上去很开心。

俞川不太敢确定，因为宫丞虽然是这个马场的老板，却很少来这里，又因为身份实在是悬殊，他作为一个小会员几乎没有和宫丞结交的机会。

但严思危认出来了，沉默不语，脸色不太好看。

马场内还有高尔夫球场，宫丞带郁南打了一下午球，尽心尽力。

郁南打球就没有骑马那么有天赋了，笨手笨脚的，宫丞却耐心十足。

回去的路上，郁南睡着了，今天实在是很疲惫，各项运动下来让人有点吃不消。

过了一会儿，郁南陡然惊醒，待看清周围景物后，才发现他们已经回到家了。

"你饿不饿？"宫丞问。

"不饿。"郁南摇摇头。

宫丞说："我坐明天早上的飞机去出差。"

郁南睡意尽消，抬起头紧张地道："去多久？"

宫丞低声道："三四天就回来。你要不要跟我一起去？"

郁南失望极了，这几天他们一起玩得很开心，没想到快乐的时光这么快就结束了。

"我后天就要去上班了。"郁南说，"可是好想继续玩啊……"

宫丞道："你也可以不去上班，和我一起去沪城，在那边继续玩。"

之前他已经提过一次，郁南却坚持要去兼职，还对他说想要成功的人不是在追逐事业就是在追逐事业的路上。

"那我还是就在深城等你吧。"郁南这样说，"提前祝你一路顺风。"

Chapter 07
心 事

如果你跟我道歉的话，我就原谅你。

第二天一大早宫丞就走了，那时候郁南还在睡觉。

郁南醒来的时候愣怔了一会儿才去刷牙洗脸，没过多久便有人按门铃，是送花的人来了。

郁南打开门，喊道："林姐姐。"

来人是一个二十几岁的圆脸姑娘，上次任叔过来教了郁南插花之后，就是这个叫林茗的女生负责送花。郁南嘴巴甜，乖巧又懂礼貌，林茗见了郁南总是笑眯眯的。

郁南和她聊过天，知道她是家政专业毕业的大学生，在宫家大宅工作了一年多。

说起宫家大宅，郁南是有些好奇的，可宫丞似乎很少回宫家大宅，也不爱提那边的事。不过宫丞的衣食住行皆由宫家大宅的人打理，在宫丞吩咐后，现在加上了郁南这一份。

林茗穿着西裙套装，怀中抱着一束火红玫瑰，还是那个品种，芬芳馥郁。

"早啊。"林茗进了屋，把花放在台面上，右手还拿着一个食盒。

"这是什么？"郁南好奇地问。

林茗说："你的早餐啊。宫先生今天一大早打电话说他要去沪城，特地交代家里给你做早餐，怕你不会照顾自己。"

郁南点点头，说："谢谢。"

林茗笑了一下，温柔地打开食盒。精致的碟子上装着一块千层卷、一碗牛奶西米露，都是西点。

郁南看妈妈煮过西米露，所以知道这两样看起来简单的食物实则要花费不少时间。占用别人的时间给自己做事，郁南很不好意思。

"好漂亮。"郁南说。

林茗点头，只道："你慢慢吃吧，我得回去了。"

郁南说："林姐姐再见。"

林茗又笑了笑，这才走了。

郁南觉得食物实在是漂亮，忍不住拍了一张照片发朋友圈，还附上文字"一份早点。"

他希望宫丞看到，然后点个赞，不过宫丞没来点赞，倒是覃乐风先点赞了。

这天要去培训班报到，郁南到达时，覃乐风已经在门口等着了："我对你很失望。"

郁南说："什么？"

覃乐风回道："我给你买了那么多次早餐，你怎么从来不发朋友圈？你摸一摸你的良心，看看痛不痛。"

郁南被噎住，良心似乎真的有点痛，道："我多次在朋友圈表扬你，上大学认识你的第一天我就表扬你了，不信你翻看前年八月二十六日的朋友圈，上面写了'我的室友很可爱'。"

郁南从不设置朋友圈三天可见，陈述起事实也很有底气。

覃乐风"哼"了一声，说："这也掩盖不了你'抛弃'我的事实。人家一说，你就跑了，说好整个暑假我们相依为命的。"

办理完手续时间还早，郁南没有事情做，干脆和覃乐风一起给小朋友们上了一堂色彩课。上完课，满屋子的小朋友都在疯跑，开启纸笔和颜料大战。不过幼儿班的颜料都是无毒的，每个小朋友都穿了防护雨衣，也不怕弄脏衣服。

郁南一来，覃乐风就轻松许多，甚至有时间给网友发信息。

其实郁南走了以后，覃乐风也没回宿舍。之前覃乐风在社交软件上认识了一个网友，对方是一个健身教练，两人有很多共同话题，现在覃乐风每天也往网友那边跑。

郁南和覃乐风下班后一起去美术用品城买东西，郁南买了一些滴胶与丙烯，准备做给舅舅的生日礼物。

一个人待着，时间过得既快又慢，郁南画好了第一层打底便将滴胶画静置晾干，隔天再做第二层。做完这些天都黑了，郁南不禁想：这么晚了，宫丞应该没有在忙了吧？

他打了个电话给宫丞，对方却没有接，便发了一个写着"暗中观察"的表情包过去。

郁南：在吗？

宫丞没有回复。

他盯着手机看了很久，只收到几条广告推送，以及同学群里插科打诨的消息，都不是来自宫丞。

郁南等了很久，蓦地被视频通话的铃声惊醒，才发现自己不知道什么时候睡了过去，迷迷糊糊按了接通键，屏幕里出现了宫丞的脸。

"宫丞！"郁南揉揉眼睛，睡意浓重，还带了些鼻音。

那边的男人应该是在某个会议室里，背后还有未关闭的幻灯片与窗外的阑珊灯火。他的下巴上似乎长了一层青色的胡楂，看起来有些疲惫，他开口说话道："郁南。"

"你还在开会？"郁南侧着趴在枕头上。

"开完了。"宫丞一只手松了松领带。

宫丞道："我忙到都没时间看手机，你早点睡觉，我也要

137

回酒店了。"

挂断视频后,宫丞看了一遍郁南的朋友圈,把小周叫了进来。

郁南问覃乐风清不清楚现在正在热聊的那个网友的底细,覃乐风却很有经验地说:"每个人都有自己的秘密,如果我们两个人真的完全知道对方的一切,在目前这种情况下是很危险的事,万一对方是个诈骗犯呢?所以,最好能保持一定的距离,这样彼此都安全,我们的友谊也能更长久。"

郁南不解:"那对方的生活背景、性格喜好也得有所保留吗?"

郁南回忆了一下,他在宫丞面前好像就没有任何保留,因为他什么都想告诉宫丞。

覃乐风又说:"那可不行。"

两人正站在路边等那个健身教练,天气闷热,快要下雨了,两人便躲在树荫下。

说郁南完全不了解宫丞其实不对,因为郁南也了解宫丞的某些方面,比如他的工作、他的脾气、他擅长的东西等,但是涉及更为私人的部分,自己就一概不知了。

一辆黑色轿车开了过来,是那位健身教练来了。

三人一起去吃火锅。健身教练姓莫,比郁南大几岁,郁南便尊称对方为莫哥。莫哥很健谈,身上有一股打工人的气息。

作为一个健身教练,很难不劝人运动健身,莫哥一边夹菜一边说:"你们都可以来,我免费给你们两个做私教。乐乐还好一点,郁南就太瘦了。"

覃乐风不以为意:"你别看我们郁南瘦,你还不一定打得过他。"

莫哥有些惊讶:"你不是开玩笑?"

覃乐风苦着脸道:"我常年被郁南欺负,嘤嘤嘤。"

郁南正色道:"这是真的。"

莫哥看郁南一本正经的模样,其实有些想笑,他是有点不信的。

覃乐风开始给他科普郁南的舅舅以及郁南"打架"的历史,聊到开心处,还约好吃完饭一起去打拳。

大家都是年轻人,说去就去。莫哥供职的健身房有拳击台,他和郁南做好防护后,痛痛快快地打了一场。

果然不是覃乐风吹嘘,郁南打拳很有一套,看得出来是被练家子教过的,出拳又快又狠,加之身体柔韧性极佳,好几次把莫哥逼到角落。

不过郁南用的都是巧劲,若是遇到莫哥这种力量型选手,是没多大赢面的。考虑到郁南是覃乐风的朋友,莫哥有意谦让,郁南很快就发现了,却也没点破,反而进攻得更快。

等莫哥彻底输掉,郁南才擦了把汗,抬着下巴说:"在武道里让着对手并不会得到感恩,只会迎来狂风暴雨般的击打。"

莫哥被这话逗笑了,郁南这才收起赢了之后的那股子得意,赧然道:"这句话是我舅舅说的,谢谢莫哥让我。"

三人出了健身房,才发现外面下起了雨,此时深城仍处在雨季,覃乐风对莫哥说:"今天这场雨与我在千佛山和你聊天时的那场雨一样。"

他们认识不久,相处起来却很轻松,彼此之间平等又爱开玩笑,郁南很羡慕他们的相处方式。

郁南回到家,玄关的灯自动亮起,客厅也亮着灯。难道是宫丞提前回来了?郁南心里一阵激动。

郁南换了鞋走进客厅,迫不及待地寻找宫丞的身影,房间里走出来一个人，对方正低着头用毛巾擦拭头发。

来人一头浅发，半湿微卷，轮廓有混血儿的特征，是一个十分有气质的人，而郁南恰好认识这人。

"Louis？"郁南怔住了，一时不知道该如何反应。

Louis看上去也有些意外，顿了一秒后放下毛巾，扶额道："太抱歉了，郁南。"

郁南一脸不解。

Louis很懊恼地说："我不知道有人住在这里，我看门锁密码没有改，就直接进来了。"Louis见郁南满脸错愕，又解释道，"我在附近看场地设计，正巧雨下得太大，就想上来暂时住一晚。以前这里一直是空置的，宫丞也几乎不来，我以为没人住才来的。"

对方轻声细语，态度真诚，郁南无法就这样将人赶走，只觉得奇怪。

上一次Louis还指点了郁南画墙绘，第二次见面也打了招呼。封子瑞说，Louis那次来工地是专门去看自己的，可是郁南思来想去，还是没想明白原因。

他心情复杂，表情疑惑，在灯光下，脸上还带着稚气，也有一点天不怕地不怕的劲头，那是被宠爱着长大的人才会有的特质。

屋里处处是郁南留下的东西：散落的草稿、玩过还没收拾的游戏机、零食包装袋、公仔，还有茶几上那幅刚画完底色的滴胶画。

"你们不是闹翻了吗？"郁南很疑惑，"为什么你还要到他家里来？"

Louis笑了一下，说："是闹翻了，你不要紧张。"

郁南说："我没有紧张。"

"谢谢。"Louis将毛巾放在沙发上,头发别至耳后,"我只是以前来过几次,这里离CBD近,有时候来这里休息很方便。刚刚我发现格局变了,原来那间卧室变成了画室,是你的?"

郁南说:"对呀。"

"真好。"Louis意味不明地说了一句,"墙上那幅画画得不错,几乎可以以假乱真。"

墙上挂的那幅画是宫丞的肖像,正是郁南重绘的那幅,不过郁南好奇Louis为什么会知道那幅画是自己画的。

Louis好像真的只是来避雨,不巧被郁南碰到了,此时他拿起自己的包,说:"我真的很抱歉,搞出这种乌龙,真是太尴尬了。希望你不要告诉宫丞。"

Louis的态度很明确,处理得还算得体,郁南不明所以地看着对方。

"拜托。"Louis对郁南笑了笑。

郁南皱着好看的眉,自己的人生经验与临场反应完全不足以应付这种场面。

"哦。"郁南几乎是顺着应了一声,却一路将Louis送到了玄关,就像在赶人一样。

Louis走到门口,又顿住,试探地问:"对了,你住在这里,是经过宫丞同意的吧?"

郁南站在门内,还未开口,便听Louis笑道:"瞧我,说的这是什么话,宫丞哪里会让随便的人借住他的房子,抱歉,当我没问。"

Louis走了,郁南在原地站了很久才关上门,迈开两条腿走到沙发前。

落地窗外雨已经停了,夜色在无数水珠的折射下显得亦幻亦真。

郁南想了好一会儿才明白过来，难道 Louis 是在怀疑他私闯民宅？

宫丞是在去沪城的第四天晚上回来的。他打开门，家里灯火通明，却静悄悄的。

宫丞摘了手表，把它放在鞋柜上，又脱了鞋，这才往里走。偌大的客厅里，郁南正背对着他席地而坐。

郁南听见脚步声，回头看了一眼。人还是那个人，脸还是那张脸，态度却变了，显得特别淡定。

"郁南。"宫丞走过去，"你在干什么？"

郁南一言不发，竟赌气似的转了回去，一心一意做自己的手工艺品。

茶几上放了一个大圆石缸，缸里有一层透明状的固体，那黄色颜料绘成的图案让人一眼便能分辨出这是一条龙的雏形。而郁南正拿着画笔加深它的轮廓，一笔一笔，显然颇有耐心，也难怪家中这么安静。

"这是什么？"宫丞也在地上坐下，问道。

郁南终于有了点反应，闷声闷气道："这是一条龙的树脂画，是我给舅舅准备的生日礼物，以后可以放在他的武馆。我已经画了第一层，现在在画第二层，之后还要画好几层。"

宫丞说："这么费功夫？"

郁南点点头。

按照以往，郁南应该会给宫丞解释为什么要画一条龙，为什么愿意费这些功夫，顺便讲一讲家里的事。他总是不设防，似乎想把关于自己的所有事情都讲给宫丞听。

可这次郁南并没有说下去的意思，回答完他的问题便继续作画，动作小心细致，好像把全部精力都放到了眼前的作品上。

宫丞道："你没发现我点赞了你的朋友圈？就是你和其他的朋友去打拳的那一条。"

那条朋友圈的照片里，郁南戴着拳击手套，脸被汗水浸湿了，透着平时宫丞没见过的狠厉。

"我没看到。"郁南说，"因为我很忙。"

宫丞听着郁南的声音，觉得不太对劲，宫丞看向对方的脸，神色瞬间变了："怎么了？"

郁南显然从宫丞回来后就在不高兴，却一声不吭。郁南被宫丞问，也不肯讲。

他是单纯，却并不蠢，甚至已经想到了Louis可能是在提醒他和宫丞不是一个圈子的人，否则为什么要突然问那么一句？还说什么"随便的人"？

郁南太难受了，他堂堂正正地交友，虽然受宫丞照顾颇多，但也不是真要抱宫丞的大腿来赚好处，凭什么无缘无故被人这么怀疑？

覃乐风管这种感觉叫憋屈，郁南认为好友形容得十分贴切。

"宫丞，你收我房租吧。"郁南道。

宫丞正猜测郁南为什么不开心，闻言皱眉道："为什么突然这么说？是谁说什么了吗？"

"没人说。"郁南别开脸，"我不想白吃白住你的，更不想被其他人拐着弯说私闯民宅。"

其他人？宫丞低声问："谁来过了？宫一洛？"

郁南说："前一任房客。"

宫丞说："谁？"很快他便明白了过来，"是Louis？"

郁南眨眨眼睛，说："你既然这么快就猜到是他，那看来他说的是真的。"

宫丞心中不悦，脸色沉了下去："Louis来干什么了？"

"大概是来帮你检查来了。"郁南道，"看看你的房子有没有被随便的人给占了。"

宫丞只好解释："我没有让他这么做，这房子我很少来，密码也不是我设置的，之后也没有特别去改。"

郁南渐渐平静了下来，握成拳的手指也放松了些。

宫丞道："是我疏忽了，我们没有必要为了一个无关的人生气。"

"那Louis为什么要这样做呢？"郁南无助地问。

"我不知道，"宫丞皱着眉说，"也没有兴趣知道。"

郁南追问："那你们闹翻多久了？"

宫丞道："一年多。"

郁南又问："Louis知道很多关于你的事情吗？"

宫丞有些累了："郁南，我和Louis之间的相处并不愉快，所以我不想谈论这个话题，也不想谈论这个人。不管Louis对你说了什么，你都不用理会，总之以后不会再发生这样的事。"他看着郁南说，"我们换去城南住怎么样？那边也不错，临着江，晚上可以看见渡轮。"

郁南也没有气到要搬走的地步，却忍不住再次想，为什么他和宫丞之间的差距这么大？为什么他不是个和宫丞旗鼓相当的大人？

其实仔细想一想，宫丞对这件事并不知情，也不是宫丞的错，毕竟他和Louis都闹翻一年多了。

宫丞出差回来一定很累，还要耐心地对自己解释，这让郁南觉得自己有些不懂事。自己已经是一个大人了，应该站在别人的立场想一想。

"我才不换房子。"郁南气呼呼地说，"这间画室我很喜欢。所以把密码改了就可以了，不要再让不该来的人进来。"

宫丞知道，郁南情绪来得快去得也快。

"好。"宫丞道。

发生了这个令人不太愉快的插曲，宫丞果然说做就做，带着郁南将密码改了。郁南看见宫丞输入新的数字，心里的愤怒才消散了一些。

宫丞回来得晚，郁南本来也想睡觉了，宫丞去洗澡时，郁南便将放在客厅的颜料等物品收拾进画室放好，然后趴在床上玩手机。

宫丞出来后，郁南接着那个话题道："对不起，我看到你给我点赞朋友圈了，我是故意不想理你的。"

宫丞声音低沉，听上去不怎么在意："你喜欢玩拳击？"

郁南说："算不上喜欢，只是偶尔打一下，觉得比较爽。照片上那个人是乐乐的朋友，他是一个健身教练，前天他和乐乐还有我一起吃饭了。"说起这个，郁南想到一件事，"什么时候叫上他们一起吃顿饭吧，到这里来吃可以吗？"

宫丞道："那个教练就算了，可以让你那个姓覃的朋友过来，我叫小周去安排。"

郁南知道宫丞有自己的社交圈子，且他天生就给人距离感，能和自己这样来往都算是破例，便没有勉强，只是隐隐有点失望，不过很快就被其他事转移了注意力。

宫丞说："我也学过几天拳击，你什么时候和我打一场？"

"好啊。"郁南有点期待，说起自己擅长的事总是信心满满，"我不会让你的哦，我弟弟已经比我高了，可他直到现在都打不过我呢。"

　　"你这么厉害？"宫丞很满意，"那下次如果我不在，有人欺负你的话，你就不要跟对方客气。"

　　郁南知道宫丞在说之前的事，鼻子一酸，忍住了要流泪的冲动，重重地应道："我知道！才没有人能欺负我呢！"

　　一觉醒来，郁南神清气爽。

　　郁南去客厅检查了自己的树脂画，又去煮了一杯咖啡。因为烹饪能力有限，郁南只煮了两个白水蛋——除了这个，郁南做什么都是黑暗料理，为了赶时间，煮蛋方便又快捷。

　　门铃声传来，郁南走过去查看，只见通信器的液晶屏上显示着林茗的脸，原来是林茗来送花了。

　　郁南按了接听："林姐姐，你怎么不进来？"

　　林茗说："锁是不是坏了？我进不去。"

　　郁南恍然大悟："对不起呀，是我改了密码。"

　　郁南按了开锁键后，没一会儿林茗就坐电梯上来了，怀中照旧抱着一束大红色玫瑰。林茗进屋之后将花放好，问道："好好的怎么就改密码了？如果你不在家，我们过来给宫先生送花，打扫什么的都不方便。"她语气温和，却带着一丝责怪。

　　郁南不好意思讲改密码的原因，事情已经过去了，自己也不想再讲给其他人听。

　　郁南还没开口，身后就传来男人的声音："那就不用过来了。"

　　宫丞的语气中透着冷淡。

　　林茗朝郁南身后看去，似乎没想到宫丞会在，她面上一红：

"宫先生。"

宫丞刚起来,语气并不好:"你回去告诉任叔,等花艺师身体恢复了再送花过来,你们做好自己的事,少自作主张。"

林茗点头道:"是。"

宫丞没再看她,径自往厨房去,她站在那里有些尴尬,对郁南笑了笑。

郁南说:"林姐姐,谢谢你送花过来。"

林茗转身走了,关上门之前她听见宫丞喊郁南:"郁南,这是你煮的咖啡?"

郁南欢快地应了一声:"对啊。"

郁南在培训班上课做小老师,因为讲得很仔细,很受学生们的喜欢。他带的班里是一群十三四岁的孩子,本来就跟他相差没几岁,下课后也聚在一起聊天。

有一个学生去年给郁南推荐了一部漫画,今年两人再见面时便有了共同话题,一起聊漫画的连载进度,讨论剧情。

那个学生说:"郁南老师,漫展马上就要开始了,我想COSPLAY(角色扮演)黑伽。"

黑伽是漫画里的冷门人物,属于魔族,性格暴戾却内心脆弱,反差极为强烈。他有一个同母异父的哥哥叫白夜,属于精灵族,同样是配角,但是长相绝美、心狠手辣,被原著粉称为这本漫画的颜值担当,人气很高。

那个学生道:"郁南老师你COSPLAY白夜怎么样?去年漫展上那个白夜简直太丑了!"

郁南以前也参加过漫展,不过没玩过这么正式的:"万一我扮不好怎么办?"

学生说:"不可能!在我心中,白夜一直长着你这样的脸!只要找到合适的化妆师,你就是白夜本人啊!"

那个学生又说:"原著作者会在漫展上签售,我们COSPLAY他笔下的人物去找他签名,想想就刺激!求求你了,我们去吧!妆发造型的钱都由我出,我爸妈都同意了。"

郁南听到原著作者会去签售就很想去了,不过他当然不会让比自己小的学生出钱,在转账给对方后,郁南去找了方有晴。

方有晴常参加这种活动,化妆技术很厉害,美院的学生在这方面都有意想不到的天赋。

覃乐风决定和郁南一起参加漫展,又从班级群里叫来几个同学,人越来越多,最后差不多把漫画里有个性的人物都集齐了,变成了团体出动。

这几天郁南晚上回家时手机总是振动个不停,大家在群里讨论着装,有些买不到的东西还要自己手工制作,比如郁南准备COSPLAY的白夜头上的王冠就买不到合适的。

郁南在客厅一边画树脂画,一边回复群里的消息,忙得不可开交。宫丞本来也在忙,等他忙完,郁南已经画完了新的一层树脂画,却还抱着手机。

那个石缸里的图案已经初具雏形,只待细化,浅金色的龙在水池里恣意游动,鳞片泛着光,简直栩栩如生。宫丞不得不承认郁南画得很好,即使郁南今晚在一心二用。

"整晚你都在和谁聊天?"宫丞问。

郁南回复了一条信息,才告诉他:"是培训班的学生和我的同学,我们周末要去参加漫展。"

"漫展?"宫丞大概知道那是什么。

"就是动漫展览,大部分是二次元的东西啦。"郁南眼睛累了，伸手揉了揉，"可以买到一些本子、手办、游戏什么的，也可以 COSPLAY 自己喜欢的角色，不想玩 COSPLAY 的人可以摄影或者逛一逛，人特别多，总之就是很好玩。"

听郁南讲了一大堆自己不明白的名词，问："你呢，你主要是去干什么？"

郁南眼睛亮晶晶的："我去 COSPLAY 呀！我要扮成白夜，然后去找喜欢的作者签名，你要和我一起去吗？"

宫丞对这些都没兴趣，便随口道："我就不去了，你好好玩。"

郁南说："刚刚有人给我发消息了，我还没回复。"

宫丞道："太晚了，别回了。"

群里的同学们在热烈地讨论，屏幕时而闪烁亮起，振动一刻不停歇，自成一套节奏。

郁南眼睛还盯着手机，宫丞道："你看什么？"

郁南说："我想看看他们说什么。"

宫丞道："你每天都看到很晚，再看眼睛就要坏了。今晚休息，明早再看。"

郁南不满地说："怎么可能？我从高中开始每天都玩手机，眼睛都没坏，也不近视，比不看手机的人眼睛还好呢。"

网瘾少年急需戒网，宫丞说："以后你把手机交到我书房来，每晚只能玩一个小时。"

"两个小时。"郁南讨价还价。

宫丞道："不可以。"

郁南说："你这样真的很像我舅舅。"

宫丞被气笑了："你一定要提醒我年纪大了，是不是？"

郁南临睡前还在自言自语提醒自己："明天记得要去买铜丝，还要买人造水晶、钳子……"

除了画画，郁南难得在某件事上出现沉迷的状态，好像对扮演成另一个人特别有兴趣。

隔天培训班休息，郁南果然买来了铜丝和人造水晶等物品，描绘出图形的各个面，精心测算了比例，便对照着漫画书里的造型做王冠，一做就是一个下午。

宫丞回来时，郁南还挺高兴地打招呼："你回来啦？"

小周也在，好奇地道："郁南，你做的是什么？"

郁南给他看手稿，说："一顶王冠！"

小周真诚夸赞："好厉害！我觉得你特别有天赋，什么都会。"

郁南有点不好意思："我也不是什么都会，是原作者画得好看。小周哥，你看过《星河世界》这部漫画没有？"

小周说："看过啊！我上大学的时候这部漫画就开始连载了，后来我工作了就没追更新了，这是新人物的王冠？"

两人凑在一起，不知不觉聊了十几分钟。等小周反应过来，才发现宫先生已经在一旁看起了书，竟然没赶他走。

小周离开后，宫丞才合上书："你今天很听话。"他刚才看了眼，郁南的手机在自己的书桌上好好放着。

郁南一脸无辜地说："我的衣服到了，你要不要看看？"

白夜的衣服同城卖家那里就有，今天郁南已经收到了货。方有晴还给郁南准备了一顶假发，美瞳也准备好了，只差王冠，明天漫展就开幕了，所以郁南才急着赶工。白夜的扮相很漂亮，郁南其实很想让宫丞看看。

宫丞说："不要。"年轻人的东西他才没兴趣，对他来说，这就像是过家家。

郁南没勉强宫丞，一心一意捣鼓到十一点，时不时还小声说着什么，若不是手机就在书桌上，宫丞还以为这人在给谁发语音。

第二天一早，郁南急匆匆爬起来拿好东西，甚至来不及吃东西，不过覃乐风说会帮忙买早餐。

宫丞让小周送郁南去漫展，等他们走了之后，他突然有种自己送完孩子上学的错觉。他扶额，勉强暂时接受了这个设定。

宫丞换好衣服，临走前去了一趟书房，看到郁南的手机还在书桌上。漫展人多，他担心郁南，便准备叫小周回来拿手机，他往桌面上一抓，却抓了个空。

那哪是什么手机，分明是一张可以以假乱真的3D手绘画，连手机上的小划痕都画出来了。只要不用手去触摸，从任何角度看都会误以为它是真的，更不难看出这是谁的手笔。

郁南与朋友们借培训班的宽大场地换装做好造型，由莫哥开车送他们去漫展，坐不下的人就打出租车，乍一看去，仿佛一车都是妖魔鬼怪。

覃乐风COSPLAY《星河世界》的主要角色，皮肤化成了绿色的，戴着红色美瞳，对他们说："今天我们都得看着点郁宝贝，可能会有不少人找郁宝贝合影，我们得注意着点，别让郁宝贝被欺负了。"

方有晴扮演的是粉精灵，粉色长睫毛颤了颤，说："南南真的太好看了。"

郁南的白夜扮相确实很惊艳，但因为要保持白夜高贵冷艳的设定，其听完这话，故作冷淡地看了大家一眼，高傲地说出那句台词："我的使命，是在废墟之上重建天国。"

一车人被郁南逗得嗷嗷叫，那名学生扮的黑伽捂着胸口配

151

合郁南，讲出了弟弟的台词："阻挠我的，都受死吧！"

所有人都在狂笑，一群人中唯一的"正常人类"莫哥笑道："乐乐跟我说的时候我还不想来，因为我觉得有点幼稚，现在这么一看，是真的有点幼稚，不过还挺好玩！"

郁南已经破功，不再保持那样子，恢复了一贯风格："莫哥也该来COSPLAY的，力士首领就不错。"

方有晴猛点头："对对对。"

深城的艺术氛围浓厚，每年的漫展都很盛大。这一年不仅来了知名业余翻唱歌手、业余舞者、Coser（角色扮演者），还来了不少知名漫画作者。从早上开始，整条街就已经拥堵起来，路上随处可见二次元打扮的人和慕名而来的游客。

和其他几位朋友会合以后，几人的出场引起了许多人的注意。他们几乎是《星河世界》的团体COSPLAY，出色的造型与服装令人大呼还原角色。他们还没进入场地，就被"集邮"的人拦住合影，足足花了半个小时才进入内场。

在这天不断拓展人际圈的过程中，大家都认识了新朋友，当然，郁南认识的新朋友最多。

有"白夜"在的地方，几乎是寸步难行。郁南的真实面容隐藏在"白夜"之下，却又巧妙融合，那一言不发的样子简直精准还原了角色。黑伽则跟随在郁南左右，实力演绎暴躁的弟弟，兴奋得久久无法平静。

"郁南老师，和你来漫展真是太好玩了！"那名学生对郁南说，"上次我和同学来COSPLAY，都没人理我们。"

郁南买了两个手办，摊主还给他打了折。郁南闻言，微微一笑："我以前来也没人理我。"

那名学生很惊讶："怎么会？"

郁南说："因为我以前只扮演过天线宝宝。"

"噗！"那名学生笑喷了。

到了上午十一点，人变得更多了。主办方邀请的业余翻唱歌手上台，人们逐渐会集，准备观看表演。因为还有夜场，郁南他们便没急着看，先趁排队的人减少时去买签售书。

原作者对郁南扮演的白夜大加赞赏，一激动还送了他们每人一套周边。

方有晴激动得一直在朋友圈发动态，有些不在本地的同学纷纷表示羡慕，评论一会儿就刷了几十条。

同学A：班长，你旁边那人是我们班的郁南？我的天，郁南怎么这么奔放了？

同学B：只有我一个人在看郁南的文身吗？

同学B还发了一个羞涩的表情。

同学C：郁南的文身很好看啊。

同学D：上次郁南说有文身，我以为是逗我玩呢。

下午两点，深城正处于烈日的暴晒中，喧嚣一片。这座忙碌的城市还不到下班高峰期就开始堵车。

"郁南还没结束行程？"宫丞看了郁南发布的新状态，关掉手机屏幕。

小周回答："是的，先生。漫展一般五点之后才会结束，不过今晚主办方还组织了夜场表演，郁南应该会看完演出才回来。"

他正说着，车子一个轻微的震动，发出一声闷响。

"怎么了？"小周问。

司机朝后视镜看了一眼，说："周总助，我们的车被后面那辆车追尾了。"

153

宫丞皱眉:"下去看看。"不知怎的,他语气很冷,似乎非常不悦。

小周和司机下了车,嘈杂与热浪一下子涌进车内,随着车门关上,车内重归于宁静。

后面那辆车的司机本来骂骂咧咧的,小周把他叫下车,他一看到撞到的是名车,霎时间就噤声了,连腿都软了——宫丞的这辆幻影尾灯被撞坏,保险杠掉了一块漆。那名司机反应快,立刻哆嗦着报警与报保险。

小周想让他们的司机留下处理,宫丞降下车窗问道:"漫展在哪里举办?"

小周说:"就在这附近的艺术宫。"

宫丞说:"你去把郁南叫回来。"他说完,便升起了车窗,闭目养神。

小周走后,警察很快就来了,有司机去处理这事,不一会儿道路就恢复了通畅,只剩这辆幻影还停在路旁,闪着应急灯。

大约过了半个小时,车门再次被打开,被小周从漫展上逮回来的郁南一脸惊慌,鼻尖还带着薄汗:"宫丞,你没事吧?"

后座上,高大的男人穿着黑色西装,不经意间给人一种不容侵犯的威严。他听到郁南的声音,蓦地睁开眼,眼神有点冷:"你穿的这是什么?"

刚才在郁南发的动态里,宫丞看见了对方今天的装扮,而宫丞不能接受郁南这身在他看来格外廉价的行头。

郁南本来与朋友们在游戏区看竞赛,还提着一大袋东西,接到小周的电话时吓得魂飞魄散。

小周说他们出车祸了,就在离艺术宫不远的路上,叫郁南和他一起走,郁南以为宫丞出了事,此刻眼圈都有些发红。

"我扮演的白夜啊。"郁南解释道,"前几天我就告诉过你了。"郁南发现他没事,只是车被追尾了,才松了一口气。

宫丞脱掉西装扔到郁南身上:"穿这个。"

郁南有点蒙,低头看了看自己,没觉得哪里不对:"可……可是我那边的活动还没有结束。"

他直接对司机说:"开车,回去。"

车子果然应声发动,窗外的景色开始倒退,郁南急了,说:"停车!我现在不想回去!"

前后座之间的那层隔板被调至不透明状态,前座与后座被完全隔离开,这下司机与小周无法看见后座的情况,郁南的呼喊他们自然也不理会了。

宫丞的事,没人敢插手。

郁南真的有点生气了:"你怎么不讲道理?这次活动是大家的心血,每一个细节都是大家仔细商讨过的,不仅仅是我花时间做了王冠,他们也花了不少时间在我身上啊!我们每天都聊到那么晚,大家都很认真的。"

宫丞冷声问:"你就那么想去?"

"你不懂!你年纪大,根本就不懂!"郁南喊道。

自己买的东西都在朋友们那里,展位没有逛完,演出也还没看。而且这是郁南第一次真正扮演喜欢的角色,是以前想都不敢想的,对郁南来说意义重大。

"我不跟你一起回去了。"郁南闷声闷气地说,"叫我好好去玩的是你,不看我穿什么衣服的是你,把我骗走的还是你。你做错了,还不愿意承认,那我也不讲道理了。"

宫丞冷笑道:"我错了?"

郁南揉了一把眼睛:"本来就是你错了,如果你跟我道歉

155

的话，我就原谅你。"

道歉？宫丞放下水杯，看着对方："你不跟我一起回去，准备去哪里？"

郁南说："我可以回学校，也可以去朋友家，培训班也有宿舍可以住。我能去的地方有很多，他们都不会像你这样不讲道理。"

郁南一口一个"不讲道理"，宫丞失去了耐心，他按下通信器："停车。"

"是。"司机很快就回道。

车子停在马路边，车门打开，一阵热浪袭来，郁南再次露出了难以置信的眼神。

"你不是不和我一起回去吗？"宫丞想要郁南做什么不言而喻。

"我当然不要！"郁南逞强下了车，希望宫丞良心发现，立刻跟自己道歉。

可宫丞却收回了视线，似乎不想看自己，郁南死死咬住了下唇。宫丞关上车门，车子很快就发动离开，留下一排尾气。

这里距离举办漫展的地方有好几条街，郁南站在那里，人们都投来好奇的目光，郁南一瞬间觉得自己像一个异类。

还要去漫展吗？此时郁南已经完全没了兴趣。

郁南根本无心去关注别人的目光，也什么都不想管，破罐子破摔地席地而坐。

手机落在宫丞车上，他身上也没有钱，郁南只能深深地叹一口气，完全不知道该怎么办。

郁南正惆怅着，突然响起"哐"的金属落地声，一枚圆圆的硬币掉落在郁南面前，滚了一圈后停住。郁南抬头一看，扔硬币的那个行人已经走远了。

郁南一脸疑惑，那人以为自己是在乞讨吗？

他正尴尬得不知所措，另一个行人路过，递过来一张十元纸币，很礼貌地说："请问我可以和你合影吗？"

原来他们以为自己是搞行为艺术的！郁南震惊了，爬起来站好，说："好啊。"

郁南换了一个阴凉处，一个小时内靠这身行头挣到了将近一百块钱。

被撞坏了一个尾灯的车静静地停在街角，透过深色的隐私玻璃，宫丞将外面的情景尽收眼底，绷着脸一言不发。

小周心情复杂，小心翼翼地提醒："宫先生，郁南拿着钱去甜品店买冰激凌了。"

郁南点了一份草莓冰激凌，坐在靠窗的位置慢慢品尝，心里还是难过的，不过冰凉甜美的滋味带走了暑热，令人身体上也稍微舒服了一些。郁南只要一想起刚才的事，就很不高兴，他做梦都想不到自己会被"赶"下车。

桌上散落着一把零钱，郁南数了一下，还有三十九块，足够自己坐车回到学校或者回漫展。

可是郁南现在哪里也不想去，最初的美味过后，这冰激凌吃着也味同嚼蜡。

郁南左手托腮，右手拿着勺子一下一下戳着碗里的草莓酱，不经意间发现脸上用来绘制花纹的金粉沾了一手。

这个时间甜品店里的人不算很多，店员已经观察郁南一阵了，他从收银台里拿了一张湿纸巾递给郁南："给你擦擦。"

郁南接过湿纸巾，说："啊，谢谢。"

店员说："你是去参加漫展了吗？今天我也想去的，可是今天排班轮到我就去不了了。"

"对。"郁南点点头,用湿纸巾将脸上的金粉擦干净,"你没去实在是太可惜了,今天漫展挺好玩的。"要不是和宫丞吵架,郁南也能玩一整天。

店员不好意思地问:"你扮的是谁?我好像不认识,刚才你进来我就想问了。"

"是《星河世界》里面的白夜王子。"郁南说。

两人有了共同话题之后就聊了起来,有人说话转移注意力,郁南的心情舒畅了一些,谈到有趣处还露出了笑容。

他们正说着,店门打开了,一个高大的身影出现在门口,店员立刻回到收银台,道:"欢迎光临。"

郁南转头看去,只见宫丞神色不明地迈步朝自己走来。郁南惊愕了一瞬,不知道宫丞是怎么找到自己的,反正自己不打算理他就是了,只装作不认识地转回去。

宫丞没有理会店员,他面容冷峻,不说话也能令人感受到强大的气场,年龄与气质都让他看上去并不像一位普通顾客。

"你打算在这里待一下午?"男人仿佛质问一般,因为郁南看样子真的有那种打算。

郁南早就收起了笑容,戳了戳碗里的冰激凌。

郁南像没听见宫丞的问话一样若无其事,实则被他这么一问,郁南的嘴角立刻往下撇了一些,被他看得清清楚楚。

宫丞脸色稍霁,拉开郁南身旁的凳子坐下:"你还要不要吃冰激凌?重新点一份?"

郁南伸手把桌面上的零钱揽过来,其中几枚硬币哐当作响,被主人宝贝似的收起来,生怕被人拿走似的。

"不要你管。"郁南终于开口,还是没看他。

两人坐在窗前的样子其实很奇特，一个奇装异服像是来自二次元，一个西裤挺括看着成熟优雅。两人的年龄似乎也有一些差距，店员暗自咋舌，莫不是那个 Coser（角色扮演者）的家长找来了？

宫丞道："那你想要谁管？你打算继续在街上要钱？"

"才不是要钱，这些都是我靠合影挣的！"郁南喊道。

刚才把自己赶下车的人不是他吗，现在又来管自己是什么意思？郁南都想好了，直接回学校换好衣服，然后去宫丞那里把自己的东西都拿回学校，再也不要借住他那里了。吃人嘴软，住在别人家里也是一样的，自己得有点底气才行。

宫丞的眼睛像一片深不见底的海，让人无法琢磨他的情绪。

宫丞施舍般道："好了，你不想吃了就一起回去吧。"

郁南很有骨气，完全不为所动："我才不会回你那边，我自己会回学校。"

宫丞皱起了眉，抬起手腕看了下手表，距离他接到郁南已经过去两个小时了，便开口道："好了，不早了，现在差不多该回去了。"

有理有据的生气却被这样对待，郁南更气了，这一气反而平静下来，很认真地说："我是真的不想回去。那是你的房子，我只是借住的，你自己回去吧。"

宫丞能主动让步给台阶让郁南下已经是极限，他向来无情果断，从不理会别人的心情，更不要提不断让步了。

"真的？"他冷淡地问。

郁南难得显露出幼稚，无赖地说："蒸的煮的炒的煎的，反正不是假的。"

宫丞只觉得太阳穴一突一突地跳，头疼得厉害。

半晌，他想到了什么，不想再拖下去，于是没什么情绪地说："好吧，既然你不过去了，那个石缸里面的树脂画肯定也不需要了，放在那里太碍事，我正好叫人扔掉。"

郁南震惊了："不要！"

自己辛辛苦苦画了一周才完成，马上可以寄出了，舅舅的生日马上到了，重新画一幅根本来不及！宫丞怎么能这样！

宫丞不为所动，等着郁南自己选择。

"你不要扔我的东西！"郁南果然上当，气呼呼地站起来，"你的房子那么大，那个石缸怎么会碍着你？"

宫丞说："碍不碍事由我说了算。"

郁南竟无法反驳，被宫丞的激将法套住："那好，我现在就去搬走，一点也不会碍你的事！"

郁南走在前面，高大的男人走在后面。郁南临走前，还有空和店员礼貌告别："下次再聊，再见。"

回去的路上，气氛很怪异，郁南全程看着窗外，一句话都不说，宫丞看上去也脸色阴沉，小周吓得大气都不敢出。

车子驶入停车场，宫丞先一步打开车门进了电梯，小周找机会拉住郁南："我的小祖宗，可别这么倔了。今天我们本来还要去工作，宫先生却让司机把车子停在路边等了你一个小时，什么都耽误了。"

"等我干什么？"郁南不领情，"我不用他等。"

小周说："你身上没钱没手机，他担心你啊。"

郁南没想到会是这样，一时语塞，心情复杂起来，又想着这并不是自己的错，不该为此内疚。

他紧随宫丞的脚步上了楼，生怕宫丞趁自己没到就把石缸扔了。上楼之后他发现房门是虚掩的，一进门就见那个石缸还好好地放在客厅，瞬间就明白宫丞说要扔掉是骗他的，不过是想让自己跟着回来而已。

郁南身后响起男人低沉的嗓音："你还生气？这次气性怎么这么大？"

郁南直接列举宫丞的罪状："赶我下车的事就算了，反正也是我自己要下去的，但是你之前在车里不好好说话，完全不尊重人，也不顾及我的感受，你还问我为什么这么生气？"

宫丞冷着脸，他没看出来这个挣到钱干的第一件事就是去吃冰激凌，并且和店员聊得喜笑颜开的人那时有多不高兴。

郁南试图对他循循善诱："你知道你做错了吧？"

宫丞没想到自己会有和郁南争论谁错得更多的一天，他感觉自己的年龄与智商都在直线下降。他止住这个话题，转而问："那下次你还去不去漫展？"

郁南重重点头，一副"这还用问"的样子："当然要去！"

宫丞沉着脸说："你就这么想去漫展？"

郁南张了张嘴，半响才憋出一句："因为这是我第一次真正可以选择扮演哪个角色啊！"

他双手用力交握，指关节都有些泛白，睫毛低垂着，一字一句地说："这是我第一次参加团体 COSPLAY，以前我总担心会被他们看到我的秘密，担心他们会嫌弃我，每次都是一个人在家换好衣服才去的。我通常选择把自己包起来的角色，即使是我不喜欢的，也还是会因为那个角色的衣服能遮住我所有的皮肤而去扮演。"

手指慢慢松开，郁南继续道："因为以前的我，身上的疤痕太可怕了。"

疤痕……宫丞还记得郁南告诉过他为什么去文身。他知道那是郁南提过的烫伤，却不知道郁南曾因此自卑，或者说他根本没去思考过这个问题。

郁南说完就没了声音。

宫丞轻声说："不可怕。它也不是什么丑陋的印记，只是命运对你的一次失手的触碰。"

失手的触碰？郁南第一次听到这种说法，眼眶不由自主地发热，蓄积泪水后，眼泪便掉了下来。

宫丞说："是我的错。"

郁南哽咽道："当然是你的错！你一点都不尊重我！你错了还没道歉呢！"

他这副样子让宫丞想笑，又怕惹得他恼羞成怒，便连连道："我道歉。对不起，郁南，都是我的错。"

郁南信了，勉强点头道："好了，我原谅你了。"他说完这句，又别扭地道，"那我再去漫展你不会又像今天这样吧？你不准说话不算数。"

"不会。"宫丞承诺道。

闹完这一场，因为郁南不会卸妆，宫丞叫人找来一个化妆师并送来了卸妆油，顺便让化妆师帮郁南把妆卸干净。等化妆师走了，郁南又好好地去洗了个澡。换上舒适的家居服后，他感觉一身轻松。

小周处理完车子的事，发现郁南的手机在车上，他特地送过来的时候，宫丞正在厨房做晚餐。此时气氛一派祥和，他都要惊呆了。

郁南在中岛台前老老实实地吃了几口牛小排，看到自己的手机，想起一整个下午都没有和朋友们联系，也没有给他们交代，有点放心不下，恰巧手机振动了几下，他就扔下叉子想要跳下高脚凳。

"回来。"宫丞放下一小碗米饭。

郁南说："我就是给他们回条信息，不是要玩手机。"说到这里，他有点心虚。

宫丞眼皮都不抬地说："你把饭吃完再去回消息。"

郁南一声不吭，乖乖坐好了。

他吃完饭才终于与手机见面，大家发来很多信息询问怎么回事，下午的事解释起来比较复杂，因此他只能一一道歉，用突然有事含糊过去。

郁南不太会撒谎，万幸大家都忙着晒今天的收获，没空追问。覃乐风来和他私聊，说他的东西都在自己那儿，郁南便说放在宿舍也行。

覃乐风又说起了另一件事：今天我回宿舍的时候，有一个男人来找你。

郁南一脸疑惑，回复：是谁？

覃乐风：他说他姓严，叫严思危。我一下子就想到了他是严思尼的哥哥，你不是说他来找过你一次吗？严思尼那个蠢货又想干吗？这次还叫自己哥哥来！

郁南也觉得奇怪：他找我有事吗？

覃乐风：我问了他，他不肯说，只说要你的联系方式。我猜肯定没好事，所以我没有把你的手机号码告诉他，要不这几天你还是不要回学校了。

郁南：好。

Chapter 08
寂 寞

如果可以选择，我宁愿选择寂寞。

暑假快结束的时候，郁南提交到深城美术协会画展的报名申请通过了。

那天早上吃早饭的时候，郁南摇了摇手中的手机，眼里是掩不住的得意，还特意卖了一个关子："我想告诉你一个好消息，你猜猜是什么？"

宫丞有些想笑："什么？"

郁南炫耀道："我通过美术协会的画展报名了！"

郁南把手机打开，指着上面的一封邮件给宫丞看："你看，他们给我发邮件确认了！昨天晚上发的，我刚刚才看见！我就说我一定能通过吧？"

宫丞早忘了这件事，没想到郁南会这么看重，不由得挑眉道："是吗？"

郁南郑重地点头，强调道："是真的！你看，邮件上说画展会在十一月举办，还邀请了我去参加！"

"那可真是好消息。"宫丞低笑，"你怎么这么厉害？你说吧，想要什么奖励？"

"咔嚓"一声，郁南将那封邮件截了图作为纪念。

这是他第一次参加大型画展，还是美术协会主办的，比大学生美术展的含金量要高一些，所以忍不住想要告诉所有人。

郁南一边发朋友圈，一边回答宫丞："可是我没什么想要的呀。"

宫丞说:"怎么会没有想要的,每个人都有想要的东西。"

郁南心满意足,美滋滋地说:"我感觉我想要的都有了。"

他是真的觉得自己现在什么都不缺,不仅成功报名了画展,还可以堂堂正正地去给偶像余深当学生。另外,他还拥有可爱的家人和有趣的朋友。

在郁南这个年纪,其实在想不到什么想要的了。

宫丞说道:"那就选一辆车怎么样?我让他们送图册来给你选。"

郁南摇头拒绝了:"我又不会开车,有车也没有用呀。"

宫丞失笑,他倒是忘了郁南不会开车,便又说:"车子不会开,房子总没有人嫌多。"

郁南憧憬般说道:"这倒是真的,我小时候特别想要一套大房子。我上次跟你说过吧,我家的房子是很小很小的。"

他继续对宫丞道:"那个时候我就想,长大了我一定要努力画画,画一幅不够,我就画十幅,十幅不够,就画一百幅。先从小小的一块砖开始赚,再到一平方米、一个房间、一整套房子。我要把最大的房间给妈妈,让她可以自在地唱歌、排练、弹琴。现在我觉得我已经在朝这个目标靠近了,真的很有成就感。"

对十九岁的郁南来说,现在的一切刚刚好,在合适的年纪取得了合适的成绩,就已经十分满足。知足常乐是郁家人的优良品质之一。

旁人都觉得郁南太过单纯,其实他才是有大智慧的那一个,懂得把握当下,展望未来,从不将自己困在过去,这点让宫丞十分欣赏。

"那我送你房子怎么样?"宫丞问。

"不要你送，"郁南说，"我自己可以挣，这个过程是很美好的，所以我不需要你帮我。"

很难有人活得这么通透，宫丞心情愉悦，说："那不急，你可以再想想，等你想到需要什么了，我再送给你。"

男人目光温和，嗓音低沉，郁南点点头，眼睛也亮晶晶的："好呀。"

郁南将通过画展报名的事告知了家人和朋友，还发了朋友圈，很快就得到了大家的祝福。覃乐风作为死党，当然想帮郁南大肆庆祝一番，便问他什么时候有空。

暑假到了尾声，培训班的工作也告一段落，覃乐风怀疑自己以后只能在课堂上见到郁南了。

"我过几天回来就有空啦。"郁南语调轻松。

覃乐风问郁南："你不住宫先生那里了？"

郁南道："我还是学生，上学当然应该住在学校。周末我去余老师的画室，晚上就会继续住宫丞那里，这样比较方便。"

此时正值夏末的最后一场大雨，两人跑到路边的便利店门口躲雨，所以才有了这场对话。雨幕中，街旁的一切都模模糊糊，唯有郁南的话语真实清晰。

一辆黑色的宾利从大雨中驶来，不偏不倚地停在他们面前，引得路人纷纷看过来。司机下了车，撑着一把大伞朝他们走来。

郁南这才看清了，那是宫丞的司机，高兴地道："那我先走了！"

覃乐风也有朋友来接，原本还打算捎郁南一程，此时便看着郁南上了车。

车门一晃就关上了，车窗很快降下去，露出顶着毛巾的郁南：

"乐乐再见！"

车子很快开走了。

"你冷不冷？"车里郁南擦干净头上的水珠，宫丞顺便将空调关掉了。

郁南罩在毛巾里，黑亮的眼睛好像小狗狗一样："宫丞，你怎么知道我没有带伞？"

宫丞道："早上吃饭的时候我提醒过你，不过我出门时就看见有个冒失鬼将伞忘在了玄关的柜子上，你猜那个冒失鬼是谁呢？"

郁南吐吐舌头："是我。"

宫丞"嗯"了一声，看上去心情还不错。

郁南说："还好你来了，不然我可惨了，又要让莫哥送我过去。"

宫丞问："怎么，你其他的朋友经常送你过去？"

郁南说："嗯！我还经常和他们一起吃饭呢。"

宫丞说："看来我也得和他们吃个饭。"

郁南惊讶极了："你想邀请他们一起吃饭吗？"

他记得宫丞上次说过不喜欢和陌生人一起吃饭，只让他邀请罩乐风一个人，他便没有再提过这件事，这次宫丞竟然主动提出来，他心里很高兴。

"对。"宫丞道，"你一直想不到要什么奖励，那就这个吧，邀请你的朋友一起吃饭。"

"好！"郁南兴奋地道，"我就要这个奖励！"

宫丞脸上露出笑容："不过,这边的房子不太大,不是很方便。我在湖边有一栋别墅，那边风景不错，这周末请他们去那里吧。"

郁南眼睛亮晶晶的，高兴道："太好了！"

因为还未开学,与郁南走得近的朋友留在深城的不多,所以周末郁南只邀请了覃乐风和莫哥,还有方有晴,到宫丞的别墅去玩。

那栋小别墅在郊外的仙女湖边,风景秀美。从湖的左岸开始,一直延伸到百亩树林,都是宫家的产业。除了距这栋别墅近千米外的湖边有一个守湖人的小屋,再没有别的人工痕迹。

郁南下了车,走在鹅卵石小道上,第一感觉便是安静。这里远离喧嚣的城市,树林间阳光和煦,偶尔有微风吹来,湖面便泛起涟漪。

别墅是木质的吊脚楼,前方有个小花园,种了一些四季常开的月季。湖边放着几张椅子,上方撑着遮阳伞,身处其间,犹如在西方老电影里。

"这里好漂亮。"方有晴一下车便开始惊呼。

莫哥与覃乐风也下了车,三人都在啧啧感叹。

"谁说深城附近没有纯天然的度假区,这里不就是吗?"莫哥道,"不过是普通人不知道这样的地方罢了。"

覃乐风说:"你们有没有注意到,从公路那边过来就没有再看到其他建筑了,我还以为这是一个聚在一起的别墅区,没想到只有一栋。"

早就到了的郁南听到说话声,才"噔噔噔"地从木台阶上下来,兴奋地道:"你们到了!"

郁南戴着手套,还围了一条围裙,橡胶靴子上沾了泥。

"郁南,你在干什么?"方有晴好奇地道。

郁南带她去看屋檐下的小桶:"我在挖蚯蚓啊!今天下午,我们可以去钓鱼,我刚才已经看了,湖水特别清澈,里面的鱼又肥又大！"

方有晴害怕虫子,"咦"了一声表示厌恶,然后就往后退。郁南抓起一条蚯蚓,那条蚯蚓弹来弹去,在方有晴眼中分外恐怖,抓着的人却全然不知:"你看,蚯蚓也很大,做鱼饵正好。"

覃乐风将方有晴拉开,救了她一命,问郁南:"你挖多少了?"

莫哥则看了一下那个桶:"还没多少,要不要我帮忙?"

几个年轻人叽叽喳喳特别热闹,却迟迟不见宫丞的身影。

其实覃乐风知道要来这里就莫名有些紧张,因为一定会见到宫丞,而对方与自己身份悬殊,又显得很严厉,就好像两个世界的人。

方有晴则是特别好奇,她只是听郁南提起过宫丞,却从来没见过对方,再加上她对虫子不感兴趣,便问郁南:"这里的主人呢?怎么没看见?"

郁南反应过来,自己竟然没邀请朋友们进屋,还带着大家在外面挖泥巴。于是郁南放下铲子,说:"他在里面泡茶,我们进去吧。"

郁南脱了鞋,扔掉手套,光着脚踩在木地板上,带大家进屋。客厅里是一片原木色调,通透明亮中透着古朴的气息。

"宫丞,他们到啦!"郁南喊道。

几人转过玄关,到了开放式厨房,便见长木桌旁立着一个高大的人,正手握玻璃壶。

那个男人高鼻深目,是属于老一辈人眼中特别英俊的长相,身上有一股沉稳的气质,面对毛躁的郁南也只是微微点头:"大家好。请坐。"

"宫先生好。"覃乐风率先打了招呼。

房子里没有用人,宫丞在休闲时喜欢亲力亲为,也不觉得是纡尊降贵。他摆开几个精致的茶杯，一一放好，缓缓倒上热茶。他一开口，嗓音就好似酿了经年的美酒："自家烘焙的玫瑰花茶，请各位尝一尝。"

一句简单的招待语，却因从充满威严感的人口中说出来，莫名让所有人都变得特别拘谨。

之前轻松的氛围消失了，一片安静中，所有人都像小学生似的，各自取走自己那一杯茶，客套地道谢。

他们与宫丞的差距实在太大，完全没有共同话题，除了拘谨就是冷场。

莫哥到底大了几岁，轻轻喝了一口茶后夸奖道："茶很香啊，宫先生泡茶的手艺真不错。"

宫丞知道他就是那位和郁南打拳的教练，礼貌地点点头："谢谢。晚上会有厨师来做饭，大家有什么忌口的都可以提出来。现在还早，你们可以四处逛逛，钓钓鱼什么的，湖边的风景很不错。"

他这么说就是不能陪他们的意思了，所幸大家也不敢让他陪，反而在心里松了一口气。

喝完茶，郁南带朋友们去钓鱼。别墅的花房里有好几根鱼竿，看上去半新不旧，应该是常用的，便一人分了一根。

郁南不会钓鱼，覃乐风倒是有一手，便成了大家的教练。欢声笑语不时在湖边响起，打闹声、惊呼声、兴奋的喊声，都是属于年轻人独有的活力展现。

这期间宫丞都没有出现，郁南似乎也不在意，方有晴便问，宫丞是不是不喜欢他们。

郁南说："怎么会呢，今天是他特意抽空邀请你们过来玩的。"顺便庆祝自己画展报名成功。

方有晴道:"可是,宫先生好像不太想和我们说话。"她以为这会是其乐融融的一个下午,现在这样虽然也还算开心,但她总觉得郁南与宫丞之间有隔阂。

郁南完全不觉得,还说:"平时没事的话,他也不太和我说话的,你们不要担心,他人很好。"

三人都看着他。

郁南的钓竿在动,人有些紧张,全神贯注地盯着钓竿,语速很快地说:"他是工作很忙,今天一到这里就去书房了,等晚上吃饭的时候他就能和我们聊天啦。"

正说着,鱼竿猛地一沉,有大鱼上钩了,郁南大喊:"乐乐,快来帮帮我!"

覃乐风将自己的鱼竿塞给莫哥,跑过来帮郁南收线。

那条鱼从水里跳出来,果然是又大又肥,足有十几斤,几个人连连惊呼。郁南往后退,不小心踩到一块石头摔倒在地。鱼儿也跳上了岸,被莫哥一把摁住装进了方有晴递过来的桶里。

郁南倒吸一口气,"嘶"了一声,脚踝好像扭到了。

覃乐风把郁南扶起来:"摔到哪儿了?"

郁南一起来就激动地去看桶:"哇!好大的鱼!今天我钓的这条鱼是最大的没跑了吧,比刚才莫哥钓的那条还大一倍!"

覃乐风很无语,在场所有人都没发现郁南脚踝扭伤了。

众人又钓了两个小时鱼。厨师来了,大家商量着让厨师把那条最大的鱼做成烤鱼,几个人提着桶回去,收获颇丰。

走进花园后,郁南喊道:"宫丞,快来看!我钓了一条超级大的鱼!"

男人走出来,脸上多了一副金丝边眼镜,平添了几分儒雅气息,却皱着眉问:"你的脚怎么了?"

"扭了一下。"郁南满不在乎,指着桶道,"你快来看,它马上要被杀了,一会儿你就看不见了。"

"你的脚都肿了,没有感觉?"宫丞的语气里带着责备。

郁南撩起裤腿,脚踝果然肿了起来。他知道有点痛,但是在可承受的范围,就没去管它,此时才惊讶地道:"真的肿了!我还以为没什么,明明不是很痛啊。"

宫丞不悦地道:"钓鱼比较重要还是脚比较重要?"

莫哥也看了一下,他在这方面很有经验:"扭伤而已,没有伤到骨头,不严重,过几天就好了。"

覃乐风赶紧道:"宫先生,您这里有没有药油?"

宫丞抬起头,摘下眼镜:"左边柜子里应该有个医药箱,麻烦拿过来一下。"

郁南脸红道:"你们不要这样,我又不是小孩。"

气氛轻松了一些,连方有晴都不太畏惧宫丞了,捂嘴笑道:"可是宫先生确实是像在照顾一个小孩啊。"

饭后,覃乐风等人要走了。

除了钓到的鱼,每个人都得到了一份礼物,是宫丞提前叫用人准备的。回去的路上,方有晴打开礼盒看了一下,是一套某奢侈品牌的餐具,价值几万,竟然就这么随意地被宫丞当作小玩意送给他们了。

他们临走前,天已经黑了,小别墅亮起了一串小橘灯,看起来温馨静谧。郁南趴在廊桥的长椅上和他们挥手说再见,他则要这里住一晚,第二天才会回去。

晚上,郁南忽然眼前一黑,紧张地喊起来:"宫丞?!"

房子里没有回音。

郁南连续喊了几声，脚步声才出现在门口，门被打开，宫丞提着一盏复古马灯出现，脸部线条被橘色灯光照得柔和了些："怎么了？只是停电了。"

"吓死我了。"郁南说。

宫丞道："嗯？为什么？你怕什么？"

郁南道："我怕鬼。"

这房子附近都没有人，除了湖水就是树林，晚上在房子里的本来只剩他和宫丞，一旦宫丞不回应，郁南就很慌张。

宫丞失笑："世界上又没有鬼。"

"你怎么知道？"郁南不赞同，还分析道，"你不能因为没见过就否定它们的存在。你看，没有人能证明世界上有鬼，可是也没有人能证明世界上没有鬼。"他正说着，脚下传来"吱呀"一声怪叫。

宫丞笑着说："是木楼梯的声音。"

郁南这才放松下来："是楼梯啊。"

两人的影子落在墙上，被灯光拉得长长的，一片安静中，只有别墅外徐徐的风声，以及湖边的蝉鸣声。

今天，郁南还没上过楼，这时他惊讶地道："这里有钢琴！"

黑色三角钢琴静静地伫立在窗边，宫丞将人放在琴凳上，又去找来蜡烛点上。

郁南揭开琴盖，随便按了几下，琴声流畅悦耳。他仔细一看，才发现这是一架施坦威钢琴，估计价格在百万以上。

郁南会弹钢琴，宫丞不意外，因为对方不止一次说过妈妈练琴的事。

果然，郁南坐下，弹出一段优美缓慢的乐曲。

这是一首几乎人人都听过的曲子——一位著名钢琴家弹奏

的《你的心河》,慢版弹奏起来其实有些伤感,此时此刻被郁南弹出来,却又柔情似水。

久不弹琴,郁南弹错了一个音,有些懊恼。一只手从旁边伸出来,修长有力的手指按上琴键,接着弹错的地方弹了下去。

"宫丞?"郁南惊喜极了。

"嗯。"宫丞低低应了声,提示郁南继续。两人配合得不算好,却还是坚持将一整首曲子弹完了。

余音绕梁,郁南别过头道:"你也会弹琴。"

宫丞难得温柔地说起往事:"我的母亲会弹琴。这栋别墅就是她怀着我那年,我父亲送给她的礼物,一直保持着最初的样子。所以这么多年了,线路有些老化,也需要时不时维修。"

郁南第一次听宫丞讲起这些,全神贯注地听着。郁南记得宫丞讲过他父亲早已经去世了,便问:"那你妈妈呢?"

宫丞说:"她比我父亲走得还要早。大哥比我大十几岁,没空带我,我几乎是任叔带大的,所以我时常忘记她的模样,需要看看照片才记得。"

郁南一时不知道说什么好。

宫丞不甚在意:"从小我就有偶尔到这里来住几天的习惯,钢琴倒是很久没碰了。"

郁南却说:"那你小时候是不是很寂寞?"

宫丞顿了两三秒,眸色变暗了些,已然换了一种语气:"在我们这种家庭长大的孩子,怎么可能会寂寞?如果可以选择,我宁愿选择寂寞。"

郁南察觉到他情绪上的变化,还想问,宫丞神色已恢复如常。

郁南主动说:"以后我可以陪你过来啊,我们还可以一起弹琴。"

宫丞道:"好。今天你开心吗?"

郁南点点头:"开心。"

烛火摇曳到半夜,郁南才缓缓睡去。后半夜,敲门声乍然响起。

"宫先生!"有人在楼下喊,"宫先生!"

郁南被惊醒了,出门问:"怎么了?"

宫丞也从对面的房间出来了,他开口道:"是守湖的人,不要怕,我下去看看是怎么回事。"

宫丞说着就下了楼,郁南只听见狗吠和隐约的说话声。

"宫总的情况很危险,小少爷联系不上。"

宫丞的语气低沉,听着令人害怕:"家里怎么不直接打我的电话?"

那人的声音断断续续:"那边的人试图和您联系了……电话打到了我这里……我来通知您。"

宫丞道:"我知道了。叫保镖开车。"

郁南睡意全无,明白好像发生了什么不好的事,听起来很严重。

宫丞带着一身凉意上楼来换衣服,似乎一瞬间换了一个人。

"宫丞。"郁南问,"出事了吗?"

宫丞安抚道:"不用担心,你继续睡,一会儿我叫小周来接你。"

郁南果真猜对了,便爬起来:"我和你一起去吧,看看有什么可以帮忙的。"

宫丞说了一句"不用",便下楼去了。

郁南连忙忍着脚疼跑到二楼的窗边,看见了黑暗中的两束远光,是保镖开来了车。有人替宫丞打开后座车门,他弯腰坐了进去，整个过程中没有朝楼上看一眼。

车子开走了。

宫丞走后，一切归于平静。

树林、湖泊、木质别墅，这偌大的地方只剩郁南和一个不知身在何处的守湖人，而郁南连对方长什么样都不知道。房间里仅亮着宫丞走前点亮的马灯，万籁俱寂下，他心神慌乱，有点害怕。

郁南坐在床上，裹着被子想：宫丞走得那么匆忙，事情很严重吗？他不能确定发生了什么，只听到说"宫总的情况很危险"，猜测应该是说宫丞的大哥。宫丞提过他大哥病重，看来是缠绵病榻很久了。希望不要有事，郁南想。

他就这么睁着眼睛熬到天亮，才爬起来洗漱，等着小周来接。可是他就像被忘在了别墅一样，一直到当天下午，小周才姗姗来迟。

郁南的手机已经没有电了，他差一点就想徒步走出树林，找到回城的路，然后再去拦一辆车了。小周抱歉地道："对不起啊，郁南，今天我实在脱不开身，所以来晚了。"

实则是宫丞三个小时前才想起郁南还在别墅这回事，吩咐他来接人，他作为助理，当然是什么都往自己身上揽。

"没关系的，小周哥。"郁南摇摇头表示不介意，还问，"宫丞呢？他怎么样？"

车子驶上了高速公路，小周一边开车一边说："宫家出了这么大的事，宫先生作为当家人得主持大局，最近怕是会忙得不行。集团的变动都指着宫先生摆平，现在走错一步都会造成不可挽回的损失。短时间内，宫先生是回不来的。"

郁南听出了小周的言外之意："你……你是说，宫丞的大哥他……"

小周道:"宫总走了,今天与宫先生见了最后一面。"

郁南感到很难过,虽然自己与那位先生素不相识,可是只要一想到宫丞现在的心情,就能感同身受。

小周叹了一口气,说:"现在宫家就剩宫先生与宫一洛小少爷两条血脉,人丁真的很单薄。那些人都虎视眈眈,若是没有宫先生坐镇,小少爷怕是要被连筋带骨地吃个干净。"

郁南很想帮帮宫丞,遇到亲人去世这么大的变故,自己哪怕是陪陪宫丞也好,可是小周说现在不去让宫丞分心就是对他最大的帮助了。

郁南回到城里,编辑了一条长长的安慰宫丞的短信。他先将短信发给覃乐风检查了一遍,覃乐风说看了很想哭,他便删除了这条短信,最后只发了一条很简单的信息过去。

两三天后,新闻铺天盖地席卷而来,郁南第一次在电视与手机上见到宫丞。照片里,黑色加长版劳斯莱斯旁,司机弯腰撑着一把黑伞,宫丞从车里走出来,穿了一身黑衣,戴了一副墨镜,下半张脸透着冷淡与疏离,还有一股拒人于千里之外的冷漠。路上人头攒动,众人自动为他让出一条道路。

郁南的朋友们也看见了新闻,因为宫丞未婚,所以最近他在网上的热度很高。

方有晴再次回想起那天在别墅和宫先生同桌吃饭,都觉得是做梦,得好好看过那套价值几万的餐具才能缓过气。朋友们和她的反应差不多,因为他们一辈子也接触不到宫丞这样阶层的人,所以才觉得有些不可思议。

而对郁南来说,宫丞只是宫丞,他只关心这个人现在怎么样。

郁南回学校那天,距离宫丞从别墅离开已经有五六天了,他强忍着没有去打扰对方，但这天其不得不给宫丞打电话了，想要问问对方怎么样，顺便告诉宫丞，自己要回学校的事。

可是宫丞的私人号码竟然打不通，语音提示对方已经关机。

郁南失望极了，走之前留了字条在桌上，希望宫丞能看到。

开学第一周的周末，郁南正式去余深画室报到。

余深对郁南成功报名美术协会画展这件事特别满意，几乎是手把手地教。画室里还有其他几位画家与学生，大家都知道，余深这是把郁南当成嫡传弟子在培养。

郁南悟性高，画画也耐得住性子，余深对他的要求自然也很高，有时候几乎苛刻到了变态的地步，郁南却从无怨言。

比起技法、笔触，余深更讲究形与神，便要求郁南暂停，转而花一学期学习国画。国画与油画是两回事，郁南学得很缓慢，他第一次对自己在美术上的天赋产生了怀疑。

余深道："我不是写实派，对我来说画得好的定义不是画得像，否则我为什么不找一台机器来画？我要求你大胆一些，写意一些，不拘泥于技法，不仰仗厚涂，抛开条条框框，去寻找一些你想表达的东西。"

郁南迷茫了，于是看书、打底，又过了一周，余深对郁南的画还是不满意。

余深说："你认真是认真了，也画了很多，美院的作业繁重我是知道的，但是郁南，你是不是太累了？或者说你的心没有放在画画上？"

郁南被说得面红耳赤，确实也以为自己是认真了，毕竟作业量那么大，甚至常常需要牺牲休息时间来兼顾两边的课业，可是他知道自己还是有一点欠缺。

"对不起，老师。"郁南羞窘得脸快要滴血了，"我最近是有一点分神。"

　　余深道："你心里有事？"

　　郁南点点头："嗯。"

　　他想，他与宫丞已经将近半个月没有联系了，只有小周时不时打来电话说说宫丞的近况。小周说的那些郁南能懂，却也不能懂。郁南不知道宫丞处理那些自己完全不懂的事情需不需要那么久，不过上周回到宫丞的那套房子时，发现自己留在桌面上的字条还在，显然宫丞没有回去过。郁南看新闻，知道宫丞现在不在国内，可是他真的忙到完全没有时间接听电话吗？哪怕是回一条消息也好啊。

　　这样的生活持续到了十月初。

　　这天郁南和同学一起去看学校放映的露天电影，散场时校道上人来人往，大学校园里的青春气息浓厚，随处能听见欢声笑语。

　　"郁南，是不是你的手机在响？"一个同学问。

　　吵闹间，郁南的手机已经响了三遍，郁南拿出来一看，屏幕上显示着许久不见的人的名字。

　　那个同学看见郁南的眼睛一下子亮起来，对自己挥挥手后，还特地走到一旁的大树后面去接电话，神神秘秘的。

　　大树下，郁南捂着手机，轻轻道："喂？"

　　电话那头传来男人磁性的声音，语气熟悉："郁南，最近还好吗？"

　　宫丞真的联系自己了！郁南安心了些，"嗯"了一声。

　　"那就好。"宫丞似乎十分满意，语带笑意，"最迟下个月我就能回去，到时候带你出去玩。"

郁南道:"好。"

十一月的第二个周末,郁南从画室里出来。天气已经变冷了,郁南换上了毛衣,卡其色的粗棒针毛衣宽松又温暖,穿在别人身上只显得土气,而郁南穿着正好,青春感中带着文艺气息,惹得画室的老师把人按住画了一幅速写。

余深画室在一条安静的老街上,从红砖墙的楼里出来便可以看见一条宽阔的大道,道路两旁种着高大的梧桐树,树叶在萧瑟的秋风中落了满地。

明明这么宽的一条路,郁南走在路的右边,偏有一辆车子不疾不徐地开在其身侧。郁南在松软的落叶上驻足,心中有了个自己都不敢相信的猜测。

那辆车随着郁南的驻足停了下来,距其不足一米,可以说是挨得十分近了。深色的车窗关得严实,从外面看不见车内的情形,郁南朝车窗里面看,却只在车窗上看到自己的影子。可是不知道怎么的,那种感觉越来越强烈,郁南几乎可以断定车里的人是谁。

宫丞在车内隔着玻璃看郁南,和郁南不同的是,他从车内看去,将郁南的模样看了个清清楚楚。

两个月不见,重新见到郁南,对方好像瘦了些。

郁南看见车窗降下,果然露出了男人线条硬朗的脸,他脸上的惊喜完全掩不住,眼睛霎时间瞪得圆圆的:"宫丞!"

宫丞勾起唇角:"上车。"

车内一片温暖,郁南道:"你怎么突然回来了?"他猛地顿住,"我知道了!"

宫丞见郁南一惊一乍,好笑道:"你知道什么了?"

郁南有些感动地说:"因为我要去参加那个美术协会的画展,对吗?"

宫丞不过是因为要参加一个在深城举办的国际论坛才回来的,他是受邀者,不得不参加,而这个画展,他根本没想起来,也不在他的计划中。可是郁南的神情那么期待,他就随意应了一声:"对。"

郁南得到肯定的答复,果然更开心了。他转而问起自己最关心的事,"那一大堆麻烦的事你已经处理好了吗?"他知道,那种事情一定很复杂。

宫丞也没有和郁南说一些对方听不懂的名词,只简短地道:"处理了九成,还剩下一些收尾的工作。"

郁南问道:"你还要走?"

宫丞说:"不走了。那些都是我父亲在时就有的问题,不急于这一时处理。不过我以后怕是不能再去树与天承了,那边会交给其他人负责。"

"啊?"郁南有些舍不得树与天承,"交给其他人?"

宫丞对郁南说过,他因为不愿接手家族企业,在三十岁站稳脚跟后就逐渐退出,三十二岁才创立属于自己的事业。可是没想到家中变故一生,他不仅得回到那团泥泞里去,亲手建立的公司也要交给他人管理。

"那不是很可惜吗?"郁南问。

男人成熟的面容下有一颗沉稳的心,他强大至此,却还是背负着无法摆脱的责任,身不由己,必须砥砺前行。

"你不用担心,都安排好了。"宫丞不欲和郁南谈论工作,"我们先回去。"

宫丞走后，郁南也有很久没来过这套房子了，刚才被宫丞先带去吃了晚餐。路上，郁南和他说了最近的事，说学校，说画室，说自己即将正式参加的画展，气氛轻松了许多。

这里有人定期打扫，看上去倒是一切如旧。

前些日子宫丞偶然开机，看到郁南发来的很多信息。按照时间来算，郁南发得并不频繁，算起来是一天一条的频率。

发的都是什么信息呢？全是郁南精心搜集的笑话，有的很冷，有的触不到宫丞的笑点，有的因为年龄的差距宫丞根本看不懂哪里好笑，可是郁南还是每天一条到两条信息，不多不少地发过来。宫丞知道，郁南在试图逗他开心。

早上，宫丞一出房门，就看到郁南站在他门口。

"你怎么不睡了？"一夜过去，宫丞下巴上冒出青青的胡楂，他问郁南，"你盯着我干什么？"

一个不知用什么材料做的小挂饰出现在郁南掌心，他一脸期盼道："送给你的。"

宫丞接过挂饰，拿在手中。这个挂饰大约十厘米长，样式独特，制作精巧，还有淡淡的花香。

宫丞说："这就是你送给我的礼物？"

郁南点点头，道："对呀。本来我想请小周哥将它转交给你的，可是小周哥也很忙，我都好久没看到他了。"

郁南说着，乖巧地道："这个虽然是挂件，但是它很小很轻，你可以装在口袋里。如果不方便的话，你放在车里、办公室里都可以的。我知道很多时候我帮不上你的忙，可是我还是想做点什么，哪怕是你在把玩它的时候能轻松一点也好。这就是我送给你的礼物。"

面对这幼稚的礼物和天真的言语，宫丞好像一瞬间也变得幼稚了，他都忘记了自己的年纪，只问："那我怎么谢谢你的这份礼物呢？"

郁南却道："它已经帮你谢过了。"他说着，然后从掏出一个和宫丞长得几乎一样的 BJD(ball joint doll) 娃娃，"我捏了一个这个，在我想偷懒的时候，可以让它监督我。"

这个娃娃捏得很逼真，不过和平时的宫丞有所不同，娃娃还多了一副金丝边眼镜。

宫丞在郁南面前很少戴眼镜，他近视的度数不高，有轻微的散光，便问："怎么还戴了眼镜？"他其实不太喜欢自己戴眼镜的样子。

"你不觉得这样很帅吗？"郁南很高兴地说，"我还准备找服装设计专业的师姐给它做两套衣服，就可以换装了。"

郁南说完，忽略了宫丞，一心一意去设想要什么风格的服装了。

Chapter 09
隐 私

郁南的人生应该大放异彩,
而不是单单围绕着你。

美术协会主办的画展定在深城美术馆举行,这是一年一度的属于深城艺术工作者的盛会,由于口碑良好再加上宣传到位,画展现场人头攒动。

郁南去画展做的第一件事就是先与自己的画合影留念,接着发了条朋友圈,顺便也发到家族群里,引来妈妈、舅舅发红包表扬。

妹妹郁桐表示这就是她努力的目标,被弟弟嘲讽了一通,两人在群里吵了起来。郁南炫耀完就默默地退出了聊天。

宫丞抽出一上午专程和郁南一起前往,是以郁南暂时没有邀请覃乐风他们一起来观看画展,想先和宫丞来看一次,再和覃乐风一起看一次。

郁南自拍了一张还不够,又把宫丞拖过来:"宫丞,我们来合影!"

宫丞按着郁南的手机拒绝道:"好了,你自己拍就是。"

"这怎么可以呢。"郁南不赞同,"这是我第一次参加大型画展,当然要和朋友合影留念。"

宫丞面上冷漠无情,心里已有些动摇了。等郁南再靠近些,他便无奈地道:"好,就一张。"

镜头里,一高一矮的两人靠得很近,背后是郁南那幅静物油画,油画下面的标签清楚明了地写着:"作者,郁南"。

"咔嚓"一声,画面定格,郁南保存了照片,带着笑意问:

"你要吗？我发给你。"

宫丞没兴趣，回道："不要。"

郁南并不在意，自顾自地说："以后我们要多拍照啊，这还是我们的第一张合影呢！"

郁南抬头寻找下一个自拍打卡点，忽然正色道："余老师来了！"

余深果然端着一个茶杯走了过来："宫丞。"

郁南和余深打了个招呼，扔下一句"老师,你们慢慢叙旧吧"，转头就混入了人潮中。

"余老师。"宫丞冲他点头。

两人颇为熟稔，算得上是朋友，更别提余深举办的第一场画展还是宫丞赞助的，可以说如果没有遇到宫丞，余深说不定现今还是怀才不遇的无名画家。虽然余深比宫丞大上十几岁，但余深对他是有几分尊重的，倒是他的气势很明显压过自己这个五十几岁的老头子。

"令兄的事情，节哀顺变。"余深停在郁南的画作前，"听说前两个月你都在忙，现今可算脱身了。"

宫丞道："哪有什么脱不脱身。"宫丞不想聊这个话题，既然站在郁南的画作前，便将话题转移到郁南身上，"倒是辛苦你了，郁南跟着你，表现怎么样？"

余深笑道："郁南是一个不可多得的人才，嗯……可以说，是一个天才。这孩子特别有天赋，我教过的上一个学生甚至比不上郁南的一半。"

说起余深的上一个学生，宫丞微不可察地皱了皱眉，更不想提这个，显然话题转移失败了。

搞艺术的人似乎都比较轴，或者说不太懂得察言观色。

"Louis 就不说了。"余深嘴上说着不说,却还是说了,"那家伙的心本来也不在画画上,你把 Louis 介绍给我的时候,我就知道有这么一天。郁南不同,这孩子的发展潜力很大,有天赋不说,又耐得住性子,更难得的是在画画上心性纯净且心无杂念,所以我想让这孩子专心画画,将来必定有所成就。"

宫丞居高临下地看了他一眼:"你这是话里有话?"

余深本不知道郁南与宫丞之间有什么联系,直到这两个月,郁南时不时问起宫丞的事,问他关于宫丞十几岁时怎么在拍卖会上发现他的事,又问宫丞是如何慧眼识珠地赞助他,还问宫丞十几岁时是什么模样,是不是和现在一样气势凌人。

余深惜才,也不拐弯抹角,直接说:"郁南那么听你的话、仰望你,实在是让人担心。郁南应该大放异彩,而不是按你的想法发展,被你塑造成一个所谓的'完美'的画家。"

余深也没指望宫丞会回答,接着道:"我不知道你们之间具体是怎么相处的,但是郁南现在年纪小,对每一个朋友都充满热情,不担心任何欺骗与利用。你离开去处理事情的这两个月,郁南受到了很严重的影响,我担心再这样下去会影响这孩子的前途。"

宫丞不悦道:"我自然不会看着郁南如此。"

余深又说:"你既然把郁南介绍给我当学生,肯定是希望他变得更好的,可是总有一天,郁南的眼界会更开阔,会见到更多的人、更广阔的世界。我说句冒犯你的话,你本来就和郁南不是一个世界的人,他不可能一直受你摆布,不如你早一点远离郁南,就当是卖我一个人情吧。"

宫丞久居上位,旁人的心情不在他考虑范围,而且他向来不被人左右,挑眉道:"要是我不答应呢?"

余深气道："你怎么就要和我对着干？你有没有想过郁南愿不愿意继续被你左右？"

宫丞无情地说："我不远离，郁南一样是你的学生，你能教到什么程度，郁南就能到达什么高度，尽你的本分吧，余老师。"

画展结束后没多久，郁南接到美协的电话，说有一位收藏者高价买下了那幅作品。郁南参展时签了代售协议，因此钱很快就打到了账户里，足足有五万块。

郁南都要惊呆了，自己只是一个名不见经传、初出茅庐的小画手，怎么值得别人花这么多钱买自己的作品？郁南急忙打电话给负责人，要劝购买者不要花这么多钱，自己可以给一些优惠，更感谢对方的肯定。

负责人说："那位先生执意要买，我们也很意外。不过艺术是无价的，郁老师你放宽心。你看有些大家，一张简笔画就要卖好几万。"

郁南被说得特别不好意思，自己怎么能和大家比？郁南觉得自己那幅作品充其量也就值几千块。

"是一位先生？"郁南不确定地问，"你能告诉我，他的联系方式吗？"

"是。"负责人说，"对方没有留下联系方式。"

如今已经是十二月，天变得很冷了，郁南挂断电话后就跑到书房，告诉宫丞："我的画卖了五万块！"

这一个月宫丞行程满满，从国外回来的他并没能松懈下来，现在郁南在画室捣鼓新作品，宫丞便在书房办公。他们习惯于这样的相处方式，各做各的事，如同郁南刚来这里时宫丞说的那样，他们互不打扰。

此时宫丞见郁南激动得满脸通红，放下钢笔，笑道："是吗？对新手来说，这是不错的价格。"

郁南一瞬间就想到了一个可能性，问宫丞："我问你一个问题，你不要骗我。"

宫丞道："什么？"

郁南小心翼翼地问："我的画是你买的吗？"

宫丞说："不是。"

郁南不信："真的不是？"

宫丞道："你是不相信你的画值得别人那么喜欢，还是不相信你的画值那么多钱？"

郁南老实道："我都不相信。买画的人是不是眼神不好？"

宫丞失笑。

"所以我才以为是你买的，只有你会花那么多钱买我的画。"郁南有些脸热，知道自己说得不对，"我没有不尊重那个买画的人的意思，只是画展上那么多得奖的作品他不买，为什么偏要买我这一幅呢？我画得很认真是没错，可是如果早知道别人要花那么多钱买我的画，我应该画得更认真一点，才配得上别人的付费。"

宫丞是一个商人，他从来没见过东西卖了好价钱还担心东西配不上价钱的人，利益最大化才是经商之道。他不知道该说郁南天真还是清高，不过这一点也是郁南的优点之一。

宫丞道："那为了别人不吃亏，你下次就要画得更认真一点。"

郁南又高兴起来："嗯！"

宫丞问道："这么大一笔'巨款'，你准备怎么花？"

郁南想了想，道："一半给妈妈，另一半留着。"

宫丞说："你留着干什么？"

郁南脸上露出一丝狡黠："不告诉你。"

画室的门总是关得紧紧的，郁南周一回学校的时候还背走了一个布口袋，里面装的东西也不让宫丞碰。小朋友总有一些属于自己的小秘密，何况郁南干不了什么坏事，宫丞也就没多管。

郁南之前说要给那娃娃做一套衣服，结果还真的做了，因为是冬天，娃娃还很应景地围上了围巾，戴上了针织毛线帽。郁南也开始戴帽子了，因为他本来就年纪小，一戴上毛线帽，几乎像一个未成年人。

圣诞节，郁南从画室回来，手冻得冰凉，一进温暖的室内便脱掉外套，摘下帽子，对着自己的手哈气。

郁南换了鞋进到客厅，才发现家里来了人，正是来过很多次的任叔，对方两鬓斑白，正慈祥地微笑："郁南来了。"

"任叔好。"郁南乖巧地问好。

宫丞坐在沙发上，两条长腿随意地搭在茶几上，是一个不常见的懒散姿势。

郁南走到沙发边坐下，刚坐下就被宫丞看到手上的伤口，对方问道："很冷吗？手怎么弄伤了？"

郁南手指冰凉，指尖多了些细小的伤口，而上一周两人见面时还没有这些伤口。

郁南说："一点点伤口没关系的。我也不怕冷，霜山这个时候都下大雪了。"

郁南喜欢雪，冬天来时，他期盼了好久深城也没下雪，宫丞说深城都十几年没下过雪了。

任叔道："郁南是霜山人？"

郁南点点头，说："是的。"

"那今年过年，你要回老家吗？"任叔亲切地和郁南唠起了嗑。

郁南如实说："我要回去陪妈妈。"

任叔笑道："对，家人是最重要的，不管是谁都无法否认这一点。"老人和郁南说着话，实际上却是说给宫丞听的，"你也不要推脱了。以往你大哥身体不好，也耽误了主持大局，现在他走了，跨年会上，高管、亲戚都要来，大太太和小少爷当不了家。"

宫丞皱起了眉。

任叔又道："跨年会是宫家的传统，我知道你不爱管这些俗务，可是这是落在你身上的责任。我老了，按身份来说我也不该管这些……"

宫丞打断他："任叔。"

气氛有些凝滞，只有窗边新装扮好的圣诞树闪着光，多了一丝节日的气息。

许久后，宫丞终于开口："家总是要回的。"

任叔这才高兴起来，不再多说什么："那就好。时间不早了，司机还在下面等我，我这就回去了。"

宫丞站起来，说："您慢走。"

郁南也赶紧站起来，说："任叔再见。"

任叔对他们点点头后便走了。

郁南问："宫丞，你不想去跨年会？"

宫丞眉头深锁，好像对这件事很抗拒："嗯。"

郁南试图宽慰他："你不高兴就要告诉我，如果你不想去跨年会，我可以和你一起去。"

宫丞想起郁南要回老家的事，说："你不是要回家？"

郁南解释道:"跨年会是在新年第一天吧?我们放假晚,我可以过了新年再走。"

宫丞的语气松快了些,开口道:"那就一起跨年吧。"

十二月三十一日,这一年的最后一天,气温仅有两度。

宫家大宅位于深城南面,距离市中心有一个多小时的车程,是以宫丞不常回去。

深城的地形呈一个凹字,城中大部分地方为平原,到了城郊,地势便逐渐升高,随着道路蜿蜒而上,大片森林树木茂密。树木高而笔直,柏油路安静而又平整,车辆飞驰其中,从天窗能看见不断倒退的树枝与一片灰蒙蒙的天空。

待到了宫宅,黑色雕花大门应声而开,车子驶入其中,却不见房子的影子。随着地形变化,错落有致的草坪、精心打理的花园映入人的眼帘,足足行驶了两三公里,才隐隐看见一栋巨大的欧式建筑。

那栋宅子虽然有些年份了,但修缮得当,黑色的瓦顶像新的一样。落地窗、白砖墙上皆有节日装饰品——丝带、鲜花、气球,像举办盛典一样热闹。

车子在圆形大喷泉旁停下,司机来开了车门。郁南跟着宫丞下车,这才瞥见各式豪车,隐约有喧哗的人声、音乐声传来,门厅处有不少人与宫丞打招呼。

大宅里温暖如春,两人步入玄关,用人迎上来微笑道:"先生回来了!"

宫丞只随意点点头,一瞬间,他们就成了大厅里的焦点。

用人帮着宫丞脱下大衣,替他挂好,又来帮郁南。今天郁南穿了一件羊羔绒外套,是前不久才送来的冬装,穿这一件就足够保暖，里面则是一件修身的白色内搭，领口与袖口用丝线绣了花，衬得他挺拔秀气。

"宫先生，新年快乐。"

"新年快乐！"

两人一路穿过人群，宫丞收获了许多新年问候。

女士们身穿礼服，男士们都着正装，像是一场群星云集的舞会，是郁南过去在电影里才见过的场景。人们朝郁南投来好奇的目光，让他不由得有些紧张。

宫丞安慰郁南道："不怕。"

郁南霎时间安心不少，点点头。

舒缓的音乐声里，有人从旋转楼梯处跑下来，谈话的人自动避让。到了楼梯末尾一截，那人还嫌不够快，干脆坐在木质扶手上一路往下滑。

宫一洛那头白毛已经染了回来，他穿着黑西装，打了领结，看上去成熟不少，落地后一开口，却还是那个年少气盛的少爷："小叔，你要是不回来，我就要走了！我妈说你要是真不回来，一会儿就让我上去讲话，我才不干！"

宫丞道："指望你？大嫂也是病急乱投医。"

宫一洛嘿嘿一笑："她以为你不来嘛。"

宫丞不置可否，他向来话不多。

此时天已经黑了，跨年会还有一会儿才开始，他得去和一些人物打个招呼，走个过场。居高位者远不像平常人想象中那么自由自在，反而俗务缠身，还身不由己。

"你反正没事，带郁南去逛一逛。"宫丞交代，"不要让郁南喝太多酒。"

宫一洛自然早认出了郁南，眼里闪过笑意，点点头："包在我身上。郁南,走,我带你去花房,那边人没这么多。"

郁南看了宫丞一眼,有预感今天晚上自己怕是得跟着宫一洛了。不过这对宫丞来说是没办法的事,他是主角,分身乏术,何况也是自己主动要求来这里的。

男人看出郁南的不安,说:"去吧,你饿了就吃点东西。"

郁南在心里叹了一口气,跟着宫一洛走了。

"郁南,你要不要吃点东西?"宫一洛问。

"不用。"郁南说。

宫一洛又问了郁南一些有的没的,待他们穿过一条长长的走廊,人果然逐渐变少,直到两人来到大宅左侧的玻璃花房。这里与大宅相连,能看见走廊另一头的情景。

"我以为这里是宫丞种玫瑰花的地方。"郁南站在一团无尽夏前,伸手轻抚紫蓝色的花团。

这里有蔷薇、风信子、灌木类、仙人掌科等植物,品种繁多,让人很难想象它们盛放在同一个季节。地上的鹅卵石根据颜色拼接成花纹,台面底下还有蓄水的小道,水潺潺流动,美不胜收。

宫一洛说:"那是花圃,还在后山那边,远着呢。这里是我母亲的温室,她有时候在这里看书。"

郁南很喜欢这个地方,又四处看了看,觉得若是阳光灿烂时,这里必定又是另一番美景。

等以后他有能力了,也要建一个这样的花房,每日在里面画画、做做手工,说不定还可以养一条狗。

忽然,宫一洛话锋一转,装出生气的样子:"郁南,你为什么从好友里删除我?我发信息发到一半,突然提示我不是你的好友。你倒是真行啊,打游戏打得好好的,转头就翻脸不认人。"

郁南已经忘了这回事,经宫一洛提醒,才想起那次自己下定决心不再和宫丞往来，所以把宫一洛也拉黑了。

宫一洛是个自来熟的人，性格不算差，郁南也觉得自己那次做得不太对。

"对不起啊。"郁南拿出手机，"我上次以为我和宫丞肯定不会再见面，所以才删掉你的。我现在就把你加回来。"

宫一洛看了郁南两秒，撇嘴道："算了，我不稀罕。反正我们以后也不会再见面，加来加去多麻烦。"

郁南有些无语："你为什么这么说？"马上就到新年了，他说这种话一点也不吉利。

宫一洛没心没肺地说："早晚的事。不管宫丞认识了多少朋友，他终究和家里人是最亲近的。"

郁南完全不理解，说："你这么说不对，朋友和家人是不同的存在，每个人当然都需要家人，但是也需要朋友。这两者是不一样的位置，并不冲突。"

宫一洛嗤笑了一下，才说："你这话是很有道理，以前不是没人像你一样以为自己真的很重要，却不适用于我们宫家。"

"以前？"郁南一脸疑惑。

郁南知道宫一洛是在说宫丞，至于这个"以前"，可能是Louis。不过郁南已经不是很在意了。

"可不只有Louis，好几个呢。"宫一洛坐上桌子，随手掐了一朵水仙花在手里把玩。

郁南果然皱起了好看的眉。

宫一洛有心逗人玩，便旧事重提："你叫我一声哥哥呀，叫哥哥我就告诉你到底有谁，怎么样？"

郁南闭紧了嘴巴，他才不要叫这个比自己大两岁的人哥哥，因为他觉得宫一洛比他还要幼稚。

他们正说着话，突然有人惊讶地喊道："郁南？"

花房里的两人同时回头，就见封子瑞与一位女伴站在花房外，他西装革履，显然也是来参加跨年会的。

"你怎么在这里？"封子瑞问出口后才发现自己这话问得多余。

封子瑞上次说的话不假，因为他的叔叔是树与天承的高管封越，他的确和宫一洛相识，只不过不太熟罢了。大学毕业后，他跟着封越做事，当然也会来参加跨年会。

封子瑞对在这里见到郁南很意外。

"疯子，你们认识？"宫一洛跳下桌子。

封子瑞看着郁南说："对，我们都是湖心美院的学生。"封子瑞略过那段过往不提，补充道，"郁南在学校很有名。"

郁南并不想跟封子瑞打招呼，可是上次封子瑞已经向自己道过歉了，还送了自己一个头盔。

郁南只对他点点头，算是问候过了。

宫一洛饶有兴趣道："为什么有名？长得好？"

郁南心想才不是，瞪了宫一洛一眼。

封子瑞很快回答道："长得好是一个原因，更重要的是郁南很厉害，前段时间还参加美协的画展了呢。"

宫一洛不懂艺术，不置可否地耸耸肩，参加画展什么的还不如郁南瞪他这一眼有意思。他发现把郁南惹生气了，比让他保持一本正经更有趣。

郁南倒是很意外封子瑞会这么说，便问："你怎么知道？"

封子瑞回道："我去看了画展，你的画很漂亮，外界的评价都很好。"

伸手不打笑脸人，郁南不得不礼貌地回答："谢谢。"

封子瑞见郁南明显不想搭理自己，只笑了笑。

此时另一拨来花房的人进来了，宫家大太太的花房可以容纳几十个人。人们喝酒赏花，这里不再是安静之地，郁南退了一步准备让路，宫一洛刚要开口阻止，想了想，又狡黠地噤了声。

封子瑞太了解宫一洛了，一看他那个表情，就知道他马上要搞恶作剧了。

果不其然，郁南退第二步时，脚一下子踩到一块突起的地方，水流"扑哧"一声喷了出来，惊得旁边的女宾尖叫起来。

郁南已经算是反应敏捷，躲得很快了，却还是被那水花喷了一身，很是狼狈。

宫一洛拍桌狂笑道："笨蛋，你踩到喷洒器了。"

郁南气道："你还笑！"

目的达成，宫一洛笑着说："对不起嘛，我本来是要提醒你的，就是觉得好玩，没想到水这么大。我去给你找件衣服。"

郁南懊恼得像小狗似的甩去头发上的水珠，白色的内搭打湿了一大半，紧紧贴在身上，近乎透明："一点都不好笑！"

宫一洛本想继续逗弄郁南，突然看见对方的文身，像发现新大陆一样惊道："我的天，郁南你还有文身？有点厉害啊！"

而封子瑞此时比宫一洛更惊讶，那大红色透出了内搭，能让人清楚地看到那是一片玫瑰文身。郁南竟然用文身遮盖住了伤疤。

好几个人看了过来，郁南尴尬不已。其实现在这样也算不得什么，只不过在这个场合就显得不太合适了，简直让郁南有些难堪，其很想找点什么把自己遮起来。

正在此时，一个让郁南意想不到的人出现了。

"怎么了？"一道清冷的声音传来。

来人是Louis，他将标志性的浅发完全梳在脑后，露出光洁的额头，穿了一身白色衣服，整个人透露出优雅。

在场的几位来宾纷纷与Louis打招呼。

Louis的出现让郁南愣在当场，对方看到这情形，似乎对郁南出现在这里一点也不意外，转而责备宫一洛："仔仔，你又在戏弄客人，真是一点礼貌也没有，任叔要是知道了，一定会批评你。"

这是十足的长辈口吻，代表自己是这里的主人，和宫丞一样。

宫一洛不甚在意："我开个玩笑嘛，已经道歉了啊，带郁南去换衣服就是了。"

Louis听他说着，目光才转移到郁南身上，也看见了那片绚丽的文身。

封子瑞最先反应过来，二话不说就脱下了西装，披在郁南身上。

郁南仿佛被惊醒般动了一下，轻声道："谢谢你。"

宫一洛终于察觉到自己过分的举动，不想吸引更多人来，别说任叔念叨起来很可怕，就是被宫丞逮住了，他也只会吃不了兜着走，便拉起郁南的胳膊："走吧，郁南，我带你去楼上换衣服。"

Louis开口道："不用了。"

郁南看向Louis，Louis对宫一洛说："你哪里找得到合适的衣服？郁南和我的身形差不多，我带郁南去换衣服。"

宫一洛见Louis带着郁南走了，才后知后觉地发现事情被搞得很麻烦。

Louis带着郁南穿过另一条七拐八绕的走廊，如绕迷宫一样

199

上了三楼。

这宅子大得可怕,要是没人带路,多半会迷失在这里,而Louis熟悉每一层台阶、每一段走廊,熟悉到好像闭着眼睛都能辨别出每一个房间、每一扇门窗。

郁南终于明白,Louis就是那个传闻中养在宫家的孩子,小周口中那个与宫丞面和心不和的人。

郁南跟在Louis身后,踩在地毯上感觉就像踩在棉花上,脑子晕乎乎的。郁南心想,宫丞既然带他来宫家大宅,就该知道他会和Louis碰面,但宫丞为什么没有说这件事呢?

郁南后知后觉反应过来,他今晚好像被耍了。可是他到底被谁耍了?是搞恶作剧的宫一洛,是找上门来的Louis,还是对此绝口不提的宫丞?

郁南觉得自己像一个小丑,必须得找宫丞问个清楚。

楼下的喧哗完全被隔绝,Louis打开了一扇门:"请进。"

这个房间很大,至少有一百平方米。整个房间呈单色调,入目是一整面墙的书,看得出不是纯粹的装饰,它们都被翻旧了,透露出厚重的文化气息。另一面是一个小阳台,纱幔安静地垂放着。壁炉里烧着炭火,圆形地毯上扔了一只软垫,还扔了几本书,看得出主人平时就是在此阅读。

由于郁南身上还湿着,Louis并未耽搁,打开衣帽间道:"下半身有没有打湿?你好像比我还瘦一些,我得找找我前些年的衣服。"

郁南没有说话。

Louis顿了顿,温和地说:"宫一洛心眼不坏,他就是这样的性子,我代替他向你道歉。"

郁南还是没有说话,那被打湿的额发已经没有滴水了,但还是湿润的，眉眼精致，光是这么站着就让人移不开眼睛。

事实上，郁南是在因为自己的处境而恼怒。

Louis 好像并不在意，又或者是本来就很大度，总之他将衣物递给郁南后，便由着郁南关上门。

仅过了两分钟，郁南就穿戴整齐走出衣帽间，生硬地说："谢谢你，我要去找宫丞了。"

Louis 微微一笑："我明白了，你不是在生宫一洛的气，你是在生我的气。"

郁南停住脚步，看着 Louis，毫不掩饰地说："没错。"

Louis 不解道："为什么？"

郁南不客气地说："我现在知道了，上上次在树与天承，你是故意来找我的，上次你说来躲雨，还那么问我也是故意的，你就是想让我生气。我不会中你的计。"

Louis 气定神闲地回道："你说得好像我在欺负你一样。你误会了，你这么小，我怎么会欺负你。我不是也没对你造成影响吗？你现在挺好的。"

郁南说："我当然好，而且永远都会好好的。"

Louis 这下真的笑了。

郁南被对方笑得恼怒起来。若是自己再成熟一点，应该就这么走了，可惜郁南不过十九岁，禁不得人激，气道："你笑什么，难道我说的话很好笑吗？"

"对不起，我不是嘲笑你。"Louis 说，"我是觉得你很可爱。"

郁南更生气了，反问道："你什么意思？"

Louis 说："你不要激动，我对你没有恶意。看你的样子，好像之前不知道我和他到底有什么矛盾。怎么，宫丞没有告诉你吗？"

郁南满脸通红,不知该说什么。

Louis叹息了一声,说:"也是,他当然不会告诉你了。"

郁南完全不知道如何接招,因为Louis说得没有错,宫丞的确什么都没说。

"看到那个了吗。"Louis指着圆几上的一个精致昂贵,看着完美无缺的瓷瓶道,"那是我,也是你,我们都一样,也不一样。"

郁南听不明白他的意思,只道:"我不会听你的话,我自己会去问宫丞,你不要说了。"

Louis道:"抱歉。坏人的确不应该由我来当,你去找他吧。"他说完便让开了一条道。

郁南走了几步,又倒回来,不服输地说道:"你不要那么自信,也不要在我面前故弄玄虚,你看着吧,宫丞是不会跟你和好的。"

没想到郁南会倒回来叫板,Louis脸上露出讶异的表情,这个小朋友倒是真的很有意思。

"被你一说,我倒成了坏人了。"Louis无奈地摇头,"我只是想提醒你,你的年纪实在太小,身份和背景……是,宫丞可能这段时间不在意,不代表会永远不在意。你果然还是小朋友,这段时间竟然一点压力都没有,我倒是很佩服你呢。"

郁南还想说什么,Louis却像一个胜券在握的人,笑看风云变幻自岿然不动,道:"不过,就算我和他现在仍有矛盾,但我们是家人,走的是同一条路,永远不会真的背弃对方,就像宫丞永远不忍心烧掉我的画一样。你在修复它,对吧?"

郁南一时有些愣怔,Louis的画?那幅画……

宫一洛自知闯了祸,忍不住想要上楼来,刚走到楼梯口,就见郁南一阵风似的跑了下来,他连喊了好几声,郁南都没有理他,竟径自往大门跑去了,连外套都没穿。

Louis随后下楼，看到宫一洛，说："你做的好事，怎么越大越幼稚？"

宫一洛很懊恼："我已经知道错了。郁南这是往哪儿去？不会是去告我的状吧？"

Louis朝外面看了一眼，只是说："我劝你去'自首'。"

宫一洛可没那个胆量，他不敢去看郁南是不是去告状了，更不敢提起这件事，只装作什么也没发生过。一个玩笑而已，郁南不像是那种小气的人，应该不会介意吧？他后悔了，不该戏弄郁南的。

宫丞忙了一个小时，终于得空，这时用人来请客人们出去看烟花。

每年宫宅跨年时都要准备盛大的烟花秀，常有来参加宴会的人拍下照片发在社交网站上，宫丞知道郁南爱拍照，便叫小周去叫郁南。

小周回来时说："宫先生，我到处都找遍了，没有找到郁南。"

宫丞便给郁南打了一个电话，电话却一直无人接听，小周又去找了一遍。

这次小周却有所发现，对宫丞说："车上也没有看见人，不过郁南的礼物还在车上，其应该还没有去取礼物再来找你，也就不会是迷路了。"

"礼物？"宫丞皱眉，他不知道有礼物。

小周手中有个包装精美的盒子："今天出门的时候，郁南让我悄悄藏起它，说是送给你的新年礼物，郁南做了大半个月才完成呢。"

难怪郁南的手指头会受伤。宫丞三两下拆开盒子，想看看郁南准备的是什么。

那是一盏镂空的长方形木雕灯，中央嵌有水晶，灯罩机关精巧，每转动一下就会呈现不同的图案。他将开关打开，木雕灯竟然是蓄电的，一下子亮了起来，灯光透过水晶投影在墙壁上。

这时，烟花绽放，在一声声巨响中绚丽地布满了夜空。

郁南在萧瑟的寒风中走了十几分钟，还没看见宫宅的大门，忍不住抱紧了手臂，却不是因为身体上的寒冷——郁南几乎没感觉到冷，而是觉得很无助，他好像从来没体会过这种感觉。

若说最初郁南还对 Louis 的贬低保持着几分理智，那么在得知那幅画出自 Louis 之手后，他就感觉自己真的变成了一个小丑。

郁南是因为重绘那幅被烧毁的画才与宫丞相识的，他到现在仍记得第一次见到宫丞的场景。

小周看到郁南在大学生画展上得奖的人物画作，通过系里与郁南取得了联系，问他愿不愿意去临摹一幅别人的作品。这幅作品并不是出自名家之手，相反笔法还有些稚嫩，要求郁南尽量做到百分百还原。当时他手上正好没别的事可做，报酬也还不错，就接下了这份兼职。

就是在画廊的画室里，郁南第一次见到了宫丞。

那时是三月初，下着小雨，画廊的玻璃窗因为室内外的温差起了雾气，郁南按照地址走进画廊，就有员工迎上来，礼貌地道："抱歉，今天我们暂停营业。"

郁南刚要解释，就有人先一步开口："带人进来。"

郁南循声看去，只见书架前的沙发上坐着一个颇为成熟的男人，肩膀宽厚，面容英俊，看上去三十几岁，戴着一副金丝边眼镜，他正在看书。

男人闲适地跷着一条腿，还对自己点了点头，一时间郁南只想到了两个字——儒雅。

男人用食指轻轻地敲了敲桌面，思忖道："你是来画画的郁南？"

郁南点点头，说："您好。"

男人眸子里便带了笑意，自我介绍道："你好，我是宫丞。"

那幅画被收藏在画廊内部的小画室，被烧毁了一半，透着焦黑的痕迹，宫丞简单介绍了郁南需要做的工作。

郁南看着画上十几岁模样的宫丞，忍不住问他："画损毁得这么厉害，您还选择重绘，这幅画是有什么特殊的意义吗？"

宫丞点点头，说了句："很重要。"

而现在，郁南已经知道了那幅画为什么重要——因为画那幅画的人是 Louis。

宫丞不让他画，Louis 却可以，说明宫丞远比他想象中更重视 Louis，毕竟 Louis 和宫丞具有同样的背景，他们才是平等的家人。

郁南终于明白了，他之所以会对这些一无所知，是宫丞根本未将他当回事，或许在宫丞眼里，他只是宫丞修复和 Louis 关系的工具。

他觉得自己好像一个为两座高山架桥的小匠，千辛万苦架好了桥，自己也想上山顶看看，高山却在他前来的时候悄然回身，轻描淡写地划下一道鸿沟，告诉他：休要妄想。

"郁南！"

郁南听见有人叫自己，回过神来。封子瑞开着一辆跑车，不知什么时候已经出现在他身后。发动机的声音那么大，郁南竟然没听见，这么晚了，要是换了在高速路上，就这么被撞飞也有可能。

封子瑞从郁南跟着Louis上楼起就一直关注着对方，他看见郁南从楼上跑下来，宫一洛还对其大喊大叫。封子瑞鬼使神差地开了叔叔的跑车，连跨年会上那些等待他去结交的达官显贵也顾不上了，就这么追了出来。

郁南被冻得嘴唇发白，脸上一丝血色也无，眸子却是幽黑的，加上他瘦削单薄的身影，好似有一股不折腰的傲气。

郁南看着封子瑞的眼神算不上友善，他不想理封子瑞，径自走自己的路。其实那一刻他什么也没想，既没有想到封子瑞之前的行径，也没想到封子瑞对他说过的那些关于Louis的话，只是想一个人走走，想把自己的世界封闭起来罢了。

封子瑞开着车，不紧不慢地跟着郁南："郁南，从这里回城里很远，光是从这里到高速路就有好几公里，你靠走路要走到什么时候？上车，我送你回去吧。"

郁南摇摇头。

封子瑞又说："你走了这么久都还在宫家，我带你走还能快一点。"

郁南听到这话，顿住了脚步，封子瑞马上停车，打开车门，他思索了两三秒，便上了车。

郁南一上车，就打了个冷战，接着身体开始微微发抖，问对方："你能不能送我回学校？"

封子瑞什么也没问，很爽快地道："好。"

郁南迟疑了片刻，说："谢谢你。"

车子刚开出宫家大门，郁南的手机就响了起来，宫丞的名字出现在屏幕上，封子瑞看了一眼，问道："你不接电话吗？"

郁南把手机调了静音，将头靠在车窗上不说话。

没过多久,一声爆裂的巨响从远处传来,夜空中烟花绽放。
新的一年马上要来临了。

因为是元旦假期,宿舍楼里没有什么人,留校的学生大多去学校的广场上跨年倒计时了。覃乐风也不在宿舍里,不知道是和同学一起去跨年了,还是和别的朋友在一起。自从借住在宫丞那边,郁南已经许久没有去关注覃乐风的行踪。

郁南的手机响了很多遍,还收到了很多条信息,一直振动个不停。不过郁南一个电话也没接,一条信息都没看,一进宿舍就将手机扔在桌子上,蒙着头狠狠睡了一觉。

宫丞那头找不到人,已吩咐小周追去学校看,若是还不见郁南的踪影就报警。

等跨年会结束,宾客散去,宫丞心中疑虑渐重,阴云笼罩在心头,最后是任叔过来找他,说自己和大门处的安保人员确认过,郁南是跟着封家小少爷走的。

"那孩子不像不懂事,你们是不是闹了什么矛盾?"任叔问,"不然那孩子怎么会一声不吭就走了呢?今晚我还没见过他呢。"

宫丞知道任叔喜欢郁南,听到郁南跟封子瑞走了,他十分不满意,皱眉道:"去个人给我把宫一洛叫过来。"

宫一洛正在二楼小客厅里跟他妈卖乖,讨要出国去学一年音乐的准许。大太太被他磨得没有办法,又是新年,所以母子俩正商量出国念书的事宜,正好Louis在国外生活了近十年,便叫了Louis一起商议,给他们一点意见。

用人来叫唤时,宫一洛做诧异状,心虚地说:"小叔怎么回事,刚才不是找我问过一遍了吗?我说了不知道啊,现在又找我干什么?"

用人说:"先生没有说是什么事,只是叫您再去一趟。"

太太拍拍他,催促道:"你小叔叫你去你就快去。"

宫一洛抱怨道:"不过就是一个……"

Louis 开口道:"走吧,我和你一起去。"

两人来到一楼偏厅,宫丞站在窗前看着外面,闻声回头,神色不虞。

宫一洛先开了口:"小叔,我都说了我不知道了,你那么担心,还不如亲自去找一下。"言下之意就是你既然都没亲自去找,也就是没多担心。

宫丞不欲多说,只道:"小周来了电话,郁南回学校了。"

宫一洛心中落下一块大石。活生生的一个人突然就不见了,还有可能与自己有关,他其实很心慌。

"那不就行了。"宫一洛打着呵欠,含糊不清地道,"太晚了,我要去睡觉了。"

宫丞冷声道:"宫一洛。"

这威严的一声,让宫一洛的呵欠都没来得及收尾,他知道宫丞肯定知道了什么,听这语气,他可能要完蛋了,搞不好他出国去学音乐这件事会因为这个泡汤,顿时蔫了下去:"我就是开了个玩笑……弄湿了郁南的衣服……"

这时,Louis 突然说:"我知道是怎么回事。"Louis 神色平淡,像在说一件微不足道的小事,"我带郁南去换了件衣服,说了两句话,那孩子就下楼了。如果郁南是因为这个才走掉的话,那我想是和我有关。"

宫一洛微愣,他都没想供出 Louis,Louis 自己先交代了。

宫丞终于给了 Louis 一个眼神,今晚第一次把目光投向了对方身上。

宫丞看向自己的眼神像是看着一件物品，Louis 心里颤了一下，露出微笑，温和地道："郁南的心理承受能力不强，一点事而已，就这么走了。"

宫一洛见状，悄悄退了几步，他可不想见证什么激烈场面，否则长辈们吵架殃及他这条无辜的咸鱼就惨了。他不是没被殃及过，所谓神仙打架凡人遭殃，就是如此。

宫一洛见两人根本没空理他，转身跑了。

宫丞无意理会宫一洛，直接问："你说了什么？"

Louis 将垂在脸颊上的一绺头发别到耳后，云淡风轻地道："我说了什么很重要吗？"

宫丞并没有再问，他看了下表，上面显示现在凌晨一点，他抬腿就要离开。

"我错了。"Louis 在示弱，"上次是我错了，我们不要再这样了，好不好？"

宫丞静默无声。

Louis 看不见他的表情，以为他在等自己继续说下去，便接着说："宫丞。以后我真的不会再跟你对着干了，你给我一次机会证明，你希望我是什么样子，我就是什么样子，好不好？"

Louis 说完这句，转到宫丞身前去面对着他。

而宫丞的眸子里一片平静，他低头看着 Louis，说："走开。"

Louis 慌了神，脸上露出惊慌来，淡定自持的假面被撕破，忽然没了那么多自信："大不了我多给郁南一些钱。我知道你对郁南好不过也是为了……"

说到这里，Louis 的声音戛然而止，宫丞早已转身离开。

一月一日，郁南订好了回霜山市的机票。学校还要几天才会放假，但郁南已经不想待下去，只想着元旦假期后的期末考试快点到来。

这几天郁南什么也不做，既不接电话，也不出门，连余深画室都没去，还和宿管老师打了招呼，说不管谁来找，都说自己不在。有天小周来了，不知道是怎么上楼的，隔着宿舍门等了郁南很久。

郁南整日在宿舍发呆，有时候在窗口一站就是一天，自己都不知道自己在干什么。

考试那天，覃乐风终于回了学校，在考场见到郁南，吓了一大跳。几天不见，郁南竟憔悴了不少，就剩一双眼睛里还有些神采，也不过是强撑着而已。

"郁南，你怎么了？"覃乐风担心得不行。

"重感冒。"郁南边走边说，"你不要担心。"

可能是那天在路上着了凉，郁南的确遭遇了一场重感冒。有一天晚上醒来，他浑身被冷汗打湿了，迷迷糊糊去洗澡。待那件衣服脱下来，他才反应过来自己还穿着Louis的衣服。

覃乐风听到郁南的嗓音还有些沙哑，信以为真："怎么回事啊？在宫先生那里放没有厚衣服吗？前几天那么冷，我还以为要下雪呢。"

郁南下意识地答道："深城都十几年没下过雪了。"

这件事也是宫丞告诉他的。

覃乐风不疑有他，转而问："你什么时候回家？什么时候订机票？"

郁南笑了笑，说："早订好了，还省了一笔钱。"他还能自如地与好友聊天，"你寒假回去吗？"

覃乐风说："不回。"

两人说了没多久，就远远地看见了莫哥的车，莫哥坐在车里冲两人挥手。郁南与覃乐风道别，见好友欢快地走了，这才收起笑容准备回宿舍。

郁南走得很慢，他在思考要带些什么东西回去：要不要给妈妈买些舒筋活血的膏药？深城有一个老中医听说很有名，妈妈一直有腰肌劳损的毛病；要不要再给弟弟妹妹买几件衣服？上次他卖画留下的那一半钱，除了给宫丞做木雕买了些材料外，还剩了一些。

"郁南。"熟悉的男声响起。

郁南迎面撞上了一堵人墙，宫丞竟然算准了时间，就这么出现在自己面前。

宫丞的车停得远远的，他并没有像上次那样让保镖把郁南抓走，而是自己站在路边。他身材高大，气质出众，与校园里的莘莘学子截然不同，引来不少路过的学生好奇打量。

短短几天不见，郁南就瘦了一圈。

宫丞道："你生了好几天的气，电话也不接，现在还在气？"

郁南别过头，道："请你让开。"

这几天宫丞一直心绪不宁，郁南不接电话，躲着不见他，和上一次的情形如出一辙。

但是这次事出有因，宫丞不得不来。他担心在学校里使用强硬手段影响不好，又怕耽误郁南期末考试——他知道郁南有多看重学业，才选在期末考试结束这天找来，没想到郁南不只是闹年轻人的小脾气。

宫丞见惯了郁南天真无邪、无忧无虑的样子，现在看到他清瘦的模样，心里有一丝愧疚。

郁南见男人不动，干脆自己换边，抬腿就走。宫丞稍一迟疑，跟在对方身后。小周见状也要跟上来,宫丞对他做了个不要过来的手势。

期末考试结束,校园里人来人往,更有许多家长来接孩子,宫丞混在其中,竟毫无阻碍地跟着郁南上了楼。

郁南在强大的情绪冲击下一时不察,更没想到宫丞会跟上来,要关门却来不及了,露出惊恐的表情。

"郁南。"宫丞看了眼宿舍内的情形,"你在干什么?"

和他上次来时不同,宿舍里到处是杂物。画纸和画笔扔得到处都是,桌上堆积着外卖盒子,可以用脏乱来形容。那些画纸上全是凌乱的涂鸦,线条沉默压抑,笔触粗暴分叉,像是有人在暴躁的状态下画的。

那是郁南画的。

郁南已经画不出画了,这让他感到十分恐惧,因为自己唯一可以赖以生存的技能、唯一与生俱来的天赋正濒临崩塌。好似作曲家失聪、演唱者失声,郁南意识到了情况的严重性。

而宫丞看到的不止这些,地上扔的那些衣服被剪成碎片,每一件都是他叫人给郁南量身定做的。

"你走开!你出去!"郁南跪在地上收拾那些画纸,想要将它们全部藏起来,可惜已经来不及了。

宿舍门被关上,宫丞试图安抚对方:"好了,好了。"

宫丞从来没见过郁南这么伤心,他为什么这么难过?

"我都告诉你。"宫丞告诉郁南,"关于Louis或者别的什么事,我都可以告诉你,不会隐瞒你。"

郁南问道:"那你和Louis是怎么回事?"他不是要听解释,因为他不会相信,这问话不过是指控而已。

他继续说道:"你们根本就没有决裂吧?那幅画是Louis画

的，你烧掉之后还找我来画！我不过是用来修复你们关系的一个工具！我知道我们不是一个世界的人，但也没必要一而再，再而三地用这种方式提醒我！你太坏了，我从来没见过你这么坏的人！我对你已经很……很失望，再也不想见到你！"

宫丞道："我和 Louis 确实是一起生活的家人，这点我无法否认，但我不可能再想和 Louis 修复关系，更不会为此利用你。"

宫丞神色认真，娓娓道来："Louis 的父亲曾经救过我一命，他的妻子是法国人，那时 Louis 还未满四岁。我父亲将两人带回家来照顾，几年后 Louis 的母亲改嫁，父亲便将 Louis 留下来抚养。"

宫丞不带任何感情色彩地接着道："我和 Louis 十几岁时就在不同的国家留学，彼此的观念、性格等都有很大的差异，最后总是连普通朋友都没法做。"

宫丞又说："我准备修复那幅画的时候，也只是想修复它，不存在要把谁当工具的打算。"

郁南又问："那你为什么不早点解释？任由 Louis 一次次来我面前说这些？"

信还是不信？郁南自我保护的本能正在试图重启。

宫丞见他有软化的迹象，说："那些不值一提，说了才会显得对方很重要。"

郁南悲怆地道："我为什么不再长大一点？我为什么不能再站得高一些？我为什么就要一直被你们当成小孩，该有的尊重和平等，我就不配得到吗？"

天一亮，郁南就收拾行李去了机场，他怕自己再待下去又会被说服。所幸航班起飞时间很合适，自己可以离开深城，去宫丞找不到的地方。

郁南真的不敢轻易相信别人了。

郁南搭乘的是中午十二点四十分的飞机,下午就能到达霜山市,其已经提前跟郁姿姿讲过。

郁姿姿提前打电话来确认:"郁宝贝,你去机场了吗?你要早一点出门,在机场等一等也没关系,就怕路上堵车什么的误了登机。"

郁南已经在出租车上了,他觉得很累很累,实在是没有精力去挤地铁。

"知道了,妈妈。"郁南答道,"我已经出发了。"

郁姿姿听郁南的声音觉得不对劲:"你怎么了?是不是有点感冒啊?"

郁南说是。

郁姿姿火急火燎地说:"你每次坐飞机都会不舒服,怎么这么不注意感冒了呢?你一会儿记得买点晕机的药,向空姐多要两杯水,妈妈在家等你。"

"好。"郁南乖乖答应后就挂了电话。

窗外的景色飞速后退,出租车行驶高架桥,行经机场高速,带着郁南远离深城,将其一路带回生养自己的城市。

郁南下了出租车后,拖着箱子去办理托运,因为他长相着实太过出众,即使穿着普普通通,在人群中也十分惹眼,惹得人们不由自主地看过来。

"郁南。"排在郁南身后的年轻男人开口。

郁南回头一看,竟是严思危,他很意外会在这里看见对方:"严先生,这么巧?"

两人办理完托运手续走到一旁,严思危身着棕色大衣,面容依旧清隽，脸上的微笑令人如沐春风："是很巧，你这是要回家过年？"

郁南点点头，说："对。"上次两人在马场遇到过一次，郁南觉得真的很巧了。

老实说，郁南对严思危并不反感，哪怕严思尼是他很不喜欢的人，但是郁南不得不承认，严思危这个人还不错，至少表面上看起来还不错。

严思危道："你的脸色看起来不太好，是……"

郁南这几天神情恍惚，他知道自己看上去状态肯定十分不好，于是他不好意思地按着自己的半边脸道："我感冒了，昨晚没睡好。"

严思危道："难怪。这几天天气不好，深城湿冷得厉害，你回到霜山应该会舒服一些。"

郁南点点头，又好奇地道："对了，严先生也去霜山市？"

严思危露出笑容，看着郁南说："是，我去找个人，算起来，我们很久没见过面了。"

他们找了一处地方坐下，严思危话不多，拿了一本书出来静静地翻阅，郁南看到了封面，是《阿图医生》。

郁南不愿去想那些不开心的事，眼下他希望转移一下注意力，而严思危是一位现成的聊天对象，便有些好奇地问："您看的是一本小说？"

严思危道："不应该叫小说吧，这是一位名叫阿图的美国外科医生写的自己的心路历程。这本书很火，我一直没时间看，碰巧今天乘飞机，正好能打发时间。"

郁南问："您也是一位医生吗？"

严思危对郁南点点头，温和地道："我是一名外科医生，我的父亲也是医生,不过他是肿瘤科的。我的爷爷也是医生,他是中医。我们家可以说是医学世家。"

郁南有些惊讶,眼睛微微睁圆。

严思危的眸中带了笑意,他接着说:"所以我随身携带了这个。"他说着,拿出一个迷你的瓶子,里面有绿色的膏体,打开来能闻到清淡的药香。

他继续道:"这是我用爷爷的配方自制的药,一会儿在飞机上你要是不舒服,可以抹一点,保证不晕机。"他将瓶子递给郁南,"就当是我送给你的小礼物吧。"

郁南怎么能要这个,婉拒道:"这是您自制的,一定费了不少工夫,我不能收。"

严思危说:"一点都不费工夫,都是批量做的,我包里还有好几瓶呢。"他拉开大衣口袋,里面果然还有三瓶,"我每次坐飞机都会带,万一有人不舒服,这东西还能帮上忙。没办法,我作为医生,有时候总想做点事。"

郁南不好推辞,道谢后收下了药,衷心称赞道:"您是一位好医生。"

两人的巧遇并没有到此结束。登机后,郁南发现严思危竟然和自己一样坐经济舱,还是邻座,他以为像严思危这种背景的人应该会选择商务舱才对。

严思危系上安全带,看出郁南的疑惑,解释道:"我们这个职业假期不稳定,常常一个电话就被叫回去。这次我好不容易临时攒到假,机票就订晚了。没想到这么巧,我和你又是邻座。"

郁南有些高兴:"是真的很巧。"

严思危看上去寡言少语,一聊起天却也能侃侃而谈。他说话简单明了,很多时候不带主观色彩。不算太长的航程里,他为了不打扰旁人，放低音量给郁南讲了许多外科的趣事，讲了鲜见的有意思的病例，也讲了他资历还浅时在急诊轮班的经历。他讲这些事时，像站在第三者的角度讲别人的故事，把从医生涯讲给郁南听。

有严思危在，郁南郁结的心情放松了许多，也托那个绿色膏体的福，他一点也没晕机。

待下了飞机，他们又一起去取了行李，在出站口才分道扬镳。

"严先生再见。"郁南上了出租车，对他挥手，"我提前祝您过个好年，春节快乐！"

严思危微笑道："春节快乐。"

郁南对出租车司机报了家中地址，严思危的身影很快就消失在他的视野里。郁南甚至想，如果没有严思尼，他或许能和严先生成为朋友。

而那头，严思危在原地站立片刻，脸上不自觉又露出一点微笑，他也拦了一辆出租车，对司机说："去希尔顿，谢谢。"

霜山市已经下过好几场大雪，铲雪车正在工作，避免造成交通拥堵。

厚厚的大雪将霜山市装点成了银装素裹的世界，与深城的景色完全不一样，这里更为纯粹、自然。郁南呼吸着新鲜空气，听着久违的乡音，一下子有了安全感，其从没哪一次回来能有这样独特的感受。

天快黑时，郁南刚走到自家单元楼下，远远地就看见一个高个子女人站在阳台上朝自己挥手，这情景很像自己高中时每个回家的夜晚。

郁南一进门，就被郁姿姿捧住了脸，她感叹道："你瘦了，瘦了，瞧小脸憔悴的，你们学校食堂是不是太抠了？打一勺菜还要抖几下？"

郁南笑了，眉眼弯弯："才不是，我们食堂的大妈是最好的，才不背锅。"

郁姿姿"啧啧"两声，替郁南把行李箱拿到房间："你该不会是和别人吵架把自己气瘦的吧？"

郁南卡壳了，本来自己打算这次回家和妈妈说说宫丞的事，这下叫人怎么开口。

好在郁姿姿被郁南回来的兴奋冲昏了头，暂时没发现自家孩子不对劲，还以为真的是感冒所致。

"今天你晕机吗？"家里暖气开得足，她替郁南脱掉外套，像过去一样为他拿拖鞋。

布拖鞋是去年郁南回家时买的，绿巨人的款式，当时郁姿姿还说郁南幼稚，现在却被她洗得干干净净，就等着郁南回来穿。

"妈妈，我自己来。"郁南不好意思，"今天我没晕机，还在路上遇到一个认识的人，他是一名医生，送了我一瓶这个。"

郁南拿药给郁姿姿看。

郁姿姿的动作僵硬了一下，她应和道："医生啊。"

郁南说："对，他们全家都是医生呢。"

郁姿姿含糊地应了声，大概不怎么感兴趣，转而叫郁南去洗手准备吃饭。舅妈今年做了辣酱腌肉干，给郁南留了好多送过来，说吃不完的话叫他带回学校去吃，要是画画或做别的事时熬夜了，就拿出来吃一吃，补充点能量。

郁姿姿说了下过年的安排，问郁南今年和高中同学什么时候聚会。他下飞机后还没打开手机，之前同学们在群里商议过，但没讨论出最终结果，现在应该差不多定了。

郁南打开手机，还没打开微信群，手机就一阵振动，来电显示：宫丞大老爷。

为什么给宫丞改成这个昵称，郁南已经忘了，现在他一看到这个名字，下意识地就按掉了电话，并不想接。

昨天宫丞说的话，他其实是不太相信的，因为他和宫丞之间的差距是事实，而大多数上位者确实都习惯了俯视，短时间内大概是改不了的。

郁姿姿给郁南夹菜："大年三十我们和舅舅家一起过，初二你可以去和同学玩，但是初一得空出来。"

这时，宫丞又发了信息来：郁南，你在哪里？

郁南心中升起怒气，回复他：关你什么事。

两三秒后，郁南又发了一排滴血的尖刀表情过去，表达自己的恨意，接着扒拉了一口饭，问道："初一怎么了？你们有什么安排吗？"

郁姿姿顿了顿，答道："初一家里有客人来。"

郁南好奇道："谁要来啊？"

郁姿姿不知道怎么回答，只说："到时候你就知道了。"

郁南并未将这件事放在心上。吃过饭，郁姿姿拖着他看了下文身，眼里的心疼掩都掩不住："好看是好看，我都看不出疤痕了，就是不知道你文的时候得有多疼。郁柯成年后，也闹着要去文身，被你舅舅揍了一顿才老实了。前几天他偷偷跑去文身，想文个花臂，割线割到一半就疼得受不住，逃跑了。"

郁南惊讶道："真的？"

郁姿姿说："真的！现在郁柯想不文都不行了，过完年，你舅舅要押着他去文完剩下的，绳子都准备好了呢，他要是敢跑，就绑起来，直到文完为止。"

"噗！"郁南终于笑了，觉得好笑极了，甚至笑到肚子疼，还发信息去嘲笑郁柯。

郁柯羞愤欲死，表示过年没有脸见人了，谁敢提这事就和谁绝交。郁南好久没这样开怀了，连回来时也是强撑笑容。

郁姿姿见他开心了，这才勉强放心，又讲了些郁柯和郁桐做的又蠢又好笑的事、剧团里的趣事、邻里的八卦，小小的房子里充满欢乐。

郁姿姿睡前帮郁南铺好了床，顺便从柜子里拿出洗过、晒过的公仔，往床上堆好，念叨着："你都这么大了，还要抱着东西才睡得着……这些玩具都洗过多少次了，你不嫌累，我都嫌累得慌。"

郁南说："因为都是你买的啊。"

郁姿姿笑骂道："你还好意思说，那会儿家里穷得都快揭不开锅了，我上完一天班还得去给你买玩具。"

郁南趴在床上装死，柔软的床铺带着熟悉的洗衣液味道，家里很多年都没换过洗衣液牌子了，闻着特别舒心，感觉马上能睡着。

郁南滚了两圈，郁姿姿要套被子也不赶人，被子铺天盖地罩下来，把他整个人捂了个严实，真是亲妈没错了。

郁南闷声闷气地说："要是我永远都不长大就好了。"

明明前一天他还在恨自己太小，明明那么想快点长到三十岁、三十五岁，能够以一个稳重的成年人的方式去对待世界，而不是被世界愚弄。

可是回到家里，回到母亲身边，郁南又希望自己永远是小孩，永远都是五六岁的样子，可以帮妈妈做一些家务，可以做作业、看动画片，表现好的时候还会得到玩具，对那时的郁南来说，玩具就是整个世界。

那时的他可以主宰自己的世界。

"你说什么傻话。"郁姿姿突然有些哽咽。

郁南一下子从被子里钻了出来,头发乱糟糟的,眼睛圆而明亮,喊道:"妈妈。"

郁姿姿又扯出笑容,拍了郁南一下:"你不长大还得了,你想妈妈永远那么累啊?"

郁南眨了眨眼睛,郁姿姿一边整理床,一边说:"以后啊,你和别人一起住的时候,床上可不要摆这些乱七八糟的东西,人家看了会笑你没长大,欺负你。"

郁南不解道:"什么别人啊?"

郁姿姿似乎卡壳,只说:"你长大了,当然不会一直住在家里,难道永远和妈妈住一起啊?"

郁姿姿又继续说:"郁宝贝呀,长大了就是这样的呀,你总要长大的,不可能一直做妈妈的宝宝。你要去见识更宽广的世界,认识更多的人,就像你画画一样,看得更多才能画得更好。"

上次郁南的作品卖了好价钱,他把部分钱寄给郁姿姿,她逢人便夸,现在人人都知道郁姿姿的宝贝郁南是一个画家,还成了大画家余深的学生。

说起这个,郁南犹豫着将自己的恐惧讲给她听:"其实我……最近的状态不好,好像怎么画都画不出来了。"

郁姿姿问:"你是不是压力太大了?害怕超越不了上一幅作品?"

郁南摇摇头,眼里有深深的担忧:"不是的。那感觉……很像是有人掐着我的脖子,不让我去思考一样。"

"我们郁宝贝可是艺术家,艺术家都有需要克服这些问题的时候。"郁姿姿摸摸郁南的头，慈爱地劝慰道，"没关系，可能这和你这场感冒有关系，等你感冒好了，那种感觉过去了，灵感就会回来的。"

郁南若有所思，郁姿姿只当这孩子又在犯傻发呆。

郁南从小就这样，有时候说话说得好好的，突然就开始一场只有郁南自己才懂的思考，家人早已习惯郁南这种状态，一般这个时候都不会去打扰郁南。

郁南的房间特别小，东西又多，行李箱得挪去外面放着。郁姿姿把他的外套、衣服等拿出来挂好，袜子和内裤分门别类，冷不防在箱子底部看到一个大红色的面具，差点吓一跳。

郁姿姿是文艺工作者，时隔多年，还是认出那是一个傩戏面具，她曾经和丈夫进行了一场与这个有关的下乡表演。

"你买的？"回忆翻腾，思绪万千，郁姿姿将面具拿在手中把玩。

郁南回过神，看到那个面具时有些讶然，它怎么会在箱子里？想来应该是暑假时自己收起来放在行李箱里，昨天收拾行李时又没有注意。这个面具是宫丞带郁南去看藏品展时送的，可是他现在却舍不得扔掉。

在郁南看来，这个面具更多代表的是与父亲有关的记忆，他到现在还记得骑在父亲脖颈上耀武扬威的感觉。

郁南如实说："是别人送给我的。"

郁姿姿叹了一口气，说："宝贝啊，你爸爸其实很爱你的。"

郁南当然明白这一点，答道："我知道。"

郁姿姿看着郁南说："爸爸一定在天国看着你，他也希望我们宝贝以后能过上更好的日子，能得到幸福呢！"

Chapter 10
身 世

世界上最爱我的只有我妈妈,
你们不能和她比!

大年三十，在舅舅家过完年，舅舅拿出红包分给三个孩子。

　　郁南的红包最厚，弟弟妹妹看见了大喊不公平，舅舅道："你们不要喊，我过生日的时候，郁宝贝送了那么大一件礼物给我，你们两个小崽子什么也没送，还敲诈了我一顿饭。"郁南给舅舅绘制的石缸树脂画被放在了武馆里，舅舅喜欢得不得了。

　　郁柯只得作罢，郁桐悄悄拉了郁柯一下，两人很快又嬉皮笑脸地闹着要郁南请客。

　　从舅舅家回去后，郁南打开红包，才发现这次的红包真的大得有些过分了，简直是把几年的压岁钱一次性给了他。

　　他有种不好的预感，觉得好像要发生什么事，却又不敢问。他希望一切就这样，永远都不要改变，只要家人不说，自己就可以装作什么都不知道。

　　大年初一一大早，郁姿姿就起来准备茶叶、水果等，家里的地都拖了好几遍，沙发整理了又整理，也不知道要来什么样的贵宾。

　　雪扑簌簌下了一整夜，郁南睡得晚，早上起得也晚。现在才七八点钟，客人一般不会来这么早，郁南却听见客厅里有说话声，只是隔着一堵墙，其迷迷糊糊听不太清楚。

　　"说好回来过年的，不能让孩子一个人在那边，暑假那次你还去找宝贝，还好宝贝不在，要是被你找着了，宝贝一个人该多害怕？"郁姿姿的语气好像带着些责备，又无可奈何，"天下父母心，我们都理解，可是说话是要算话的……你们家都是知书达理的人。"

另一道声音来自一个男人，郁南莫名觉得有些耳熟。

"抱歉，是我欠考虑了。"那个男人说，"当时我们偶然在另一个场合再次遇见，回去一聊，长辈们都有些急……"

郁南穿戴整齐出去，想看看是哪位客人，不料当场怔住。来人身材清瘦，斯文俊秀，正是前些天郁南在飞机上巧遇过的严思危。

郁姿姿也愣住了："郁宝贝，你怎么醒这么早？"

在郁姿姿的计划里，等严思危来，她会介绍说对方是一位远方长辈的儿子，让郁南先和严思危接触接触，等他们熟悉了，再慢慢跟郁南说身世的事，现在也不知道他听到了多少。

严思危只身一人，还带了许多礼品来。他是做好了心理准备的，所以看到郁南出现，也不在意郁南听到了多少，比起郁姿姿采用的循序渐进的方法，他更想现在就把郁南带回家去。

"严先生，您怎么在这里？"郁南先回过神来，"您不是说来霜山找人的吗？"

严思危道："没错，我是来找人的，现在已经找到了。"

郁南有点蒙，脸上露出迷茫的表情，心里已经隐隐约约猜到是怎么回事，只是不敢相信。

世界上怎么会有这么巧的事？郁南觉得不可能，这很不可思议。

郁姿姿先哭了，她忍不住将郁南往房间里推："大人说话，小孩子进房间去……"

"郁女士。"严思危利落地开口，"总会有这一天的。过完年，二月二十五日，郁南就二十岁了，他有权利知道这件事，也有能力处理好,我们不能一拖再拖。"

郁姿姿泪流满面,早上起来认真化好的妆已经花了。

郁南的心开始怦怦怦地剧烈跳动,他下意识地反驳严思危:"不对,我的生日是三月十日,你说错了。"

严思危叹气道:"你出生于二月二十五日下午三点零五分,那年我九岁,守在产房外,是比父亲还要先看到你的人,怎么会记错?"

郁南气道:"我不信!我是我妈妈生的,你说的都是假的!你什么都不知道,不要胡说八道!"

郁姿姿捂住了脸,眼泪从指缝中掉落下来:"郁宝贝……"

郁南做梦都没想到,严思危竟是他的哥哥。严思危已经出现在家里,还说得有理有据,让他再也无法幻想这一天不会到来。

郁南的脸色苍白得几乎透明,近来他已经瘦了不少,因为这件事,更呈现出一点不堪一击的脆弱感。

郁姿姿道:"他说的是真的,你听妈妈讲……"

郁南情绪激动起来,好像世界因此坍塌:"我不听!妈妈你一定是记错了,我是你生出来的孩子,从你肚子里跑出来的,你说你是剖宫产生的我,你忘了吗?"

郁姿姿已无法保持优雅,哭道:"郁宝贝,妈妈根本没有生育能力啊!"

郁南开始颤抖。

他就知道是如此,他知道自己从小猜测的都是真的,知道上次舅舅和弟弟妹妹去深城也是为了这件事,知道妈妈反常地给他打钱、妹妹的哭泣、舅舅给的大红包都是事出有因。甚至这个寒假他刚回来的晚上,郁姿姿说什么"以后和别人住",都不是没缘由的。在他回来之前,他们就约定了大年初一见面。

那么，他与严思危在飞机上的相遇也就不是巧合了。

严思危知道郁南聪明，肯定不是完全不相信这件事，此刻他也忍不住眼眶发热："郁南，不，你的名字其实叫严思加，是爷爷取的。他希望我能居安思危，希望你思量有加，三思而后行，我们的名字都有美好的寓意。你是我们严家的孩子。"

郁南动了动嘴，反复两三次才说出完整的句子："那……那又怎么样，你们已经有一个严思尼了，还来找我做什么？我妈妈只有我一个孩子。"他说完，保护性地将郁姿姿挡在身后。

小时候需要妈妈保护的孩子，现在已经长大成人了，郁姿姿的眼睛几乎充血，动容道："宝贝……"

这套房子小而逼仄，却充满温馨的过年气息。

郁南这几天心不在焉，还没好好观察过家里，此时家里的变化全部落入眼中。郁南发现郁姿姿换了新的电视、冰箱，墙壁也重新粉刷过，甚至还换了灯。

这些都不是因为郁南要回来才换的，是严家的人要来才换的。她想用最直接质朴的方式告诉严家人，她有能力带好郁南，郁南在她身边过得不比任何一个孩子差。

"严思尼是你丢失三年后才被领养的。"严思危说，"严思尼来我们家时，都三岁了。"

屋里一片寂静，只有钟摆走动的声音。

严思危娓娓道来："严思尼和你同一天生日，我们告诉母亲，这或许是注定要帮你陪伴我们的孩子。可是母亲没有了你，整天以泪洗面，思念成疾，还是在严思尼来到家里的一年后郁郁而终。现在我终于找到你，所有人都等着我接你回去。"

郁南还硬着头皮想否认："你一定是弄错了，我不是你们家的严思加。或许你应该再去找一找，找到真正的严思加带回

227

家去。"

"我怎么可能会认错。"严思危苦笑了一下,"你和母亲有七八分相似,我第一次见到你,就有了这个猜测。我来到霜山,一路顺藤摸瓜,找到了郁女士,又托人去你的宿舍取了你的头发样本,检测结果总不会骗人。"

郁南心里更慌了。对方还去取了头发样本,他怎么不知道?这事是不是对方趁他不在宿舍那段时间做的?

严思危道:"郁南,我们不会强迫你和郁女士断绝关系,否则我也不会同意等到你们春节团聚后才来了。以后,你可以继续和郁家人来往,可是你也要理解一下我们的感受,我们也很爱你。这样你就有两个家了,难道不好吗?"

郁南眼睛幽黑,思路清晰,说出口的话却带着恨意:"那又怎么样?你说得这么好听,你们家还是把我弄丢了,有什么资格说爱我?"

严思危一时语塞,微微愣怔,他没想到郁南如此伶牙俐齿。严家人的痛处就在这里,郁南戳得很准。

郁南继续道:"世界上最爱我的只有我妈妈,你们都不能和她比!"

严思危反唇相讥:"她真的那么爱你,就不会让你七岁时被严重烫伤!"

郁姿姿一下子眼泪奔涌,彻底失了仪态。她这辈子最内疚的事被放到台面上说,让她无地自容,心几乎和当初郁南受伤时一样疼。

郁南气红了眼,上前一步,狠狠地将严思危推了个趔趄:"我不准你这样说我妈妈!"

严思危话说出口就后悔了,好好的一场认亲,好好的一场相聚,被他们弄得像是吵架。

他主刀多年,早已练就临危不惧的本事,却在这种场合失了分寸。

郁南力气很大,严思危差点摔倒,还好房子小,他下意识地扶住一个柜子稳住身形,很抱歉地说:"对不起。"

郁姿姿拉住郁南,走到严思危面前:"我也很抱歉,我真的没有做到最好,如果不是因为我将宝贝放在食堂,宝贝也不会被烫伤。"

郁南说:"妈妈!"

郁姿姿继续说:"我的确没有足够的能力照顾好郁南,不然的话,我说什么都不会把宝贝还给你们的。"

郁南蒙了。还给他们?妈妈这是要赶自己走?

严思危道:"抱歉,我方才口不择言,您不要放在心上。"

经过了解与调查,严家早已知道郁姿姿早年丧夫,十几年来都是单身,独自抚养郁南,并且把郁南养成了如今的模样,可以说没有郁姿姿,就没有今天的郁南。

但严思危并不打算就此让步,继续道:"不过有一点你说得没错,我们的确比您更有能力——希望您不要介意我这么说。画画这条路不好走,需要更强大的经济支持、更自由的人生空间,这些都将是我们无条件给予郁南的。你上次的想法很对,郁南回到严家,前程会更加光明。何况,郁南从小就没有享受过父爱,现在是时候回家去享受本来应该拥有的东西了。现在又是春节,这个时间回去也是一家团聚,寓意很好。"

郁姿姿不敢与严思危对视,别过头默默流泪。

而郁南被他们两人一来一回的对话弄得失望极了,难以置信地问:"妈妈,你是要我走?"

郁姿姿无法回答，下唇止不住颤抖。郁南去翻看自己的行李箱，果不其然，自己的衣服刚拿出来，就又被叠得整整齐齐装在箱子里。

郁南像一阵风似的冲回来，眼眶红得很厉害："你们有没有考虑过我的感受？"

两人都看着郁南，各有各的苦楚，好像郁南才是那个给他们带来苦难的人。

郁南无法接受现实，转身夺门而出，身后传来郁姿姿的喊声。

郁南跑得很快，郁姿姿根本追不上。

积雪满地，郁南被可怕的事实与未来追赶着，在路上深一脚浅一脚地跑着，视野摇晃，天旋地转，就这么冲到了大街上。路上行人来来往往，到处张灯结彩，喜气洋洋。

前几天，他还和郁姿姿出来买年货，现在回忆起来，这是不是他最后一次和妈妈一起过年？

郁南漫无目的地在街上乱走，每个地方都是熟悉的，可每个地方又都是陌生的，他像是闯进了一部光怪陆离的老电影，怎么都找不到出口。

有人好奇地看着郁南，他经过玻璃橱窗的时候，才发现自己身上只穿了睡衣，双眼红肿，头发蓬乱，除了手机，什么也没带，十足十疯子一个。

郁南觉得自己被抛弃了，被亲情抛弃了。他找不到可以诉说的人，这世上就像没人需要自己一样，他简直是最可悲的人。

郁南被冻得嘴唇乌青，蹲在地上，眼泪融化了脚边的积雪，形成了一个又一个的小点。

不知道过了多久，手机铃声响起，郁南并不想接电话，或许是郁姿姿来找自己了。可是铃声停了又响,响了又停,他不得不用僵硬的手将手机拿出来,准备关机,却不慎按了接听。

手机屏幕上显示着一个陌生的号码,传出的却是郁南熟悉的声音:"郁南。"宫丞叹息了一声,嗓音低沉如旧。

郁南没有说话,也不想说话,就默默地听着,在这一刻,宫丞说什么都不重要了。

前些天他在微信上将宫丞拉黑了,手机号码也拉黑了,难怪对方会换一个号码打来。

"你终于接了电话。"宫丞在电话那头说。

郁南眨了眨眼睛。

宫丞道:"你不想说话,就听我说吧。"男人沉默了几秒,继续道,"本来我不明白你为什么那么生气,冷静几天之后,我承认不是宫一洛的错,不是 Louis 的错,是我做错了。"

郁南的眼泪又掉了下来,还流了一点鼻涕,郁南直接用衣袖擦掉,擦完才觉得很恶心,于是更难过了。

宫丞说:"是我做错了,我不该让你产生被看轻的想法,更不该让别人有机会贬低你。我会平视你,给予你应有的尊重。"

郁南看着路的另一头,隔着绿化带,有小孩子在玩炮仗,"嘣"的一声巨响,吓得郁南瑟缩了一下。

"你在外面?"宫丞听到声响,又嘱咐道,"外面到处是玩鞭炮的人,你要注意安全。"

郁南终于开口,声音沙哑:"我妈妈不要我了。"

他的声音干涩喑哑,宫丞没听清:"郁南,你说什么?"

郁南被问得眼眶发酸,眼泪又模糊了视线,再次道:"我妈妈不要我了。"他吸了吸鼻子,一辆车从旁边经过,喇叭按得很响。

231

宫丞道:"你现在在哪里?"

郁南看了下四周,说:"我不知道,反正在离我家很远的地方。"这样妈妈就找不到他,不能将他交给严家了。

他又吸了吸鼻子,寒冷让鼻涕止不住地流。

"好冷啊。"郁南说,"外面真的好冷,我快要冻死了。"

霜山市现在的气温是零下十几度,宫丞的语气变得严肃:"你现在马上找一个温暖的地方待着,点一杯牛奶或咖啡什么的,到了之后发一个地址给我。你乖乖地待在那里,不要乱走。"

郁南无动于衷,反问他:"然后呢?"然后事情也不会好起来,什么也不会改变。

宫丞道:"然后等我去找你。"

郁南不知道宫丞说的是不是真的,可他还是听宫丞的话,去找了一个咖啡厅坐下。

霜山不是什么大都会,大年初一还在营业的咖啡厅除了著名的连锁店,就没有其他选择了。郁南进去后点了一杯拿铁,找了一个角落坐下。

时间过得很快,郁南还没发多久的呆,就有人站在了他面前。

三千多公里的距离,四个多小时的航程,从上午通话到现在,宫丞真的跨越半个国度,奇迹般在短时间内从深城来到了霜山,他是怎么做到的?

他风尘仆仆,身穿一件挺括的棕色呢子大衣,下巴上有青色的胡楂,面容冷峻。

"郁南,"宫丞说,"怎么搞得这么狼狈?"

郁南的眼睛大而明亮,眼尾发红,鼻头也是红的,脸上有些泪痕,也有趴着睡过的印子,身上还是一件卡通睡衣,脚穿拖鞋,一看就是从家里跑出来的。桌面上的拿铁从热气腾腾放至冰凉,他一口也没喝过。

郁南有些傻傻愣愣,被问了话也不知道回答,显然没回过神来。宫丞带他出去,外面已经有一辆车在等待。

郁南这才回过神来,有些防备地问:"你要带我去哪里?"

天色阴沉,空气都是冰冷的。路上行人渐多,竟然快要天黑了,郁南在咖啡厅里完全没察觉到时间的流逝。

郁南想,妈妈一定很担心吧。

宫丞问道:"你想去哪里?我都带你去。"

郁南低着头说:"我不知道可以去哪里。"

宫丞说:"任何国家,任何地方,只要你想去。"

郁南说:"出国就不要了,我只是不想回家。"

宫丞说了一声"好"。

车子将他们拉到霜山市的机场,停机坪上停着一架小型私人飞机。郁南这才明白宫丞为什么能奇迹般赶到自己面前,财富给了他这样的可能。他只需要调动资源,就能做到常人无法做到的事情。

上了飞机,起飞后没多久,郁南就被宫丞督促去洗澡。

郁南洗完后就躺上柔软舒适的大床,被子盖到脖子以下,只露出一头乌发和乌黑的眼睛。

宫丞说:"睡吧,睡一觉我们就到了。"

郁南并不和他说话,过了两三秒,其翻了个身,背对着他,缩在被子里睡着了。

郁南太累了。

郁南这一觉睡得昏天黑地,醒来时天还是黑的,这中间他似乎迷迷糊糊地跟着宫丞换了个位置,现在完全清醒,发现自己到了一处曾待过的地方——那栋建在仙女湖旁边的木质别墅，属于宫丞的母亲留下的遗产。依旧是上次那个房间，壁灯是复古的，地板是旧旧的，吊灯下还放着那架纯黑色的施坦威。

郁南记不清自己是到这里来的具体过程了，但他上次被扔在这里，一个人度过了停电的后半夜，现在怎么看都觉得这里有点恐怖，而此刻楼下灯火通明。

郁南爬起来下了楼，木楼梯嘎吱作响。宫丞正在厨房忙碌，肥美的一条鱼被他切成薄得晶莹剔透的鱼片，整齐地码放在盘子里。

宫丞弯下腰，取出一口陶瓷锅，将鱼片、淘好的米悉数放入，再将它放到炉子上，开小火慢炖，熬成一锅鲜香清淡的鱼片粥。

"醒了？"宫丞回身擦手时，才发现郁南一声不吭地坐在楼梯上，不知看了他多久。

郁南只是望着他。

宫丞露出笑意："你这一觉睡到了大年初二。"

郁南露出惊讶的神色，自己竟然睡了一天一夜？

"怎么样？"宫丞也在木楼梯上坐下，"你睡饱了有没有舒服一点？"

郁南继续沉默着。

宫丞似乎不介意郁南还不愿意对自己开口说话，他问："你家里是怎么回事？你可以和我说一说，或许我可以帮你。"

郁南：……

宫丞又道："是你上次说的那件事吗？"

这下，郁南的眼泪毫无征兆地流了出来："我想我爸爸了。"

宫丞说："嗯？怎么这么突然？"他记得郁南的父亲已经去世很久了。

郁南哭着说:"要是我爸爸在,肯定不会不要我的。他最喜欢我了,肯定不会像妈妈这么做……"

他不是不懂事,可就是觉得委屈,他以为妈妈会争取自己,即使让他和亲生父亲相认,也不可能放手,却没有想到妈妈会主动提出来要他回去。郁南一直以为妈妈是最爱自己的人,她为什么要把自己往外推?

所有人都知道这件事,舅舅舅妈知道,弟弟妹妹知道,只有他一个人不知道,像一个傻瓜。

"为什么大家都不要我?"郁南伤心到了极点,"为什么每个人都是这样?"

别墅另一侧,小道上开来了一辆车,守湖人提着灯走过去查看是谁。宫丞的保镖就在附近,却一个都没现身,看来车里是认识的人。

守湖人惊讶地看着Louis,他已经许多年没见过对方了。

Louis的脸色十分难看,他要往别墅的方向去,却被守湖人拦住了:"宫先生说了,这几天不让人打扰。"

他听闻宫丞大年初一动用私人飞机去了一趟霜山,又把郁南带回了宫丞母亲留下的别墅。

"让开。"Louis一向温文尔雅,难得失态发怒。

守湖人担心被波及,只得让开。

Louis屏退司机,踩上鹅卵石小道,很快穿过花园到达廊桥,才走了两步,就像被雷劈了一样僵住了。

窗户里透出橘色的光,宫丞端着一个装着鱼片粥的锅站在餐桌前,而郁南坐在桌前喝粥。两人气氛融洽,像是默契的老友。

Louis瘫坐在了廊桥上。

闹过一场,又吃了晚饭,郁南空空的胃才被填得饱饱的、暖暖的。

鱼片粥的味道十分鲜美,宫丞的手艺算得上一绝——其实他也是第一次做这个,是打电话去问家里的厨师后记下步骤照做的。他曾经想过,若他这辈子不是出生在宫家,或许他会成为一名厨艺精湛的厨师。

郁南因为大年三十晚上守岁睡得晚,初一又起得早,还经历了人生变故,一上飞机就睡得昏天暗地,到了别墅也没醒,这么一天一夜睡下来,现在已经不怎么睡得着了。

郁南这回气性很大,不管宫丞如何做、如何解释,都无法让那件事过去。尤其遇到这种人生变故之后,郁南的自我保护水平更是上了一个台阶。宫丞知道郁南现在就是迷路失措的孩子,谁给了糖或是谁对自己好就会跟着谁走,和原不原谅他是两回事。

但是宫丞还是抓住了这个机会。

郁南躺在床上,两只眼睛睁得圆圆的,脑子里都是严家的事。

严思危说,自己有爸爸,是一名医生。

严思危说,自己还有爷爷,也是一名医生。兴许还有奶奶,郁南想。

严思危还说,自己的亲生妈妈因为过度思念自己,生了病,很早就离开了人世,说自己和亲生妈妈长得特别像,说两人有七八分相似,那么自己的亲生妈妈一定很漂亮。对于自己的长相,他并不骄傲,只是有正常的审美。

他对亲生妈妈的渴求并不强烈,只是想着她,就觉得很心疼,那是一个多可怜的女人啊,就这么失去了自己的孩子。

郁南无法想象，要是郁姿姿没有了他会有多难受，可是为什么郁姿姿想要他的愿望没有他这么强烈呢？对郁南来说，想要的妈妈只有郁姿姿，什么亲生的爷爷、奶奶、爸爸、哥哥都无法替代。

郁南开口道："我想回去了。"

坐在床边的宫丞听到郁南说话，他知道郁南肯开口和他说话、和他商量，就是好迹象，便问："你是怕家人担心？"

郁南"嗯"了一声。

宫丞说："我已经和你妈妈通了电话，告诉她，你在我这儿。"

郁南惊讶地抬起头，宫丞和妈妈通电话了？

宫丞不是不谙世事的少年，行事自然经过了一番思考。从霜山市回深城的那天晚上，他就把郁南没电关机的手机充电开启，方便郁南的家人联系。果然，在他开机后的五分钟内，电话就打了进来，屏幕上面显示着"妈妈"两个字，对方应当是心急如焚。

宫丞便接听了电话："你好，郁女士。"

郁姿姿听到他的声音很惊讶，问道："你是哪位？"

宫丞沉吟了一下，答道："我叫宫丞，是郁南的朋友。郁南现在我这里，不过情绪不太好，已经睡着了。"

郁姿姿松了一口气，连连道谢，又问他们在哪里，她要过来接郁南回家，宫丞说他们在深城，她吓了一跳，说："深城？"

宫丞说："是的。"

郁姿姿一脸狐疑，她怎么也想不到私人飞机这回事，只以为郁南不想见她，也不想接电话，故意叫宫丞找这样的托词。她伤心极了，拜托宫丞照顾好郁南，要是有什么事，马上和她联系，宫丞答应了。

此时,宫丞告诉郁南:"你可以休息好再回去。"接着,他又问,"具体发生了什么事,你可不可以告诉我?"

宫丞只听到郁南说"妈妈不要我了",再联想到郁南提过的身世,以为出了什么事,现在他询问郁南,也是想要对症下药,让郁南高兴起来。

郁南迟疑了一下:"我还不想说。"

宫丞很意外:"为什么?"

郁南很直接地说:"我的秘密只讲给信得过的人听。"

宫丞明白自己变成了不被信任的人,觉得好笑,不再追问:"行吧。"

接下来,两人在湖边别墅玩了好几天,宫丞教郁南钓鱼,又刮鳞去内脏,在湖边架起烧烤架做烤鱼。他们甚至还喝了冰镇啤酒,一边辣得发热,一边冰得打战。宫丞又带着郁南去了马场,继续教他骑马。

宫丞还带郁南去了首都,去参观博物院,去玩了真人版大型生存游戏,见郁南对枪很有兴趣,回到深城后又带人去了俱乐部打靶。

"九环!"郁南兴奋地跳了起来,因为他戴着消音耳机,不好控制音量,是以叫得很大声,这是自己目前最好的成绩。

宫丞微笑着,摘掉郁南的耳机,纠正对方的姿势:"这只是凑巧,你不要太高兴。你握枪的姿势不对,很难再打出这么好的成绩。"

郁南问道:"那要怎么样握枪?"

宫丞教郁南把手指、手肘调整好高度,说:"就这样,我替你戴上耳机,你再开枪。"

郁南说："好。"

宫丞给郁南和自己都戴好耳机，郁南全神贯注，屏住呼吸，有些紧张地扣下扳机，"砰"的一声巨响后，却只中了五环。

郁南丧气极了："怎么这样，是不是你说的也不对？"

宫丞勾唇，说："看我的。"

他说着，拿起枪，熟练地换了弹匣，抬枪姿势十分标准。他瞄准后，连开5枪，显示屏显示出结果：10环×5。

郁南惊呆了："好厉害！"

宫丞道："谢谢夸奖。"

玩过几轮后，郁南已经有些累了，因为久不运动，枪的后坐力大，手臂与肩膀都开始酸麻。

俱乐部提供按摩服务，宫丞继续射击，郁南则去按摩。按摩时间长达一个小时，等他按摩完，就被告知宫丞正在休息室等着。郁南去更衣室换回自己的衣服，恰巧听到手机在响，拿出来一看，是一个陌生号码，便按了接听："喂？"

对方说："郁南，我是哥哥。"说到这里，对方顿了一下，有所顾虑般更换了称呼，"我是严思危。"

郁南吓了一跳，此时他一点都不想接严思危的电话，正要挂断，严思危像预料到了一样，抢着说："请你先不要挂断，我有话和你说。"

郁南沉默了，严思危是他的哥哥没错，只要他不强迫他离开郁家，他也没理由像对待仇人一样对待严思危。

严思危见郁南在听，继续道："我听郁女士……郁阿姨说，你在宫丞那儿。"

严家也在深城，郁姿姿见郁南反应那么大，害怕严家因着距离学校近，开学后会一再强迫郁南，便拒绝告诉他们郁南的

239

行踪,说要等郁南自己想清楚、自愿了,才和严家再次接触。

严思危扔下医院事务,在霜山市待了很久。父亲给他批了长假,让他专门处理这件事。

严家人彬彬有礼,且不咄咄逼人,姿态放得很低,郁姿姿心软了,松口说郁南其实不在霜山,而是在深城,在朋友家。

"那人是郁南的朋友。"郁姿姿说,"对方是深城人。"

严思危想起在马场见过的一幕,皱眉问道:"是宫丞?"

郁姿姿惊讶地道:"你怎么知道?他说的是这个名字没错。看来就是他了。"

严思危连夜订了回深城的机票,先是去了树与天承,被告知宫先生现在已经不管理这边的事务,去集团找他又被告知需要预约。

当郁南与宫丞游玩放松的时候,严思危则在和守口如瓶的郁妈妈周旋,好不容易拿到郁南的手机号码,第一时间就打了过来。

"嗯。"郁南回复他,"我会回去见妈妈的。"

严思危对这点毫不担心,他更关心另一件事:"你现在和宫丞待在一块?"

郁南想了想,只回了一句:"嗯。"

严思危说得很直接:"你还小,很多事都看不明白。可是我要告诉你,他们那种人远比你想的要复杂很多。"

郁南不高兴地说:"你是什么意思?"

严思危道:"我这么问你,是不想让你以后面对真相时太难过!郁南,宫丞没你想的那么简单。"

郁南茫然了,缓缓放下手中的衣服,坐在长凳上。更衣室里只有他一个人,严思危的声音通过听筒清楚地传来。

严思危说:"你认识俞川,你去问问他,就知道我说的是不是真的。

"俞川的一个朋友曾经也和你一样,和宫丞来往了很长一段时间,那人说宫丞为人大度,很会照顾人,有的时候甚至像一位贴心的人生导师,跟着他能成长许多。但半年后,宫丞给了那人一些钱,说是感谢对方陪他完成这次'实验'的报酬。当作灯塔一般的存在只是在拿自己做实验,那人足足花了一两年才缓过来,这才告诉俞川,宫丞其实一直没有把自己当回事,从来不讲什么私事,到'实验'结束,那人对宫丞几乎还是一无所知。

"我不知道你们是怎么认识的,但是你现在的情形和那个人一模一样,等待你的只有同样的结果。"

严思危说得很委婉,怕伤害到郁南,但他还是听懂了。

严思危揭开事实:"你还小,没有见识过那么多,被这样的手段迷惑也很正常,可是同样优秀的人还有很多,你不该那么真诚地对待他。何况我们严家本身也不差,不用你那么在意他……"

郁南打断了他,愣愣地道:"你是想说,宫丞是在拿我做实验?"

严思危说:"我是你的哥哥,我相信你只是一时糊涂交错了朋友。"

郁南说:"我不信。"

严思危以为郁南冥顽不灵,心疼又恨铁不成钢:"你这个傻瓜!"

郁南挂了电话,感觉自己的脑子在嗡嗡作响。

宫丞什么都不告诉自己,联系说断就断,从来不谈论隐私,自己对他一无所知。

不过严思危说错了,不是什么实验,应该是Louis说过的——瓷器。郁南这时候才想起来,他也是听过的这个说法。他之前就有些奇怪,为什么余深有段时间时不时就说一些类似的言论。

陶艺匠人将泥土捏扁搓圆,最终制作成符合自己心意的作品,听起来很美妙的过程,放在人和人之间,却只剩下来自上位者的傲慢。

郁南突然想到,宫丞之所以当初会因为自己在漫展的打扮那么生气,大概是他觉得,那样的打扮,拉低了他的"作品"的档次吧。

严思危继续打来电话,郁南直接拒接了。奇怪的是,虽然他的思绪已经混乱,但他换衣服的动作仍然有条不紊。

郁南就这样换完衣服,行尸走肉般走出俱乐部,到了车子旁边,才想起宫丞现在应该还在休息室等着自己。

车里只有小周一个人,司机不在,小周问郁南:"宫先生怎么没和你一起出来?"

这几天两人似乎和好如初了,此刻小周见郁南一个人走出俱乐部,有些好奇。

郁南很冷静地问:"小周哥,我配合宫先生这么久,他却没给我报酬,是不是要一次性付给我一大笔?"

只要不涉及金钱,没有这笔报酬,他就不算是骗自己,自己就可以不相信严思危说的话。

小周愣了一下,不过他已经习惯了郁南的直接,忍不住笑了:"怎么会没给你报酬?上次我给了你一张卡啊,那是无限额的。如果你要现金,里面的钱足够你挥霍一辈子。"

小周想,郁南倒是直率,连贪心都令人讨厌不起来。

小周见他一脸茫然,又提醒道:"就是你舅舅他们来的那次,宫先生叫我交给你的一张黑卡。"

郁南的脸色慢慢变白了,这下他全部想起来了。那张卡早不知道被他扔到了哪里,甚至自己早已忘了这回事。

小周又说:"不过你不用担心,除了那张卡,你想要什么,宫先生都会满足你的。"

风很冷,郁南说话的语气也很冷,似乎被冻成了冰碴,一落地就碎了:"你们所有人都知道他把我当成一个精心打造的瓷器?"

郁南口中的所有人,指的是宫一洛、小周、每辆车的指定司机、任叔、林茗,甚至是Louis。

难怪他会得到那样的对待。

小周还没说话,就噤声了,因为宫丞走了过来。

"你站在外面干什么?"宫丞在休息室等了一会儿,被告知郁南已经出来了。

郁南回过头,宫丞看见郁南那双漆黑的眸子一片空洞,脸色苍白,像是没了灵魂一样,让他心惊。

宫丞上前一步,皱起眉头,郁南看着他,仿佛在看一个怪物。

郁南微微别过头,打量他的眼神十分陌生,好像完全不认识他一般,要仔仔细细地把他从内到外看个清楚。

"你这次烧瓷,烧得还满意吗?"郁南不带任何感情色彩地问。

宫丞的脸色沉下来:"发生什么事了?"

郁南不等他回答,点了点头:"我觉得你应该是满意的,因为我的表现应该让你很高兴。"

宫丞前所未有地有了事情失去掌控的慌乱。

郁南转过身，朝马路对面走去，马路上车水马龙，几排车在等待红灯。

"郁南！"宫丞追上去，却发现郁南的身影已经看不见了。

"宫先生！"小周急急慌慌地跑过来。

"你们说什么了？"宫丞脸色铁青，臼齿咬紧，像是马上要爆发雷霆之怒。他不明白为什么郁南突然说出那番话。

小周结结巴巴，勉强理出思路："郁……郁南好像误会……"

宫丞提高了音量："误会什么？"

小周说："误会了你对他的态度。"

宫丞冷冷地看着他，示意他说得更清楚些。

小周只好说得更明白一点："那个，郁南好像以为你没把他真正当朋友。"

其实这是一件再平常不过的事，自诩为成功的人，身边总是围绕着许多的人，但这些人都不被他们接纳。其实宫丞这样，都算是比较好的了，至少成为他的"作品"，也是得到了真正意义上的成长。只是这样的情况落在郁南的身上，不知道为什么就让小周有些说不出口了。

是了，寻常的人面对这些人怎么敢轻易叫板，怕是上赶着都来不及吧？可郁南乖巧且纯真，率直且热烈，可以说是完完全全的本性表现，哪怕在宫丞面前也未低过头。

宫丞的神色十分可怕，他看向马路对面，可是任他有滔天财富，面对车流，他也毫无办法。好在保镖们都追了上去，相信可以把人带回来。

小周觉得宫丞对待郁南与对待其他人完全是不一样的。他现在心情很复杂，一方面，这件事多少有一点他的原因，自己大概快要工作不保了，而他已跟了宫丞好几年，未来前途可期；

另一方面,他有些替郁南难过,方才郁南的表情让他觉得自己不仅是旁观者,还是帮凶。

小周说:"你们之间是不是有什么误会?您知道的,郁南还是比较单纯……"

小周的话很委婉,他的意思其实是,郁南可能根本没有往不好的方向去想宫丞。郁南和其他人不一样,这是他们接触之后才得出的结论,其他人只要轻轻一点拨,不用说得太明白,就能很快搞清楚自己扮演的角色。

可是郁南没有,要说得清清楚楚,他才会明白。

宫丞何尝没有发现这一点,只不过他从未放在心上罢了,因为郁南在他眼中不过是一个小孩子,所以他从未分心去揣摩郁南的心思。

没过多久,三个保镖回来,宫丞已阴沉地坐在后座,他问:"人呢?"

一个保镖鞠躬道:"对不起,宫先生,我们跟丢了。"

宫丞冷冷道:"你们三个训练有素的人还跟不住一个十九岁的学生?"

保镖面露愧色,还是诚恳地承认失误:"对不起,我们一时不察,对方就钻进人群跑了。"

宫丞沉默了几秒,只道:"给我找。"

郁南跑了几条街,又路过几个商场,胡乱地绕着圈子,行人来来往往,皆是面容模糊,没有一个人和自己有关。他很想吐,抱着一个垃圾桶干呕了半晌,心都快要呕出来了,却还是没有吐出半点东西。

过了很久,郁南才明白那种眩晕造成的恶心感不是生理上的,而是心理上的。

"你不要紧吧?"一个年轻女孩给郁南递来纸巾和水。

对方好意的关切郁南其实没有听进去,甚至无法分辨对方的语意,只看见女孩的嘴巴在动,耳朵只听到一串无意义的音节。

郁南抬起了头,那个女孩仍旧伸着手,说道:"你不舒服的话,喝一点水休息一下,你拿着吧。"

他终于听明白了,木然地接过东西,都不知道道谢。女孩看到郁南的脸,有些讶然,说了句"不客气"就走了。

短暂的插曲将郁南拉回现实,他在路边坐了一会儿后,漫无目的地继续往前走,随着人流上了天桥。

他能去哪儿呢?他身上只有手机,更糟糕的是学校放假,画室休息,他根本找不到一个可以落脚的地方。而且,他不打算再去余深的画室了。

郁南在天桥上走着,心里渐渐地没有了任何感觉,感觉不到痛,也感觉不到悲伤,空空荡荡的,什么也没有。

手机反复地响起,他本无力去管,还好保留了一丝理智,知道要是连手机都没电的话,他真的会流落街头。

于是郁南拿出手机想把它关掉,等需要用的时候才打开,可屏幕上显示的名字却是"妈妈"。

他眼眶发热,屏幕上多了一滴水,抬手一摸,才知道自己哭了。

"喂?"电话接通后,郁姿姿焦急的声音传来,"郁宝贝,你在哪里?"

郁南安静了很久。

郁姿姿以为郁南没在听,急道:"你还在生妈妈的气吗?妈妈知道错了,现在跟你道歉,你原谅我好不好?"

郁南努力镇定一些，才喊了声："妈妈。"

郁姿姿没发现郁南的异常，听到声音松了一口气："妈妈来深城了，现在机场。舅舅、舅妈、弟弟、妹妹都来了，我们来接你回家，不让你去严家了！真的，妈妈不骗你！"

接他回家，不送他走了。

郁南终于得到这一句保证，呜咽起来，内疚与后悔却一齐涌出来，他这些天都做了些什么啊……

郁姿姿急道："别哭了，宝贝！"

手机被舅舅抢过去，舅舅骂道："小浑蛋，大年初一一声不吭就跑掉，你这是不负责任，你知不知道？你是要气死我们啊？有什么事不能好好商量吗？你这是二十年不叛逆，一叛逆就来个猛的？"

舅妈在一旁骂舅舅："你差不多得了，孩子好不容易才接电话，你存心想再吓跑是不是？我看像你这种糙汉子就不应该过来！"

弟弟妹妹也在旁边喊："郁南，你在哪里？你不要跑，我们不会抓你的。"

一家人吵吵闹闹的，妈妈的哭声，舅舅舅妈的拌嘴声，弟弟妹妹的斗嘴声，悉数传入郁南的耳朵。

郁南擦干净眼泪，揉了揉鼻子："你们真的不送我去严家？"

舅舅说："真的！你连舅舅都不信？"

郁南信了，说："那你们不用来找我，我去机场找你们。"

舅舅半信半疑道："真的？"

郁南说："真的，只要你们不骗我，我就不会骗你们。"

两边人互相得到保证后挂断电话，郁南匆匆收起手机，慢慢走下天桥，每个行人都与其擦肩而过。

慢慢地，郁南越走越快，越走越快，到后来几乎是用跑的。刺骨寒风被吸进肺里，那股无处安放的绝望悄然掀开一个角，有什么灌了进去，让他痛彻心扉，却又无比清醒。

这个电话似乎给了郁南一丝光，哪怕是一点点温暖，也在提醒他还有美好可以拥抱。

郁南使出全身力气，背负满身伤痛，朝着希望的方向跑去。

一家人在机场抱成一团，痛哭流涕，不知道的还以为是他们家有人要出国，且永远不回来了。

"小坏蛋！"郁姿姿哭够了，捧着郁南的脸骂道，"你是上天派来折磨我的吧？你就见不得我有一天好。"

郁南的眼睛肿肿的："我还想继续折磨你呢，只要你不送我走。"

郁姿姿"扑哧"一笑："你这么大了还赖着我，羞不羞？"

郁柯搂着郁南的脖子道："他们已经说好了，你永远都姓郁，谁都抢不走你！那个严哥哥挺好说话的，我们提的要求他都答应了。"

郁桐还没哭完，抽抽搭搭地插话："我就不同意……不同意让严家人来，他们不听，我……我就说……我就说你接受不了。"

郁柯说："呸，马后炮，严哥哥给你买东西的时候你咋不说？人家贿赂你，问郁南喜欢吃什么穿什么，你就一股脑地倒了个干净，你就是个叛徒！"

郁桐满脸通红，气道："我已经把东西全部还给他了，你不要诬赖我！"

郁柯骂道："之前你一直严哥哥长严哥哥短的，现在不喊了？"

郁桐绕口令般反驳道："人家是郁南的哥哥，我这么喊不对吗？"

哥哥……郁南想起严思危对他说的那番话，忽地沉默了下来，觉得他好像没什么脸面去面对严思危。

严家人现在应该很不喜欢他吧？这算是一件好事吗？

舅舅拦了两辆出租车，招呼他们上车。

郁南犹豫道："我们不是回霜山吗？"自己的寒假还有十几天。

舅妈说："现在不好订机票，得后天返程，你放心吧，你妈用你的身份证给你订了一张机票，不会扔下你。"舅妈将郁柯、郁桐塞进车里后，回过头看见郁南还没动，跺脚急道，"这孩子！我们现在一起去酒店！"

郁南还在迟疑，因为深城对现在的自己来说是想要逃离的存在，只要想到还要与宫丞呼吸同一个地方的空气，那股排斥感就去而复返，甚至连不去想都不行。

郁姿姿拉了一下郁南："走，妈妈陪着你。"

家人在侧，郁南稍微舒服了一点。他们是自己最坚实的后盾啊，是自己心的归处，是可以疗伤的圣地。

郁家人轻装出行，酒店也是订的普通的酒店。房间是用大人们的身份证开的，安定下来后，众人再不提之前的不愉快，也没人再去责怪郁南离家出走，现在大家恨不得把他宠上天，热热闹闹地商量着去吃火锅。

"郁南，你的手机没电了。"郁柯见郁南将手机扔在床上，按了下说，"要不要帮你充电？"

其实是郁南自己关机了，不过还是说了句"好，等一下"，就拿起手机，眼睛眨也不眨地扔进了垃圾桶。

郁南扔完手机后，静默两秒，出众的侧脸像是一幅画，说道：

249

"一会儿我们去买个新的,你再帮我充。"

郁柯下巴都要掉了,郁南平时极为节约,怎么会扔手机,他疑惑地问:"你的手机中毒了?干吗扔掉?"

郁南抬起头,眼眶通红,轻声道:"里面存了垃圾。"

另一头,宫丞派出去的人无一例外都无功而返,深城这么大,要在一天内找到一个人不是一件容易的事。

房子里充斥着低气压,所有人大气都不敢出,目光所及处都有属于另一个人的痕迹。郁南的手办、画纸、衣服、耳机、玩偶,都还在这套房子里。

宫丞不停地拨打郁南的手机号码。

"您所拨打的电话已关机。"冰冷机械的女声提醒着宫丞。

宫丞放下手机,他的右手攥着一个小物件,旁人看不清楚,只有小周知道,那是郁南做的一个小挂件,十分精致,长度只有十厘米左右。

小周有种预感,也许宫先生和郁南这次真的不会再见面了。

(上册完)

上架建议 畅销·小说

ISBN 978-7-5492-9942-3

定价:69.80元(全2册)

微风几许 著

仲夏之南
下

Chapter 11
被 骗

哥哥,你以后再也不要提起这个人了。

郁家一大家子热热闹闹地吃完火锅，回到酒店，舅舅喝了些酒，早就睡得鼾声连天。

他买了新手机，又新换了一张卡，正盘腿坐在床上捣鼓。郁柯却八卦得很，凑过来问："郁南，你是不是和人吵架了？"

郁南将新手机打开，恢复云端通讯录，挑挑拣拣，把一些很久不联系的号码清理掉，看上去像是认真在摆弄手机，垂下的睫毛长而浓密，神情没有什么变化："没有。"

他手上的动作停了停，两三秒后才轻轻吸了一口气，努力恢复如常。

妈妈说的话没有错，感冒好了，一切就会好了，只需要静静地等待它过去，然后什么都会好起来的，再也没有人能轻易伤害他。

"骗人。"郁柯推开郁南的手，顺势躺在郁南身侧。

郁柯望着郁南，得意地道："吵架就吵架，我又不会笑你，你还想骗我？"

郁南看了他一眼，没说话。

郁柯兴致勃勃地继续说："你讲讲呗，我听姑姑说，你这次来深城是和朋友在一起，你们是不是闹什么矛盾了？"

郁南摇摇头说："没有。"

和宫丞之间的那些事郁南无法告诉郁柯，甚至连覃乐风都没有告诉。不过总有一天郁南会告诉他们的，他不是一个喜欢独自承受痛苦的人，也坚信无论是快乐还是悲伤的事，都应该与最亲近的人分享。

可是他现在还说不出口。他只要一想到要叙述这一段令人悔不当初的过往，喉咙就像被堵住了一样。

他还需要一点时间。

郁柯撇撇嘴，说："你不信我。"

郁南不想做的事，谁也强迫不了，郁柯当然明白这一点，便在亲爹的鼾声里换了一个话题："你文身的时候到底是怎么忍下来的啊？我都要痛死了！要不是要跟着来接你，我爸打算这两天把我弄去文完剩下的部分。"

舅舅本来打算让郁柯念警校，因为文身，这个打算也泡汤了，郁柯不仅被抽了一顿，并且被告知，自己做出的决定，即使是后悔了，也必须做到。在这样的双重打击下，郁柯才能牢牢记住这次教训。这就是舅舅对其一贯的教育方针。

郁南说话的语气没有起伏："忍一忍就过去了。"

这话听着云淡风轻，郁柯羡慕道："郁南，你真厉害，什么都比我强，比我能忍痛，连文身的面积都比我大，要是我是你就好了。"

郁南说："你不会想当我的。"他想了想，又说，"你没有我这么蠢。"

一觉醒来，大人们已经开始规划当日的行程。他们还要过一日才能回霜山，就商量着在深城逛一逛。

舅舅他们来过一次，更有发言权，正在选路线，郁桐则吵着还要去一趟主题乐园。

郁姿姿接了一个电话回来，面露难色："等一下。"

众人都抬起头，以为她有什么好建议，她却踌躇几秒，看着郁南说:"郁宝贝,有一件事等着你决定……不过妈妈要先告诉你,这件事在我意料之外,绝对不是我安排好的,你可以理解吗?"

郁南的心猛地一跳,下意识地以为是宫丞找来了,令人瞬间就产生了暴躁情绪。

好在郁姿姿说了一句话,让他很快就安定下来:"你爷爷来了。"

郁南没反应过来:"爷爷?"自己和爷爷已经好多年没有来往,早就断绝了关系,他为什么会来?

郁姿姿补充道:"不是你爸爸那边的爷爷,是严家的爷爷,和你有血缘关系的爷爷。"

舅妈一下子慌了:"怎么这样啊?他们不是说好了不强迫郁南回去认祖归宗,还说给我们空间吗?他们怎么出尔反尔啊?"

郁桐下意识地抓住郁南的手,郁柯则气道:"我下去看看,看他们到底想干什么!法律上还说养者为大呢,我现在就去把他们赶走!"

舅舅狠狠地敲了郁柯的脑袋一下:"你给我站住!"

郁南被一家人保护着,当真是一个宝贝,只要他不想,家人们就会无条件支持他,这一点现在已经被证实了。

郁南开口道:"只有爷爷一个人吗?"

郁南想得很清楚,只要不让自己回严家,也是可以和他们见见面的,自己能理解每一个心怀爱意的人。

郁姿姿说:"是严思危带他来的。"

昨天郁姿姿找到郁南后,就和严思危报了平安,说他们会暂时留在深城,买了后天的机票。谁知今天一大早严思危就来了,他没有直接上来,只打了电话给郁姿姿说明情况。

老爷子已经九十岁高龄,听说郁南不愿回严家,心痛难忍,又听严思危说了郁南被教育得很好,因此更加想见这孩子一面。这会儿老人正在楼下大厅,放下了长辈的架子,就等着见见郁南。

郁南听到这里,怎么可能真的不去,想了下才道:"妈妈,你陪我去。"

郁姿姿红着眼睛点点头。

母子俩下了楼,穿过大堂来到休息厅,白色真皮沙发上坐着一位银发老人,看上去精神矍铄,严思危则站在一旁。那位老人见到二人,立刻站了起来,拄着拐杖的手不自觉地颤抖起来。

郁南看着皮肤白皙,四肢修长,果真是漂亮水灵,老爷子激动起来,严思危连忙上前扶住他:"爷爷。"

"加加。"老人老泪纵横,"我们加加……"

老人那双苍老的眼睛里流露出的强烈情感,让郁南忍不住鼻子一酸,虽然他觉得自己像是在经历别人的事,很有违和感,可仍旧无法做到铁石心肠,血缘的纽带是无法斩断的。

郁南上前一步,礼貌地道:"爷爷好,我是郁南。"

郁姿姿听见郁南特地强调自己的名字,往后退了一步,别开头去,不忍再看。

老爷子点点头,说:"郁南,郁南也是一个好名字,不比我起的差。"

郁南乖巧点头,严思危看着郁南,也点点头,然后退开,喊了声:"郁阿姨。"

两人很有默契,给爷孙俩留下了空间。

"您坐。"郁南扶上老爷子,不料却被对方紧紧抓住了手。

"快二十年了,我这个老头子能在入土前见你一面,死也瞑目了。"严爷爷太激动了,手还在抖,身上隐隐有些药香,"你不要怪严思危,是我逼他带我来的,他哪里敢不从。"

郁南不知道该说什么好,毕竟没有人教过自己在这种情况下要怎么做才能两全其美。

好在爷爷并不介意郁南的窘迫,还好好将其端详一番:"真好,你都长这么大了……你和你妈妈长得像极了,难怪严思危一眼就能认出你,这是天意呀!"

因为打架才有的缘分,哪里算得上是天意?郁南认为将这事讲出来会让彼此都汗颜。

他乖乖地任严爷爷拉着,对方几乎是爱不释手,又摸着他的头发问:"你现在美院念书?"

郁南应了声,严爷爷又连连说了几声"好"。他很少与年纪这么大的长辈相处,对方讲什么,他就答什么。严爷爷询问了他小时候的事,询问那次烫伤,也询问他未来的打算。

郁南不厌其烦,一一回答了,严爷爷怎么听怎么满意,不知不觉就聊了一个小时。

"你奶奶身体不大行了,怕是要走在我前头。"严爷爷平静下来,对郁南说,"她出不了门,就盼着能见你一面。加加……郁南哪,爷爷有个不情之请,你能不能和我一起回去见你奶奶一面?她有东西想要给你。"

郁南没想到事情会变成这样,他对于去严家还是有些抵触的,总觉得一去,他们就不会让自己回来了。但是,他的心也是肉做的,甚至比旁人的心还要来得柔软,怎么可能真的狠下心拒绝?

严爷爷这九十年不是白活的,他和郁南聊了一阵就知道这个孩子很善良,性格也很好,知道他这步棋走对了,继续道:"我们住在另一处,不会有其他人来,爷爷保证,在你不愿意的情况下，没有其他人见你。"

郁南有些迟疑："我想先问问他们的意见。"他指的是郁家人。

严爷爷通情达理地道："当然，当然。"

郁姿姿同意了。

郁南跟着严爷爷离开时，郁家人都站在门口看着。大家的内心都很不安，因为对他们来说，郁南是他们的宝贝，即使过年时他们已经做好了郁南回归严家的准备，可是郁南那么一闹之后，现在哪怕郁南只是暂时去一下严家，也让他们很紧张。

郁南怎么会不知道他们的心情，但是严爷爷再三保证和他承诺了，他相信这位老人能说到做到。

一路上，爷爷拉着郁南的手，把严思危赶去了前座。四十几分钟的车程后，他们来到一处清雅的别墅区，绿化做得很好，各家门口还有漂亮的人工湖，是一个很适合养老的地方。

众人一进门，就有专门的护工推来轮椅迎接老爷子，老爷子要在失而复得的郁南面前找点面子，大手一挥让护工推走了轮椅，自己拄着拐杖走，还不让严思危扶，更过分的是，他把严思危留在了门外。

严家果真是书香门第，屋内古朴典雅，到处是书籍。

这里只有老人在住，是以十分安静，也不见什么电子产品。郁南一抬眼就看见一幅静物油画，画着水晶器皿、洋葱、萝卜。这不是自己送去画展展出的那幅油画吗？难怪这画卖出了高价，原来是这样。

郁南红了脸，自己的画真的不值五万块。

爷爷自得地显摆："当时我听说你的画展出了，特地让严思危买回来的。这幅画挂在这里，现在每一个来的客人都要夸赞一番。"

郁南汗颜，窘迫地说："我要是早知道您要把画挂在这里，会画一幅更好、更漂亮的画。"这幅油画与这栋房子实在是太不搭了。

郁南不知道的是，原先这里挂着一幅恢宏大气的水墨画，是严思危的父亲严慈安画的，是给严爷爷八十岁生日的贺礼，都挂了十年了。郁南的画一来，那幅画立刻被打入了冷宫，搁在书房的角落里吃灰，严慈安还一点意见都不敢有。

"走吧。"严爷爷说，"我带你去见奶奶。"

两人踩着厚重的木制楼梯，去了二楼。走廊尽头，阳光最好的房间里躺着一位同样满头银发的老人，她听到有人进来，也只是转了转眼珠，看上去是一点都不能动了。

房间里有淡淡的药味，郁南这下明白了严爷爷身上的味道是从哪里来的。原来严爷爷说的奶奶身体不好，竟然是这样。

严奶奶中过风，现在虽然神志是清醒的，却连手指都抬不起来。

郁南走过去，见严奶奶的眼泪正不住地流，莫名也哑了声音："奶奶。"

严奶奶眨眨眼睛，又转向严爷爷，严爷爷这才佝偻着背，从抽屉里拿出一个丝绒盒子："我知道了，这就拿给加加，你不要急，唉，你就是个急性子。"

那个丝绒盒子里放着一个圆形的玉吊坠，通体温润，一看就不是凡品。

"就为这，你奶奶怨恨了自己半辈子不得解脱。"严爷爷湿着眼睛道，"临了，她也算是了了一桩心事。"

郁南接过玉吊坠，拿在手中摩挲，说不出心中到底是何滋味。

"这是当年你妈妈临产之前，算命的说你有灾，你奶奶去寺里给你求的。"严爷爷说,"因为遇上吃斋日,耽搁了几天才拿回来。"

"还没人跟你讲过你怎么丢的吧?"严爷爷想起这一茬。

郁南摇摇头。以前他以为自己是被捡来的,那么他肯定是被遗弃了才会被妈妈捡到,可现在看来,应该不是这么回事。

在严爷爷的讲述下,陈旧的往事被翻开。

严慈安,也就是严思危和郁南的父亲,是一名肿瘤科医生,当时他手上有一位病人,那位病人被查出有恶性肿瘤时还是早期,家人对其被治愈抱有很大希望,谁料病人病情的恶化速度快得远超所有人的想象,最终那位患者不治身亡了。

作为主治医生,严慈安经历了那个年代最严重的一次医闹,恰逢此时他家的老二出生,消息不胫而走,有人为了要挟他,溜进育婴室将郁南抱走了。

再结合郁姿姿的说法,当年他们话剧团下乡演出,她在火车上捡到了郁南,那时正是三月十日。

偷走郁南的人是在被通缉的时候慌忙扔下郁南的,警方按照他的供词一路查了下去,沿着那条线路寻找婴儿。但是火车人流量太大,当年通信也远不如现在发达。郁姿姿又以为是有人故意遗弃郁南,也不忍心将他送给福利院,便自己收养了。

郁姿姿夫妻俩去了乡下演出,通信中断,半个月后才回到千里外的霜山。严家沿着原来那条线苦苦寻找无果,与亲生骨肉一分离就是二十年。

严奶奶回来时,郁南已经丢了。这二十年来,她一直很自责,若是自己不在寺里吃斋,而是早一点将开过光的吊坠送回来给郁南戴上,那么这件事可能就不会发生。

"封建迷信要不得。"严爷爷拉着严奶奶的手说,"你看,

259

我跟你说了多少次了,加加这不还是回来了?"

郁南怔怔的,灯光打在其脸上,看着粉雕玉琢的。

两人又陪伴了严奶奶一会儿,严爷爷拿来相簿,戴着老花镜翻照片给郁南看。

郁南小时候的照片只有一张,那时他的眼睛还不大睁得开,包在襁褓里,被一位美丽温婉的女人抱着。即使她未看向镜头,郁南也能看出她惊人的美貌。

郁南心里有个地方被触动了。

这也是他的母亲,生下他,然后失去他,最后郁郁而终。本质上,她对自己的爱和郁姿姿对自己的爱没有任何区别,很难说谁更爱郁南一点。

用人走进来,附耳对严爷爷说了什么,严爷爷脸色肃穆:"让他们走。"

下午,郁南离开时,是严思危开车送的。

严爷爷依依不舍,连连叮嘱郁南,以后其要是愿意的话就来看看他们。院子里停着另一辆车,车窗关得严严实实,里面像是有人。

严思危说:"那是父亲。"

郁南吓了一跳:"我……我……"

严思危说:"父亲听说你来了,想看你,但是爷爷不准他下车,说怕吓到你。他又舍不得走,就只好留在车上远远地看一眼了。"

郁南想起上次严思危带严思尼来道歉时的模样,心想,严家的规矩真的很森严,连一家之主也不可以违抗长辈,和他们郁家完全不同。郁家追求民主开放,只要不违背道德,不犯大错,每个人都可以自由选择生活方式。

今天郁南受到的冲击很大，严思危见对方不说话，还以为是昨天那个电话让郁南很介意，便说："抱歉，昨天我说得有些过分，你和宫丞……"

"谢谢你告诉我。"郁南打断了他。

严思危看了郁南一眼，见郁南靠在椅背上，眉头轻锁，短短一天，却像是长大了很多，沉静了些，也成熟了些，不知道这一天里到底发生了什么。

"是我关心则乱了。"严思危道，"对你来说，我不过是一个仅有数面之缘的路人，就这么直接站在哥哥的立场教训你的确太唐突，是我没有考虑你的感受。"

郁南转过头说："你不用考虑我的感受，我需要你直截了当地告诉我。如果所有人都像你一样直接，世界会变得更美好。我还得谢谢你。"

严思危听出了些什么，疑惑又不敢确定地问："你的意思是，事情不是我想的那样？"

郁南说："不，是你想的那样，但不是我想的那样。"

这绕口令一样的话，把严思危弄糊涂了。

郁南的语气是生硬的，可他说话的时候，唇角却不受控制般发抖。

明明自己没有告诉任何人，明明自己还保持着冷静，当郁南讲出这件事时，还是红了眼眶。

"哥哥，你以后再也不要提起这个人了。"结束话题前，郁南这样说。

他自己没留意到，严思危却因为这一声不经意喊出来的哥哥心神一震，差点握不住方向盘。这声等了二十年的哥哥，让严思危神经紧绷，恨不得立刻伸出手去揉揉郁南的头。

和他有着同样血脉的人，一母同胞的这个人，终于找回来了。

他们走的并不是之前那条路，郁南已经整理好了情绪，见状问道："你带我去哪里？我们不是要回酒店吗？"

严思危见他率直可爱，微笑道："是回酒店，不过之前的酒店体验不好，你们明天又要坐飞机，我已经让人给你们换了一家。"

郁南这才知道自己错怪他了，闷声闷气地"哦"了一声。

严思危说："哥哥永远不会骗你，你只要记住这一点就好。"

郁南不作声，很明显反应过来了，正为自己刚才那一声脱口而出的"哥哥"懊恼。这样喊严思危，让郁南觉得他背叛了同样爱自己的郁家人，真是烦恼呀。

他察觉到自己好像变得特别抢手，现在严家不强迫自己回去了，郁家也不愿意放手了，他感到轻松的同时，又有了甜蜜的负担。

不过这样也好，至少自己不会再有空闲去想宫丞的事了。

严思危将郁南送回去后，开车回家，迫不及待地想告诉所有人郁南喊他哥哥了，到时候连存在感都没刷到的父亲脸色一定很难看，在"高压政策"下生活了二十九年的严思危难得产生了愉悦感。

回家途中，他思索起郁南的话。

当时因为听到那声"哥哥"太激动，严思危此时才想起郁南说"再也不要提起这个人"的时候眼睛红了，而他竟然只顾着自己，都没有安抚郁南。

严思危咬紧牙关，心中渐渐有了一个猜测——郁南之前完全不知道宫丞的恶劣行径。

如果这是真的，那就说明他们家郁南被人耍了。

郁南与家人回到霜山后,并没有待在城里,而是和郁家人回到多年未回的老家祭祖,顺便祭拜郁姿姿的亡夫,也就是郁南的养父,再把郁南的身世讲给他听,以慰他在天之灵,算是一个圆满的交代。

他们在那里过了正月十五,才启程回到城里,谁知一回去,邻居就告诉他们,有人来找过郁南。

对方形容道:"好高的一个男人,很英俊的!看上去有三十几岁,不说话的时候吓得我腿软,我这辈子都没见过那么有气势的人。"

郁姿姿一脸不解:"宝贝,是谁?"

郁南心里一惊,手不自觉地攥紧,问邻居:"阿姨,是什么时候的事?"

邻居说:"就是你妈妈走的第二天。我告诉他,你妈妈去深城了,他道了声谢就走了。"

郁南想,还好他们的返程机票是隔天的,不然双方很有可能碰上。

邻居还在说:"哎哟,我看他下楼的时候,还有保镖接着,司机给他开车门,排场好大的!我儿子也看见了,他是学传媒的,说那人好像是富豪榜上排名前二十的人!南南,你怎么认识他的啊?"

郁南的手心布满了冷汗,答道:"我不认识他。"

郁南说完,就进门了,郁姿姿其实想问,但是她心思细腻,知道对方大约就是宫丞。

虽然郁姿姿不知道宫丞与自家宝贝之间发生什么事了,可是看郁南明显不想提起宫丞,郁姿姿便也未提,她相信郁南可以处理好,若是郁南不想说,她也不会去探究这种隐私。接下来几天，郁姿姿变着法给郁南做好吃的。

郁南这段时间一心一意地陪伴着家人，与覃乐风也恢复了联系。

有家人朋友围绕，郁南以为自己已经淡忘了，可是在夜深人静时，当他没有防备的时候，会梦见自己还在宫丞家里画画。

每当这时，郁南就会猛然惊醒，然后睁着眼睛看着窗外，直到天边泛起鱼肚白。

郁南害怕了。

余深发来微信，询问假期作业，郁南一份也交不出来。

余深：宫先生前几天找我了，问我你的情况。我见他神色不对，咄咄逼人的样子。你换了号码，现在又是这种状态，是不是和他有关？

郁南回复他：老师，对不起，我……以后不想再去画室了。

余深：新手机号发过来。

郁南乖乖把新手机号码发了过去，几秒后，电话就打了过来，余深在电话那头劈头盖脸将郁南一顿骂："还换号码？你跟宫丞闹翻有什么大不了的？这对你只有好处没有坏处，你真当我是看他面子才收你的？你要是担心画不好给我丢脸，就给我振作一点，拿出点魄力，这么点挫折就把你打倒了才会丢我余深的脸！"

郁南：……

余深又骂郁南："你脑子里就想着宫丞干的混账事！画画才是你的出路！画画改变命运，你忘了？"

画画改变命运，郁南曾经将这句话奉为座右铭，也无比怀念那个从画画中就能得到快乐，内心毫无杂念的自己。

逃避不是办法，勇敢去面对才能迈过这个坎，这个瞬间，郁南醍醐灌顶。

被骗算什么，自己还是郁南，那个什么都不怕，什么都敢做的郁南。没错，宫丞曾经是他的启明星，可他还有更美好的东西值得去追寻，他就将宫丞当成人生路上的一个陷阱，既然出来了，就不要再往下看。

他还年轻，错得起。

到了开学日，安静了一个多月的校园再次热闹起来。

郁南已经提前一天到校，将行李和宿舍都收拾好了，这时再去接覃乐风，顺便帮对方拿行李。

"郁宝贝，你瘦了好多！"覃乐风惊道，"怎么我们都是每逢佳节胖三斤，你反而瘦了？"

过去郁南脸上还有些婴儿肥，现在变得瘦削，青春感依旧，却更加挺拔精致，光是这么站着，就有不少路过的人朝其投来打量的目光。

郁南早已习惯了那些目光，其实他本就是一个自带光环的人，只不过因为没有架子，那光环才黯淡了几分。不过一个寒假，他像是变了不少，不仅瘦了，也成长了，难道这就是人生变故带给他的礼物吗？

覃乐风无比心疼郁南，也明白其中缘由，只说："哎，你现在可是有两个家的人了，难道不应该吃得白白胖胖，被大家宠成一只超级米虫吗？"

郁南说："我已经成了一只超级米虫了。"

严爷爷知道郁南开学，专程来送郁南，一把年纪了还跟着爬上了宿舍楼。前些天讲过的"你要是愿意就来看看我们"这种让郁南选择的漂亮话完全不成立，严爷爷很清楚郁南的软肋——

只要老人一打电话，咳嗽两声，郁南就什么都答应了。

覃乐风道："我表示怀疑。"

郁南说："你一会儿上去就知道了，爷爷买了很多很多吃的，我告诉他宿舍里不能做饭，他就叫人去问宿管老师，得到允许后给我买了一个小冰箱。"说到这里，他顿了一下，"嗯……也不算是'小'冰箱，里面塞了很多吃的，我和你吃一个星期都吃不完。我们现在也是有冰箱的人了。"

过去一到夏天，两人就很羡慕隔壁宿舍有小冰箱的同学有冰镇饮料可以喝，没想到他们也能有这一天。

"真牛。"覃乐风感叹道，"我和那个蠢货组乐队的时候，怎么也没想到会给你找到亲爷爷。"

如果覃乐风没有与石新组乐队，就没有郁南和严思尼打架这回事，更不会有严思危带严思尼来道歉的后续，让严思危见到郁南并产生怀疑。那么，严家就可能永远也找不到郁南。

郁南略一思索，说："世界真是奇妙。我有个高中同学学的是概率学，我一直不懂这个到底有什么研究意义，现在有点明白了，原来任何一门学科都是有用的，有机会我也去图书馆看看书，了解一下。"

文科生不懂理科，覃乐风也不懂郁南的思路，这人的思维到底是怎么跳转到学习话题上的？

覃乐风问："这么说的话，严思尼和你该怎么算？谁大谁小啊？"

"不知道。"郁南摇头，严思危说自己和严思尼同一天生日，可是没说谁大谁小。

他想了一下，觉得考虑这个问题根本就是多余的，他这么久以来甚至没见过严思尼，便道："我和严思尼应该扯不上什么关系，一来没有血缘，二来我不会改姓严，所以没有谁大谁小的问题。"

覃乐风故作放心，说："那就好，我以后还是可以辱骂严思尼，不用顾及你的面子。"

郁南略一点头，说："嗯，我不会插手。"

两人走了一段路，郁南忽然停住了脚步，覃乐风也看见了前方的情形，骂道："啧，又来一个。"

宿舍楼下，在那棵新发芽的枯树下，停着一辆低调的豪车，一个穿着黑色大衣的高大男人正安然伫立在车门边，似乎在等着两人走过去。

男人五官立体，气质太过突出，引来旁人注目。

覃乐风的脸色完全沉了下来，自从他知道了郁南经历过怎样的对待，之前对宫丞的崇拜感与畏惧感就完全消失了。

"郁南，要不你等一会儿再回来。"覃乐风忍着怒火道，"我先过去叫他滚。"

出人意料的是，郁南竟然说："不。"

覃乐风转头一看，郁南已经收起了轻松惬意的表情，微微抿着唇，除此之外，并没有其他的反常行为，就像见到一个普通的、不怎么在意的人，甚至谈不上反感，更谈不上恨。

郁南其实已经有所预料，从宫丞去霜山、去余深画室找自己，他就知道他们之间应该还会有这样一次会面。

之前，郁南只要一想到开学时可能会遭遇的一幕就很抵触，有一段时间甚至打算休学一年来做调整。前些天，严思危打来电话，说得很委婉，意思是想送他去国外念书，说那是严家亏欠他的。

严家开了几家私立医院，分布于各大一线城市，还有自己的制药集团，确实如严思危所说，严家本身也不差。他们现在简直想把什么都送到郁南手上，就怕郁南不接受。

郁南面对休学或者出国的选择，没有思考太久。

学业才刚刚开始，这两者无论哪一个对他来说其实都不是最好的选择，他更不可能因为怯懦，就改变自己的人生规划。

这件事没有人可以帮郁南，唯有郁南自己可以帮自己。

"不用。"郁南看着那个人，平淡地说，"早晚都会有这一天的。乐乐，你先上楼，我会跟他讲清楚，有什么不妥，我就给你打电话。"

覃乐风见郁南表情坚定，迟疑一会儿才说："好。"

覃乐风拖着行李箱经过宫丞身边时，对他翻了一个白眼："我看错你了！你就是人渣中的人渣！"

郁南：……

覃乐风的挑衅肤浅幼稚，宫丞连眼神都欠奉，只绷着一张脸，蹙眉看着郁南。这令覃乐风更气了，恨不得揍对方一顿，可惜他都不用掂量，也知道自己打不过宫丞。

宿舍楼下寒意浓重，风里却已经带了春天的气息，一如一年前他们相识的时节。

半个月不见，宫丞看出来郁南瘦了不少。在找不到郁南的这半个月里，他并不好过，繁忙的工作也让他心情烦闷，整个人一触即燃，在公司里几乎是"暴君"。

宫丞每每想到郁南当时的表情，心就难以平静。他想补偿郁南，十倍百倍地补回来都可以。

"郁南。"宫丞沙哑地开口。

遍寻不到的人总归是要回学校的，宫丞还不至于连这一点都不明白,所以他已经等待了两个小时。

郁南听到他开口,脸色就变白了一点。

有多少次,当郁南快要看清这个人的真面目的时候,这个人就会出现在自己的必经之路上,用或软或硬的各种手段,用新的说辞骗得人晕头转向。此情此景,简直是他无数个耻辱瞬间的重现。

郁南知道,只要他平静地去面对这个伤害过自己的人,就能迈过人生的一道大坎。

他记得小时候被烫伤时,郁姿姿给躺在病床上的自己念名人名言,里面有句话:累累的创伤,就是生命给你的最好的东西,因为在每个创伤上都标示着前进的一步。

郁南已经在前进了。

宫丞一双黑眸沉静,注意力集中在郁南身上,但这也无法阻止郁南的前进。

郁南看向他,琉璃球似的漂亮眸子依旧清澈,因为瘦了许多,那双眸子甚至更加灵动,只可惜此刻他看着宫丞就像看一个陌生人一样平静。

"宫先生,您有事吗?"郁南问。

宫先生,一个久违的疏远称呼,配上敬语,似乎是在说明他们早不是亲近的朋友,一切都断得一干二净。

宫丞宁愿郁南大闹,也不想要看到他这样的反应,他压着暴躁道:"郁南。"

郁南用很平常的语气说:"我知道了,是不是我有什么东西没有还给您?"他不顾宫丞的脸色,认真地一样一样理清,"我想想,是那些画具吗?不,画具、颜料什么的都在您家里……那就是衣服了,您定做了许多衣服,它们一大半都在您家的衣帽间里,还有一小半因为上面绣了那个图案,之前我全部给剪碎了。"

那个跨年夜,当郁南发现Louis的衣服上也绣了那个纹样时,他觉得很不舒服,便将剩下的衣服全部剪碎了,现在想起来,只觉得无比讽刺。

他说得很理性:"哦,对了,您还给过我一张卡,小周哥说里面的钱很多很多,够我用一辈子,可惜我不知道放到哪里去了。前几天我找过,没有找到,但是里面的钱我一分都没有动过,您可以直接注销了。"

宫丞一句话都不想听,他居高临下地看着郁南,对方说的每一句话,在他耳中不过都是受伤的表现。

郁南是一朵带有尖刺的玫瑰,懂得自我保护,懂得反抗。

"郁南。"宫丞拉开车门,"我们换一个地方说话。"

后座十分宽敞,是郁南熟悉的那辆车。郁南朝车里看了一眼,摇头道:"不,有话就在这里说清楚。"

不等宫丞再开口,他又说:"我还没说完。之前我送了您一盏木雕灯,那个挺贵的,应该能值一点钱,我希望您还给我。"

那盏刻有图案的镂空灯,是郁南送他宫丞的,他怎么可能还。

郁南看着宫丞道:"我会叫我的朋友去取灯,或者您发同城快递,这样我们就两清了。"

宫丞的额头暴起青筋,勉强道:"郁南,我不是来和你算账的,我有很多话想跟你说。"

郁南道:"可是我没有什么话想和您说的,非要说的话,那就是请您以后不要再来找我了,尤其是在学校里。"

这话一出,宫丞眸色变得很暗,说:"事情不是你想的那样,至少不完全是你想的那样。我知道你很受伤,没那么容易原谅我……"

"抱歉。"郁南打断了他，表情肃穆地对他说，"是我当时误会得太深了，错的不是你，你不用解释。"

宫丞蓦地呼吸一窒。

郁南理智极了，言语却如利刃。

郁南吐词清晰地说："我不会再被你戏弄了。"

这句话掷地有声，郁南脸上却没什么表情。

宫丞上前一步，说："我没有在戏弄你，你相信我。"

"与我无关了，"郁南打断了他，"那是你的事。"

"怎么会和你无关？"宫丞咬牙道，"我现在知道我错了，我们和好好吗？"

郁南被他的自大言论惊到了："我和你并不是一个世界的人，又比你小这么多，我还有很多时间去交比你好得多，也更适合我的朋友，为什么要原谅你？"

四周的气压似乎在迅速降低，宫丞被惹起了怒火，他甚至分辨不清郁南是为了气他，还是事实真的就是这样——郁南确实年轻，未来还会遇到更多的人，交到更多知心的朋友，而适合他的圈子里，也能找到更投契的人。

"好在我还小，"郁南清澈的眸子里清清楚楚地映着宫丞的影子，"好在我知道真相还不算晚，没有被你戏弄太久。"

即使郁南说的是事实又怎么样，宫丞也不会任事态按照他不喜欢的方式发展，于是试图改变郁南的想法："郁南，你不是这样想的，你现在只是太生气了，我能理解。"

"宫先生。"郁南自顾自接着他的上一句，"您都这么大了，怎么还不明白我不是您想要的那种'瓷器'？"

"这段经历太让我觉得太廉价,我已经朝前看了,您走吧。"郁南说完这一句,毫不留情地转身往宿舍楼里走去。

宫丞呆立在原地,连背影都是阴沉的,保镖们隐匿着并未现身,小周见状更不敢上前。

宫丞回到了家中,并未开灯,屋里一片黑暗,他静坐在黑暗里,郁南的声音似乎还在耳旁。

"可是我没有什么话想和您说的,非要说的话,那就是请您以后不要再来找我了,尤其是在学校里。"

"我和你并不是一个世界的人……我还有更重要的事情要去做。"

……

"我不会再被你戏弄了。"

因为找不到人,宫丞忍耐了足足半个月,在他原本的计划里,今天是一定能让郁南原谅他的。

错了就补偿,这是他最直接的想法,然而今天郁南的表现却完全在他的意料之外。

宫丞摸到了口袋里的手机,它被装在那里,已经带上了自己的体温。

上次郁南离开的第二天,小周打探到郁南的行踪,他们一行人匆匆赶过去,被酒店告知郁南全家人已经退房走了,不过打扫客房的时候,清洁人员捡到一部还算新的手机,以为是客人误扔的,正等着客人来领取,小周想办法将手机带了回来。

郁南年纪尚小,热衷于保留许多无关紧要的、有意义的瞬间。

宫丞叫人破解了手机开机密码,他翻看到有关他们的许多琐碎小事的照片。

无数个在宫丞眼中不起眼的瞬间都被郁南清楚地记录下来,

几乎能叫人一眼就从那些照片与tag（标签）里感受到郁南当时高兴的情绪。

那些可一点都作不得假。

这些照片宫丞反复看了很多遍，而且他从来不知道，他在郁南的手机里的名字是"宫丞大老爷"。他第一次看到的时候，一不留神看成了"宫丞老大爷"，气得想敲郁南的头，后来看清楚了，才回忆起郁南可能是在那次去参加漫展两人吵架之后，将他的名字改成了这个。

那天郁南闷声闷气地道："你就是独断霸道的地主大老爷！"

宫丞还笑问："那你是什么？被抓回来做工的小奴隶？"

没想到郁南会将他的名字改成这个，他露出苦笑。

除了这些，还有郁南画画时拍的教室、余深的画室，也有杂乱的工作台。以前做的树脂画、王冠、小挂件，上次做的木雕灯，郁南都拍了制作过程。

郁南是一个很有天赋的人，余深不止一次这么对他说过。他也知道郁南在这些方面拥有旁人难以企及的艺术嗅觉，总是能做出许多有意思的东西，可他还是第一次看见它们是怎么由郁南一步步完成的。

其中一张照片上，郁南的指尖有伤痕，伤痕上画了一个笑脸，旁边打了一个tag，写着"给宫丞做礼物，不小心受伤了"，还配了一个大笑的表情。

"我和你并不是一个世界的人，又比你小这么多，我还有很多时间去交比你更好的朋友，为什么要原谅你？"郁南的话仿佛又在他耳边响起。

宫丞点燃一支烟，将手机扔到一旁，任屏幕慢慢地暗下去，房间里再次恢复黑暗，只余一点猩红的火星。

Chapter 12
锋 芒

如果你再次欺骗郁南,我不会对你客气。

二月底，郁南去余深画室上课。

开学一周，郁南的状态恢复得还不错，老师布置的作业能完成，也能正常拿起画笔了。其实这过程不太容易，不过他是一个特别有毅力的人。

画不下去的时候，他就强迫自己去临摹，所以即使一开始很浮躁，甚至画不下去，也还是坚持一点一点地画下去，最终战胜了心魔。

这天郁南一去画室，就察觉画室里的气氛有些不同寻常，一些老师和哥哥姐姐们比平常话少一些，大家都默默地做自己的事。

郁南一边取下书包一边走向小隔间，那里是余深给自己开小灶的地方，光线明亮，窗外的风景也不错。一切都仿佛回到了正轨，回到了原来的模样。

如果郁南没有看见那个人的话。

这里和其他画室并没有什么不同，满地的颜料、造型独特的道具，还有前一天用过没来得及倒掉的洗笔水。与人们想象中的不同，艺术家的工作环境算不上干净，甚至说得上是邋遢，因此那个男人才显得格格不入。

男人正与余深讲话，表情严肃，前一天他曾出现在微博新闻财经版，文章说他杀伐果断，刚将他名下的私人企业树与天承的股权全部转让。

因为宫家大哥去世那段时间，郁南在微博上搜索过宫丞的近况，所以这条新闻被系统推送了过来。

当时郁南正在上课，看到这条新闻时，脸色有些苍白。那些远去的愤怒重新袭来，精美的谎言或许能骗过宫丞，但无法骗过自己。

郁南猛地关掉页面，片刻后，他又点开那条微博上的叉，页面上显示：不再推送有关"宫丞"的微博？

郁南点了"是"。

郁南努力给自己洗脑，任何伤害你的人，都是你前进路上遇到的NPC（Non-Player Character，非玩家角色），你做了任务，完成历练，就会升级。

前进，自己得前进。

不过此时郁南要镇定得多，因为逃避是懦弱的表现，他打招呼道："老师早。"

两人听到郁南的声音，同时转头。

宫丞脸上是什么表情，郁南没看，甚至连余光都没投向宫丞身上，只看见余深对自己点点头，颇有深意地提醒："你来了？你不要受旁人影响，先把昨天那个画完。"

今天郁南穿了一身黑色的衣服，刘海梳了起来，露出光洁的额头，优越的五官因此更为突出，看起来挺拔又精神。

今天是郁南的生日。二月二十五日，是他真正的生日。两家人已经说好了，郁南一年过两次生日，一次属于严家，一次属于郁家。

严爷爷张罗着要大办，还要宴请家中所有的亲戚，郁南连忙拒绝了。虽然现在郁南对严家已经完全没了敌意，可是渐渐熟悉起来的也只有严爷爷和严思危，连父亲都还没见过，怎么去见那些更为陌生的人？

再说了，今天也是严思尼的生日，严思危说每年都会大肆庆祝，郁南并不想和对方一起过生日。于是经过商量，他们决定今晚一家人坐在一起吃顿饭即可，晚上严思危会来接郁南。

郁南没想过宫丞会来，当然，对方来也不一定是为了他。可他还是不想在这里见到宫丞，早知道的话今天就请假了。

不过来都来了，郁南便坐到自己的画架前，随意地将书包扔在地上，又系上一条满是油彩的围裙。调色、下笔，郁南的动作熟练，作画的神情认真。

余深察觉到宫丞的视线，有些不满地扯回正题："你的意思是你卖给对方之后，我就不用和对方合作了？"

宫丞沉声道："你们这一块我单独拎了出来，和那个人没有任何关系。"宫丞收回视线，接着对余深说，"事关你的前程，我不希望影响你，我只是不希望你把……与那边扯上关系，那家伙不是一个心胸宽阔的人。以后我和树与天承再无瓜葛，和其他人也再无瓜葛。和树与天承的合作暂停之后，你也不必感到烦恼，我不会让你过得太差。"

余深有点生气地说："这些用不着你说，你就不该管这些事。"

郁南听见他们的谈话，停下了笔。他们在说什么？似乎和自己有关，他不敢确定。

他不想听见宫丞的声音，于是拿起书包，从里面拿出了耳机戴上。他以为不会再见到宫丞了，却忘了宫丞是余深的赞助人，只要自己还是余深的学生，他们之间就还有千丝万缕的联系。

郁南无法集中精神，总觉得如芒在背，即使自己耳朵里灌满了摇滚乐，也难以忽视那种感觉。

两条长腿出现在郁南的身边，他停下了动作，心猛然一跳，抬起了头。

宫丞双手插在裤兜里，低着头看郁南，又或者是在看郁南的画。

郁南很不喜欢这样，摘下耳机，嘈杂的音乐声大到不戴耳机也能听见："宫先生，你不要……"

"音乐声调小一点，对耳朵不好。"宫丞打断了他，"心情不好可以听一点轻音乐，也更有利于集中注意力。"

原来是宫丞注意到自己的画进展缓慢，慢到甚至可以说是没有进展。郁南蹙起好看的眉，重新塞上耳机，想着自己不应该搭理这种人。

宫丞伸手想要摘下郁南的耳机，可是郁南反应很快，凭直觉迅速躲开了。

就这样过了几个小时，两人共处一室，郁南再没理过他，专心"复健"，直接把他当成了空气。

快要结束时手机响了，郁南在围裙上擦了擦手，拿出手机，神色一下子变得温和，甚至唇角带上了微笑，不知道是谁的来电让这家伙这么开心。

"哥哥。"郁南乖巧地喊道。

宫丞坐在一旁处理工作，闻言停住了敲键盘的手。今天他是专程来找郁南的。等到郁南画完画，他再和对方说几句话，情况好的话，或许郁南愿意和他交流。

宫丞从未这样做过，甚至作为赞助人，他连这间画室都从未来过，这也是为什么除了余深，其他人都觉得他很严厉。他们听说他说一不二，最不喜欢聒噪，吓得连天都不敢聊。

谁知道宫丞一来，余深就给了臭脸，而他现在还留在余老师的小画室。他作为传说中的大佬，遥不可及的人物，不是应该很忙吗？

没人敢进来一探究竟。

"我差不多可以收拾东西了。"郁南又说，"你等一下，我马上下去。"

他说完，挂断电话，快速地收拾好东西，似乎迫不及待地想走。

宫丞合上电脑，跟在郁南的身后："南南，你去哪里？"

郁南回过头说："你明天还来吗？"这话问得很认真。

宫丞心中一松，眼中不自觉地带了笑意："我明天会来。"

郁南说："那我明天就不来了。"

宫丞：……

郁南走出去，经过大画室、走廊，和遇到的学生和老师道别，看得出大家都很喜欢郁南，他们之间的气氛很活跃。

郁南一直是很受人喜欢的，不缺给予了很多爱的家人，不缺朋友，有很好的人缘，连小周、任叔都是发自内心地喜欢他。正是因为这个，小周才没被炒。

宫丞没见过郁南下楼梯的背影。

他背着双肩包，跑起来的步伐轻快，踩得楼梯噔噔作响，完全不像以前。

郁南现在只是做自己。

街道对面停着一辆车，车旁站着一个年轻男人，看上去比郁南大好几岁，身上有一股书卷气。

郁南往左右看了车辆来的方向，小跑着冲了过去。天气还有些冷，那个年轻男人拿出一杯热奶茶塞到郁南手中，笑容温柔。郁南似乎愣了一下，笑着说了谢谢。

"这么冷，你怎么不多穿点？"严思危问，"爷爷一会儿看见又会说你。"

郁南和严思危虽然还算不上很熟,但是"哥哥"两个字一旦能顺利地喊出来,两人之间的隔阂也消融了不少。他面对兄长,其实已经不自觉地开始依赖对方。

"妈妈昨天说让我穿精神点,最好不要花里胡哨的,要稳重。"郁南吐舌头,"我看天气预报以为今天会升温,看来天气预报的准确率真的很低,我不该完全相信。"

严思危揉了揉郁南的头发:"阿姨可不是让你穿少点的意思,快上车。"

两人正说着,严思危收起了笑容,他认出了走到郁南身后的宫丞。

"你想干什么?"严思危先开口。

宫丞并没有要搭理他的意思,只喊道:"郁南。"

郁南回过头,看见是宫丞,不知道他到底想要做什么,他看上去十分不满,像是马上要把自己抓走。郁南见过他露出这种表情,和那次在漫展找到自己时一模一样,便说:"哥哥,我们走吧。"

严思危问:"你确定?"

郁南伸手去拉严思危的手:"嗯。"

严思危察觉郁南手心冰凉,还有些发抖,便安慰道:"你不用担心,先上车。"

小周跑了过来,紧张地道:"宫先生!"

宫丞面色不佳。今天他放下一切事务来找郁南,就是想和好的意思。可是郁南已经在他的注视下关上了车门,他完全看不到了。

严思危朝宫丞走近了些。

宫丞的身高足有一米九，盛气凌人，严思危在气场上完全没有胜算。若是打起来，严思危作为拿手术刀的医生，更加占不了好处。打架不是严家人的强项，可严家人也不怕任何胆敢伤害他们的人。

严思危看着他说："宫丞。"

宫丞冷冷地道："阁下是哪位？"

严思危却不答，直接说："你作为一个成熟的、应该有基本道德感的知名人物，却蓄意戏弄比你年纪小这么多的孩子。我警告你，如果你再想戏弄他，我不会对你客气。"

半晌，宫丞启唇道："这似乎不关你的事。"

严思危不欲与他多说："郁南的事就是我最重要的事，不信你就试试看。"他说完便转身上车，开车走了。

郁南上车之后，一直没有开口讲过话。

以前他很少有这样沉默的时候，近来却变多了。好聚好散，是郁南能给自己挣来的最大尊重，偏偏有人要将它破坏掉。他不知道宫丞到底想干什么，也不想知道，他只想忘了那段带着耻辱感的过去，把这个人生污点擦掉。

郁南靠在车窗上，看着窗外飞速后退的景色，车子的后视镜里刚好照出他的脸，那张有点苍白的沉静的脸。

"郁南。"严思危忽然喊道。

郁南回过神："嗯？怎么了？"

"我们下车。"严思危熄了火，解开安全带。

怎么这么快就到了？郁南朝外面看了一眼，却发现这里并不是爷爷所住的养老别墅区，而是某个鼎鼎有名的高端商场。这里氛围良好，灯光也打得很漂亮，从外面看就能感受到商场内的奢华气息。

"我们来这里干什么？"郁南问。

严思危下了车，绕过车头转到郁南这一侧打开车门："趁时间还早，我想带你去买一件衣服，不过分吧？"

郁南迟疑道："可是我有很多衣服。"

严思危微笑着说："今天你过生日，要是感冒了，挨骂的可是哥哥。"

郁南脸红，原来哥哥还想着自己穿得单薄的事，便下了车："我下次会注意了，我也会跟爷爷说，不要太紧张我的事，不会害你挨骂。"

严思危不置可否，好像根本不在意这一点，只说："好。"

两人并肩往商场里走去，他们身后，一辆黑色豪车低调地驶入停车场，车里的男人看着他们的背影，神色晦暗不明。

郁南很少逛商场，原来的衣服大多是网购的，对郁南来说，和家人一起逛商场很快乐，有时候和妈妈一起，有时候和舅舅他们一起，所以郁南并不排斥逛街。

郁南从来没想过自己会有一个亲哥哥，而且对方的审美还和自己很相似，血缘有时候真的是一种特别奇妙的存在。

严思危给他挑选了几件外套，都是他喜欢的风格，挑好之后，严思危让他一件一件地试。

"我像你这么大的时候，就在穿这个牌子的衣服了。那时候我还在国外念书，课业很重，忙得几乎没时间打理自己。"严思危告诉郁南，"一个朋友推荐了这个牌子之后，我的衣服就基本是这个牌子的。"

营业员小姐姐想帮郁南穿衣服，严思危拿过一件，说了句"我来"，就抖开外套让郁南穿。严思危气质外貌俱佳，又这么有礼貌，小姐姐红着脸说"好",然后退到一边看着两位养眼的顾客。

郁南背过身,将手臂塞进袖子里,严思危比郁南略高一些,顺势替对方拉上拉链,动作间透着普通朋友没有的熟悉,有点像家长或是长辈,带着十足的宠爱。

"你穿这件衣服很好看。"严思危看着镜中的人。

郁南转了一个圈:"我觉得也还行,就这件吧。哥,爷爷奶奶还在等我们,我们得快一点。"

严思危却道:"不急,这里还有几件,你都试一下。"

那位小姐姐恍然大悟,露出微笑:"原来你们是一家人,难怪我觉得你们有点像呢。"

"是吗?"严思危问。

郁南听到这话觉得很新鲜,问道:"你觉得我们哪里长得像啊?"

小姐姐人美嘴甜,分析道:"脸型上你的柔和一些,眼睛圆一些,但是你们的鼻子、眉毛都很像。"

郁南好奇地看着严思危:"我看看。"

他是学美术的,对人的面部结构很了解,对自己的脸再熟悉不过,严思危也任他看,他便上手去摸。

严思危的鼻梁挺拔,鼻尖有点翘,果然和自己的一模一样。还有眉毛,两人的眉毛都浓而长,显得眼睛特别黑,弧度都是差不多的。郁南想起亲生母亲的照片,心想,这些大概是遗传自她吧。

严思危被摸得躲了一下,又伸手揉了把郁南的头,说:"其实父亲的鼻子也很高挺,但是他鼻头大,还好我们都没遗传到。"

郁南还没见过亲生父亲,不过一会儿就能见到了,便乖巧点头。

不远处，宫丞无法听到他们在说什么，他这辈子就没逛过商场，不知道自己站在走廊上是很吸引人注意的。

小周也看到了对面的情形，轻声道："宫先生，我刚刚查了一下，对方是严家的长子严思危。"

宫丞见两人笑语晏晏，心中愤怒，表情却很冷淡，开口："哪个严家？"

小周说："城西严家，开私立医院那个。您和严思危的父亲严慈安见过几次面。"

宫丞想起来了，问："郁南和他是什么关系？"

小周想了想，说："我不太清楚，不过有一点倒是很巧，上次在酒吧外面弄伤郁南的那个人，正好是严家的老二。不知道郁南是不是因为这事和他认识的。"

严思危心情愉悦，试完衣服以后就刷卡买单，十分干脆。不过他所谓的买一件衣服根本不是那么回事，而是把刚才郁南试过的所有衣服都买了下来。

买完了这些，他又带郁南去买鞋。每一样东西他都仔细询问过郁南的意见才会留下，到了后来，郁南都不好意思说自己喜不喜欢了。

商场里人不算多，两人走到哪里都是焦点。郁南本来就长得极为出众，穿上新买的外套后更加夺人眼球，有人以为他是明星，还偷偷地用手机拍。

那边宫丞已迈着长腿，朝前方大步走去，因心情不好，他的背影看上去也格外慑人，小周赶紧追了上去。

天刚黑时，城市中亮起万家灯火，车子驶入了安静的别墅区。

和郁南上次来时不同，今天院子里一点也不冷清，停了两三辆车，其中一辆还是十分高调的跑车。郁南想到一会儿可能会见到许多人,有些紧张。

严思危道:"你放松一点,今天只来了父亲和阿姨,以及外公外婆,没有外人。"说到这里,他又补充,"还有严思尼。今天严思尼在外公那边开了派对,应该是和外公他们一起过来的。加加,我知道你们以前闹得不愉快,不过你们早晚都会碰面,严思尼如果说了什么让你不高兴,你不要理就行。"

严思尼和郁南甚至算不上认识,覃乐风早已替好友思考过这个问题了,郁南表示并不在意。

严家已经做得很好了,他们也经历了骨肉分离之痛,甚至可以说他们失去孩子后受到的伤害远比郁南大,一直被内疚、自责与思念折磨着,却还能顾及郁南的感受,不愿给郁南带来一丝一毫的困扰。

郁南也想表现得好一些,虽然自己无法扔下郁家人去融入严家,却不是不能让严家得到安慰。

郁南刚跟着严思危走进前院最后一道门,踏入流水潺潺的石砌庭院,就看见一个戴着眼镜的中年男人站在那里,他两鬓斑白,表情严肃。他看见两人进来,眼神就出卖了他迫不及待的情绪,他似乎等了很久了。

那是他的亲生父亲严慈安。郁南心想,爸爸的鼻头果然有些大。

离得近了,严慈安的目光紧紧锁在郁南身上,他当了一辈子领导,竟然紧张得不知道该怎么做。

郁南白净乖巧,很直接地喊了一声:"爸爸。"这声音又软又甜。

严慈安憋了半天,只说了一句得体的话:"郁南,你好。"

严思危:……

郁南也察觉到父亲的紧张，眨了眨眼睛，伸出手道："爸爸，我们拥抱一下吧。"

严慈安上前一步，抱住郁南，这是一个迟到了二十年的拥抱，不多时，他就老泪纵横。

严思危也红了眼圈。

三人仅在外面停留了五分钟，严慈安早就从严思危口中打听过不知道多少遍郁南的情况，当下要问的话也不多。严慈安平时严厉极了，又不善言辞，面对郁南能这么慈爱简直是奇观了。

而郁南完全不知情，有父亲的感觉很奇妙，这个人无法和自己记忆中的养父重合，却很完美地契合了父亲这个角色。在这样的相处中，两人就算不说话也不觉得尴尬。

郁南现在有爸爸了。

三人进了大厅，厅内的交谈声戛然而止。所有人都回过头来，包括外公、外婆、严慈安的续弦宋阿姨、严思尼，当然还有郁南最熟悉的爷爷。

在暖色调的灯光下，郁南脸红了个彻底："爷爷。"

"快过来。"爷爷招招手，等郁南过去了才说，"生日快乐啊！今天你满二十岁，又逢家人团聚，很有意义。一会儿我们照一张全家福，等你像爷爷这么老了，还能回味这一天。"

"谢谢爷爷。"郁南道。

郁南一开口，外婆便回过神似的趴在外公胸前哭了起来，宋阿姨则红着眼睛轻声安慰。

郁南手足无措，严思危与严慈安开始劝慰，长辈们都慈爱地抱过、摸过郁南，才算是真的确认孩子找回来了。

外婆牵着郁南的手不放，一直询问郁南爱吃什么，连外公都开口说不要一直给孩子夹菜，让孩子自己选。

终于，有一道陌生的声音响起："外婆，我也要吃那个。"被忽视的严思尼把碗递了过来。

外婆立刻拿过碗，无限怜爱地说："哎呀，我们思尼都吃醋了。你要吃什么？外婆都给你夹。你比加加早出生几个小时，现在你也不是最小的了，要让着点加加啊。"

严思尼是被外婆溺爱着长大的，远近闻名，光是喂饭就喂到了十二岁。

"知道了。"严思尼不耐烦地说。

外婆笑眯眯地说："今天也是思尼的生日，白天虽然庆祝过了，现在还是要一视同仁的，大鸡腿给好孩子吃，一人一个。"

严思尼接回碗，余光瞥见父亲的冷脸，赶紧坐端正了。

"严思尼。"严慈安开口，"你外婆刚才说的话，你听见了没有？"

郁南听出他话里的意思，严思尼也看了过来。

两人之间的嫌隙，严慈安是知道的，那次就是他让严思危压着严思尼上门去向郁南道歉。现在想起来，若不是严慈安的古板思想，他们可能永远都找不回郁南。

郁南知道，严思尼的眼神传达给自己的绝对算不上善意，于是回看了对方一秒。郁南被看得今晚第一次产生了不舒服的感觉，便低头吃自己的饭，心想反正严思尼也打不过自己。

严思尼却很听话地笑了，对父亲道："我知道了，我会对加加好的。"

吃过饭，大家在客厅聊天，顺便等用人取来双层蛋糕并准备好蜡烛。严家有过生日时回顾去年的传统，说着说着，话题就跑偏了。

"加加。"外公指着墙上说，"你爷爷这幅画是你画的？"

外公话不多，一晚上很少说话，郁南还以为外公不太喜欢自己，拘谨地点了点头。

谁料外公孩子气地说："我也要一幅，比这个大的。"

爷爷说："那也没有我这幅好看，这幅可是参加过画展的！"

外公道："你怎么知道下一幅就不参加画展？说不定还会得奖，含金量比你这幅高！"

爷爷杵拐杖："那我这个也是第一幅！"

两个老头子吵了起来，众人一哄而笑。

郁南中途去倒饮料，一转身，就看到严思尼像毒蛇一样跟在他身后。

"你姓郁，我姓严。"严思尼恶狠狠地看着郁南，"只要你不抢属于我的东西，他们送你什么、对你怎么样我都没有任何意见。"

郁南说："我对你的东西不感兴趣。"

严思尼想起来了，郁南上次说自己是垃圾，那么垃圾的东西郁南肯定是看不上的，其便阴恻恻地笑了下，毫不介意地道："你最好说到做到，不然……你会打架还文身的事，我可瞒不住他们。"

郁南手中的饮料洒了一些，其放下杯子，皱眉道："随便你，你想说就去说好了。"

吃完蛋糕，拍完全家福，严家人依依不舍地与郁南告别。

严思危送郁南回学校时问道："今天你不太高兴，是因为遇见了宫丞？"

郁南回过神，摇摇头，说："没有。"

严思危便说："如果你怕他还来找你，可以回来住，不喜欢和我们住在一起的话，我重新给你买套房子。"

郁南吓了一跳，拒绝道："家人之间表达爱意不用这样。"

严思危说："是父亲想补偿你，他不善表达，说只要是你需要的、想要的，让我什么都给你。"

郁南的眼睛有些发红。

严思危又说："你要知道，你有爸爸了，他很爱你的。你别看他那么严肃，就算你要骑在他脖子上玩，他也毫无怨言，还能乐呵呵地走几圈。"

郁南十分无语，抱怨道："哥，你还是不要讲话了。"

这是郁南第一次过真正的生日，也切实地满了二十岁。不过，郁南还有一次三月十日的生日需要和朋友家人一起庆祝，这一点不会改变。

第二天一早醒过来，郁南才想起来拆前一天在严家收到的礼物。

第一份礼物是父亲送的，盒子里竟然是一张存折，郁南看到上面的数字，吓了一跳，再仔细一看，这张存折竟然从二十年前就开始有存款记录的。

第二份礼物是爷爷送的，是心安医院的股份赠予书，上面的赠予人是爷爷，郁南签字后就可以去公证。

第三份礼物是外公送的，贵重程度也不容小觑，那是一处位于繁华地段的商铺房产，还包含目前正在经营的一家书店。

这些不用估算市值，就已经是大部分人辛苦劳作一辈子都无法获得的财富，郁南瞠目结舌，感觉自己一夜暴富了。

他震惊之余，渐渐冷静了下来。难怪昨天严思尼的反应那么大，原来这个生日他们本来就不打算普通地庆祝，其中暗藏玄机。

他想，世界上为什么会有严思尼这么讨厌的人呢？如果自己收下这些，一定可以把严思尼气个半死。严思尼那张脸被气得扭曲，那憎恨自己又打不过自己的样子，郁南光是想一想就很爽。

可是郁南知道，这些东西是属于自己的，却又不是属于自己的。

世界上没有无偿的爱，人一旦有了赠予，就会对被赠予对象有期望。如果真的接受了这些东西，他就会慢慢变回严思加，再也不是郁南了。

另外，来自长辈们的好意也让郁南感受到了压力。

除了严思尼，严家的每个人都很爱他，都对他很好很有礼貌。可是对郁南来说，那原本只是一次失散多年的家人间的会面，现在却因为这些东西让人产生了不真实感，仿佛隔着一层纱，远没有想象中来得亲近，就像自己是一个急需大家通过物质来补偿的对象。仿佛只要给自己的东西足够多，严家人伤痕累累的心就会慢慢愈合。

郁南手握巨额财富，却不太想要，他宁愿要一个郁姿姿亲手做的蛋糕，要一首郁家人一起唱的生日歌。

郁南将那些东西都拍了照，躺在床上发给覃乐风"炫富"，覃乐风回了一排柠檬表情过来。

郁南：其实我真的不太在意钱，我是一个视钱财如粪土的人。

覃乐风：您的好友拒收了这条消息。

郁南：好吧，其实照片是我留着以后用来气严思尼的。

郁南把严思尼威胁自己的事情说了一遍，覃乐风发了一条语音过来，大骂严思尼，又问郁南准备怎么回击。

郁南想了一会儿，也发语音说："没什么好回击的，文身最主要的用途是遮盖疤痕，严思尼伤害不了我。"

郁南说完这句话，郁结在胸的某种情绪蓦地纾解开来，一直以来禁锢着咽喉的桎梏霎时间松开来。没有人可以威胁自己，也没有人可以伤害自己。

郁南自己就很强大。

郁南又与好友聊了两句，将那些东西都整理好锁进柜子里，准备下次去见爷爷的时候还给严家。

二十岁是个新开始，郁南想到这里，心情好了不少，收拾好书包去画室。等他到了画室，才猛然想起一件事，迅速收回了踏进门里的脚。

他不想在这里见到宫丞，那种压抑感又回来了。

虽然他不明白宫丞到底想干什么，但也没有兴趣知道，以为自己说得很清楚了，却偏偏事与愿违。

总之，他不想再和那个人有交集就是了。

郁南在门口探头探脑了一阵子，又往楼下看，想看看宫丞的车有没有停在那里，如果有，自己就不进去了。

余深路过时发现了徒弟，问道："郁南，你在干什么？你已经迟到五分钟了。"

郁南：……

这个孩子最近恢复了一些活力，笑容也多了一些，很快就成了画室的"新宠"。余深看着郁南好起来，有重返阳光的趋势，哪会不知道对方在想什么，便说："你放心，今天那个谁没来。"

师生俩进了小画室，郁南终于放松下来，如往常一样将书包扔在地上，坐上高脚凳，准备开始画画。昨天因为宫丞在，他的进度被耽误了，今天得补回来。

"昨天你是不是受影响了？"余深问，"才画了一半不到。"

郁南说:"有一点点……"

余深产生了属于长辈的责任感,道:"那我干脆告诉你,他昨天来这里的原因,你要受影响就一次影响完,以后不要反复受影响。"

郁南觉得有道理,便点点头:"他以后不来了吧?"

余深说:"应该不会来了。我们画室之前是与树与天承签的协议,现在宫先生将股份都卖掉了,他和树与天承没有了关系,和我们也就没有了关系。"

郁南有些惊讶,其实昨天自己听到他们的谈话时,心里就有些怀疑。今天郁南听见余深证实,心情很复杂,大概算是唏嘘。宫丞对树与天承的重视程度旁人难以想象,可以说那是他构建的个人理想国。可既然他那么重要,为什么要卖掉?仅仅是因为身处更重要的位置,无暇顾及吗?

余深说:"Louis收购了他的股份,以此为代价离开了宫家。昨天宫丞来,是建议我不要和Louis合作,怕会影响你的前途。"

郁南下意识地握紧了笔。

余深睁只眼闭只眼,当作没发现对方的异样,问道:"你在意吗?"

郁南摇摇头,说:"与我无关。"

他真的觉得这事与自己无关。

余深说:"那就好。资本运作只有他们这些商人才知道到底是怎么回事,你们这些小孩只看表面,以后不要被虚假的表现感动了。"

郁南说:"谢谢老师,我知道了。"

不可否认的是,有那么一瞬间,他觉得宫丞是为了和Louis撇清关系才这么做的,还好,老师的提醒让他立刻清醒了过来。

余深松了一口气:"你能这么想我就放心了,下个月国外有个绘画比赛,我想让你报名参加。"

郁南被余深说得更加清醒,很快就将那些无关信息抛到脑后:"是什么比赛?"他才"复健"没多久,很担心自己的水平跟不上。

"M国油画与丙烯画夏季国际大奖赛。"余深说,"你可以关注他们的官方微博,上面写得很清楚。"

郁南说"好"。

余深严厉地道:"你不要想着敷衍了事,我既是你的推荐人,也是你的老师,你得给我拿个奖。哪怕是小奖也好,我才不会没面子。"

自从上次换掉手机后,郁南已经很久没有使用过社交软件了,和余深聊完便重新下载了微博,找回账号登录,发现竟然有一百多条新的评论与私信,这是怎么回事?

郁南点进去一看,竟然全是莫名其妙的表白与赞美之词。

网友A:你也太好看了。

网友B:美院高才生,还这么好看!

网友C:求加微信!

网友D:不好意思,这是我对象,我们昨晚还在一起呢。

……

郁南有点蒙,直到被一条提到自己的微博提醒了一番,找到了一个貌似认识自己的网友,再找到一个大V博主那里,对方的ID是"神颜疗养院",看上去就不太正经,竟然有几十万粉丝。郁南在对方的最近一条热门微博里看到了自己的照片,只有侧面,看上去是昨天被拍的,因为自己穿着一件新衣服。

那条微博的文字内容写着:我偷拍了一个大帅哥,给大家发个侧面！

网络的力量很神奇，郁南从那条艾特自己的微博中发现，曝光自己微博的好像是湖心美院的学生，毕竟他在学校里太有名了。

大家都没有恶意，郁南也不反感，不过他完全不想被当成别人幻想的对象，便随便回复了几条评论。

路人甲：救命，我真的好喜欢你，缺对象吗？

郁南回：对不起，不缺。

路人乙：帅哥，缺跟班吗？

郁南回：不缺。

郁南回复完这条评论，发现了一条引人注意的评论。

路人丙：博主你好，请问可以出个手工木雕灯的教程吗？我超喜欢你这个作品，你一定费了很多心血设计制作，我也想做出来送给朋友。

郁南停住了手，没有回复这一条评论，还把关于木雕灯的微博删掉了。接下来，他关掉私信与评论，关注了绘画比赛的官方微博，认真查看了一些比赛信息。

"昨晚十点，严思危才开车送郁南回了学校。"

"昨天是严思尼二十岁的生日，郁南和严思尼有过节，我不认为郁南是过去为严思尼庆祝生日的。"

"郁南没有在严家过夜。"

小周汇报完，宫丞"嗯"了一声，侧脸在灯光下显得很冷漠。他最近有些暴躁，吓得身边的人大气都不敢出。秘书告诉小周，自己每次见了宫先生都腿肚子抽筋。

一边是郁南的事情，一边是工作繁忙，按照宫丞前几年的脾气，很有可能直接正面对上郁南。而如今，宫丞终究还是忍住了。对此，小周啧啧称奇。

工作结束后，车子驶过郁南的学校，宫丞吩咐司机停下。他的状态不大对，其实也不愿意去找郁南，就只是站在路边。

宫丞足足站了十几分钟，才觉得这么做没有任何意义，他什么时候也会干这种事了？他正要转身往车前走，却听到有人喊他："宫先生！"

一个女孩子站在马路对面，有点兴奋地跟他招手。他记得她是郁南的朋友，叫方什么的，他并没有特别留意，瞥了一眼，还是顿住脚步。

方有晴已经跑到他面前，问道："您是来找郁南吗？我正好也有事找郁南。"

她还不知道他们已经闹掰了的事，更不知道宫丞的所作所为，在她眼中，宫丞只是一个神奇的存在。

"郁南该去给文身补色了。"方有晴说，"俞学长联系不到郁南，我是过来帮忙转达的。"

"补色？"宫丞不了解文身，皱起眉问。

"对，从郁南第一次文身到现在刚好半年，错过的话可能效果会没有那么好。"方有晴告诉他，"可怜郁南又要疼一次了。"

半年……宫丞敏锐地抓住了这个信息点："郁南的文身不是早就有的？"

他和郁南认识差不多一年了，他早知道郁南有一个秘密，却没有告诉他。后来郁南给他看了文身，他便一直以为那个文身就是郁南的秘密，算起来，郁南告诉他的时间正好是半年前。那么是不是说明，郁南是半年前才去文身的？

"就是半年前文的啊。"方有晴道，"郁南说玫瑰好看，画了图让学长照着文。"

方有晴说完，察觉出了异样，问道："您不知道？"

宫丞问："是哪一家工作室？"

俞川工作室。

临近傍晚，客人已经不多了。俞川作为一个颇有名气的文身艺术家，顾客想要文身大多需要提前预约，所以他的工作室也不像其他小刺青店那样乌烟瘴气。工作室在小巷深处，白色的极简风装饰，墙面上有一个低调的logo（logogram，标志），落地窗前还有一个小院。

一辆平时绝对不会出现在门口的车停了下来，黑色的漆面锃亮，轮毂与玻璃都泛着光。

司机下车开门，后座走出一个宽肩窄腰的高大男人，看上去盛气凌人。

俞川在门口抽烟，有点怀疑自己的眼睛，直到方有晴也从车里走了出来，他才明白过来，来的人肯定就是宫丞了，直觉告诉他，宫丞今天来可能和郁南有关。

"就是这里？"宫丞问。

"对。"方有晴点点头，"我和郁南的文身都是在这里文的。"

方才来的时候，方有晴已经将郁南文身的时间线交代得清清楚楚。

宫丞到此时才知道，郁南是从千佛山回来之后才决定去文身的。郁南的秘密并不是玫瑰文身，而是他的疤痕。

宫丞沉默了几秒，抬腿往院内走去。

俞川掐灭了烟迎上来："宫先生，今天我们已经打烊了。"

宫丞眸色深沉，道："你认识我？"

俞川张口说了一个名字，微笑道："那人是我朋友，我们以前见过一两次。"

宫丞自然也想起来那个人，不过他早已记不清对方的长相，对俞川更是没有印象，也不记得他们有没有见过面。他生命中的人来来往往，他向来身处其外，他怎么会花心思去认真了解？

"宫先生是来文身的？"俞川问方有晴，"你又怎么会和宫先生在一起？"

方有晴毫无察觉，说："我本来是去找郁南的，你不是说让郁南来补色吗，我正好遇到宫先生，他不放心，说要过来看一下。"

俞川失笑："有什么不放心的，看不看都是一回事，只是补色而已，比较考验技术的时候已经过去了。"说到这里，他又看了眼宫丞，意有所指地说，"我只是没想到宫先生会过来，要不要进去坐坐？"

工作室的人都下班了，今晚没有预约的顾客，到处一片安静。俞川进了大堂开了灯，随便倒了两杯水："郁南的手机怎么打不通？微信也不回。"

宫丞并未回答这个问题，而是接着俞川刚才的话问道："第一次文的时候很有难度？"

俞川道："差不多吧。光是第一阶段就花了十几个小时，做做停停的。郁南的疤痕组织不太容易上色，很多时候需要不断反复操作。有时候不是因为郁南疼得受不了才停，而是我太过伤神。"

宫丞问："有多疼？"

"多疼？说起来，郁南文身的时候还咬坏了我一把椅子。"俞川笑道。

297

方有晴开玩笑道："下次补色的时候可以让宫先生和郁南一起来，这样就能亲眼见证郁南有多疼了。"

"我这么告诉你吧，颜料是通过针进入真皮层的。"俞川严肃地跟宫丞科普，"肉多的地方相对来说好一点，有淋巴组织、内侧皮肤和骨骼明显的地方比较疼。郁南的文身大部分在腰侧、臀部、腰腹和大腿内侧，总体来说比其他的地方要疼，再加上是在疤痕上文，时间又特别长……郁南算是特别能忍了。"

宫丞又问："在疤痕上文身，会不会对皮肤有影响？"

俞川说："大多数人还好，郁南应该也没有影响。我这几年钻研疤痕覆盖，也有不少获奖作品，技术还是过关的。啊，对了，我给郁南文身的作品也获奖了。"

"你把郁南文身的照片拿去参赛？"宫丞蹙起眉头道。

俞川道："不露脸，经过郁南同意的。"

方有晴告诉宫丞："宫先生，当时郁南没什么钱，图又是自己设计的，郁南同意参赛后学长才免费为他文身的。"

俞川翻出一本证书递给宫丞："你看看吧，得了金奖。"

这是宫丞第一次看到郁南的疤痕。

左侧后腰、小腹、左臀与大腿根上，那些烫伤疤痕呈粉白色，皮肤轻微扭曲，面积比他想象中大许多，让人难以想象身体的主人当时究竟经历了多么严重的事故才造成这样的伤害。

宫丞一直以为郁南是为了好看才文了半身玫瑰，现在才明白，它们没有一朵是多余的，它们出现在郁南的身体上，是为了精心修饰并掩盖每一块伤疤。

郁南从来都是活泼的、积极的，像从未经受伤痛的温室花朵般不谙世事。

郁南从不掩饰痛楚，却也不会利用自己遭受的痛苦来博取任何人的同情。宫丞知道,当时他动动嘴皮子就可以问,问问郁南疼不疼,问问郁南烫伤是如何造成的,郁南一定会事无巨细地告诉他,可为什么他没有问?

他只知道烫伤发生在郁南小时候,年代久远,他甚至不清楚是哪一年,可是现在看到这些,他……实在难以描述自己的心情。

"在面积达百分之二十五的烫伤上文身,我以前没有做过,但不代表我做不好,宫先生不用担心。"俞川拿回证书说,"郁南的图也设计得很好,当时我还劝过那家伙,不要轻易文这种太过复杂的图案,是郁南非要坚持,才有了这个作品。"

宫丞听出他话中有话,眼神投向他。

俞川笑了笑,与宫丞斗对他来说只是逞口舌之快而已,于是不再继续这个话题,总结道:"好在效果很棒,我就没见过比郁南更适合文玫瑰的人。"

宫丞面沉如水,他想起了郁南在他面前肆无忌惮的样子,也想起了郁南看向他时空洞的眼神。

宫丞很想立刻告诉对方,自己这次是真的做错了。

方有晴看出了宫丞的不对劲,好心劝道:"宫先生下次和郁南一起来吧,有人陪着,郁南就没那么疼了。"

"好。"宫丞沙哑地开口,"下次我会和郁南一起来。"

这晚,方有晴受宠若惊,因为宫先生又吩咐司机将她送回学校,甚至还对她表示了感谢。

"谢谢你们那时候陪着郁南。"男人真诚道谢。

等方有晴走了,车子却久久没有离开。它停在郁南的宿舍楼下,在新发芽的那棵树下停到了半夜,车内的人看着宿舍楼上某扇窗户内的灯光,直到那里熄灯为止。

宫丞的手机里早已有了郁南的新号码，他捏着手机，看着那一串数字，迟迟没有拨打出去。

　　这是学生宿舍，他打了电话又怎么样呢？郁南看到是他的号码，必定不会接，而他也根本无法真的去闯宿舍。

　　郁南曾不止一次烦恼他们的年龄差，而现在那个痛恨年纪的人换成了他。

　　宫丞甚至开始懊恼，为什么他比郁南大那么多？如果他年轻一点，再年轻一点，或许他可以成为郁南的同学，成为这里的学生，那么他们可以一起成长，郁南文身的时候，他就可以在旁边为郁南加油打气。

　　第二日上课时，郁南遇到了方有晴。

　　"喂，你什么时候去啊？"方有晴问，"我这次想在这里加一条鲸！一起去啊！"

　　郁南握着画笔，一脸迷茫："什么？"

　　方有晴正指着自己的手臂，疑惑道："文身啊！宫先生没有告诉你，你该去补色了？"

　　郁南听到这个名字，收起迷茫的表情，变成了一个精明的冷面帅哥："宫丞？你为什么提起他呢？我和他闹掰了，已经没有再来往了。"

　　方有晴惊掉了下巴，她把昨天下午发生的事情说了一遍。郁南越听越难受，脸色也变得有些苍白。都怪自己换了号码玩自闭，除了最好的朋友和家人，他谁也没告诉，明明自己只是想缓一段时间，谁料作茧自缚，自作自受。

　　"咔嚓"一声，郁南竟不自觉地将手中那支素描铅笔折断了。

　　他低头一看，心想：我的笔啊⋯⋯

方有晴吓了一跳："对……对不起啊，我不知道……那你还去不去补色啊？"

这真的是一个尴尬的问题。没有人比方有晴更清楚郁南文身的前因后果了，甚至她还牵线搭桥，参与了整个过程，并看着郁南文身的。

郁南闷闷地说："不补色，以后文身会变得很难看吗？"

方有晴说："不一定，学长的技术很好，应该不会有很大影响。不过我听他说你身上有几处的颜色有可能被代谢掉，那就会变得不好看。你最近有没有观察过，有哪里的颜料代谢了？"

郁南已经很久没有看过自己身上这片东西了，摇摇头道："可能有吧。你说得对，我是应该检查一下文身并去补色。"

他深吸一口气，说："我真不想去，我觉得真的好疼啊。"

方有晴明白了郁南的意思，沉思了一会儿道："那要不你过几天再去吧，和学长联系一下，尽量不要拖太久了。郁南，你别想那么多，你身上的文身那么好看，不去补的话才可惜。"

"好吧。"郁南不情愿地说，现在他算是明白了郁柯被捉回去文身的感受。

下课后，郁南与同学一起走出教室，准备去吃饭，然后回宿舍午休。今天覃乐风翘课了，下午的公共课郁南坚决不同意帮他代答点名，倒不是郁南不够义气，而是因为自己帮忙太容易穿帮了。

只要郁南一坐在公共教室里，就会引人注目，一开口答"到"，许多人就会不自觉地看过来，那么老师就会发现他不是覃乐风，总之失败率很高。

覃乐风气得捶胸顿足，却又无法反驳，只好说请其他人帮忙。郁南一边回复覃乐风的信息，一边朝前走。

301

"同学，请问图书馆怎么走？"有人问郁南。

郁南抬头，看到一个剑眉星目的高个子男生正微笑着站在自己面前，背着一个黑色的包，还穿了一双黑色的马丁靴，显得有些酷。

郁南下意识地道："前面左转再左转，人工湖旁边就是了。"

那个男生说了声"谢谢"，就往前走去。

郁南站在原地，眯了一下眼睛，喊道："段裕寒！"

郁南想起来了，这不是和自己一起在首都参加过集训的段裕寒吗？虽然那已经是三年多前的事了，郁南却对他印象深刻，因为两人是集训班里交集最多的，还一起完成了一幅作品呢。他怎么会出现在这里？

段裕寒停住脚步，露出了雪白的牙齿："我还以为你认不出我。"

郁南点点自己的脑袋："你忘了？我可是'人体照相机'。"

他说完，两人一起笑了。郁南在集训班的时候对模特过目不忘，老师便说郁南是"人体照相机"。

段裕寒说："我刚刚还在想，要是你认不出我的话，我就走了，当作没来过。"

郁南有点惊讶："难道你是专门来找我的？"

"不然呢？"段裕寒耸耸肩，抓了抓自己的头发，"我在湖心美院又不认识其他人。还好你很有名，我才问了三个人，就知道你在这栋楼上课。我等你下课都快等一个小时了，肚子好饿，你要不要请我吃顿饭啊？"

朋友的到来让郁南有点兴奋，他将不开心的事抛到脑后，带着段裕寒去美院老师常常光临的"高级"餐厅，点了好些菜。

段裕寒也不客气，以前有段时间两人几乎无话不谈，吃饭请客什么的自然是理所应当。

"你怎么知道我在湖心美院啊？"郁南兴奋地问。

那时候集训完，两人说好要继续联系的，各自和同学回了自己的城市，可回去后不知道怎么的，不知道是谁先和谁疏远了，又或者是大家都忙着自己的事，就这样断了联系。

郁南问完之后，才反应过来，自己早告诉过段裕寒要考湖心美院，两人还说好了要一起考。

段裕寒替郁南盛汤，答道："微博。"

郁南不解："微博？"

"前天的那条微博，我正好关注了那个博主。"段裕寒言简意赅，"我在微博上看见你的照片了，正好来找你。"

郁南记得那个博主叫"神颜疗养院"，微博里发的都是长得好看的人，没想到段裕寒竟然会关注这种博主，不过还是点点头道："哦，原来是这样。"

段裕寒说："我给你发私信没发出去，想着应该是你关闭了私信，不然我可以早点告诉你的。"

郁南说："我一直以为你会和我一起考这里，还去打听入学名单上有没有你呢。"

段裕寒微笑道："我复读了。"

郁南"啊"了一声，有点意外。

段裕寒说："我爸到最后也不同意我学美术。我复读了一年，现在在潼大念建筑专业，成了建筑人。"

潼大就在隔壁潼市，坐一个小时的高铁就可以到达深城，郁南想，原来他们离得挺近的。

那时候段裕寒家里管得很严，他属于很叛逆的少年，一心想成为画家，否则他和郁南也不会有那么多共同语言了。

郁南露出了遗憾的神情。

"我没学成画画，还是可以来美院的。"段裕寒毫不在意般拍了拍郁南的肩膀，"你不用替我难过，一会儿带我在我的梦想大学里转一圈怎么样？"

郁南点头："没问题的。"

两人一边聊一边吃，三年不见也没让他们产生隔阂。两人走在路上，段裕寒说郁南长高了，按着对方的头揉了揉。郁南不知道为什么，所有比自己大的人都喜欢这样做，他退后了一点点："我又不是狗。"

一路上，有许多人和郁南打招呼，段裕寒笑着说："你和我想象的差不多，果然很有名。"

郁南终于扳回一城："因为我现在是前辈了。你才大二，你也得叫我前辈。"

段裕寒从善如流："前辈。"

郁南满意了，应道："乖。"

下午，两个人一起去上了公共课，郁南还试图让段裕寒给覃乐风代答到。结果这次穿帮得更快，陌生面孔更加引人注意，老师很生气，取消了段裕寒的旁听资格，把他赶出去了。

郁南坐在窗边，看着段裕寒迈着两条长腿，在楼下百无聊赖地转圈圈。段裕寒长得好看，总有路人看他，他就坐到一棵树下待着了。

于是，等到课间休息，郁南也翘课了，抱着书跑下楼："段裕寒，你等等我，我去宿舍把书放好，然后陪你出去逛一逛。"

段裕寒说："你们教授那么凶，你不怕他扣你学分？"

郁南很有义气地说："我跟教授请假了。"

他们去逛了美术馆，画了沙画，还去游戏城打了游戏，开开心心地玩了一整个下午。

段裕寒订的高铁票是晚上的,郁南将他送进了站,约好下一次去潼大找他,或者他再过来找郁南。

回去的路上,郁南拉着地铁里的手环,随着人潮摇摇晃晃。

段裕寒是他的朋友,是他高中时代遇到的最好的朋友,代表着一段为了理想热血奋斗、挑灯夜战的年少记忆。能再次和朋友相遇,郁南觉得很高兴。

郁南回到学校,刚走到宿舍楼下,那辆熟悉的黑色幻影就破坏了郁南愉快的心情,好像被当头泼了一盆冷水。

他收起轻松的步伐,走得很快。男人下了车,安静地看着郁南走过来。郁南擦身而过时,男人挡在郁南身前,这才开口。

"郁南,我对不起你。"

郁南听到这句话,几乎怀疑自己出现了幻觉。

宫丞不是没有说过对不起,不是没有道过歉,可郁南一直知道,这个男人道歉都是嘴上说说,还略带敷衍。自己以前从未计较过,可这一次的道歉听起来却分外珍重。

现在宫丞道歉又是为了什么?

郁南退开了些,与他隔了两三步的安全距离。在路灯不甚明亮的光线里,郁南脸上露出不耐烦的神情,他像个叛逆期的少年,不愿意和家长多讲一句话:"宫先生,你真讨厌。"

毫不留情的、带着点稚气的一句话,他完全不加掩饰,脱口而出。而越是直接的反应,越能体现说话之人的真实情绪。

宫丞的脸色沉了下来:"郁南。"

郁南抬头看着宫丞,只道:"不要叫我名字。"

郁南说完,抬腿就往宿舍走,刚走了一两步,就被人拦住,于是喊道:"你干什么?"

宫丞说:"我不干什么,你不要怕。"

郁南冷静的神态终于露出了一丝破绽,他咬牙切齿地瞪着宫丞。

宫丞低声道:"我知道了,我都知道了。"

郁南耳边蓦地闪过方有晴的话,一下子明白了宫丞到底在说什么。

自己的文身!

"你的文身……"宫丞声音沙哑地道,"你怕我因为你的疤痕而像其他朋友一样疏远你,你才文了它。"

郁南松了口,颤抖着道:"你胡说八道!我文身是为了遮我的疤痕,关你什么事?你少往自己脸上贴金了!"

宫丞说:"我看见你的疤痕了。"

郁南怔住,不知道是因为疼痛还是因为耻辱,他倔强地道:"那又怎么样?又不关你的事!"

"对不起。"宫丞再次道歉。

如果说在一个地方摔一次是因为毫无防备,那么摔第二次就是蠢得无可救药了,于是郁南道:"不管你怎么说,我都不会再和你有什么牵扯的!放我过去!"

宫丞也知道现在不适合再谈下去,便让开了路,而郁南几乎是在他让开的同时就跑走了。

宫丞捏着眉心,他不知道为什么会谈成这样,感觉头疼烦闷,躁郁不堪。

"宫丞!"郁南跑了十几步,转过身来喊他。

宫丞下了车,见郁南掌心里躺着一个小东西,他看清了那是什么。

那是郁南送给他的小挂件,一直放在他的大衣口袋里,刚才被郁南悄悄拿走了。

郁南一只手把它举得高高的,另一只手则握着拳,指甲深深地嵌入了自己的肉里。

"你不配。"郁南说。

那个挂件被亲手做出它的人狠狠摔在了地上,郁南转身跑进宿舍楼,消失不见了。

宫丞走过去,发现它被摔得四分五裂。

他将地上的东西一一捡起来,司机犹犹豫豫地走过来,喊道:"宫先生。"

宫丞的脸色十分难看,他开口道:"帮忙找。"

保镖也来帮忙,可郁南摔得太用力,加上水泥地面的弹射,四个人找了一阵子,始终找不完整。

路过的行人好奇地看着他们,宫丞手中捏着那个破碎的挂件,实在是与他本人太不搭,可他像是毫无察觉一般,沉默地站在路边抽了一支烟。

郁南根本不像外表看上去那样烂漫天真,受伤之后浑身冒出倒刺,让人根本无法接近。

宫丞记得郁南说过,伤害一个人,就是毁掉他最珍视的东西,让他精神上的痛苦比他肉体上的痛苦更为折磨人,一想到他能受到折磨,就会觉得很快乐。

原来郁南不是说说而已。

就算自己低声下气地请求和好,也换不来一点信任,宫丞感觉到情况失控了。

原来他的世界并不是完全由他掌控的,郁南就是那个改写一切的意外。

正如宫丞道歉时说的那样,一直以来,因为郁南年纪小不谙世事，他不愿意花心思去和郁南出去玩的时候，就晾一晾他；他没有精力陪郁南玩的时候，也晾一晾他。

他一晾就是一两周，甚至三个月，只要他招招手，郁南就会很听话地朝他走来。

宫丞自视甚高地站在年长者的位置，但他现在才明白，郁南之所以永远热情地对待他，是郁南把他看成是很重要的人，甚至一度是人生导师一般的存在，一旦郁南不在意了，他就什么也不是。

如果世界上有后悔药的话，宫丞真想吃一颗。

两天后，段裕寒给郁南发来了消息：你在干什么？

郁南：我在画画。你在干什么？

段裕寒：我也在画画。

两人同时拍了一张照片发给对方，郁南莞尔一笑。

段裕寒是学建筑的，郁南以为他在画建筑平面图，不料却是一幅透明水彩画，画的是深城的风景。郁南也在画画，不过用的是平板电脑，画的是动漫人物。

他闷闷不乐了好几天，覃乐风见好友露出笑容，好奇地凑过来看。

"咦，这是谁？"覃乐风点开了段裕寒的头像。

"是我以前集训时认识的朋友。"郁南说，"那时候他可以说是我最好的朋友。"

覃乐风道："哦，那现在你们又联系上了，我和他谁才是你最好的朋友？"

郁南没听出来覃乐风其实是在开玩笑，认真地回答："你是我最好的朋友。"

覃乐风失笑:"算你有良心!"

这几天郁南没有睡好,眼下有了黑眼圈,他总是不由自主地反复想一些无关紧要的事。

自那之后,宫丞再没有来过,也不知道这算不算是彻底闹掰了,郁南希望是,那么自己再也不用见到宫丞。

这几天,他都在忙着报名绘画比赛的事,准备好了资料并递交了,报名已经通过了,签证申请表也递交给了大使馆,只等面签。

比赛采取新兴的现场命题绘画制,偏向非传统性的年轻艺术家,参赛者可以使用油画颜料或者丙烯颜料作画,可以自己根据绘画进度决定时长,可以提前完成,时间最长不超过一周,届时比赛场地会如期关闭。

郁南长这么大第一次去国外参赛,还是有些兴奋的。

段裕寒听说郁南要去 M 国比赛,又发来消息:你的英文怎么样?

郁南老实地回道:很烂。

段裕寒发来狂笑的表情。

郁南:我和老师一起去。

段裕寒:那还好,有老师帮忙,你不至于当文盲。

郁南陷入了沉思。

余深五十多岁了,平时看起来就是一个糟老头子,果不其然,他的英文水平也堪忧,上次他还问郁南英文怎么样。师生俩拿着手机,用翻译软件在国外度过一周的样子还是挺有画面感的。

段裕寒:我可以和你一起去啊。

郁南吓了一跳,建筑类专业的学生学习有多忙就不用说了,去一周肯定会落下不少课程，何况这是出国，又不是去人民公园一日游，郁南觉得不应该让朋友花费那么多时间来帮忙。

郁南婉言拒绝了段裕寒，准备换衣服出门。今晚他要去看一看爷爷奶奶，听说奶奶想他了。

天气温暖了一些，覃乐风整理衣柜时，顺便帮好友整理了一番。郁南翻出卫衣，冷不防掉落一件硬物，低头一看，人僵住了。

掉出来的竟是那个戴着金丝边眼镜的迷你版宫丞BJD娃娃，英俊冷漠，线条硬朗。

应该是冬天时他随便将它塞到了哪件衣服里，还以为弄丢了，之后又发生了那样的事，就根本没想过要找。

覃乐风见郁南愣住，弯腰将娃娃捡了起来："这个……"

郁南说："扔了吧。"

这娃娃郁南做了一个月，覃乐风看着郁南完成的，还帮着调整过比例、倒过模，见状也很不高兴，同仇敌忾地应了声，随手将娃娃扔进了垃圾桶。

"今天晚上你吃过饭才回来？"覃乐风很自然地转移话题。

郁南点点头："应该是的。"

"要不要我陪你下楼？"覃乐风道，"今天周五，每个人都闲下来了，我怕堵你的人比前两天更多。"

郁南戴上卫衣的帽子和口罩，吸一口气道："我走快一点。"

他临走前，没能控制住自己的眼睛，看了一眼垃圾桶。覃乐风当作没发现，用脚将垃圾桶踢到桌子下面去了。

他有些愣怔，心想：踢得好。

郁南一路下了楼，左右查看情况。

最近他十分苦恼，在这个网络时代，他第一次当了一回网络红人。

因为那个名为"神颜疗养院"的博主，郁南的照片被许多人转发了出去。他对成为红人什么的没有兴趣，别人夸自己的长相远不如夸画技让人有成就感。他以为这不过是昙花一现的小事，关闭私信与评论后就再没有登录过微博。

谁知道事情发酵得超出了郁南的意料，也怪郁南没有防备心，在评论里说了太多，引来的可不只是一个好朋友段裕寒。

郁南不懂大家为何对自己更感兴趣了，因为扒出自己是湖心美院的学生，上次他扮演《星河世界》里的白夜王子的照片也被人找到了，现在每天都有人转发他的照片。

他的微博粉丝数很快涨到了几万，可事情要是这样就算了，有一天他竟然收到了一个陌生号码发来的骚扰短信。

郁南震惊之余，对方又发来许多大尺度的照片，内容不堪入目，后续还发来很多言语污秽的消息。

他从来没见过这种东西，也没遇到过这么变态的人，强忍着恶心将信息全部删掉，覃乐风帮忙拉黑了这个号码还报了警，但也无济于事。

那个号码是本地的，莫哥认识的人多，覃乐风拜托莫哥查了一下，像是有人故意泄露了郁南的号码，他们一下子就想到了严思尼。按照对方的性格，很有可能干出这种龌龊又恶心的事。

覃乐风让郁南告诉严思危这事，如果严思危处理不了，就告诉严慈安。

可郁南不想这样做。

如果要长辈出面才能查出真相，那就等于自己输了，更何况他们现在没有证据指向事情是严思尼做的。郁南是一个光明磊落的人，一旦有了证据，不仅要拿起法律武器保护自己，还要揍严思尼一顿。

于是他迫不得已，又换了一个手机号，立刻得到了清净。不过，喜欢他的"粉丝"却成了另一个困扰，这几天经常有人来找他，只送零食，什么也不说，就对着他露出谜一般的微笑。

郁南问方有晴："他们为什么这样啊？"

此时方有晴脸上的微笑和那些人脸上的一模一样，她一脸神秘地说："这就像一款真人养成游戏，很好玩的。"

方有晴见郁南面露迷茫，解释道："从认识你的第一天起，我们班的人都玩了三年多了，你作为班级宠儿，不知道吗？"

郁南这下更迷茫了。

他全副武装地下楼，楼下果然已经有了五六个陌生面孔，远处还有一两个眼熟的带着相机，但他不认为自己穿成这样对方还能认出来。

"郁南！"那些"粉丝"尖叫了起来。

郁南失策了，只好摘下口罩打招呼："你们好。"

一个"粉丝"冲上来，说："你去哪里？现在是去吃饭吗？"

郁南说："嗯，我回家。"

另一个"粉丝"说："啊啊啊，你的声音好好听！好可爱！"

郁南的脸一下子就红了："你们不要这样……"

有人问："明天你没有课，准备去干什么？你可不可以抽出点时间，我们一起去玩？放心，我们都不是坏人，我就是隔壁大学的，上次还和你们学校打过友谊赛。"

"明天我要去画室。"郁南说，"对不起啊，我最近要参加比赛，有点忙。"

他们又是一阵兴奋，问道："参加什么比赛？"

郁南乖巧地告诉她们："是 M 国油画与丙烯画夏季国际大奖赛。"

"虽然我听不懂，但是感觉好厉害的样子！"一个"粉丝"感叹道。

聊了几句，郁南发现这些"粉丝"都很友善，除了有些咋咋呼呼，都不会问太过分的问题，当然也不会和他有肢体接触，这让他觉得自己好像动物园里的熊猫一样被围观。

他们陪着郁南走出校门，一路上叽叽喳喳的，叮嘱郁南注意天气变化不要感冒，还强塞给郁南一大袋零食。

"我们支持你！"那些"粉丝"们说。

郁南一脸茫然。

"郁南的签证正在办理，后天使馆会打电话叫他去面签。"小周说，"我已经提前问过了，肯定没有问题。"

帝鑫大厦顶层，宽大的办公桌后，宫丞的钢笔唰唰画过纸面，他平淡地应了一声，过了几秒，才再次开口："余深买的什么时候的机票？"

小周说："下个月二十五号，经济舱。"

宫丞的语气冷淡了点："他真是抠得要命。升舱。"

小周点点头，这是必须的。

为了让郁南舒服点，这几天宫丞硬是绕过余深，另辟出好几个资源砸在余深画室头上。

宫丞太了解余深了，这人惜才，为了郁南，余深敢和他叫板，所以他不信余深会放着为徒弟铺好的康庄大道不去利用，虽然余深不见得会承他的情。

小周心领神会，补充道："他们预订的酒店也不太好，您看预订 C&C 怎么样？那边离赛场近，不需要赶时间，晚上还能看见 S 城的烟花秀。"

宫丞"嗯"了一声。

小周越说越起劲，好像让郁南舒服了，他也就舒服了一样："他们下飞机后，我会安排那边的人去接……"

"不用了。"宫丞皱眉，"你生怕郁南看不出来？"

小周被噎住，默默地闭了嘴。

小周出去后，宫丞放下笔，推开转椅，走到落地窗前俯瞰这座城市。天空灰蒙蒙的，空气质量堪忧，他身处七十六层，仿佛能听到隔音玻璃外的嘈杂喧嚣。

这一天和他人生中的许多天一样，都是忙碌的，做决策、开会、签字、参加宴会、出国访问……行程排得满满的。

可是他从未产生过如此强烈的孤独感。

宫丞抬头，看见对面一栋大厦上的鲨鱼标志，那是一间水上餐厅。

那天郁南脸上沾了颜料，还问他，为什么所有人都在看自己。

宫丞站了一会儿，便收回目光，突然发现办公室里多了一个人。宫一洛手足无措地站在那里，叫道："小叔。"

"你什么时候进来的？"宫丞冷冷道，他竟然走神了，连有人进来都不知道。

宫一洛说："刚进来，我敲门了。"

宫丞重新坐下，宫一洛乖乖地走上前。他原本和朋友一起去外地玩了，小周联系上他时，说宫丞已经找了他好几天，他还以为有什么重要的事，吓了个半死，回来后才知道是因为郁南的事情。

他现在听到"郁南"这个名字就有些害怕。自己千不该万不该去戏弄郁南，谁知道他小叔是真的很看重这个人。

面对宫丞，宫一洛有点害怕，上次他害郁南打湿衣服从宫宅逃走,这间接导致了他们闹翻,宫丞足足把他软禁在宫宅一个月,过年都没放他出去。

过完年,宫丞叫人把他在外面闯的祸整理成文件,递给大太太看,大太太气得快疯了,拿皮鞭抽了他一顿不说,全程还叫用人围观并录像,以后他要是再犯,就拿出录像循环播放。

宫丞放下笔,勉强给了他一点耐心:"讲。"

宫一洛松了一口气,话也多了起来:"你不知道严思尼的嘴巴有多紧,上次严思尼因为和郁南打架的事找我帮忙,我没在你这儿求到情,严家外婆保不住严思尼,事情又被严叔叔知道了,就一直记恨我……"

"废话少说。"宫丞目光如炬。

宫一洛赶紧说重点:"郁南才是严家亲生的,也就是说,严思危是郁南的亲哥哥!"

宫丞神色微变,果然,他猜中了。郁南叫严思危哥哥,他认真思索后,推断出这样的可能。

严家并未将郁南认回去,自然也没有对外公布,加上严家人口风很紧,宫丞的猜想一直得不到证实。

宫一洛磨蹭到桌前的椅子上坐下:"说起来真是无巧不成书,就是因为那次打架,严思危领着严思尼去给郁南道歉,才认出郁南的。好像是说郁南和他们的妈妈长得太像了,严思危一眼就认出来了,过年的时候还去了一趟霜山找人。现在严家人都向着郁南,严思尼说总有一天要整郁南……今天我一起来,就赶紧跑来告诉你了。"

宫丞明白了,严思危真的是郁南的亲哥哥。

那么过年时郁南伤心欲绝,就是因为严家人找上门。

他还记得他询问发生了什么事,郁南当时对他说:"我的秘密只讲给信得过的人听。"

宫一洛是来卖乖的,继续道:"小叔,你知不知道,郁南最近有点红啊?"

宫丞揉捏着眉心问:"什么?"

宫一洛没有立即开口,似乎是怕引来小叔的暴怒。不过他现在不说,以后要是被宫丞知道了,恐怕更加难以收拾,只好硬着头皮把知道的事情都说了出来:"就……就是郁南最近在网上还挺火的。"

宫丞说:"怎么回事?"

宫一洛贪玩爱闹,跟着狐朋狗友混得久了,不免每个圈子的人都认识一些,每当有什么小新闻,多少都能传进他的耳朵里,而最近这一条,主人公还正好是他认识的。

"就是网上的一张照片。"宫一洛察言观色,"听说郁南在网上被很多人知道了……"

宫丞的表情明显发生了变化,他追问:"怎么回事?"

宫一洛咽了下口水:"就是郁南的微博被扒出来了,还有什么 COSPLAY 照片……照片满天飞,自然很多人喜欢他,但也对他的生活造成了一些困扰。"

微博?宫丞从来不上微博,自然不知道这一回事,更何况郁南也不是网红、流量明星,在小圈子里掀起的水花,他自然一无所知。

办公室里仿佛一下子冷了好几度,宫丞的眼神有些可怕:"照片满天飞?"

"嗯……不过你放心,也就是发发照片。郁南那么乖,从来不出去玩,那些人找不到接近的机会。我听说郁南一直过着两点一线的生活,不是去画室,就是回学校。"

宫丞沉声问:"画室、学校?你也是从微博上看到的?"

宫一洛的智商大概是负数,这时才注意到哪里有问题。郁南平时去哪里明显属于个人隐私,连这个都曝光了,实在是有些可怕。他心里一惊,试探着问:"小叔,这些隐私到底是谁暴露出来的?"

Louis 其实是宫一洛怀疑的头号人选,可是凭宫一洛对 Louis 的了解,他觉得 Louis 坏是挺坏的,但手段没有这么阴毒。再说了,Louis 和宫丞都闹成那样了,绝不可能做出这种事。

宫丞思忖半晌,开口道:"你去查查那个严思尼平时都干些什么。"

宫一洛走后,宫丞打开网页版微博,搜索郁南的名字。

很快,他就从一堆相似的账号中发现了郁南的,他点了进去,最热门的那条微博正好是郁南发的最后一条,时间是去年十二月三十一日,那个在宫宅的跨年夜。

郁南发了一张自拍,穿着一件羊羔毛外套,唇红齿白,眼里有一股小小的神气,好像有用不完的活力一样。

拍摄的地方光线不甚明亮,看起来像是在车里,宫丞很快就辨认出,这的确是在车里,是郁南在去宫宅的路上拍的——他从郁南的身侧看见了自己的衣袖,上面的金色袖扣是那天早上戴上的。

那张图的配文是:跨年当然是要和重要的朋友一起,明年我们都要很开心哦。

郁南到了爷爷家,陪奶奶说了一会儿话,保姆便上楼来叫郁南吃饭。

爷爷在饭厅和人说着话,郁南以为是严思危来了,下了楼一看，才发现是严慈安和他妻子宋阿姨。严慈安见郁南穿着卫衣，脚踩布拖鞋，就像是从小在这里长大一般自由自在，眼角露出了笑纹。

吃完饭后，爷爷去休息，严慈安问郁南："南南，我听说你要出国去参加比赛？"

郁南和他们都不太熟，这件事应该是爷爷告诉他们的。爷爷总是爱听郁南讲学业上的事，他知道了一点值得炫耀的事情，就会告诉全家，所以严慈安知道这件事，郁南一点都不觉得奇怪。

"对。"郁南在桌旁坐下，"报名已经通过啦。"

严慈安道："你是不是第一次出国？"

郁南摇头道："不是呀，念高中的时候，我妈妈带我去了R国玩，我们还去了动漫博物馆呢。"

郁家在单亲家庭长大，郁姿姿不仅供养一个美术生，还能带郁南出国去玩，其中付出的努力与爱，严家只有敬佩的份儿。可是郁南提起"妈妈"的时候，说的却是养母，这令严慈安有些难受与无可奈何。

"那M国你是第一次去吧？"严慈安想补偿郁南，也与妻子商量过，便说，"你宋阿姨是在M国长大的，你第一次去，我们不放心，让宋阿姨陪你去怎么样？"

严家一家子都是医生，忙起来时分身乏术，主妇宋阿姨已经习惯了，立刻表示："是啊，南南，阿姨陪你一起去，还能照顾你。"

"谢谢阿姨。"郁南摇头道，"不用了，我是和老师一起去的，酒店和机票都已经订好了。"

夫妻俩只得作罢。

郁南和他们想象的不太一样，虽然看得出来是娇养长大的，却一点也不骄纵，比严思尼不知道要强多少倍。

郁南从包里把上次严家人送给自己的东西都拿出来，说要还给他们，因为担心爷爷会误会难过，便将东西都交给严慈安。

"爸爸，这些我都用不上，"郁南说，"请您找机会还给爷爷和外婆。"

严慈安不肯，故做严肃道："那怎么行？不仅这些东西是你的，以后还有更多的东西是你的。我们对你们三人一视同仁，不仅是你一个人有。"

宋阿姨也赞同这话，两人都很紧张，生怕郁南说以后要断绝关系，再也不和他们来往了。

郁南只好换个说法："我还是学生，那您帮我保管吧。"

严慈安想了想，心情勉强阴转多云："行吧，你说得也有道理，我让阿姨帮你打理着，等你以后结婚生子了，再给你也可以。"

过了两天，郁南去面签回来，宋阿姨来学校送了一个袋子。

"阿姨，这是什么？"郁南以为严家又把自己还回去的那些东西送来了。

"你打开看看。"宋阿姨笑眯眯地说。

郁南打开一看，有点惊讶，那是一份热腾腾的午饭。

"是你爸爸下厨做的。"宋阿姨说。

郁南不知道说什么好，眼眶有点发热。原来，这就是有爸爸的感觉吗？

宋阿姨走了，郁南看着她的背影，心头的感觉很奇妙，自己好像真的一下子就有了两个家。不真实感渐渐散去，他能清晰地感觉到郁家、严家的每个人对自己的宠爱，被捧在手心的感觉真好。

忽然，有人从身后拍了拍郁南，他吓了一跳，下意识地将手肘往后用力一顶，接着听见一个人在背后叫道："是我是我是我！"

郁南回头一看，原来是覃乐风，便松了一口气："乐乐，你不要这样偷袭我。"

覃乐风骂了一声，捂着肚子泪眼汪汪地说："你是什么怪力宝贝，到底有没有人性啊，我和你说了今晚一起去聚会的啊。"

郁南当然记得这回事，内疚地道："我不是故意的。这几天，我总觉得有人跟着我。"

覃乐风问："什么？又是那群粉丝？"

郁南皱眉想了想，觉得不太像，但具体是谁，自己也说不出来。

这几天每当郁南出门或者去画室，都能感觉有人跟着自己，可是每当自己一回头，又没有发现可疑的人。

郁南一直觉得这事与那个陌生号码发来的短信有关，也在想，会不会是对方想对自己做些什么。他有足够的能力自保，因此防备心比平常要重，自然反应就过激了点。

"应该不是吧。"郁南说，"我已经请他们不要来了，他们都挺好的，知道我要比赛，最近都没有来。"

覃乐风疑惑地道："那会是谁？"

不知道为什么，覃乐风一下子想到了宫丞。宫丞把郁南耍得多狠，没有人比覃乐风更清楚。

说实话，单纯从财力和地位来讲，宫丞是一个非常强大的人，可是他错就错在戏弄了郁南，这样的人比石新那种背叛队友的人渣还可恶。

宫丞从来没把郁南当成一个值得尊重的人去看待。更可恶的是，他那种虚情假意的示好，害郁南一直闷闷不乐。

寝室里的欢笑与快乐都少了许多，郁南还在努力地恢复到从前。

如果跟着郁南的人是宫丞，那宫丞到底想干什么？覃乐风不愿意在郁南面前提起这个人。

郁南想了想，下结论道："说不定只是我的错觉。"

快到聚会现场时，他忽然被蒙住了眼睛，黑色布条挡住了视线，被好友牵着手七拐八绕，不知道走到了哪里。

脚踩上了柔软的东西，郁南猜测这是一片草坪，而周围静悄悄的。

"你准备好了吗？"覃乐风问，"我有惊喜哦。"

郁南傻傻地问："什么惊喜呀？"

覃乐风数到三，布条被拉开，"嘭嘭嘭"几声巨响，无数彩带从空中降落。

"郁南，生日快乐！旗开得胜！"

只见全班二十多个同学都来了，大家举着横幅，上书"'班宠'二十岁生日派对暨比赛前庆祝大会"，现场也布置得喜气洋洋，气球和鲜花装饰着整个派对现场。

郁南一下子呆住了，眼睛眨了眨，眼泪都快要流出来了。

他这才想起来，今天是三月十日，自己的另一个生日，明明早上起床时妈妈和舅舅他们还发来了生日红包，他转眼就忘了，可这群同学却记得。

"不许哭！"方有晴先冲了过来，"喂，大家给你准备惊喜，可不是要看你哭的。"

她话音刚落，郁南便被拥簇着到了人群中间。

"班里你是最小的，从今天开始我们班就没有十几岁的小朋友啦！"

"二十岁了，郁南是个大人了！"

"你比赛一定要加油，给我们班长脸！"

每个人都兴高采烈的，班里的人凑钱订了这个有格调的露天小酒馆，可以一边玩一边吃烧烤，晚上还可以观看乐队表演。大家切蛋糕、唱生日歌、玩游戏、喝酒，这一整个晚上，郁南都被爱包围着。

天色渐黑，小酒馆来了其他客人，一群学生也不管不顾，只玩他们的。郁南收到的礼物堆满了一张桌子，一会儿还得慢慢往回拿。

作为寿星，又是主要的鼓励对象，郁南肩负重任，喝了一点酒。覃乐风将人拉到窗前，随手倒了一杯饮料，又端来生日蛋糕让郁南吃，顺便让他醒醒酒。

郁南其实没有醉，心里暖洋洋的，幸福感爆棚，倒是覃乐风喝醉了，满场撒欢，还打电话叫莫哥过来，说要让大家认识认识。

"我好像认识你。"有人一屁股坐在郁南身旁的座位上。

郁南正和同学聊天，别过头一看，来人是一个二十几岁的男人，留寸头，在三月里却穿着一件露臂背心，露出肩膀上的文身，胸口挂着一串狼牙状的项链，身上还有酒气。

郁南不喜欢这样的人，问道："你是谁？"

那位同学看出来这人是来搭讪的，对郁南说："郁南，走，我们去那边。"

寸头男人堵住两人的去路，说："啊，对，你就是叫郁南，那个大学生。"

郁南抗拒道："我不认识你。"

寸头男人脸上挂着笑容："认识认识，交个朋友呗。怎么，在网上出名了，就要开始摆架子了是吧……"

这时，寸头男人向前走了两步，那个同学也发现了这一点，要去拉郁南，被寸头男人一把推到一旁。

郁南喊了一声同学的名字，对寸头男人怒目而视，寸头男人却咧着嘴还要上前。谁料下一秒，就有人像拎沙袋一样把寸头男人拎了起来，再猛地摔到了另一张桌子上，打翻了一桌酒水。

巨响下，所有人都看了过来。

出手教训寸头男人的是一个陌生人，对方朝着郁南问了句："你没事吧？"

郁南摇摇头，对方点点头就离开了。寸头男人挣扎着爬起来，灰溜溜地走了，仿佛这只是一个小插曲。

"算那个浑蛋跑得快，不说你自己就可以搞定他，我们班这么多人，一人一脚也得踢死他。"覃乐风说，"不过世上还是好人多，一个路人都知道见义勇为，可惜没来得及跟人家说声谢谢。"

郁南不确定帮忙的人是不是路人，他好像在宫丞的身边见过那个人，但不太确定。世界上没有这么巧的事，何况宫丞也不可能来这种地方。

在酒馆里玩过之后，大家又去了KTV，这次连俞川和莫哥都来了。郁南什么都好，就是五音不全，他唱歌简直是大家的欢乐源泉。

他被逼着唱了几首神曲，竟不肯撒手了。当他一开口，包厢里很快就陷入了一片鬼哭狼嚎的恐惧中，所有人被他支配，几个女孩子上来剥夺了他唱歌的权利。

年轻人有自己的庆祝方式，玩到凌晨两点时，大部分人都醉得厉害。这么晚了，宿舍肯定是回不去的，于是部分人组团去住酒店，部分人和本地的同学回家住。

郁南迷迷糊糊间，听到有人在喊自己。

"郁南。"那人喊，"郁南。"

是谁？郁南醉得厉害，有些迟钝，勉强看清了面前的一张脸，嗯，好像是认识的。他又闭上眼睛，往脏兮兮的沙发上靠了靠。

小周走出包厢，说："宫先生，郁南睡着了，叫不醒。"

窗外淅淅沥沥的雨声终是将郁南吵醒了，梦里，好似有人一直在对自己说话，如同催眠曲般让人睡得安然。

郁南睁开眼睛，发现这是一个陌生的房间，看上去像旅馆，房间里只有自己。郁南爬起来坐好后，在床头看到了自己的手机，抓过来一看，现在已经是早上七点，昨晚聚会散了之后，群里的消息就停留在 KTV 那个时段，这么早应该还没人醒。

谁送自己来的？郁南想不起来。

郁南洗漱完毕下楼去结账，前台说是有人帮着送来的，郁南猜想应该是班里的男同学。

昨晚覃乐风喝得太多了，莫哥带人走时，他们还没散场。俞川是第二个走的，走之前还问郁南什么时候去补文身，郁南说可能要等到比赛之后了。

之后他们一群人玩到很晚，郁南都忘了时间。大概是因为终于到了二十岁，也或许是因为真的很为比赛兴奋，总之他放纵了一晚，可现在宿醉的头疼让人十分后悔。

严思危打电话来，问郁南面签怎么样了。

郁南说："应该没有问题吧，面签官都没怎么问我话。"他辛辛苦苦准备的好几种英文回答都没有用上。

严思危放心了些，又问："你的声音怎么有点沙哑？"

"昨天晚上我和同学去聚会了。"郁南说，"我喝了点酒，现在头有点疼，嗓子也疼。"

严思危笑道："没关系，我午休时给你带点药过去。"

郁南平时太乖了，严思危觉得他之所以会被宫丞耍得团团转，就是他接触的人太少，不识人心，所以当严思危听到郁南在安全的情况下和同学一起出去玩，是很高兴的。

严思危并不知道郁南最近被骚扰的事，他忙起来的时候，一天要做几台手术，能抽出时间休息就很不容易了。郁南想了想，还是没有把那事告诉他。

这件事虽然很有可能是严思尼做的，但是郁南没有证据。

他听爷爷说，严思尼从小就被惯坏了。严思尼从三岁时到严家来，就是家里的希望，大家都期盼严思尼能让妈妈的病好起来。事实上，妈妈确实好了一段时间，还能单独带严思尼出去玩，一切仿佛都在往好的方向发展，外婆因此把严思尼当成了掌中宝，捧在手里怕摔了，含在嘴里怕化了。

虽然严思尼不是亲生的，但是妈妈一直很爱严思尼，她常常看着郁南小时候的照片流泪，只有见了严思尼才会露出微笑。

妈妈去世后，严思尼就跟了外婆。上小学时，不知道严思尼从哪里得知自己不是严家亲生的孩子，性格就走了极端，严家家教再严格，也没能把严思尼教成一个好苗子。

郁南知道他应该离严思尼远一点，再远一点，直到严思尼那些恶心的手段再也没法用到自己身上。而最好的办法，就是好好画画。

郁南准备回到宿舍后收拾了东西就去画室，而覃乐风竟然已经回来了。昨晚郁南收到了许多生日礼物，全部放在莫哥的车上，现在覃乐风都带了回来。

两人坐在床上拆礼物，同学们送的礼物五花八门，手办、公仔、台灯、耳机等物品应有尽有。每拆一份礼物，郁南就猜测是谁送的，然后由覃乐风将郁南的猜测发到群里，大家再来公布正确答案。郁南总是猜错，引来了众人吐槽。

　　最后一样东西很沉，郁南撕开精美的包装，发现里面是一个厚重的木盒，打开来一看，竟是一套进口的油画颜料与工具。

　　"这是谁送的？"郁南好奇道。

　　覃乐风放下手机，惊道："我的天，这个好像有点贵啊。"他说了个名字，那个同学是班里的"富二代"，又问，"是不是他送的？"

　　郁南说："我不知道。"

　　两人猜了一会儿没猜出来，便拍了一张照片发到群里询问，结果每个人都说是自己送的。

　　覃乐风：你们这么有钱，下次也送我一套呀，我的生日就在六月。

　　所有人：……

　　同学们纷纷撇清与那份礼物的关系，那个"富二代"同学也出来了，说不是自己送的，还说：这套大师级的套装，单价要四万多块，我最近没那么多零花钱。

　　群里的同学纷纷咋舌，这个盒子不大，颜料也很小支，竟然这么贵。

　　"富二代"又说：郁南，我看你这个还是私人定制版，上面刻了你的名字呢。

　　郁南先前并未注意到，便将这个特别有质感的盒子拿起来，这才注意到真皮拉手旁边的位置用漂亮的花体英文刻了自己的名字：Yu Nan。

名字下方还有一行箴言：I don't paint what I see, I paint what I know.（我不画我所看见的，而画我所知道的。）

郁南很喜欢这句话，忽地想起睡梦中那个人的声音。

如果不是他的幻觉的话，那么这份没有署名的昂贵礼物，以及昨天在小酒馆里出手帮忙的那个人，都会是……

郁南怔怔地坐着，有些出神，问覃乐风："昨天晚上是谁送我去的民宿？"

覃乐风拿出一支画笔看了看："应该是黎悄他们吧，我之前和他们说过，你和他们一起。"

郁南私信黎悄，黎悄说：昨晚有个人说是你的哥哥，你也表现得认识对方，我们就先走了。

郁南心中一惊，那人必定是小周了。

"这是谁送的？"覃乐风还在想送礼物的人，"会不会不是我们班的人？这份礼物送得挺好的，你马上要去参加比赛，正好用得上。"

郁南回过神，从覃乐风手中拿回那支笔放回盒子里，"啪"的一声关上盒子。

他不敢确定这份礼物是不是宫丞送的，如果是的话，他一点也不想用了。

覃乐风一脸疑惑："怎么了？"

"都不知道是谁送的，暂时不要动了。"郁南说，"万一人家送错了怎么办？"

覃乐风道："都刻上你的名字了，怎么会送错……"蓦地，他止住了话头，显然和郁南想到一块去了。

两人久久不语。

Chapter 13
比 赛

郁南在纸上画下第一根线条,
画出了自己。

三天后，郁南的签证下来了，而比赛时间也一天天逼近。余深分析了往年比赛的许多例题，也分析了评委们的爱好与资历，让郁南参考。

　　余深画画本不求似，与西方的绘画方式截然不同，他说一位大师认为"太似为媚俗，不似为欺世"，在两者之间得到平衡才是上乘之作。他还说，郁南的画很有灵气，不用精雕细琢，正符合这次"快速现场作画"的比赛方式。

　　没错，这个比赛虽然听起来很厉害，被年轻画家视为梦想殿堂，却是许多老派画家的抨击对象，而余深恰巧是这些老画家里的反对派。

　　"初生牛犊不怕虎。"余深说道，"不管考题是什么，你都不要被条条框框限制住，脑子里浮现的灵感是什么，你就画什么。"

　　去机场的路上，余深还在给郁南打气。等过了安检，上了飞机，郁南发现余深订的竟然是头等舱。

　　"老师，我们的经费这么充裕吗？"郁南十分惊讶。

　　余深咳了一声，有人强制升舱，他也没有办法，总不可能改变行程，不坐这班飞机了吧？便说："只是现在条件好，要是你在比赛中表现得不好，就给我从M国游回来。"

　　余深见这个孩子这几天都表现得很兴奋，此时故意拉下了脸，郁南听到这话，吐了吐舌头。

329

这趟航程长达十二个小时,郁南随身携带了严思危给的小绿瓶,在头等舱过得还算舒服,甚至美美地睡了一觉,却怎么也没想到,一下飞机就会见到段裕寒。

这边天气还挺冷的,段裕寒身穿一件驼色大衣,头发染成了板栗色,口罩挂在脸上,远远地就朝郁南挥手。

郁南一开始没认出段裕寒来,因为他确实没有想过段裕寒说的"我和你一起去"竟然不是开玩笑。他从深城出发,段裕寒则从潼市出发,彼此并没有联系过,只有闲聊的时候他说过自己的航班时间。

"郁南。"段裕寒摘下口罩,露出青春洋溢的笑脸,眼睛弯弯的。

郁南眼睛都瞪圆了,上前一步:"你怎么真的来了呀?"

段裕寒又戴上口罩,耸耸肩,无所谓般退开了一点:"我感冒了,小心传染给你。"

郁南不知道说什么好,难道叫他回去吗?可是他已经来了,现在可是在国外。

余深走在郁南后面,段裕寒又和他打招呼:"余老师好,久仰大名,我是郁南的朋友段裕寒。郁南以前就常常提起您,我也是您的粉丝呢!"

余深见这个年轻人这么有活力,还有礼貌,笑道:"你也是学美术的?"

段裕寒说:"不是,我学建筑。"

郁南见他云淡风轻的样子,仿佛真的放下了美术,心里还是有些惋惜,便说:"学建筑也很好,建筑设计师也很酷的。"

余深以为段裕寒在 M 国留学,便问道:"这边的学业比国内要繁重吗？"

段裕寒说："老师，我在潼大念书，这次是过来玩，顺便围观一下郁南参赛的。"

段裕寒比他们先到五六个小时，而郁南他们乘坐的飞机又晚点了，所以他已经在机场等了很久了，其间喝了好几杯咖啡，一边等，一边做老师布置的作业。这时他腋下夹着电脑，左手拉着自己的行李箱，右手还要去拉郁南的行李箱。

郁南说："我自己来。"

段裕寒便收回手："你们住哪家酒店？"

余深不自然地说："C&C。"

郁南不知道什么是C&C，也不知道宫丞的暗中操作。余深不打算告诉郁南，宫丞都干了些什么，他的小徒弟最好一心扑在画画上，两耳不闻窗外事。

段裕寒点点头，出去拦车。上车后，他用流利的英文跟司机说了地址，余深松了一口气，对郁南说："有小段在，我们俩不至于靠翻译软件了。"

段裕寒从副驾驶座回过身，道："我是在M国长大的，十几岁才回国。"

这个郁南倒是没有听对方讲过。他第一次来到M国，在后座上有点兴奋，看着窗外的景象，某某大道、某某大厦他都只在电影里见过。

路过一个广场时，郁南看见了街头卖艺人，有画画的、唱歌的、扮作雕像的，甚至还有带着狗靠墙而坐的流浪汉。

他头一次感觉到，外面的世界这么大，他不该偏安一隅，应该多出来看看，不拘泥于任何一处，不拘泥于任何一段经历。

段裕寒对郁南说："明天我们可以来这里转一转，广场上有一家甜品店,那里的可丽饼很好吃。"

郁南点点头,说:"好啊。"

车子到达酒店后,段裕寒帮他们办理了入住,再陪他们一起上楼。到达豪华套房时,郁南才显出了惊讶,即使他对品牌再没有概念,也知道这里不是他们的经费可以承担的。但余深对此表现得很自然,一共两个房间,他随便选了一个。

"小段住哪里?"余深问。

段裕寒个子高高的,一路上表现得再成熟,终究也是个少年,他摸摸脑袋,说:"我来得急,还没订酒店。"

郁南说:"那怎么办?"段裕寒是因为他才来的,他很不好意思。

段裕寒看着郁南笑了笑:"我下去问一下,还有房间的话,我就住这里吧。"

郁南说和他一起去问。

段裕寒将行李放在郁南的房间,两人一起下了楼。余深叫了客房服务,他是个老年人,这边湿闷的天气让他的腰痛又犯了,他准备吃点东西,再休息一下。

段裕寒订了房间,带郁南在附近吃了一顿饭。两人一边走一边聊天,倒是很开心,同龄人相处总是轻松惬意的。

路过一家剧院时,段裕寒停了下来,他扯掉口罩,呼出一口气:"我小时候常来这家剧院看演出。"

郁南看了下外面的海报,好像是一些舞台剧、话剧的宣传画。郁南算得上熟悉这些东西,郁姿姿就是话剧演员,自己几乎是在剧团长大的,便问:"你一般看什么呢?"

段裕寒说:"我喜欢看《仲夏夜之梦》。"

《仲夏夜之梦》是莎翁的剧,郁南没有看过,段裕寒便简单讲了下故事梗概。

郁南眨着眼睛道:"原来你这么浪漫。"

段裕寒问道:"你看什么呢?"

郁南面无表情地说:"《雷雨》。"

段裕寒说:"太刺激了。"

郁南因为看过太多遍,都麻木了,几乎能把台词背下来。

段裕寒看着海报,温和地笑了一下:"海报上写着,过几天正好有一场《费加罗的婚礼》演出,你要不要一起来看?"

郁南对歌剧完全没有兴趣,赶紧摇头:"不要了,我会在台下睡着。"

段裕寒说:"那就睡啊,反正又没有人会笑你。"

这似曾相识的话语,让郁南渐渐敛去了微笑,郁南记起来,有人和自己说过类似的话——"你要是喜欢弹钢琴,我们还能去听场音乐会。"

两人继续往酒店的方向走。

在异国街头,段裕寒语气轻快地对郁南说:"那时候整个集训营里,只有和你在一起的时候我会很轻松,因为你太直白了,没那么多弯弯绕绕,很好相处呢。"

郁南想了想,道:"我还以为是我们趣味相投,才会成为朋友……"

晚上,郁南在床上翻来覆去睡不着,他觉得是因为时差还没倒过来。酒店的大床柔软舒适,他的脑子却很清醒,他干脆爬起来,在客厅的窗前就着S城闻名天下的夜景看书。

郁南洗过澡懒得吹头发,此时头发还是湿的,余深出来见到后骂了他一顿,于是他乖乖吹干了头发爬上床睡觉。

睡到半夜，郁南又猛然醒了，明明不是一个人在国外，心中却空荡荡的，像是什么都没有。他将被子团起来放在身下抱着，勉强获得了舒适感，将就着睡了一觉。

第二天上午，郁南去比赛现场提交了身份证明，下午和段裕寒一起去逛了街，还真的吃了那家店很好吃的可丽饼。

郁南久不更新的朋友圈终于更新了，文字内容是"比赛前最后的放松，加油呀"，还配了一张照片。

郁南发的是单人照，照片里的自己正在广场上喂鸽子，满脸笑容，段裕寒把郁南拍得很好看。

微信上的所有人都在给郁南加油，郁姿姿还打了视频电话过来，郁家人排练了一段很搞笑的加油舞跳给郁南看。严家则由严思危作为代表，编辑了一段"心灵鸡汤"，郑重其事地发给郁南，让其尽力就好。朋友们则纷纷询问照片是谁拍的，不敢相信余老师这么会拍照。

当晚回去，郁南双腿酸疼，只想趴着不动了。酒店的人忽然来敲门，礼貌地告诉郁南，他们特意给套房的客人提供了水疗按摩服务。

郁南询问："是免费的吗？"

那位客房服务生说："是的，完全免费。"

郁南乐呵呵地拿了浴袍准备跟上去："老师，我们一起吧。"

余深心里知道是怎么回事，这里的水疗按摩价格不菲，怎么可能免费？不过不得不说宫丞的这些安排让他无法拒绝，他只好睁一只眼闭一只眼，嘱咐道："我就不去了，你按摩完早点回来睡觉。"

郁南果然没有怀疑，还说："那我和段裕寒一起去。"

余深的心情好了些，幸灾乐祸地说："去吧，你叫上他多按一会儿，不按白不按。"

当水疗师亲切地让郁南趴上按摩椅时，段裕寒出来了。郁南已经趴在椅子上，他听见声音就抬头抱怨："你好慢。"

段裕寒说："我还以为你会等我。"

郁南道："我太累了，迫不及待啦。"

段裕寒笑道："今天你在路上走得那么慢，我都等你了。"

在舒缓的音乐声里，郁南很快被按得睡了过去。段裕寒睡不着，起身去拿水果，准备等一个小时再叫醒郁南。

酒店提供的水果种类丰富，段裕寒不知道郁南喜欢吃什么，就随便拿了一些，转身时差点撞到身后的一个男人。

对方比他还要高，是一个眼神深邃的男人，有一张冷漠的唇，看上去三十多岁，气场很强，令人不由自主地生出畏惧感。

段裕寒觉得好像在哪里见过这个男人，可男人只是淡淡地瞥了他一眼："借过。"

很快就到了比赛的时间，入场前，余深一再叮嘱郁南不要紧张，随意发挥。

郁南从小到大不知道参加过多少次比赛了，现场作画也不是第一次，本以为算不上什么，自己也不会紧张，可他一进场，面对肤色各异的外国人，蓦地手心开始冒汗。

这不是国内的比赛，这是一场国际比赛。

每个人都有一个磨砂玻璃隔出来的房间，里面摆了画架、凳子，甚至还有沙发与点心等，为的是让大家能够放松。

主办方派了一位金发碧眼的美女上台讲开场词，对方说得又快又多，台下不时传来笑声，郁南几乎没怎么听懂。

比赛主题出现时，郁南看见上面写着"A Midsummer Night's Dream"，即仲夏夜之梦。

台下一片哗然，因为往年的题目都是十分具象的，从未出过这么难以捉摸的题目。

郁南也很惊讶，因为这出莎翁的戏他前天才听段裕寒讲过。当然，比赛不是让选手们画莎翁的戏剧，可是他结合那个故事，很快将主题定了下来。

余深说，脑子里浮现的灵感是什么，就画什么。

他抓起了画笔，爱情，就是他的构思。

郁南在纸上画下第一根线条，画出了自己。

"段裕寒，你是锦鲤吧？"当天比赛一结束，郁南就随着人流冲出赛场，跑到段裕寒面前兴奋地说着。

段裕寒看时间差不多了，已经等在赛场外，要和郁南一起去吃饭。余深倒是心大，徒弟进去比赛，他也不来看一看。他认为完全没有必要，又不是高考，还需要家长鼓励，画画这种事，一落笔就成定局了。

段裕寒背脊挺拔，笑道："怎么了？"

郁南激动地道："比赛主题是'仲夏夜之梦'！"

段裕寒也难以置信，惊讶地挑眉："不是吧，这么巧？"

郁南猛点头："我差点以为你给我泄题了！"

段裕寒当然没那种通天的本事，反而好奇起来："那你今天确立构思了吗？"

这种比赛，很多人会把前一两天用来构思、构图，并不急着下笔。

郁南说："我都开始画啦。"

段裕寒说:"这么快?你画的什么?既然是'仲夏夜之梦',你是不是画的精灵与萤火虫?"

郁南摇摇头,还不好意思告诉段裕寒,他画了一幅自画像。如果能得奖的话,他倒是可以拿出来说一说,没有得奖就算了。

这方面,他倒是难得内敛。

门口又陆陆续续走出来几个人,都是东方面孔,看上去应该是Z国人。果不其然,对方在这种场合看见同为Z国人又引人注意的二人,便主动过来打招呼。

郁南是来参加比赛的,就与他们多聊了两句。他们都是同胞,有两个还是国美的学生,另一个则是正在国外念书的研究生。

"这个比赛还真不好进,和我们一起报名的有十几个同学,好几个是以前拿过大奖的,两轮筛选下来,就我和他两个人通过了。"来自国美的女生说。

那位研究生说:"竞争的确很激烈。我和室友两人报名比赛,他那么有实力,却只有我得到了邀请函,还是全靠我去年运气好,有两幅作品参加了大奖赛。"

女生问段裕寒:"你们呢?"

段裕寒说:"我不是来参赛的,参赛的是我朋友。"

那个女生问郁南:"你是湖心美院的,可我好像没听说深城有选拔。"

郁南便说:"我没有经过选拔,也没提交什么作品。"

几个人都愣住了,面面相觑。

郁南不懂察言观色,继续道:"我是由老师推荐,直接来的。"

M国美术协会的终身会员有直接推荐学生参加比赛的权利,只不过那些会员大多是著名的大画家,普通人没有那么好的背景资源。

等那些人寒暄完走了,段裕寒才无奈地说:"郁南,你还是这么不会说话。"

郁南不明白,问道:"为什么?"

段裕寒很想告诉郁南,并不是所有人都能以平常心看待通过不同途径来参赛的选手,有些人拥有一些条件,是会被通过努力才爬上来的人嫉妒的,这是人之常情。

可是郁南之所以是郁南,正是这份不知事成就的。

就像他们在集训班里第一次遇见一样,老师说玩色彩游戏,郁南毫不客气地指出拔得头筹的同学的辨识错误。而事实证明郁南是对的,这家伙拥有罕见的绝对色感,比老师的记忆力还厉害。

但那次之后,郁南就被认为是恃才傲物,在集训班的朋友变得很少了,只剩下段裕寒。

段裕寒笑道:"算了,你就这样吧。真正的艺术家都是有个性的,有的比你还过分呢。"

郁南一脸迷惑。

不出段裕寒所料,接下来的时间,郁南受到了亚洲选手们的排挤。明明隔得不远,郁南朝他们挥手打招呼,他们却都装作没有看见,只有那个女生尴尬地对他点了点头。

郁南本来也不是擅长与人交往的人,并不在意这一点,完全没有受影响,依旧每天按时到场,按时离开。

余深来M国不仅是陪郁南参加比赛,也要去会老友。余深的老友多是一些艺术家,方便的时候余深就带着郁南去,比较私人的场合就留郁南在酒店。不管怎么样,郁南都是很开心的。

这天晚上,郁南要和段裕寒一起去S城的科技与工业博物馆,两人说好七点在大厅见,郁南等了一会儿没见到人,便走到段裕寒的房间门口,发现门没有关严。

"该走了,"郁南推门进去,"你都迟到十分钟了。"

房间里没有人,郁南却听到衣帽间里传出段裕寒的说话声,又急又快,似乎和人在电话里争论。

"我会回去,但不是现在!"段裕寒带着怒气道,"我已经是成年人了,知道自己在做什么!"

"段裕寒。"郁南有些担心,因为他从来没见过段裕寒发怒。

衣帽间里安静了几秒。很快,柜门被打开,段裕寒走出来,表情如常:"外面冷吗?我穿哪件衣服?"

"冷。"郁南戴了围巾,还戴了帽子,但并没有被转移注意力,问道,"你刚刚在和谁说话?是在吵架?"

段裕寒抓抓头发说:"老师催我回去做作业,不然要扣我学分。"

郁南紧张地道:"那怎么办啊?你出来的时候没有请假?"

段裕寒不想再聊这个,只说:"请了,所以我说他很烦人。走吧。"

他们一起去了博物馆,这个博物馆挺出名的,里面令人惊奇的项目应有尽有,还有各种体验设备,郁南甚至去体验了一把"无重力"状态——人模拟待在太空舱里,用安全绳系着在空中飘浮,他玩得兴起,差点不想走。

后来他们又去参观了微缩景观,看了缩小版的L城。

"我们的作业就是建造缩小版的潼市,和这个有点类似。"段裕寒说,"我一走,他们的进度就慢了。"

郁南感叹道:"这么复杂……难怪辅导老师骂你。还好我们专业没有小组作业,不然我可不想遇到你这样的组员。"

段裕寒:……

郁南又说:"你回去得好好赶作业啊。"

段裕寒笑了,一扫刚才的烦闷:"知道了!"

这晚他们从博物馆一出来,天空就下起了雨,两人淋着雨,站了好一会儿才等到出租车。一上车,段裕寒就递给郁南一件外套。

郁南说:"不用了,你之前不是感冒了吗,更应该注意保暖。"

段裕寒回道:"我早好了,你担心自己吧,大画家!明天你要是感冒了,看你怎么继续比赛。"

郁南就这样回了房间,余深已经回来了。段裕寒的外套对郁南来说偏大,他湿漉漉的头发还支棱着,看着有些狼狈。

余深看了郁南一眼,找出一条毛巾:"小段的衣服?"

郁南"嗯"了一声,说:"我们回来时下雨了,他就借了衣服给我,我明天还给他。"

余深却说:"郁南哪,你这几天不要随便出去了,免得遇到讨嫌的人。"

郁南觉得很奇怪:"怎么了?"

余深叹了一口气,说:"你听我的话,收一下心,好好比赛完,我们回去再说。"

余深的话,郁南自然是听的,接下来几天他都乖乖地待在酒店里看书,有时候段裕寒来了,他们就一起打游戏。两个同龄人凑在一起叽叽喳喳的,总有聊不完的话题。段裕寒是个好孩子,和郁南十分合得来,连余深都有些羡慕他们的这份友情。

时间过得很快,这次赛程最长时限七天,第五天中午,郁南就从场地里出来了。先前已经出来了四位选手,也就是说,他是一百多名选手里第五个完成作品的。

郁南并不知道外面有文化周刊等等候采访的媒体,要是早知道的话，就会选择下午和大家一起出来。

几名外国记者询问郁南的感受，为什么不完善一下，这么快就提交作品，是不是很有信心能打败其他选手云云。

郁南听懂了问题，看着镜头一脸懵懂地说："我画完了，就出来了。"

记者们：……

殊不知这一段在国外网站上只昙花一现的视频被国内的网友们发现了，网友们纷纷在比赛主办方的中文官方微博下面留言，让郁南前些时间刚降下去的热度又起来了一些。

喜欢郁南的网友们虽然对这个比赛并不了解，但还是觉得他很厉害，纷纷赞扬他的直爽，表示郁南是天生的话题终结者。

覃乐风做了郁南的视频动图发过来，惹得郁南很不好意思，他有点明白了段裕寒那天说的话的意思。看来自己是时候重视情商了，有空得多学学说话之道。

郁南提前结束比赛，而比赛结果至少要一个月后才能揭晓，中间有长达半个月的评选期。他们在酒店待了两天后，决定回国了。

段裕寒从回国前一天起就显得心事重重，郁南不知道他为什么不高兴，连打游戏都到了被郁南吊打的程度。为了回报朋友的陪伴，这天一大早，郁南就起床去广场那边给段裕寒买他喜欢吃的可丽饼。

余深还没起床，段裕寒也应该还没起床，郁南刚打开门，就遇见客房小姐推着早餐车准备按门铃。

"你好。"郁南和她打招呼。

他们平时都会在房门上挂上免打扰的牌子，自己去酒店餐厅吃早餐，今天也没叫客房服务，何况是这么丰盛的一顿。

客房小姐说:"这是专门为当天退房的客人准备的,一切免费。"

郁南道了谢,心中却有些疑惑,国外的大酒店服务都这么好吗?

他们这些天吃住在这里,还送水疗、送水果、送点心、送演出票,甚至还有人到房间来给他们做过一次中餐,简直生怕他们住得不舒服。

以后自己有钱了,还要来住这家酒店,郁南想。

不过可丽饼还是要买的,所以郁南下了楼,第一次一个人走上异国街头。

他走得很慢,一边走一边欣赏清晨的景色,还到喷泉边许了个愿,买了可丽饼后,又喂了喂鸽子。

很久之后,郁南想,这时哪怕自己早几分钟,或者晚几分钟,就不会发现什么了。

可是一切自有天意。

他刚走到酒店门口,就看见宫丞在旁人的簇拥下走出酒店,整个人愣在原地。

门童弯着腰替宫丞开了门,推行李的酒店管家将好几个箱子搬上车,小周则绕到另一头上了副驾驶座。

如果说郁南还以为是巧合的话,那么紧跟在宫丞身后脸色很臭的余深就说明了一切。什么经费充足的安排,什么酒店的免费服务,都不是他想的那么一回事。

余老师不是应该也不喜欢宫丞吗?郁南感觉自己被愚弄了。

余深比宫丞矮了一头,似乎在对他说什么,看上去还不太客气。宫丞则皱着眉,也是不太高兴的样子。

郁南定定地看着他们,他们说了几句话,余深就放松了情绪,点点头，好像是妥协了。

宫丞背对着郁南坐进了后座，余深站在那里目送车子远去。

在去机场的路上，车内十分安静。

"怎么了，今天一个两个都不讲话？"余深问。

郁南腹诽道：因为老师是骗子，背叛了他们的约定。

段裕寒没什么力气地开口："昨晚我没怎么睡好。老师，你不用管我，我一会儿到机场买杯咖啡。"

余深点点头，笑着说："郁南呢？你来的时候那么兴奋，走的时候这么沉默，是不是舍不得离开M国啊？"

郁南看着窗外飞速倒退的街景，闷闷地说："嗯。"

余深拍拍郁南："小孩子心性，有什么舍不得的？你要是拿奖了，夏天还要来一次呢。话说到这里，要是到时候你真拿了奖，我私人奖励你在这里玩半个月。"

郁南才不想，其实S城也没什么好玩的，好玩的地方段裕寒都带他去过了。

他们很快到了机场，距离飞机起飞还有一个半小时。到了头等舱乘客休息室，郁南看到里面的情形，一下子停住了脚步，生硬地说："段裕寒，你不是说要买咖啡吗，我们一起去吧。"

正在看杂志的男人抬起了头，他已在这里等了两个小时，就为制造这一场巧遇。根据安排，一会儿他和郁南的位置将是邻座，长达十几个小时的航程，足够他与郁南好好聊聊。

上次他将事情搞砸了，完全不知道要怎么下手。现在他当然不会错过这次机会。

在如何去取得郁南这样的年轻人的谅解这方面，宫丞是一个初学者。年龄的差距使得他们的想法完全不同，但是他正在学着去了解，了解郁南喜欢什么，郁南在想什么，努力将他们之间的差距缩小一点。

郁南并没有使用他送的画具，更不会接受他的好意。尤其现在郁南身边多出来一个新的朋友，两人总是形影不离，不仅一起吃饭一起逛街，还一起去逛博物馆。

这些就算了，关键余深还老是给他添乱，宫丞简直后悔自己十五岁的时候年少无知，赞助了这个"白眼狼"。

段裕寒太丧气了，有气无力地道："算了，这里有咖啡。"

郁南感觉到宫丞的目光，忽然拉住对段裕寒说："我不想喝这里的。"

段裕寒立刻答应了："好。"

宫丞听到这段对话，火气一下就上来了，又听余深补了句"顺便帮我带一杯拿铁"，瞬间沉下了脸。

余深装作没看见他的不爽，只说："年轻人娇气，让他们跑跑腿也好。"

宫丞道："你没说这小子也要一起走。"

余深说："这也不是我能决定的啊，人家有钱，自己买的票，不像我们运气这么好，什么都被宫先生包了。"

宫丞：……

虽然走了很远，但郁南还是觉得如芒在背，觉得不太舒服。

难道自己上次说得不清楚吗？宫丞为什么还这样？

段裕寒没发现郁南的异常，去买了一杯美式咖啡和两杯拿铁："下次我再和你出来玩就不知道是什么时候了。"

郁南端着杯子，根本没听见段裕寒的话，两人站在航站楼上，看跑道上正在降落的飞机。

从他们离开酒店起，段裕寒的手机就响个不停，这会儿又响了。

"你怎么不接电话?"郁南终于回过神。

"不想接。"段裕寒露出不耐烦的神色。

郁南见他这样,便问:"你就那么不想'做作业'吗?"

段裕寒没说话,郁南那么聪明,肯定早就知道了那不是老师打来的电话,他会来M国,也不只是为了见证郁南参赛的过程。现在郁南指的"做作业",他听懂了。

郁南认真地对他说:"其实你空闲的时候也可以画画,许多出名的画家都不是科班出身,但是不妨碍他们大放光彩。你画画本来就很不错,不一定非要念这个专业,如果你捡起来,说不定明年的比赛就是我来看着你参加。"

段裕寒笑了一下,说:"你什么都知道了。"

两人沉默了一会儿,段裕寒忽然说:"如果我们不回去了,会怎么样?"

郁南疑惑道:"不回去了?那我们去哪里?"

"随便去哪里。"段裕寒扔了咖啡杯,"不坐这趟航班,不按常理出牌,想去哪里就去哪里。我们租一辆车,沿着洲际公路开下去,去看最长的海岸线,去所有伟大的艺术馆,没钱了就去路边画画卖艺。"

郁南朝休息室的方向看了一眼。

"过一次你没尝试过的人生,不被任何人掌控,想干什么就干什么。"段裕寒看着他,"你敢吗,郁南?"

郁南仅迟疑了几秒。

为什么他要乖乖回去?不管是不是自愿的,只要他回去,不就正好被拿捏了吗?

他为什么要给宫丞那种机会呢?

一股陌生的冲动在郁南心中涌动，硬要说的话，大概是迟到多年的年少狂妄在作祟。

"我没什么不敢的。"他严肃地说。

他们已经过了海关，想要掉头回去不是容易的事，好在郁南申请签证时预留的时间够长，又是多次往返签证。两人的护照等证件都在随身的包里，他们找到柜台说明情况，表示有急事放弃登机，又重新填了入境卡，这才顺利返回。

这期间，段裕寒与那位地勤说了一大串英文，因为有些口音，说得又快，郁南没听清楚。

"怎么了？"郁南有些紧张地问段裕寒。

段裕寒收起护照，露出一个微笑："没事，我们走。"

两人一路跑出机场。当天阳光普照，郁南来S城一周多，还是第一次见到晴天。

"我们去哪里呢？"郁南的心扑通扑通地跳着，他好像在做一件了不得的大事。一个一直以来都很乖的人想要叛逆，说和做完全是两回事。

事实上，郁南对此并没有多少真实感，对于自己即将离经叛道在M国流浪这件事也没有真切的感受。甚至，他并没有想得太长远，他肯定是要回去的，不过不是坐这趟航班，不是和宫丞一起。

段裕寒则心情大好，带着郁南跳上机场外的黄色大巴："我们去火车站！"

郁南朝航站楼看了一眼，点点头，说："好。"

两个人没有行李，浑身上下只有一个背包与少许现金。等他们到了火车站，段裕寒取出手机里面的卡，眼睛眨也不眨地扔掉了。

郁南看得目瞪口呆，连手机卡也不带吗？

"扔掉。"段裕寒说，"不然我们会被找到的。"

郁南也很害怕被找到，但还是说："我可以先给我妈妈他们发条信息再扔卡吗？"

段裕寒同意了，反正接下来就是他们两个人一起，谁也无法干扰。

郁南编辑了一封邮件并且定了发送时间，它会在两个小时后发给两边的家人以及余深，告诉他们自己没事，只是打算玩几天再回去。但具体玩几天，他也不知道。

反正郁南觉得这样很刺激，比坐过山车刺激了十倍不止，想要这么做，便做了。

搞定之后，他也取出手机卡扔进垃圾桶，满意地说："这下没人能找到我们了。"

段裕寒拉着郁南钻进火车站，这里和机场、市区不同，几乎难见东方面孔，基本上是金发碧眼、肤色各异的外国人。郁南紧跟段裕寒，从小在这里长大的段裕寒给了他安全感。

他们到了一堵墙旁，上面画着 M 国的地图。这是一个说大不大、说小不小的国家，物资丰富，各个州都景色宜人。

除了 S 城，郁南哪里都没去过，段裕寒从身后用围巾蒙着郁南的眼睛："我带你转三圈，然后你朝前走，摸到哪里，我们就去哪里。"

郁南笑道："万一摸到了沙漠怎么办？"

段裕寒说："笨蛋，M 国没有沙漠。"

郁南由着段裕寒带着自己转圈。

"哇！"段裕寒啧啧称奇，"是 S 州，正好是我没去过的地方。"

郁南的眼睛重见光明，问道："那我们要不要去？"他们是不是选一个熟悉的地方比较好？

段裕寒笑道："就是没去过才去！"

他们买了票，很快便遇到一趟路过S州的列车，走了上去，找了一节人比较少的车厢，面对面坐下。段裕寒找列车员买了一份S州的地图，开始研究他们接下来的路线，郁南好奇且兴奋，不时提一点建议。

两人将刚才从机场逃走的事忘了个一干二净，仿佛迎接他们的真是一场美好的旅行。

"机场内外都找过了，"小周带着保镖们走了回来，"到处都没看见郁南，卫生间也找过了。"

余深急得两眼发黑："这可怎么办？他们到底去哪里了？这下我该怎么和他们的家里人交代？"

谁能想到那两人去买杯咖啡，竟买到快登机了也没回来。小周最先出去找了一圈，不见人影，又去询问地勤，对方说有人一个多小时前将机票退了。

宫丞脸色紧绷，当即也退了机票，带着一行人重新入境找人，没想到，偌大的国际机场到处找不到那两人的身影。

郁南不是一个没有安全意识的人，也断不会与余深开这种玩笑。宫丞知道，郁南不坐这班飞机的唯一理由便是他也在这架飞机上。

"去查。"宫丞道，"找机场调取监控，再联系这边的人去找。"

小周领命正要离开，余深却叫住了他："等一下！等一下！我收到一封郁南的邮件！"

余深尚未看清楚邮件内容，宫丞已经夺过他的手机，只见邮件上写着：余老师，您不要担心，我和小段待在一起，过几天再回国。

余深勉强站住了，骂道："死小孩！这两个死小孩！"

宫丞冷冷地道："你不是特别欣赏那个小段？"

余深被噎住，脸上青一阵白一阵，他以为段裕寒是个靠谱的，但他低估了这些年轻人的胆量。

他也不是肯吃亏的："你还讽刺我，要不是你在这里，郁南掉头就跑！"

宫丞的脸色黑如锅底。

余深还不罢休，继续道："人家两个小孩年纪相仿，天天都有说不完的话，哪里会想去看你这种大叔的脸色？"

小周在一旁嗫嚅着开口："是不是郁南已经知道出了什么事才走的啊？"

余深似乎刚想到这种可能性，很快又推翻了这种想法："不会，你们把事情压得那么快，郁南这几天也没怎么玩手机，应该不会。"

郁南的那段采访在网上红了一把后，不知道哪里传出的谣言，说他是空降这场比赛的。这就算了，竟还有人在国内的社交媒体上质疑这场比赛的权威性，说郁南之前也是空降深城美术协会画展，全因买通了美术协会的工作人员。

这条谣言并未指名道姓说是郁南，只称是来自湖心美院的某位选手，可旁人一看便知。这事在美术圈里备受关注，深城美术协会迫不得已出面发文，说会彻查。

这件事暂时没有人告诉郁南，余深也通知了画室的人保密，大家都想着回国再说，早上余深和宫丞在酒店门口争论的就是这件事。

宫丞沉默了几秒，郁南对手机的执着他是知道的，有网瘾的郁南甚至会画一部假的手机用来糊弄人，很难说得清郁南此时是不是已经知道了什么。

他转过头，冷冷地吩咐："你去查郁南的消费记录、证件使用记录。不管怎么样，先把人找回来。"

小周领命要走，宫丞又说："等一下。不仅要查郁南的，还要查那个小子的。"

两人一下火车，段裕寒就从银行卡中取出了所有的钱，然后将卡也扔了。他们去了租车行，最后一次使用了护照。

郁南对国内发生了什么事毫不知情，此时他正坐在副驾驶座啃着汉堡，喝着可乐，还买了一副墨镜戴上。

段裕寒租的是敞篷跑车，这是他第一次坐跑车，感觉自己像是马上要去出演一部复古色调的公路片。

段裕寒去超市买了帐篷，又扔给郁南一张新卡，然后坐进驾驶室："你把卡插进手机里，然后我们互相存一下号码。我们两个千万不能走散了，因为现在别人都和我们无关，我们得保证能随时找到对方。"

郁南一脸佩服地说："段裕寒，你真厉害，好有经验啊。"

段裕寒谦虚道："我就算没经验，难道还没看过电影？"

郁南想想觉得也是，电影里要跑路的人就是这样做的，换手机卡，使用现金支付，晚上住帐篷，到一个地方就换一辆车，保证不会被追踪到，这简直太完美了。

不过，他不认为宫丞会这么锲而不舍地来追踪自己，毕竟宫丞的身份注定了他没有许多时间来做这些无聊的事。

郁南看着道路两旁的景色，听着刺激的摇滚乐，脑中想着刚刚发生的事。

他虽然拼不过宫丞,但让宫丞识趣还是能做到的。

第一天,两人一整天都开车飞驰,晚上就在路边支起帐篷睡了一夜。

第二天,到了S州首府,他们去参加了当地的音乐节,晚上补了觉,大半夜继续上路。

第三天,整个上午他们都在睡觉,等醒来的时候,第一件不好的事情终于发生了。

郁南先从帐篷里钻出去,一分钟后又钻进来:"段裕寒,昨晚你把车停哪里了?"

段裕寒睡眼惺忪,这几天他因为不修边幅,头发乱七八糟的,翻了个身,道:"就在帐篷左边……"

郁南说:"左边没有。"郁南担心段裕寒记错了,看了一眼才再次钻进帐篷,"右边也没有。"

段裕寒爬起来,两人望着空旷的四周,骂了几句脏话。

他们原本打算到了下一个城市就把车退了,用押金继续生活,谁知车子被盗了,不过只能怪他们的座驾太惹眼。他们租什么不好,为什么偏要租跑车呢?

"要不要报警?"郁南跟在段裕寒身后,身上空空如也。他们的包都在车上,包括证件和钱。

段裕寒背着仅有的帐篷和水,满脸沧桑:"不能报警。我身上还有钱,你不要担心,等到了镇上就好了。"

他们看了地图,下一个镇还离得很远很远,郁南怀疑到了下一个镇,他们就累死了。

段裕寒继续走,完全不知道郁南已经开始拦车。

因为天气冷,郁南是戴着帽子和围巾的,他发现那些路过的车主大概是觉得他可疑，都不愿意停下车，于是摘了帽子，还挥舞起了围巾。

十分钟后，一辆车在段裕寒身边停下，后座上露出郁南冻得发红的脸："段裕寒！"

郁南竟然拦到车了，段裕寒觉得真是神奇。据说这边的人都挺冷漠的，所以他完全没有抱希望。

车主和他们闲聊了几句，这次郁南听明白了，车主对郁南说："你长得很好看！"

郁南说了声"谢谢。"

第四天，他们就和好看完全不搭边了。两人睡到半夜被巡逻的警察叫醒了，告诉他们在这里搭帐篷是违法的。他们又拿不出证件，根本不敢和警察多说，好在段裕寒的口音纯熟，警察还以为他们是 M 国籍的人，说了几句就放行了。

两人一夜没睡，找了一个加油站的卫生间洗漱。等洗干净了，肚子里的水也排干净了，到了镇上，郁南看着橱窗里的蛋糕说："我好饿。"

段裕寒摸出一张纸币，说："你去买，想吃哪个买哪个。"

郁南不知道他们的钱已经很少了，买了两个纸杯蛋糕，分了一个给段裕寒："给。"

段裕寒坐在地上，摆手道："我不饿，也不想吃甜的，你吃吧。"

郁南就把两个蛋糕吃完了。

段裕寒比郁南更狼狈，因为没刮胡子，下巴上长了许多胡楂，帅气的马丁靴破了一个口子，穿了两天的外套也皱巴巴的，两条长腿支棱着，一眼能看出来他瘦了一圈。

郁南不知道自己此刻看上去也没好到哪里去，吃饱了心情就好一些了，建议道："我们继续往前走吧，等到了大一点的城市，找一个地方给手机充电，肯定就可以用手机支付了，那我们就可以吃一顿大餐。"

段裕寒点点头，说："好。我们这次不租车了，先买点画具挣点钱再说。"

一天后，他们找到一家小旅馆，给手机充了电。店主见他们丢了证件，又看着年纪不大，才同意租给他们一间房。

郁南的微信塞满了消息，他最先看到的是郁姿姿和严思危发来的消息，他们询问自己去哪里玩了，为什么手机关机，表示很担心。严慈安还给郁南的微信转了好些钱，让他好好玩，但转账均已过期退回了。

郁南已经有点想回去了，这几天他经历了从未经历过的人生，又苦又累，却足够刺激，如果可以的话，他也想一直这样下去。

只是旅途固然精彩且充满未知，他却不可能这样过一辈子。

郁南和段裕寒都很清楚他们以后再也没有这样放肆的机会了，所以并不曾因为旅途中的遭遇而沮丧。

等郁南挨个回复了消息，又翻到最上面，才看到一个同学发来的论坛链接。

段裕寒洗完澡出来，见郁南坐在床沿，问："怎么了？"

郁南抬起头来，两只眼睛黑漆漆的，还泛着水光，脸色却有些白："他们说我比赛造假。"

段裕寒拿过手机，在床边坐下，床因为他的动作陷下一块。郁南整个人处于震惊、愤怒、惊慌中。

为什么网上那些人这么说？他甚至无法反驳全部的事实。

学校的论坛里，有人转发了这些报道。

美术界在互联网算不上广受关注，可以说平时根本没人注意到，但郁南在微博上本就有些名气，只要取一个夸张的标题，再加上他的照片，就很能吸引眼球了。

因此，虽然帖子不断被删，但还是被人不断从各种旮旯里翻出来讨论，甚至霸占了学校的论坛。

郁南可以看得出帖子里有他们班同学奋战的身影，在一片对骂声中，帖子反而越顶越热。

段裕寒看完报道，怒极反笑："这是谁在害你？"

郁南心中隐隐有了猜测，却摇了摇头，不知道应该怎么和段裕寒说。

段裕寒关掉手机，安慰道："你不要急，你又没有做过，全凭自己的实力，他们要查就去查好了，我绝对相信你。"

郁南的脸更白了，自己的确没有做过，但是不清楚宫丞有没有做过。

那时候他什么都不懂，现在却明白了，说不定美协的画展、这次的比赛都是宫丞一手安排的，没有什么比自以为取得了成功更可怕。

宫丞联系上了段家，段父怒火滔天，已经找儿子找到发了狂，第一时间就赶来了M国。

此时宫丞一行人已到了S州首府，他们查询到郁南和段裕寒上了火车，到了目的地之后便选择了自驾。两人不仅要逃离那趟航班，看上去真的要一路逃到底。

根据租车的记录，段裕寒在这里使用护照租了一辆跑车，再查询沿路的监控，他们找到了偷车贼。

偷车贼是看到帐篷里的两个人睡熟了才下的手，他们根据偷车贼的交代，沿着两个人最后停留的地点进行地毯式搜索，却因为再无任何证件使用记录而丢失了线索。

没有钱、没有证件，其中一个人还因为签证到期已经是非法滞留，他们随便在哪儿都可以被抓起来拘留，随后被遣送回国。

宫丞急得上了火，他不敢想象，郁南在这种充斥着危险，满是移民的国家会遭遇什么。宫丞想到郁南现在的处境，几乎要暴走了。

第五天，手下有人来报告，说在一家药店追踪到郁南的手机支付消费记录，那是唯一支持移动支付的药店，在距离他们一百多公里的地方。

话说这头，郁南二人离开小旅馆后，终于来到了规模大一点的镇里，用最后的现金买了画板画笔，试图用低廉的价格画肖像来挣钱。

一开始还是很有意思的，段裕寒去招揽顾客，郁南画速写，两人分工合作。郁南画得又快又好，不多时身边便围了一群人，这些人很懂得欣赏艺术，不仅被画的人给了报酬，围观的人也会往地上的帽子里扔钱。

画着画着，郁南忽然停下笔，用英文说："请你拿出来。"

在场的人都顺着郁南的目光看去，一个瘦骨嶙峋的男子正试图挤出人群。

段裕寒问："怎么了？"

郁南便告诉段裕寒："我看见他从那位女士的口袋里偷了东西。"

段裕寒立刻上前拉住那个男子，把郁南的话复述了一遍。

男子当然不承认："你哪只眼睛看见了？"

郁南不卑不亢地说："我两只眼睛都看见了，你偷了旁边那位女士的钱包。段裕寒，你让她看看。"

那位女士经过提醒，当下便翻找自己的口袋，果然丢了钱包。在场的人议论纷纷，男子只好将钱包扔在地上，低头跑了。

不多时，那个男子竟带了几个小混混回来，直接踹翻了他们的画架，还动手打人。那些混混凶神恶煞，段裕寒挡在郁南面前，先被揍了一拳，几个人将他团团围住拳打脚踢。郁南虽然懂些格斗技巧，但寡不敌众，拉着他的手就跑。

两人狂奔了好几条街，才找到一条小巷的僻静处躲起来。明明他们都惊魂未定，却忽然面对面大笑起来。

两人都觉得对方的样子太搞笑了，灰头土脸的，又挂了彩，郁南的脸上还有炭条印，颧骨也青了一块。不过更惨的还是段裕寒，嘴角有血，外套袖子也被扯烂了一只。

"你竟然还会打架，早知道让你保护我，我就不冲在前头了，多丢人。"段裕寒笑着笑着"嗞"了一声，倒吸一口气，"哎，你学过功夫吗？"

郁南得意地说："学过呀，我舅舅是武术教练。"

"你怎么那么多汗？"段裕寒仔细看了看郁南，说，"脸也有点红……你发烧了？"

郁南摸了摸自己的额头，说："是吗？"难怪自己刚才的反应慢了半拍，不然是不会被揍到的。

段裕寒收起了笑容，郁南知道他在想什么，便说："我没事，可能是有点感冒了。"

段裕寒"嗯"了一声，说："郁南，你还觉得好玩吗？"

"好玩。"郁南点点头。

他似乎真的对这种计划之外的"旅行"没什么不满，态度平和，刚才跑的时候还记得捡地上的帽子，可惜里面的钱币在奔跑的途中掉得差不多了。他懊恼地道："唉，我们连买画板的钱都赔进去啦。"

段裕寒站起来,说:"起来,我们去买药。"

两人去买了退烧药,顺便还买了擦伤口的药。他本想和药店商议多付点钱换出现金的,但是对方不同意,两人只好悻悻离开。

"对不起啊。"郁南看着段裕寒处理伤口,"要不是我刚才那么莽撞地做正义卫士,就不会被报复了,你也不会受伤。"

郁南的眼神很专注,眼睛黑白分明。两人这几天睡同一个帐篷,他们现在是朋友,是旅伴,是相依为命的家人。

夕阳西下,阳光照着郁南的侧脸,段裕寒忽然说:"如果你刚才看见了小偷而不说出来,你就不是郁南了。"

郁南抬眼,皮肤因低烧泛着红,显然有些惊讶他会说出这番话。

段裕寒又说:"该说对不起的人是我。"

"我想继续学美术,我想和家里抗争。"他低声道,"你已经知道了我的事,不是吗?你知道我来 M 国不全是为了看你参赛,也知道我是以这个为借口从家里逃出来,可是你还是愿意陪我疯这一场。谢谢你,郁南。"

郁南被感激得心虚,不好意思地说:"陪你是其中一个小小的原因吧,我没有那么伟大,跟你一起也只是因为我想放纵一次。"

段裕寒:……

郁南太直接,他竟不知道说什么好,只好无奈地笑了。

天渐渐地黑了,段裕寒找了一个小店,用自己的手表换了一些热腾腾的食物和干净的水。

郁南吃了药之后开始犯困,在喷泉下的避风处席地而坐,打着瞌睡。

两人像真正的流浪者一样,真的快一无所有了。

郁南迷迷糊糊地问:"段裕寒,我们明天就回去了吗?"

段裕寒沉默了一会儿,说:"好。"

郁南闭着眼睛说:"护照都丢了,报警的话能找回来吗?"

段裕寒说:"找得到,找不到我们就去找大使馆。"

郁南放心了,叹了一口气,慢慢地说:"那就好,我只请了半个月假。我想睡我的床了,还想吃学校食堂的菜,我们学校食堂的菜很好吃,盛菜的师傅一点都不抠门。"

他睁开眼睛,眼中满满的都是笑意,他道:"下次我们还来玩,叫上我的朋友覃乐风,乐乐也很有意思的。"

黑暗中一束刺眼的光由远及近,两人同时抬起手遮住了眼睛,有一辆车停在了离他们几米远的地方。

郁南清醒了些,在强烈的光线下,他眼睛有刹那的失焦。等他适应了光线,立刻辨认出从车里走下来的高大男人是谁。

宫丞风尘仆仆,那张脸比千万年的寒冰还要吓人。

郁南放下遮住光线的手,心中惊疑不定,宫丞怎么会出现在这里?

他听见段裕寒在问话,但是脑袋嗡嗡响,竟无法分辨那言语具体是什么。

头撞到椅背的瞬间,郁南终于明白了,宫丞是专门来抓自己的,他猛地爬起来喊道:"你放我出去!"

宫丞俯身坐进车里,"嘭"的一声关上了车门,而后司机猛踩油门,车子如离弦之箭一样飙了出去。

郁南赶紧趴在车窗上往后看,只见段裕寒还站在那里,另一辆车开了过去,车上下来三四个人,拖着段裕寒往车上走。

"段裕寒!"郁南大喊,却无济于事,自己离那里越来越远。

郁南急问:"你要对他做什么?你要对他做什么?"

宫丞转过头来,他面无表情,眼睛竟然是红的,准确地说,是眼睛里布满了红血丝,像是几天没有休息,也像是蕴含着滔天的怒意。

郁南背上冒出一股寒意。

"先生,我们去哪儿?"司机用英文问。

宫丞冷冷地说:"先找一家餐厅,包下来,任何人都不准来打扰。"

郁南听懂了他的话,他这是什么意思?郁南心中害怕,颤声道:"你要带我去哪里?你有什么权力这么做?现在你立刻放我下车!"

宫丞却并不和对方再说一句话。

郁南被带到了一间包厢,这里的地毯是灰色的,墙壁是白色的,除了床与沙发,没有任何多余装饰,这种极简的风格符合宫丞的偏好。

郁南的手机被收走了,身上什么也没有,大门被关得死死的,包厢里只留下他一个人,他想联系任何人都做不到。

宫丞以前也有发怒的时候,却从未像这次这样,今晚他让郁南觉得自己就像从来没认识过他一样,很陌生。

在这异国他乡,郁南孤身一人,没有人能帮自己的忙。

有人来敲门,郁南一下子僵硬起来,他想找一个机会,等宫丞一进来,他立刻从门口跑出去。不管外面有没有宫丞的人,总之自己先跑出去再说。

359

谁料门打开了,进来的却是小周,他带来了一些干净衣服,而宫丞竟然没来。

趁郁南愣神的工夫,小周反手将门关上了,还说:"郁南,你在外面这么多天,肯定很累了,先休息会儿吧。另外,你想吃点什么,我去告诉客服,他们很快就会送过来。"

自从那次之后,郁南再没有和小周说过话。

他并不想翻旧账,只说:"不用了。你把手机还给我,我想给我妈妈打电话,顺便想办法买机票回国。"

小周说:"找到你的时候,宫先生已经和你的家人报过平安了,余老师那头也得到了消息。不过他们都在国内,你的护照丢失,他们也帮不上忙,我们会帮你处理好的。"

郁南摇摇头,说:"不需要,我只想和我的朋友在一起。"郁南很担心段裕寒。

小周一脸讶然,半晌才道:"郁南,你的朋友也没事。"

他劝说了一会儿,郁南却油盐不进,还问:"你是做不了主的。宫丞呢?我要和他说话。"

小周叹了一口气,说:"好。"他说完,就出去了。

郁南还发着烧,他足足在房间里等了一个小时,等到都快撑不住了,不得不靠在包厢的沙发上勉强支撑着,努力保持清醒。

等门再次打开的时候,沉重的脚步声传来。

郁南脏兮兮的,脸上还有一团瘀青,脸烧得发红,好似在泥里打过滚。

"你哪里不舒服?"宫丞的声音嘶哑。

郁南吓了一跳,看向宫丞。

他见郁南呆愣地望着自己,又开口问了一遍:"郁南,你哪里不舒服,是不是还在发烧?"

郁南收回视线，盯着沙发上的一处花纹说："不关你的事，你把手机还给我就可以了。"

宫丞与他好好说话，他便也好好说话，毕竟现在人在屋檐下，不得不低头。

宫丞置若罔闻，说："你还有些低烧。你先去休息一会儿。"

郁南不得不强调道："你没听见吗？我要我的手机！"

宫丞没有理会郁南的这句话，只问道："郁南，告诉我，你为什么要跟着那小子逃跑？"

郁南一时间没有反应过来，反问："什么？"

宫丞问："是不是他强行带着你跑的？"

郁南毫不客气地说道："我为什么要告诉你？和你有什么关系？"

宫丞道："他不过是利用你和家里摊牌，就算没有你，换成另一个人，他一样可以来一场这样的逃亡。"

郁南说："那又怎么样？我是自愿和他出来的。"

宫丞看向郁南的脸，说："他的签证前几天就已经到期了，现在是非法滞留，在任何地方被查到都会被抓起来，然后再遣送回国，从此以后限制入境。你和他在一起，又丢了护照，只会得到同样的待遇。"

郁南不信："你骗人！你怎么会知道？"

宫丞并不解释，用冰冷的嗓音陈述着："这里不是国内，你们完全没有人帮忙，若是途中再遇到点什么危险，知道会有多么严重的后果吗？"

郁南的眼睛渐渐红了。他瞪着宫丞，做出一副很凶的样子，实则已经感到心惊。

当然，他知道段裕寒不是故意骗他，也不会利用他，可是段裕寒的签证竟然到期了？前几天他们重新入境的时候，那位地勤和段裕寒争论的就是这个吗？段裕寒为什么不把这个当一回事？难道他真的再也不想回国？他对自己的人生这么不负责任吗？

"按照余深的计划，若是你获奖了，下个月你还得来 M 国一次。"宫丞道，"你有没有想过，你可能再也不能来了？"

郁南沉默了，他完全不知道事情会这么严重。

宫丞继续道："不能来 M 国，不能拿到自己的奖杯，不能接触 M 国的顶尖美术院校，从此以后与国际艺术殿堂无缘。这些是你想要的？"

郁南被吓到了，就这么坐在沙发上，被人毫不留情地指出自己的无知，好像连脑子也空荡荡的，什么都没有，他简直是个弱智。

郁南知道他和段裕寒有多幼稚了，却并不想从宫丞口中听这些话，他恼羞成怒，说："那也不关你的事！"

郁南站起身，脚步虚浮，才走了一步，就狼狈得不得不扶住门框，勉强往前走。宫丞见他这样，转身出去，和外面的人说了些什么。

接着有医生来为郁南量体温。那位医生是满头银发的老头子，是宫丞在来的路上就请来的，他叽里咕噜说了一大段话，听着不像是英文。

宫丞端着一个托盘回来，郁南问道："我什么时候才能回家？段裕寒又去哪里了？"

"你先喝点粥。"宫丞对郁南的问题充耳不闻，将托盘放到桌子上，这才说道，"你喝完粥就吃药，然后休息一会儿。你的问题这么多，等你不发烧了，我就回答你。"

郁南说:"我为什么要相信你的话?"

宫丞脸上没什么表情,口吻平淡地说:"先喝粥。"

郁南爬起来拿起碗,三两下就将粥喝掉了。

宫丞把药递了过来,郁南又囫囵吞了下去,他知道多说无益,干脆保持沉默。不一会儿,药物起了作用,他有些困意,便躺在沙发上睡着了。

Chapter 14
加 加

希望郁南做事为人思量有加，
三思而后行。

第二天一早，小周敲门给郁南送早餐。医生已经来检查过一次，说郁南差不多退烧了，郁南心中一松，想要询问宫丞到底什么时候能让自己走，却没见到他。

"宫丞呢？"郁南问小周。

小周答道："你发烧睡得熟，现在都十点了，宫先生在外面等你。"

郁南问："我们去哪里？回国吗？"

小周委婉地道："先出去再说。"

郁南吃过早餐后，两人走了出去。他心事重重，虽然他很不想听昨晚宫丞说的话，但也明白自己做错了。这场一时兴起的逃跑旅行，他真的是太莽撞了，害余老师他们担心不说，还惹来了不少麻烦。

不过郁南更担心的还是段裕寒，昨天那些人把段裕寒带去了哪里？

小周走在前面，郁南跟在后面放空着自己，一脸茫然。

"我们这是要去哪里？"他问。

小周说："宫先生在隔壁市有一套房子，你先去那边住几天。"

郁南气得脑袋疼，到了车上，他完全不想和宫丞有任何交流。

宫丞见郁南不说话，主动开口说："烧退了。你还有没有问题要问？"

郁南陡然想起昨晚宫丞说过的话——等自己不发烧了,他就回答自己的问题。郁南马上有了反应,生怕他反悔一样问:"你到底想怎么样?段裕寒去了哪里?"

宫丞眼神沉静道:"一次只能问一个问题。"

郁南立刻选择了关心朋友的安危:"段裕寒怎么样了?"

宫丞道:"不知道。"

郁南气道:"你怎么会不知道?"

宫丞冷淡了些:"他怎么样了关我什么事。"

郁南一时被这话噎住,没想到他竟然言而无信,给出这样敷衍了事的回答,只觉得心头蹿起来的怒火难以忍耐,凶巴巴地说:"那我和你就没什么好说的了!"

郁南不说话,宫丞也不说话,两人就这么坐在车里,陷入死一般的沉寂。

可是宫丞永远是更有耐心的那一个,他高高在上,胜负似乎永远被他控制,郁南故意的冷淡对他来说不起丝毫作用。

眼看窗外的景色逐渐发生变化,建筑慢慢地稀少,这一切都昭示着过去的每一分每一秒,郁南都在往越发人迹罕至的地方去。

在经过几个小时的颠簸后,车子终于缓缓停了下来。郁南一下车,就闻到了潮湿的海腥味,也听见了远处海浪拍打沙滩的声音。深城与霜山都是不靠海的,他长这么大还没去过海边,忍不住朝远处看去。

只见大海就在几十米远的地方,蔚蓝色的海面与天空无缝连接,海鸟飞过,一声声鸣叫回荡在浪涛上,这里悠远空旷,宁静美丽,却无人知晓。

海风很冷,从耳边呼啸而过,郁南转过头,看见了一栋极具现代感的白色别墅，二层几乎是悬空的，架在一层的房间上，旁边就是泳池。大片玻璃反射着海洋与天空，让他想起漫画手绘海报，的确是他特别喜欢的风格，但这并不代表他能因此稍稍感到慰藉或高兴。

"是不是很美？"宫丞站在郁南身后，说，"这里是我父亲设计的。"

郁南有点意外，他一直以为宫丞的父亲是一名企业家，而企业家自然只会经商。

宫丞说："建筑是他的本行，所以我耳濡目染学过一点皮毛。上次我一眼就看出你的建筑速写不对，就是这个原因。"

郁南记起来了，那次他画了图，宫丞说那栋大厦有七十六层，而他只画了七十层。

那时候郁南问宫丞为什么知道，宫丞是怎么回答的？哦，宫丞只说他在那栋楼工作过。现在一对比，只显得那时候的答案很敷衍。

宫丞现在说这些，有用吗？郁南一动不动，没什么反应。

宫丞边走边道："这里建好后，空置了快十年，里面什么也没有，墙皮都开始脱落了，是我亲手打理好的。那时候我还年轻，有时间去慢慢完善，所以一草一木、一桌一椅，都是我精心挑选的。之前我就想带你来看看，可惜一直没有机会。我第一次来这里的时候，就和你现在差不多大。"

几人走到房子门口，有用人来开了门。

用人是东方面孔，对郁南礼貌地点点头，才和他身后的宫丞说："宫先生，人已经来了。"

宫丞"嗯"了一声，郁南则进了玄关，这一层是一个大客厅，里面果然有两位客人在等待。

"去签字，他们是来给你办旅行证的。"宫丞的声音听不出情绪。

郁南不明白，旅行证是干什么的。

宫丞知道郁南不懂，冷淡地道："护照丢了的人得办个旅行证才能回国。"

来人很快给郁南办理了手续，拍照签字，整套流程都井井有条。

那一头，用人正伺候宫丞脱去大衣，房子里温暖如春，稍一动作就会发热，倒真是应了"面朝大海，春暖花开"这句诗了。

代办证件的人很快就走了，走之前，他们告诉郁南，下一次来M国之前护照肯定能补办好，让他不用担心。郁南还有些云里雾里，礼貌地说："谢谢。"

用人也走了，房子里只剩下郁南和宫丞两个人。

宫丞从楼上下来，已经换了一身衣服，他一直有一回家就换衣服的习惯。一层虽然大，却只是会客的空间，生活设施与房间等都在二层。

宫丞踩着白色布拖鞋，给自己倒了一杯水。他一边喝水，一边用遥控器将室内的温度调得更舒服一些。他喝完水，倚在沙发上，极度劳累般用手捏了一下眉心。

郁南这时才发现，宫丞似乎憔悴了一些，他向来是容光焕发、冷峻逼人的，此时却难得露出疲态。

关于宫丞身上发生了什么这个问题，郁南没心思想那么多，当然视而不见。

他只问："我什么时候可以回去？"

宫丞看了郁南一眼，道："再过几天。"

郁南一边安慰自己，一边后悔，早知道上那架飞机了，忍受宫丞十几个小时，总比现在要忍受他几天好。

郁南在房子里转来转去，胡思乱想，坐立不安，把宫丞想得特别坏，宫丞却一整天都忙得停不下来。

宫丞一上楼似乎就有数不清的电话要接，有看不完的文件要签，忙得连饭都没空吃。而郁南早就饿了，这几天他本来就没好好吃饭，和段裕寒一起的时候总是吃汉堡等食物，为了节约还只能买便宜的。

他被宫丞找到之后，也没什么心情吃饭，直到现在证件在办，有希望回去了，才察觉到食欲的存在。

郁南还是得吃饭的，既然要好好地回国，就没有虐待自己的道理。

可他画了十几年画，却是水都没烧过一壶，烹饪知识十分匮乏。

他自己不会做饭，也没有办法上网查询食谱，便瞄准了冰箱里的面条。宫丞出来时，便看见郁南站在水池前的背影。

宫丞在郁南背后问："你在干什么？"

"我要煮面了。"郁南低头说，懒得搭理他。

当晚郁南把面煮成了糊糊，说真的，若不是他心不在焉，就是饿死也吃不下去。

令他无语的是，宫丞竟然也吃了一份，这让他怀疑宫丞的味觉是不是失灵了，毕竟宫丞以前说，烹饪也是一门精美的艺术。

安静下来后，这幢海边的别墅像一座孤岛，即使郁南再不喜欢这里，海浪声也让人不自觉地陷入深思。

他想起了自己唯一擅长的艺术是画画，还想了许多别的事，想网上那些关于自己造假的谣言，想自己的比赛，想如果那些事情真的都是宫丞安排的，要怎么办。

这些都是他在流浪中刻意去遗忘的事情。

不知道比赛结果怎么样了？现在郁南比以前更想拿奖，胜负欲也更重了。因为他知道，要想击碎那些谣言，最好的方法是他在这次比赛中拿奖。

郁南不得不承认，自己以前的想法真的太天真了，以为艺术就要不掺杂一丝杂质。

接下来两天，两人的交流变得更少了。

宫丞的工作堆积如山，除了做饭投食，基本上很少出现在郁南的视线范围。郁南做的面太难吃了，于是他亲自动手，做的都是郁南爱吃的。

郁南不愿意吃他的"嗟来之食"，往往这个时候，他就会问一句你还想不想回去，郁南刚冒出头的反抗精神立刻偃旗息鼓。

这一招特别狠，让郁南想吵架都吵不起来，两人之间达到了一种奇妙的平衡，虽然它是暂时性的，且大家都心知肚明。

因为与外界失联，等待的过程变成了一种煎熬，郁南每天都在期待证件办下来，所以除了在落地窗前看着海发呆，就是在院子里吹着海风发呆。

有一天晚上，院子的栅栏门突然"吱呀"作响，从门外跑进来一只白色的小狗，径直来到郁南的脚边嗅来嗅去。郁南被弄得很痒，忍不住把它抱起来，小狗却又开始舔他的手指。

他更痒了，那一刻，他好像忘记了烦恼，摸着小狗的头和它玩。

"郁南。"有人在叫他。

郁南回头看见宫丞，很快收起了笑容，心想这狗该不会是宫丞弄来的吧？他不禁有些恼怒。

宫丞走过来，问道："哪里来的狗？"

郁南怔住了，它难道不是宫丞弄来的？

"出去看看，说不定它的主人正在找它。"宫丞提议道。

郁南抱着狗走出院子，来到沙滩上，四周除了别墅没别的建筑，到处黑漆漆的，只有泳池和院子还亮着光。

外面的风很大，空无一人，哪有人在找丢失的宠物？郁南看了看小狗的脖子，上面也没有项圈，更疑惑了。

"可能是流浪狗。"宫丞站在郁南身边，"我念书时也常在这附近见到流浪狗。"

他一只手揣在裤兜里，说："先把它赶出去，如果明天它还在，就让人带去宠物医院看看有没有病，流浪狗很脏的。"

郁南忍不住道："不脏！你不要用有色眼镜看它，它这么活泼，就算有病也能治好！"

宫丞还没开口，郁南又急匆匆地说："你不要用回国来威胁我，我不是在拒绝你，这不是一回事。"

宫丞见郁南这么敏感，便道："你想养它？"

郁南噤声了，他人在国外自身难保，怎么可能还能对小狗负责？半晌，他才说："好，你带它去检查，但是今天先不要赶出去，我把它放在院子里。"

宫丞笑了一下，说："算了，先让它陪你几天，等你回国后，再给它找一个主人。"

两人许久没有这么平静相处，慢慢地走在回别墅的路上。

宫丞道："我以前也养过一条狗，它特别听话，什么都懂，可惜后来死了。"

若是平常聊天，郁南这时应该接一句"怎么死的"，可是他现在不能，也不想。

宫丞也不在意，继续道："我告诉过你，我小时候被绑架过吧？"

郁南记得这件事。

宫丞说："那时我正带着它玩，它被绑匪摔死了。"

郁南顿住脚步，说："摔死了？"是什么丧心病狂的绑匪？

"对，因为它很护主，叫得太大声，绑匪不想引起旁人注意。"宫丞说起这事时脸上已经没有了痛苦，只是很平静地叙述着，"我被弄晕了，原本不知道，回来的时候问我大哥，他告诉我的。自那以后，我就没有养过狗了，再孤独的时候也没有，因为我很难去体会一段感情的存在。"

郁南听到这段往事，时隔多年也觉得凶险惨烈，不过，宫丞也会孤独吗？

他仔细一想，好像是的。宫丞已经不年轻了，父母都早逝，唯一的大哥去年也走了，只有宫一洛是血亲。

等回到别墅里，宫丞找了一个软垫给小狗躺着睡觉。郁南和小狗玩了很久，小周来送狗粮的时候，他还趴在沙发上任由小狗咬自己的手指。

"宫先生昨天挑了好久。"小周笑道，"我在宠物店把每只狗都拍了照片发给他看。"

郁南愣住了，说："是吗？"

小周放下狗粮等物后，忍不住道："宫先生担心你无聊，等你回国了，这只狗会被送回去的。"

郁南没有作声，是了，这么小的狗怎么可能在这种专人养护的别墅区流浪，还这么巧流浪到这个院子里来？

小周走后，他又开始放空脑袋，胡思乱想，也不知道自己在想些什么。

又过了两日，郁南想回国的渴望越来越强烈。

证件办好的前一天上午，余深打电话给宫丞，询问郁南回国的事。郁南以为自己会被劈头盖脸地骂一顿，谁料并没有。

余深还说，段裕寒的情况比郁南的严重得多，他在海关那里被记了一笔，以后再也不能来M国了。原来那天晚上带走他的是他父亲，不是宫丞的人，郁南稍微放了心。

"你不要急躁，也不要乱跑了，回国之后就乖乖回家一趟。"余深颇为关心地交代了一些事情，像是说了很多，又像是什么都没说，只是问了郁南的情况好不好。

临回国的前一天，宫丞让小周订了机票，还把狗送去了宠物店。

郁南很舍不得小狗，因为知道早晚要分离，怕产生感情，都没有给小狗起名字。

"小周哥，我想和你一起去宠物店。"郁南说。

小周很为难，郁南没有询问宫丞，能不与他说话，就尽量不和他说话。

宫丞发话道："可以，早点回来。"

郁南便率先上了车，小周以为他们的关系缓和了，还有些欣慰。

他们开车去了镇上，要送养的宠物店就在那里。郁南很是依依不舍，说要借小周的手机拍几张照片留念，因为他的手机一直扣在宫丞那里。

也就是这一借，郁南变了脸色。

他没有手机，本是登录自己的存图账号想保存照片，却看见一条未读消息。他和覃乐风画画后都在这里存图，互加了好友，大概是覃乐风联系不到他，便用站内短信平台发了一条消息。

那条消息的日期已经是好几天前了。

覃乐风：先生千古，节哀顺变！

小周见郁南不对劲，知道自己闯了祸，立刻去拿手机。郁南任他把手机拿走了，一路无话。

等回到了别墅里，郁南脸色苍白，浑身冰凉，好像马上要被风吹散一样，见到宫丞说的第一句话语气就很冷："我爷爷怎么了？"

严老爷子已经年过九旬，多日前突发心脏病，住进了自家心安医院的ICU，终因年岁过大，身体机能衰竭，在几日后抢救无效过世了。

郁南浏览网页，发现这件事还上了新闻。严老爷子是名医，称得上中医泰斗，曾经开创了许多独家疗法，成就颇丰，也曾在著名院校授课，如今很多有名气的中医都是他的弟子。

严老爷子的生前事迹与著名救治病例被一桩桩地列在医学论坛上，大家都在用挽联回帖致敬。

郁南翻了翻新闻时间，发现葬礼还未举行。一时间众说纷纭，一种说法是老爷子生前有特别交代，另一种说法则是严家有习俗，要等齐至亲，至于等的是哪位至亲，大家就不得而知了。

这夜郁南没有睡，睁着眼睛到了天明，他对宫丞说的最后一句话就是："我的手机。"等拿到了手机，他又麻木地问了一句，"你什么时候知道的？"

宫丞顿了顿，如实答："找到你的前两天。"

郁南点了点头。

他将自己封闭起来,不再与旁人说一句话。

第二天早上去机场前,严思危打电话到郁南的手机上,也不知道他是怎么知道这个号码的,他只道:"你不要太伤心,我们都在家里等你。"

郁南应了声:"好。"

严思危丝毫没有问郁南为什么失联,给了郁南最大的包容。郁南无颜面对严家人,内疚、后悔几乎将他淹没。

最疼爱自己的爷爷去了,才相处了没几个月的爷爷,颤抖着拉着自己的手叫自己加加的爷爷,送冰箱和零食到宿舍去的爷爷……郁南唇色尽失,在飞机上蜷缩成一团,眼睛红得骇人。

空姐来关心了一次,一向很有礼貌的郁南却置若罔闻,像是听不见一样。宫丞挥挥手,示意对方不要再来打扰。

不知道是不是错觉,郁南像是一夜之间暴瘦了一样,裹着一张毯子,显得整个人很小,眼睛眨也不眨地看着窗外的云层。

他没有哭,从知道消息开始,就一滴眼泪也没有掉。

天色很阴沉,高空中所见的都是乌云,让人压抑。

"喝点水。"宫丞说。

郁南从知道这个消息后就滴水未进,已经快一天了,宫丞担心郁南撑不住。他宁愿郁南哭一场,爆发一次,总比现在这样好得多。

宫丞见郁南不理会自己,又开口:"我之所以没告诉你,就是担心你会像现在这样。你的护照丢了之后相当于被困在国外,根本没办法回去,只会更加着急。可是人死不能复生,再急也无济于事。"

郁南转过头,用很陌生的眼神看着他:"所以我连知道的权利都没有吗?"

宫丞的心一沉,道:"我不是故意瞒你,原是想着等你回去之后,有家人陪着你,再伤心也……"

"就像你之前那样,什么都不告诉我,先是画展、比赛,现在就是我的家庭变故了。宫丞,看到我每一次都任你摆布,朝着你期望的方向走,你心里一定很得意吧?"郁南漂亮的眸子里无喜无厌。

宫丞沉着脸说:"你误会我了。"

他从头到尾都没有这样想过,却无法否认部分事实。他没说出口的是,他原想先得到郁南的谅解,两人和好之后陪着郁南渡过这一难关,却没想到事情会变成如今这般。

"郁南,现在说什么都来不及了,以后我再跟你解释。"宫丞只好说,"现在我可以帮你做些什么?只要你开口,我都会去做到。"

郁南似乎听到了笑话一样,就那么看了宫丞一阵。

"好。"郁南开口,"我要什么,你一定做得到的。"

宫丞问:"你想要什么?"

郁南看着他说:"你知道吗?我曾经去看过心理医生。"

这件事是真的,只不过郁南没跟任何人讲过,此刻其继续道:"我看过医生才弄明白一件事,那就是医生告诉我,我自幼丧父,很容易对年纪比较大且优秀的男性产生崇拜感与无条件的信任。"

没人比宫丞更清楚这不是信口胡诌,因为两人刚开始认识时,郁南看他的眼神就带着崇拜。

远处的云层有雷暴亮起,距离他们大约千米,而安静的机舱里,宫丞已经预感到郁南会说什么。

果不其然，郁南吐词清晰地说出了那一句："其实这一切都是误会。"郁南总结道，"你误会能像掌控其他人那样掌控我，而我误会你是值得我依仗的人。所以你能做的，就是永远也不要再出现在我面前，我再也不想见到你。"

机身因气流产生了颠簸，空乘广播一遍又一遍地响起，用中英文交替着安抚乘客。舱外黑得可怕，机舱灯闪烁间，郁南的脸被外面的雷暴闪电照亮，一片惨白。

十二个小时后，飞机降落在深城国际机场。

小周被压抑的气氛吓得大气都不敢出，郁南像一片纸一样走在前面，没有行李，身上还披着飞机上的毯子。

而宫丞……小周现在还记得那天的宫丞。

宫丞太自负了。

他出身显赫，少年得志，自负是刻在骨子里的。这个正值壮年的男人一向睥睨天下，给予别人善意都是一副施舍的姿态，从未有一天被如此打击。

出廊桥前，宫丞还是开口喊道："郁南……"

郁南一脸冷淡，没有丝毫反应。

宫丞看着郁南一路朝前走去，渐渐融入了人潮里。

明亮的机场人来人往，严慈安一眼就看见了身形消瘦的郁南，鼻子一酸，道："郁南。"他知道从 M 国回来的飞机就没几趟不晚点的，已经在这里等候了两个小时。

郁南看到父亲，好似活了过来，眼珠子转了转："爸爸。"

严慈安在他脸上摸了几把，好像是在擦眼泪，而郁南这才发现自己哭了。

"好了，不难过。"严慈安笨手笨脚的，善于安慰人的妻子和严思危又都不在,只得这么说了一句。

郁南眨眨眼睛,眼泪扑簌簌地往下掉。

令人意外的是,严慈安看到了郁南身后的人,竟然放开郁南去和对方握手:"我家孩子这次真是麻烦你了,宫先生。"

郁南一下子就僵住了,根本无法回头。在对宫丞讲过那些话以后,他连再看宫丞一眼也无法做到。

宫丞冷淡的声音响起,透出几分疏离与冷漠:"严院长,您太客气了,举手之劳罢了。"

严慈安说:"我改日再登门拜访。"

宫丞道:"您请。"

郁南被父亲拉着走了几步,很快就抛开了其他的心思,径直上了车。

他见到父亲后,积压在心里的悲痛释放了些许,稍微好了一些,可还是无法开口去问爷爷的事,便转而问:"哥哥呢?"

严慈安是自己开车来的,一边开车一边告诉郁南:"南南,家里出了点事,哥哥今天有事要处理,晚上他就会回来陪你。"可能是以为郁南和自己没有那么亲近,严慈安说这话是带着歉意的。

"出了什么事?"郁南吸着鼻子,觉得自己已经承受不了更多了,突然猛地回头,"是奶奶?"

严慈安摇头道:"是严思尼。"等到了一个路口,他停下车等红绿灯,额上暴起青筋,"南南,严思尼害了你,也害了你爷爷。"

路上,严慈安给郁南讲了事情的始末。

郁南从出国前就不断被曝光私人信息、被骚扰的事,全是严思尼的手笔。有人收集了严思尼陷害郁南的证据交给严慈安,至于那个人是谁，不言而喻。

他们不查还好，一查就发现那些愈演愈烈的谣言，诸如说郁南比赛信息造假等，都和严思尼有关。

严慈安暴怒之下对严思尼动了家法，外婆伤心欲绝，虽心疼郁南，却也无法不心疼自己一手带大的孩子，想着最后帮严思尼一次。

就是这个时候，他们发现严思尼在做一些见不得人的事，并且骗外婆的钱长达两年之久。纸包不住火，这件事被老爷子知道了，严爷爷当晚就心脏病发作，被送往医院就医。

"那时候你刚结束比赛。"严慈安说，"你爷爷醒来后第一件事就是问你，还说他会等着你回来……第二晚，他就走了。"

郁南觉得有点喘不过气，眼泪滴在手背上，几乎打得手背发疼，咬着牙问："严思尼在哪里？"

严慈安叹了一口气，说："关起来了。真是家门不幸。"

郁姿姿也早就赶来了，没有责问郁南被严思尼陷害为何不告诉她，也没有追问郁南在国外发生了什么。她搂着郁南，带他去看望了奶奶，默不作声地做他最坚实的依靠。

第二天，严思危回来了。小雨还在下，细细密密的雨丝打湿了整个世界，郁南彻夜未眠。

律师宣读了严老爷子的遗嘱，是许多年前就定下来的，那时候甚至还不知道能不能找到郁南。

人人都说严家的老二最得老先生宠爱，遗嘱中写明，老爷子个人名下财产珍藏尽数归郁南所有。

至亲齐全，众人送别，严家门口挂起了送魂幡。

葬礼上，悼词题名中，没有严思尼的名字，严家已与其断绝关系。

而郁南第一次被落款为严思加。这个名字是老爷子起的，希望郁南做事为人思量有加，三思而后行。

爷爷名下的个人财产和珍藏都留给了郁南，由于郁南目前在法律上还不是严家的孩子，所以继承手续十分烦琐。

郁南并不在意这件事，他在爷爷家待了两天，大多数时候都在陪奶奶。奶奶不能动，也不能说话，所以家里总是很安静，不过郁南能感觉到奶奶的心态很平和，他猜想两位老人应该早就讨论过生前身后事了。

偶尔郁南也会去整理爷爷的遗物，看看字画看看书什么的。在这个过程中，他能非常直观地感受到爷爷那属于长者的、多年心血凝聚而成的智慧，不仅看到一些颇有禅意的笔记，也看到爷爷随手写下的病例，加之家长里短，形成了人生百态，让他受到不小的启发。

说起来，郁南和爷爷相处的时间并不长，但他是因为爷爷才敞开了接纳严家人的心扉，所以每个人都明白爷爷对他来说有多重要。可是老人走后，生活总要继续。严家父子依旧是医院和家里两头连轴转，而郁姿姿陪了他几天，见他的情绪有所好转，也得回霜山去工作了。

郁南在短短几天内瘦了不少。

郁家人都很重感情，一家人都是比较感情用事的。他们不讲究细节，爱了就爱了，恨了也就恨了，而这种品质在郁南身上表现得更加淋漓尽致，郁姿姿现在不知道这算是一件好事还是坏事。

郁南与郁姿姿拥抱，有些留恋地说："妈妈，还好你过来陪我了，谢谢你。"

郁家人与严家人相处还算和睦，却相互都不熟悉，再加上相隔千里，郁姿姿能赶来参加葬礼，的确在郁南的意料之外。

郁姿姿欲言又止："其实是宫先生派人到霜山把我接来的。"

郁南的表情凝固了一瞬，发觉自己已经很久没想起过宫丞了，现在回忆起来，好像对方的面孔都模糊不清，就像上辈子发生的事。

此时骤然听到宫丞的名字，郁南觉得有点麻木。

"你们现在……"郁姿姿从不探听郁南不愿主动告诉她的隐私，只说，"他和我通了电话，说怕你太难过，希望我可以过来陪你，听他的语气，你们也不像是和好了。"

郁南无法做出任何反应。

"他还想得挺周到的。"郁姿姿感叹了一句，"还是严院长说你们很有缘分，他以前给宫先生的大哥做过手术，你以前又给宫先生做过兼职，余老师那边呢，还正好是拜托的宫先生帮你办护照，我才知道世界上还有这么巧的事，你们竟然在国外也能碰见。"

什么碰见？郁南有些疑惑。

原来当时郁南发了信息，说要在 M 国多待几天却迟迟未归，大家都以为郁南只是丢了护照，再由宫丞帮了忙，却不知道在国外发生的一切都和宫丞有关，更不知道郁南任性地来了一场叛逆之旅。

难怪严慈安那天会对宫丞表示感谢，在那种混乱的情况下，严慈安只把宫丞当成恩人。只是现在再谈这些已经没有意义了。

郁南只说："都过去了。"

"是啊，都过去了。"郁姿姿还是很担心郁南，"妈妈知道你没有见到爷爷最后一面很遗憾，可是你也不要把什么责任都往自己身上揽，爷爷肯定也不想看见你自责。你还有这么多家人，要和他们好好相处，互相理解，毕竟你也是严家的孩子，如果你要改姓……"

这几天郁南都被大家称作严思加，郁姿姿有些吃味，却也能理解。她这么说，其实没有要从严家带走郁南的意思，也不是在逼郁南，而是完全发自内心关心郁南。

郁南摇摇头，表示自己不想改姓。

"妈妈不逼你，但是你要知道，严院长是真的很疼你。"郁姿姿劝道，"他真的把你捧在手心了。你的护照丢了回不来的这几天，他才是最难过的那个人，说什么往事重演，坚持让我们不要把事情告诉你，等你回来再说，说不要你承受他过去遭受的痛苦……"

"什么？"郁南表情微变，"妈妈，你说什么？"

送走郁姿姿后，郁南坐在机场发呆。

郁姿姿告诉郁南，严慈安听说郁南丢了护照，说出了一段往事：十七年前，严慈安没有见到郁南生母的最后一面。

那年他出国会诊，回国时遇到大雪航班取消，却又得知妻子病危的消息。两个国家分别在地球两端，中间横着山川海洋，它们成了他送别发妻的天堑。

一个正值壮年的大男人，孤身一人在异国他乡，绝望悲痛充斥着他候机的每分每秒。即使这已经是十七年前的事，严慈安一想起来也揪心，因为它对一个人一生的影响太大了。

这和郁南此次面临的情况何其相似，所以面对同样的情况再次出现，严慈安选择了这样的处理方式。事情已经发生了，在外面的人能回到家中才是最好的结局。

郁南无法去怪严慈安，却不能原谅自己。

明明冲动出逃的人是自己，叛逆得错失回国机会的也是自己。他一股脑将情绪发泄出来，甚至恼怒地想，如果不是宫丞出现，自己怎么会不上那架飞机？

可是真的算起来，这也不是宫丞的错，毕竟这世上没人有预知能力，没人能知道后面会发生这样的事。

罪魁祸首是谁？是大逆不道的严思尼吗？严思尼会这么做又是因为什么呢？

世事不由人，好像一环扣一环，处处都是死结，怎么也解不开。

郁南只知道这次是自己做错了，若不是自己武断冲动，看出一点苗头就信马由缰不计后果，也不会先入为主地想起过去的事，用固有印象去错怪宫丞。

郁南觉得宫丞在故技重施，在自己什么都不知道的情况下安排自己。他的情绪总是来得又快又猛，当时自己说的那些狠话都不太记得了，宫丞或许进行了解释，他一个字也没有听，也不会信。

如今拿着刀子伤害别人的人换成了他。

事实证明，郁南永远无法相信宫丞，那么就算他误会了宫丞，又怎么样呢？

他们再也不可能回到最开始的时候了。

一个星期后，深城美术协会发文，澄清了某作品靠不当关系参展的谣言。郁南班上的同学鼓掌庆贺，在他回到学校的第一天，在班上放了小礼炮，欢迎班级宠儿的归来。

此时郁南还不知道这个消息，知道后的第一反应是，原来宫丞从没有自以为是地去插手自己的梦想，自己误会宫丞的或许不仅是这一件事，还有更多。

郁南有些消沉，不知道自己都干了些什么，又该干些什么。

三思而后行，郁南从前没有做到过，他只凭一腔冲动与热情做事，有对的、有错的，可是对与错好像都不再重要，他是时候该长大了，该学着不逃避、不头脑发热，用一个成年人的方式去处理问题了。

郁南现在是学校里的风云人物，那些喜欢他的粉丝又来学校了，纷纷表示相信他，让他不要伤心。

郁南已经不太在意这些了。

这天他从一辆宾利车里下来，表情淡定，还和车里的男人挥手说再见。论坛里有人讨论他的身世，他自己登录了论坛，用实名账号回复：那是我亲哥哥。

严思危经常来接送他，他不这样说的话，就会继续被人讨论下去。

郁南现在经常住在严家，虽然已经向严思危提出不用每次都送自己，可是严思危总是皱着眉说："我不送你，就会有人来骚扰你。"

"我没那么弱。"天气转热，郁南穿着短袖，向哥哥展示了自己的肱二头肌。

严思危表示怀疑。

郁南笑道："什么时候去莫哥那里比试一场，哥哥你不一定打得过我呢。"

严思危在郁南的头上揉了一把，等对方走了，郁南才收起微笑。

之后他便由着严思危接送了。当晚，他还顺便在论坛上给了严思危"名分"，让他的哥哥可以更自在地来学校。

覃乐风发现郁南这是第一次告诉别人自己的身世，不由得扬眉吐气。在得到郁南的允许后，他爬上论坛气势汹汹地发言：你们知道郁南为什么这么低调吗？因为人家有钱！你们知道人家为什么有钱吗？心安医院，××制药了解一下！

郁南看到网上一片酸溜溜的发言，甚至有人讽刺他的成就全是靠钱砸出来的，内心毫无波澜。

他已经恢复了正常生活，平日在学校上课，周末去余深画室。

那次国际比赛的入围名单出来了，对于快要出来的比赛结果，全画室的人都很紧张。余深说："郁南，你不要抱太大的期望，有时候期望越大失望越大。郁南，就算失败了也没关系，你还有的是机会。"

郁南眨眨眼睛，说："老师，不是您说我不拿奖，您就没有面子吗？"

余深咳了一声，正色道："我那是给你打气，鼓励你。"

郁南不敢再和他顶嘴，自从上次自己在国外跑掉把他急得嘴里长泡以后，他对郁南就没以前和蔼了，总想管着郁南，并且没事就提到"不听话"的小段——段裕寒现在已经被拉入余老师的黑名单了。

郁南想了想，告诉余深："老师，其实我觉得可能会得奖。"

余深问他哪里来的自信，郁南说："我有一种直觉，因为我觉得我画得实在是太棒了。"

余深道："你倒是和姓宫的一样脸皮厚，有奇怪的自信，昨晚他看了入围作品名单后也是这么说的。"

说到这里，余深还毫无所觉，直到有人来叫他出去。过了一会儿，他回来了，满脸疑惑地问："你和宫丞又怎么了？吵架了？宫丞在外边，让我问你愿不愿意出去，说有话要对你说。"

郁南正在收拾画具，这个时间他应该走了，听到这话一时愣住："什么？"

他看向窗外，果不其然在楼下的路边看到一辆熟悉的车。车里坐着的那个人，是他以为永远不会再出现的宫丞。这一次，对方没有直接强势地出现在他面前，而是询问了他的意愿。

余深看见郁南的反应，便知道是怎么回事了，惊讶地道："你们没有和好？"老年人的反应总是慢一拍，余深感慨地说，"我以为上次你们就已经和好了。"

郁南早就想问余深了，于是抿着唇，一点一点地把画具往包里装，语气淡然："老师，我一直想问您，您为什么要背叛我？"

余深觉得莫名其妙："我哪里背叛你了？"

郁南认真地说："您不是和我同仇敌忾，说再也不理他了吗？上次在M国，你背着我和他联系，就是背叛了我们的约定。你是不是被他收买了？"

余深咬牙切齿地道："你以为我想吗？吃他的住他的，还拿着他的资源！"

郁南露出了失望的表情。

"他帮了你了那么多，网上关于你的谣言是他去解决的，美术协会的澄清也是他去沟通的，你叫我怎么拒绝？"余深恨恨地道，"谁卖好卖成他这样，真是烦死了！"

郁南很久都没有说话。

余深发现自己好像说得太多了，但是那次郁南失踪，宫丞是怎么找郁南的，他实实在在地看在了眼里。

余深最后说："我们找你的时候，听说有个年轻的东方人死在了酒吧里，你是没看到宫丞当时的样子……"

郁南垂着睫毛说："您的意思是，他很在意我吗？"

余深瞪他一眼,抱怨道:"你们自己有眼睛不会看吗?自己不会去解决吗?我又不是传声筒!"

郁南说:"麻烦您最后帮我传一次话吧。您告诉他,上次的事对不起,是我错了。"他顿了顿,又说,"我已经不是之前那个郁南了,叫他别再费这些心思了。"

余深走了,郁南站在原地,很久之后才慢慢回过神,竟忘了自己接下来该做什么,直到手机振动了一下。

郁南收到一条短信,来自陌生号码,上面只有短短几个字:会再见的。

Chapter 15
隔 阂

我才不要,我一直和颜料做伴就可以了。

一年半后，希黎。

"嘭"的一声巨响，一座维纳斯雕像连带着红丝绒展架被一起掀翻在地。

此时正值希黎美院秋季第一次学生美术作品展览周，东西都还没摆放到位，位于中央的经典作品就碎成了几大块。这座维纳斯雕像是国际学院的学生的参展作品，因为担心出事故，特意等到最后一天才放进来，谁料还是出事了。

"这算不算是墨菲定律？"李枫蓝傻掉了。

一个金发碧眼的同学走过来，沉默片刻后道："你先不要扯什么墨菲定律，不如想一想 Nan 来了怎么办。我觉得 Nan 不会想听你讲这种定律的发生概率到底有多大。"

李枫蓝习惯性地将他的一头黑发往后捋："天哪……"

李枫蓝蹲下来问："我有可能把它拼起来吗？"

金发同学道："看这情况……不能。"

李枫蓝欲哭无泪，这时展厅外传来人说话的声音。

金发同学说："你完了，Nan 已经过来了。"

今天是下着秋雨的，天空十分灰暗，展厅外那个和三四个国际学院的学生一边讲话一边进来的人，明明最为纤细，却轻易地夺走了李枫蓝的注意力。

来人是负责这次国际学院展品组的硕士一年级学生，他从入校那天起，就是传奇人物。

且不说这人在去年的 M 国油画与丙烯画夏季国际大赛中拔得头筹，获得金奖，也不说其在递交的申请资料中附带的二十幅高分作品，更不说那传说中的绝对色感，光是这人的外貌，就足以令人惊叹了。

李枫蓝是混血，他见过不少出众的东方面孔，也见过许多长相优越的高加索人，却从来没有被谁惊艳过。

而那个人的容貌，像是一朵来自东方的玫瑰，含蓄优雅，却又绚丽夺目。不过那个人不是那么好说话的，向来就事论事，不会因为和谁关系好就偏袒谁。

果不其然，郁南进来时看到地上的维纳斯，很不客气地问："这个是谁弄坏的？"

郁南的英文不算好，所以说得比较慢，听起来就有点稚气。李枫蓝明明比他要小上两岁，在他面前却显得成熟许多。

"是我……"李枫蓝小声地说，"我不是故意的。Nan，你原谅我吧。"

郁南皱眉，翻开手中清点物品的小册子，在维纳斯那一行后面打了个叉。

"哎，你不要这样！"李枫蓝阻止道。

郁南用笔敲开他试图作乱的手，一脸严肃。郁南从来不懂隐藏自己的情绪，李枫蓝看出来对方已经生气了。

李枫蓝道："我会赔的！我赔钱就是了！你看在我这几天都辛苦跑来帮忙的分上，能不能不要把过错记在我头上啊？要是这样的话，我下次就不能参与你的小组了。"

"你申请加入小组的时候告诉我，你的优点就是特别细心。"郁南一板一眼地说，"可是你这几天已经弄坏了一个水滴壶，弄丢一个录音卡了，现在再加一个维纳斯，我觉得你一点都不细心。"

李枫蓝比郁南高很多,却被郁南说得垂下头去,像一条挨了训斥的大狗。

郁南并不是针对李枫蓝,自然不会再讲更多,他立刻联系了做这个作品的同学,又和其他人一起将残破的石膏片收拾干净,最后换了另一个有立体感的作品裹上红丝绒,替补了这个位置。

一切做完后已经是晚上七点,希黎的夜晚来得早一些,此时天全黑了。郁南住在距离学院不远处的公寓里,撑着伞准备回家,才走了没多远,就被人叫住:"郁南!"

这次对方用的是中文,而在学校会用中文和自己交流的人只有混血的李枫蓝了,郁南回过头,果不其然看见是他,便问:"怎么了?"

李枫蓝身上被雨淋湿了,飞行员夹克上全是雨水。他的睫毛上也挂了水滴,嘴唇发白,看上去怪可怜的:"你是不是还在生我的气?"

郁南觉得奇怪:"我为什么要生你的气?"

李枫蓝说:"我不是打碎了雕像吗,你刚才那么凶,难道不是在生我的气?"

"我没有,我是对你做错了事生气,不是针对你这个人。"郁南摇摇头,"要生气也该是它的创作者生气吧。"

雨幕里,郁南在水洼反射的霓虹灯里呈现出一种特殊的气质,李枫蓝立刻想起了郁南去年的获奖作品《仲夏夜之梦》。

那是一幅郁南的自画像,他摒弃了传统意义上的写实,笔触随意抽象,将人体以一种朦胧的形态呈现出来。从脚底开始蔓延的玫瑰,一路爬上了雪白的皮肤,钻进躯体里,再与脸部融合在一起，呈现了玫瑰的惊艳感。

那幅画打破了这个奖项已然形成的瓶颈，不再被老一辈艺术家称为没有灵魂的应试题，得到了来自国内外大家的褒奖。

而最让人感兴趣的是，郁南承认了自己身上的确有大面积的玫瑰文身，也承认了文那些玫瑰是为了遮住烫伤的疤痕。

"你难道不会因为这件事对我有意见吗？"李枫蓝紧张地问道。

两人并排往前走，郁南还将伞举高了一些遮住李枫蓝。

他想了想，说："如果你可以做得更好，你就不用在意别人对你的看法。"

李枫蓝脱口而出："我在意你对我的看法！"

郁南停住脚步，看向他。李枫蓝被郁南看得热血往上涌，忘了再用中文，直接讲出了母语："我很欣赏你，希望能和你更亲近一些，以后也想和你一起画画，每天和你一起吃饭。"

郁南果断开口道："不好意思。"

李枫蓝顿时如同被冷水浇头："为什么？"

"我不喜欢和太粗心的人走得太近。"郁南看了下表，说："八点二十分，我还要和朋友视频通话。"郁南说着，竟然无情地把伞拿开，径自往前走去。

郁南回到公寓后，屋内的暖气让其已经冻得冰凉的手脚稍微缓过来一些。明明霜山的冬天比希黎的冬天要冷多了，可是他还是觉得有些受不了，大概这就是传说中的"魔法攻击"和"物理攻击"的不同之处吧。

房子是严思危飞来F国给郁南租的，原本是说要买，郁南觉得很浪费钱，严思危便和房东签订了租赁合同，顺便多腾出一个房间给郁南做画室。

画室有落地窗,而这房子外面有个小花园,好巧不巧,房主种了许多红玫瑰。夏末郁南搬进来的时候,每次画画都能看见那一片开得正盛的玫瑰。

余深来过一次,表示郁南留学的环境比他当年好多了,那时候他只租得起一个小阁楼。

硕士要读三年,郁南毕业后,还得再回到余深的画室去。他一个人在国外生活,开始和国内的朋友们有了时差。

覃乐风也在念硕士,却转了方向,以后大概会进入与美术相关的其他行业。两人的联系没有变少,不过这晚郁南要视频通话的人不是覃乐风,而是另一个人——段裕寒。

两人已经一年多没联系了,前几天郁南收到段裕寒发给自己的邮件,对方笑称他们是"断断续续"的朋友。

他们约好八点二十分通话,也是因为时差,于是当视频电话接通时,郁南这边是晚上,段裕寒那边还是白天。

"哇!"段裕寒惊呼一声,"你的头发变长了。"

郁南的头发的确变长了,以前是学生头,现在已经有些遮眼睛了。此时因为在家里,他就随意扎了个一小鬏鬏,显得青涩可爱。

老友重逢,郁南绞尽脑汁地回了一句:"你变胖了。"

段裕寒:……

郁南好心地补充道:"只胖了一点点。"

两人其实都有一种恍如隔世之感,接下来段裕寒简要说了下自己的情况。

那次出逃并没有给他的生活带来变化,他依旧回去学建筑,算起来还有一年才毕业。他调侃般地说,他的那次抗议与挣扎,最后换来的只有被 M 国永久拒绝入境的后果。他还给郁南道了歉，说那次没能好好照顾郁南。

严老爷子的事，段裕寒自然是不知道的，他也不知道那次发生的一切对郁南来说造成了怎样的影响。

郁南摇摇头，说："你不用跟我道歉。不过你爸爸好可怕，我听余老师说，他追到 M 国去抓你。"

段裕寒"啧"了一声，不想聊古板的父亲，他们父子的关系也许这辈子都好不了了，便说："宫丞也很可怕。"

郁南心中微动，他以为自己再也不会听到这个名字了。

段裕寒说："其实我们住在 C&C 的时候，我就见过他，当时只觉得眼熟，后来我才想起来，是在新闻和杂志上见过。你知不知道我为什么觉得他可怕？"

郁南在壁炉旁烤火，眼里很平静，倒映着壁炉里的火苗，问："为什么？"

"他把你带走之后，差点把我送去了警察局！"段裕寒说。

郁南完全不知道还发生过这样的事，如今听着这一段，想起了那晚宫丞血红的眼睛，脸上的表情慢慢收了起来，干涩地开口："啊？"

"咳，没事啦，反正我当时也活该。"段裕寒尴尬地轻咳一声，"我原以为他是你家的哪位长辈，后来我才想到他好像以为我把你拐卖了，所以才那么愤怒。他算很能忍了，要是换作我，我可能真的会冲动。"

郁南问："后来呢？"

段裕寒说："第二天早上，我爸就来把我接走了。"

其实，郁南问出口后才想起来，他是想问那天之后又怎么了。

那天之后，当然是宫丞终于找到他后表现出来的隐忍，第二天带他去了海边别墅。郁南不知道宫丞当时是什么样的心情，之后，宫丞也丝毫未提这件事，更不曾因此对自己有半分怒意。

"你们现在怎么样？"段裕寒问。

现在？郁南说："我们早就没再来往了。"

段裕寒有些语塞："对不起啊，我说太多了。"

之后他们又聊了些别的，郁南全程表情自然，好像没有被这个话题影响心情，还和段裕寒讲了几件趣事。

视频通话结束后，房子里恢复了属于一个人的寂静。郁南在沙发上趴了很久，还是拿起了手机，输入宫丞的名字。

最近关于宫丞的新闻寥寥可数，大多是一些郁南看不懂的，什么改革方向，什么翻手为云覆手为雨，什么新的产业，配图都是男人被人群簇拥着的照片。

男人看上去没什么变化，他薄唇紧抿，眸子里一片冷漠，显得分外不近人情。

他已经三十九岁，气势比以往更甚，好像被他看一眼，就会忍不住臣服。

会再见的——这是他发给郁南的最后一条信息，郁南没有回复。

都一年半了，宫丞……应该也在往前走吧？

这一年春节，郁南从希黎直飞霜山，在飞机上遇到有人晕机，郁南还给人家使用了爷爷独家配制的小绿瓶。那位乘客是外国人，对这个小瓶子很好奇，郁南就给他科普了中医。

下飞机后，郁南把这件事和严思危说了，严思危就说可以考虑将这个方子做成一种药造福大众。两人聊了一会儿，严慈安就打来电话，问郁南回深城后准备怎么安排假期。

郁南的假期不算长，前后也就十几天，他得先回霜山陪郁姿姿和舅舅他们过年，再返回深城陪严家人，去余深那儿报到，和朋友们见面，最重要的是，还得去俞川那里给文身补色。

一般来说，只要文身师的技术够好，就不用补色，俞川当然符合这个条件。就算郁南的疤痕组织稍有不同，其实也无伤大雅，奈何俞川患有强迫症，原定的半年现在都拖了快两年了，他不得不去。

郁南第一次在假期这么忙碌，几乎每一天都被安排得满满的。所有的大学同学都在感慨，人一毕业就被迫长大了。现在郁南虽然还在国外继续做学生，但也觉得自己不再是过去那个拥有用不完的时间的小孩。

陪伴家人，见过老师，郁南在上次过生日的那个小酒馆和还留在深城的朋友们喝了点酒。

覃乐风喝醉了，坐在郁南旁边说："我听说希黎长得好看的人很多，远超世界平均水平。"

郁南笑着对覃乐风说："你想认识一个吗？等你放假过去，我可以给你介绍。"

覃乐风有些好笑，问郁南："那你自己呢，好看的人那么多，怎么不找一个。"

郁南对谈恋爱没什么兴趣，便回答覃乐风："我才不要，我一直和颜料做伴就可以了。"

覃乐风道："余老师真是牛，他自己打光棍就算了，把学生也教得打光棍，他是不是成天给你们洗脑，说只有画画才能改变命运啊？"

余深画室现在还有五个学生，都是单身。

郁南说："你说得好像有几分道理，这不科学啊！"他陷入了沉思。

聚会结束后,郁南先送方有晴回住处,再送喝醉的覃乐风。出租车经过CBD,映入眼帘的是一幢类似于魔方的巨大建筑,原先的巨大logo已经变了,"树与天承"几个字换成了"深城科技美术馆"。

出租车司机听郁南说话不是本地人口音,便说:"这里原先很有名,是一个大老板修着玩的,修到一半觉得不好看还推倒重新修了,前后花了好几年。"

郁南说:"现在怎么变成美术馆了呢?"

出租车司机道:"本来是卖了,但那个大老板又买回来无偿捐给政府了。"

夜色中,郁南收回了目光,总觉得那和自己有关。

宫丞……他们自那次以后再也没有见过面,郁南更不曾听到关于他的只言片语。而家人朋友里,除了一个什么也不知道的段裕寒,更没人在郁南面前提起他。

郁南按部就班地上学、去画室,提交国外美术院校的研究生申请,再面试、笔试,一切都有条不紊地进行着。

这晚郁南住在覃乐风那里,覃乐风本来说好要陪他去补色的,可是宿醉后的人现在还在呼呼大睡。辛苦的打工人士难得有可以放松的时候,他就让覃乐风休息,自己去了俞川那儿。

"学长,新年快乐。"因为是春节假期,工作室里一个客人也没有,郁南径直走进去,俞川竟然毫无察觉。

俞川听到声音,抬起头扶了扶眼镜:"郁南,你来了,我差点没认出来。"

郁南看上去有了些变化,眉眼还是那个模样,却好像沉静了一些，身上穿着一件米色的羊绒大衣，头戴同色系深色毛线帽，多了一股说不出来的味道。

俞川想了想，觉得大概是喝了洋墨水的缘故。

"为什么啊？"郁南用清澈的眼神看着他。

俞川觉得无语，只说："算了，我刚才眼花，你还是你。"

废话不多说，俞川带人去了工作间，噼里啪啦地打开照明灯："你什么时候走啊？"

"我明天就要走了。"郁南说，"不好意思啊，我占用了你假期的时间。"

"你肯来就不错了。"俞川无所谓地耸耸肩，只说，"那你明天要坐飞机，身上又疼，是不是时间安排得太紧了点？"他说完这一句，见郁南没动，招呼道，"你过来啊。"

郁南看着那张椅子，对文身的疼痛心有余悸。

他把什么都写在脸上，俞川无奈道："你快过来，这次没上次那么久，应该也不会让你痛到咬坏我的椅子了。"

郁南原本不把这个当回事，经他一提醒，倒是想起来当时的情形了，忍不住头皮发麻，难怪郁柯文个花臂都要跑，当时自己不能理解，现在理解了。

"过来。"俞川拿起了工具消毒。

郁南像一只待宰的羔羊，自己脱了衣服，乖乖往文身椅上趴。

灯光刺眼，俞川先检查了郁南需要补色的位置，很少，大概两个小时就可以搞定。他见郁南神色紧张，笑了一下："背后、臀部有两个疤比较深的地方要补色。"

俞川为了让郁南放松，特地说些闲话："你怎么光吃不长肉？那边的汉堡没把你喂胖点？"

"因为我很少吃西餐，有一位祖籍霜山的阿姨每天会来给我做饭。"郁南趴着说，他因为紧张而肌肉紧绷，就像小时候等着护士阿姨打针一样，每个毛孔都处于备战状态。

俞川有一搭没一搭地和郁南瞎聊道："那你不是应该吃得更多？"

郁南说："她做的菜……我不喜欢吃。"

俞川说："干吗不辞退？"

"她人很好，说话很像我妈妈。我妈妈来过一次，差点以为阿姨是她的翻版……嗯……"郁南疼得咬住了唇。

虽然疼痛在郁南可以忍受的范围，却比起上次有过之而无不及，或许是心态变了，当时那股冲动和勇气不见了，疼痛才比记忆中更甚。

郁南小口地呼吸，俞川让他放松。

俞川的声音还在继续："那挺好的，至少和她聊聊天，你还能不想家。"

时隔一年半，玫瑰花的微瑕之处再次变得完美，这辈子郁南都不用再遭受痛苦了。郁南的疤痕早被完全遮盖，做这些也不过是锦上添花，象征着一段旅程的终结。

在俞川的一声"好了"响起后，郁南坐起身，听到外间传来脚步声。

"是谁？"郁南问俞川。

"你说外面那个人？你也认识。"俞川取下手套和口罩，"他上次来工作室，看了你的文身资料，当时就承诺下次要和你一起来，现在色也补完了，难道他还不走？"

郁南脑子里空白一片，下意识地把衣服穿好了，站在那里不知所措。

"十分钟了。"俞川看了下表。

郁南陡然惊醒，转身就往外面走，走着走着小跑起来。

其实他完全不知道自己想干什么，如果他真的追上了，又该和宫丞说什么话，这些他通通不知道。

那就见一面，只是这一面，郁南想。

俞川工作室外是一条小巷，巷子里空无一人，更没有车。郁南一路跑出小巷，身上竟出了一层薄薄的汗，整个人跑得气喘吁吁，几乎快哭了。

等郁南终于跑出那条似乎没有尽头的小巷子，蓦地顿住了脚步。街边停着一辆黑色的车，是自己熟悉的那辆加长型轿车，奢华低调，黑色车漆反射着锃亮的光。

郁南走了过去，敲了敲车窗。几秒后，车窗终于缓缓降了下来。

他张了张嘴，千言万语汇成一句："宫……宫先生。"

宫丞笑了一下，唇角有好看的弧度："郁南，好久不见，你长高了。"

郁南不知道要怎么回复这一句，竟无厘头地道："那……那个，我送你的那盏木雕灯，你好像还没有还给我。"

宫丞的车里，暖气开得很足。如今这辆车依旧行驶得那么平缓，后座的空间依旧那么大。

郁南坐过很多次这辆车，但从来没有一次像今天这样正襟危坐，连后背都没有靠上椅背，因为气氛实在是有点冷淡。宫丞坐在郁南的左边，闲适地靠在椅背上，眼睛看着窗外。

从方才郁南提起想要回木雕灯，而宫丞收起笑容说"只能麻烦你自己来拿"的时候，两人之间就彻底冷场了。

时隔一年半，很难找到合适的话题去打破这种场面。郁南手足无措，总不可能说自己刚才也不知道自己在说什么吧。

"很疼？"宫丞转回头开口。

因为距离太近，那声音就在郁南耳边响起，他猛地回了神："什么？"

宫丞说："刚才补色的位置是不是很疼？你这样坐着应该很难受。"原来他注意到了郁南的坐姿。

郁南当然是疼的，不过他现在这么坐只是因为太紧张。宫丞不等郁南回答，从储物格里取出一个卡通颈枕，那是郁南过去买的，说宫丞常常坐车，便买了一个颈枕送给他，让他舒服些。

郁南看着这个颈枕，没想到它竟然还在。

宫丞看着郁南把颈枕圈在腰间，问道："这样会不会好一点儿？"

郁南试着往后靠了一下，老实地答道："其实我是屁股疼。"左侧的半边屁股方才遭了殃，他坐着觉得火辣辣的。

宫丞一脸讶然，好笑道："我这里可没有垫屁股用的东西。"

前排的司机已经不是过去那一位，闻言差点往后面看，堪堪忍住了。司机还以为郁南是宫家哪位晚辈，即使宫先生并不老，但两人的这种对话也让他有些意外。

"我说笑的。"宫丞对郁南说，"你最近过得怎么样？学业如何？在国外习不习惯？"

郁南"嗯"了一声，说："很好啊，学校的课业很丰富，课后也有很多活动可以参加。"

宫丞道："是吗？我想想……你去了有多久了？"

郁南说："有大半年了，一月笔试，三月面试，我收到通知后是七月份去的，先念了三个月语言班。"

宫丞皱了皱眉，没再说话。

时间的隔阂与身份的差距，让他们并没有多少共同话题可以聊，于是又冷场了。陌生感席卷而来，郁南惴惴不安，不由得开始后悔，他就不该追上来。他们有什么好见面的？他果然又冲动了。

车子很快就行驶到了目的地——过去郁南住过的那套房子。

房子和过去相比已经有了变化，整个风格变得很冷淡，目之所及一件杂物也没有，看不出什么生活痕迹，只有桌上那个没来得及收拾的咖啡杯显示着这里平时有人住。

宫丞换了鞋，对郁南说："你直接进来。"原来这里已经没有了郁南的拖鞋。

郁南往里面走了几步，站也不是，坐也不是。这里对他来说变得有些陌生了，格局却未变。

男人去到房里半晌，再出来时说："抱歉，我忘了上次灯不亮，让人拿去修了。"

郁南本来就不是来要灯的，连忙摆摆手，尴尬地道："没关系。"

宫丞道："修好之后，我叫人寄给你，方不方便留个地址？"

郁南胡乱地点点头："好啊。"

宫丞拿来纸笔，郁南唰唰地写下了地址，还是他惯用的幼圆的字体，写字的动作却十分迅速。

宫丞撕下字条，慢条斯理地将它折好了，装进衣服的口袋里。

因为实在是没有什么好说的，郁南甚至都没坐一分钟，没喝一口水，就主动提出要回家了："我家人还在等我，我得早点回去。"

"严家？"宫丞问。

"嗯。"郁南应了声，"我现在住在严家。"当初哭着离家出走，不愿意去严家的孩子已经回家住了。

宫丞淡淡地说"好"，还打了个电话叫司机送郁南，一切仿佛尘埃落定。

郁南走到门口，忽然扶住门框道："明天我就走了，要回F国了。"这话一出口，他便有些懊恼。

宫丞只是应了声："好，一路顺风。"

郁南道："再见。"

宫丞也说："再见。"

郁南回到家里，严思危正在被迫挑选照片。没错，迫于宋阿姨的压力，他得从宋阿姨连同外婆一起给他寻找的好几户大家闺秀中挑出相亲对象。

郁南回去时，正巧听到严思危说："我不急。"

宋阿姨嗔怪道："怎么能不急呢？看看照片又不会怎么样。你平日工作那么忙，接触的除了病人就是病人家属，也没什么好的对象可以认识。"

郁南听着，觉得好像有一些道理。

严思危说："今年我还有课程要进修，真的没有时间，结婚的事情可以以后再说。"

宋阿姨道："现在家里就你和加加两个孩子了，说起来，我也没看见加加谈恋爱……"

郁南听到这里，止住了本来要进客厅的脚步，直接上楼了。

宋阿姨什么都好，就是太唠叨，万一她给自己介绍个相亲对象，他怎么拒绝？在这一点上，郁姿姿就好很多，她告诉郁南：不着急，可以等一等，遇到合适的人再谈也不迟。

郁南本就一心放在画画上，对他来说，这些都是没有必要的烦恼。

他更烦恼的是，这次回来能再次遇到宫丞。他本以为自己会逃开，可是谁知道，他竟然会追出小巷子，还会在分别时说出"明天我就走了"那样的话。难道他还想和宫丞修复关系吗？

还好，宫丞只是和他说了再见。

郁南觉得自己这样的行为真的很奇怪。他们于一年半前就闹翻了，不，准确来说是上上个春节后，差不多两年了。

他明明没有抱着期待，为什么还会那样做？

郁南用被子捂住头，被闷得有点喘不过气。

覃乐风是最了解他们之间纠葛过往的人，于是他发语音消息给覃乐风，说了今天的事情。

郁南已经不是以前那个咋咋呼呼的小孩了，但是在覃乐风眼里，他最多就是沉稳了一点点的小孩。

所以覃乐风说："他恶劣就恶劣在以前是在把你当傻子耍。如果他真的一年半之后还觉得自己做错了，想和你真正平等地相处的话，我觉得也不是不可以原谅。当然，你自己得想清楚。"

郁南闷在被子里说："我想不清楚，要是我想得清楚，也不用问你了呀。"

覃乐风：……

郁南大口呼吸着空气，接下来便躺在床上盯着天花板发呆。

"三思而后行"，这一年多来，他一直记得这句话，所以褪去了毛躁，但并没有因此畏首畏尾，这句话对他的学业和生活都大有裨益。

过去郁南是不想重蹈覆辙，而现在是事过境迁，宫丞像是已经不再想和他重归于好了。

一切都晚了，郁南想，那么他这个早就往前走了的人应该放下这些，继续过好自己的生活，才是最好的选择。

第二天早上，郁南起来之后被宋阿姨强迫着吃了早饭。严思危一早就走了，走之前在郁南头上摸两把："好好照顾自己，别太累了，画画忘了时间也要记得吃饭。"

郁南点点头，乖巧地道："知道了，哥哥。"

严思危走了以后，严慈安来到餐厅让宋阿姨帮他系领带，宋阿姨嗔怪了两句，让他赶快吃饭。一家人融洽相处，让郁南回忆起了小时候，养父过世前和郁姿姿也这么恩爱。

他想到自己马上要走了，竟觉得国外一个人的生活有些孤独。不管是在霜山，还是在深城，总归自己的家里比较舒服。

吃过饭，严慈安送郁南去机场。登机手续什么的都帮郁南办好，等人要过安检了，严慈安还依依不舍地叮嘱着，无非还是严思危说过的那些话。不过严慈安顺便跟郁南说了恋爱方面的事情，大概是昨晚宋阿姨和他提过了。

严慈安委婉地说："你要是遇到了合适的人，要先看看对方的生活态度。西方国家的人，咳，是很开放的。"

郁南脸红道："爸爸！"

作为一名医生，严慈安不认为这些事不应该说："你还小，我也不阻拦你，总之你要注意保护自己，也不要伤害别人。"

郁南忽然有些无语，又觉得操碎心的严爸爸很可爱，只好心情复杂地背好自己的双肩包，往安检通道走。

人来人往中，郁南忽然听见严慈安道："宫先生，这么巧，你也要出国？"

郁南僵住了。

"严院长。"很快另一道声音就响了起来，"我是来送人的。"

严慈安乐呵呵地道："那还真是巧了。"

郁南转过身，发现宫丞身穿黑色大衣，挺拔魁梧，隔着几步的距离，沉静地看着自己。

他几乎不敢相信自己的眼睛，还以为他们再也不会见面了，谁知会这么巧，可是宫丞来送谁？

严慈安见郁南愣着，和蔼地提醒："加加，怎么不和宫叔叔打招呼？一年多不见了，你是不是没认出来？"

郁南脑子里一团乱，旁人教什么自己就学什么，下意识地开口："宫叔叔好。"

他说完，立刻把嘴巴闭得死紧，他真不是故意的。

宫丞微微眯了下眼睛，瞳孔里看不出情绪，当着严慈安的面，他什么也没有说，还"嗯"了一声。

严慈安当然看不出两人的异常，他一把年纪了，大儿子严思危那么优秀他都不屑提起，有了郁南之后竟然还犯了天下父母都爱犯的毛病，忍不住骄傲地道："我们加加在F国的希黎美术学院念书，今年是硕士生了，学油画的。"

希黎美术学院，一听就知道是高端、大气、上档次的院校。往往严慈安在社交圈、医生圈里一提，人们都会交口称赞，所以他都忘了郁南给宫丞干过兼职这件事。

宫丞将手揣在大衣口袋里，微微点头："很厉害的学校，很适合郁南这种有才华的年轻人。"

严慈安说："是啊，今年我们地区就招收了加加这一个硕士生，拿的全额奖学金呢。"

"是吗？"宫丞的语气里没有丝毫惊讶，但他还是很配合地说，"能拿到希黎学院的全额奖学金，以后必定是不凡之才，一画难求。严院长，那我可要先跟你预订一幅了。"

严慈安高兴地说："过奖过奖。"

两人看似闲聊，宫丞的目光却一直停在郁南身上，只有严慈安尚在满足中。

严慈安看到郁南还站着，才反应过来："啊，不早了，加加你先进去吧，到了给我打电话。"

郁南恍惚地点点头："爸爸再见。"

他往安检的入口走，一步一步走向飞向F国的路。

继续走了十几步，他突然停下了脚步，然后转身，此时宫丞就站在严慈安身后。

郁南感觉自己心里窜出一股久违的冲动，大步往回走。

他问："你……你是来送我的吗？"

宫丞低头看着郁南，嗓音低沉："这还用问？"

郁南结结巴巴地道："那……那你是什么意思？"

两人对视，宫丞道："确认你不再记恨我，我们可以重新来往的意思。"

郁南努力让自己说出那句话："也许我们……我们可以试着像真正的朋友那样平等地相处。"

他话音刚落，宫丞就说："希黎见，我后天的飞机。"

宫丞那句话，什么叫后天的飞机？这是巧合，还是他在自己说过要走了之后，连夜订的飞机票？郁南不敢仔细去想。

二月下旬到三月上旬，是希黎美院放春假的时间。郁南回到希黎的时候，其实还没有开学，他给自己预留了两天的时间。这么一算，加上时差，宫丞来的时候，将会是郁南的返校日。

郁南一个人在希黎冷冷清清地过了两天，一个人去买了日用品，一个人去逛了美术市场，一个人回到公寓做假期作业。明明这些都是郁南留学这半年常做的事，不知道为什么，这一次他忽然觉得很孤独。

返校日的早晨，天气很阴沉，天气预报说换季前最后一场雪将在今天降落。郁南换上了厚毛衣与羽绒服，裹得像一个粽子，在一群打扮得花枝招展，似乎感觉不到冷的艺术生中显得"鸡立鹤群"。

同学们都知道郁南回国去过传统春节了，纷纷跟他说新年快乐，郁南拿出一些小红包分给他们，也回说："新年快乐！"

这些红包是郁姿姿帮郁南准备的，每个红包里装了6.6元，换算过来还不到F国的1块钱，但是每个收到红包的人都表现得很惊喜，拿着花花绿绿的钞票查看，他们不知道按照东方的习俗，红包是不能当面打开的。

"Nan，这个是什么？"有人问。

郁南向他们解释了这个传统，又说："今天是返校第一天，我发的这种红包叫'利是'，祝福我们今年学业都可以顺顺利利。"

同学恍然大悟："很美好的寓意！你们国家的人真浪漫！"

郁南笑着说："是呀，我们结婚、生日、乔迁，都会发红包的。"

放学后，一行人说说笑笑着走在校道上，已经有零星的雪花开始飘落了，有人在叫郁南的名字，是李枫蓝。

李枫蓝说："郁南，今晚有个新年派对，一起去吧？"

旁人说，都三月了，搞哪门子的新年派对。李枫蓝理直气壮地说："我有一半的C国血统，刚过完春节，谁说不能办新年派对了？"

郁南摇摇头，说："不好意思，我不去了，今天我有个朋友要来。"

不等李枫蓝再劝说，郁南便走了，剩下几个同学笑道："Nan今天好像特别高兴啊，对我笑了好几次，好像一个天使。"

"Nan就是天使，"他们说，"还给我们发钱。"

"那叫利是！"一个同学纠正道。

李枫蓝听着那奇怪的发音，翻出他们的红包，不满地道："为什么我没有？"他生气了！

郁南早早地回到公寓，路过花店，还买了一束白色的洋桔梗，用牛皮纸包了带回去。公寓里平常除了书本就是颜料、画布，缺乏生气，上次郁南在古董店低价买了一个玻璃窄口瓶，恰巧能配得上。

帮郁南做饭的阿姨已经来了，两人约定了从返校日这天开始，阿姨再来给他做饭。可郁南本打算今晚去市中心的餐厅吃饭，之前和同学去过一次，味道很不错，但是他忘记跟阿姨说，因此感到有些抱歉。

"南南，今天不用我做饭了？"阿姨摘下围裙疑惑地道。

有一次阿姨生病请假了不能来，郁南就尝试着自己做饭。奈何他高估了自己的烹饪能力，煮粥的时候将锅底煮得漆黑，满屋子煳臭味，第二天阿姨来了味道都还没消散。因此，阿姨对乖巧的郁南的厨艺表示怀疑。

郁南说："今天我有……有个朋友要来。"郁南说起"朋友"这两个字时，竟然有些犹豫。

阿姨却说："没关系的，我可以准备两个人的饭菜，他什么时候到？"

郁南想了想，道："七八点钟，我不太确定。"他说着，拿出一个大一点的红包，"阿姨，这是利是，祝您新年快乐。"

阿姨吓了一跳，郁南虽是她的雇主，却也是晚辈，所以她说什么都不肯要红包。

郁南说："是我妈妈给您的，谢谢您照顾我，您不要客气。"

郁姿姿来过一次，阿姨当然是知道的，这才欣然收下红包，收拾好厨房准备离开，临走前对郁南说："今天来的是你很要好的朋友吧？南南今天看起来很高兴呢。"

郁南一脸愕然，并不知道自己现在是什么模样，于是跑去了浴室，对着镜子看自己的脸，只觉得眼睛好像在发光一样，神采奕奕的。

宫丞之前给郁南发了信息，大约四点下飞机，从机场过来再花三刻钟，那么他五点之后就能到。现在才四点，郁南突然就无事可做。

时间一分一秒地过去，很快就要到六点了，宫丞却没有到，郁南估计是飞机晚点了。

他朝窗外看去，外面已经全黑了，扑簌簌的雪花越下越大。他耐着性子又等了一个多小时，七点半，订好位置的餐厅打来电话，问郁南什么时候到，于是他取消了订位。

十点，郁南爬上床准备睡觉了，觉得宫丞应该不会来了。

他是被工作耽误了吗？还是其他的原因？郁南开始胡思乱想，发现人真的不能对另一件事情关注太多，也不能抱有太高期待，否则很有可能面临的是失望，甚至是重蹈覆辙。

迷迷糊糊间，郁南被门铃声惊醒，睁开眼睛一看，墙上的时钟已经指向了十一点半。他爬起来，透过猫眼看到外面的情形，然后猛地打开门。

门外，宫丞风尘仆仆，眉梢肩头都落着雪花，他就这么出现在郁南的面前。

郁南差点以为自己在做梦，惊疑不定地说道："你……你怎么……"

"我来了。"宫丞上前一步，低头道，"没有骗你。"

郁南尚在恍惚中，宫丞却轻描淡写地略过这个话题："我们先进去，外面风大。"

郁南往里让了一步，宫丞进了屋子。他脱掉大衣，将雪花抖落后挂在衣钩上，与郁南的外套并列挂在一起。

等郁南关好门，回身便看见宫丞拨乱了头发，额发凌乱地垂落，显得年轻了不少。

"我以为你不会来了。"郁南说。

他身上是一件粗花呢毛衣，脸上有一个睡觉时压出来的红印子，身上传来热气，看上去十分温暖。

而室外寒风阵阵，大雪未停，宫丞一身冷气。

宫丞说："雪下得太大了，飞机备降F市，我好不容易找到一辆车来希黎，谁知高速路也封了，差点就过不来。"

郁南呆呆地听着，原来，每次在自己不知道的时候，其实都发生了一些事。毕竟现实不是童话，怎么可能处处令人满意？

"但是我不可能不来。"宫丞说。

宫丞的自负自傲或许是与生俱来，刻在骨子里的，但他对真正要珍视的朋友的态度却不能像对下属的态度一样。

这间公寓是老式的，层高很高，空间也算得上大，可是宫丞一来，仿佛每一处都变得狭小了。

郁南有些局促，他连忙找着话题："那……那个，都这么晚了，你是不是还没有吃东西？"

订好位置的餐厅肯定不能去了，厨房和冰箱里还有阿姨下午准备好没来得及做的食材，均已切好、洗好，只要下锅就能做出菜来，不用担心会没有吃的。

现在郁南是主人，得招待宫丞，于是他率先进了厨房，打开冰箱，想拿食材出来加工。

只听宫丞说:"不用这么麻烦,我自己来。"

宫丞连续赶路好几个小时,一路上的确没有吃东西。他挽起袖子,露出小臂,熟练地将那些东西处理好。他很喜欢烹饪,在这方面不用过多学习,就能做出一手好菜。郁南还记得他说过,如果他不是出生在宫家,可能会去做一名厨师。

宫丞问:"食材很丰富,我准备做三鲜面,你要不要吃一点?"

郁南点点头,说:"好啊。"其实他也没有吃晚饭,这时候才察觉出饿。

短短二十多分钟,两碗热气腾腾的面就做好了。外面还下着雪,在温暖的室内端着面条的郁南头一次觉得国外留学的生活没那么孤独。宫丞的手艺更是没得挑,比阿姨的要好太多太多,他好久没吃过这么好吃的面了。

郁南吃东西慢条斯理,等人吃完了,宫丞又将碗筷收拾进洗碗机。郁南忍不住想,为什么就算到了他的地盘,还是有种这里是宫丞的主场的感觉?

快十二点了,现在一切都收拾好了,这房子里的气氛再次有点尴尬。

郁南不知道该做什么,叫宫丞去酒店吗?还是留宿在次卧?他不由得有些懊恼,今天自己准备了一整天,却没有想到这个问题。

他走出房间,发现宫丞在客厅看他的书。这房子里其实有点乱,到处是他的书本、工具,还有一些乱七八糟的小物件。

"早点休息。"宫丞抬起头说,"你明天要上课。"

"那你……你呢?"郁南不知所措地站在那里,好像一只有点紧张,却又不想离得太远的猫咪。

宫丞放下书:"郁南。"他道,"我来这里是想修复我们之间的关系。"

"你为什么还会来找我？"郁南结结巴巴地问了出来，"我那时候都……都那么说了，你不会觉得我不想再跟你有任何往来吗？"

"我想过。"宫丞道，"那天我把车停在巷口，我在想，你会不会愿意见我。"

"永远也不要再出现在我面前"，这是郁南的要求，为了履行这一点，他到了文身工作室，站在外间。

郁南想到那时的情形，忽然想，若换作自己，很难做到这种地步。

"其实你毕业的时候、出国的时候，我都想过要去送你，但是我们已经闹成了那样，我没有这个立场。"宫丞说。

郁南头一次认真听宫丞说话，要是自己以前认真听一听，试着相信他，或许情况会完全不同。

不等郁南有所反应，宫丞说："你去睡吧，我要倒时差。明天就不做三鲜面了，我给你做大餐。"

Chapter 16
确 信

祝你永远保持天真。

郁南早上起来时，雪已经停了。家用小壁炉烧了一夜，现在只余尚有余温的木炭残渣。这房子供暖不太好，当时他一眼看中这里，是因为喜欢这里的院子与格局，谁叫他天生有无处安放的浪漫细胞。

郁南走出房门，昨夜下了一夜的雪，外面成了银装素裹的世界。路旁的轿车被积雪覆盖，成了一个又一个雪块。铲雪车已经开始工作，阳光初现，今天会是一个晴天。

下午三点，郁南以比以往都要快的速度收拾好了东西往外走。家里有一个人在等着，这个认知让他感到很新鲜，心想：他们一会儿去哪儿呢？

说实话，他对希黎市一点也不熟悉，除了初来乍到采购一些用品时和郁姿姿一起去逛了一次大商场，甚至连希黎的地铁都没有坐过。他平常也不爱出去游玩，许多著名的古迹与博物馆目前都还躺在待逛名单上，准备等自己稍微能听懂本地语言的时候再去。

可是他现在是"地主"，总不可能一直让宫丞和自己待在家里吧？他们至少得出去看一看。

郁南刚走到学校门口，就看到了宫丞。在来来往往肤色各异的行人里，宫丞穿着一件羽绒服，坐在路边的长椅上喝咖啡。

宫丞也看见了郁南，站起身扔了纸杯，很明显是来等人的。

过去宫丞也到学校里来,这还是他第一次独自以步行的方式来,少了高高在上的距离感,多了一分亲近。

宫丞在F国不是没有产业,他的工作注定了他在许多主要城市都有落脚点,有些地方的产业,他自己都会遗忘,只有看理财师给的年度报告时才想得起来。前一天他刚出发,这边就有人打电话说要为他安排在F国的行程,他直接拒绝了。

今天郁南戴了一顶毛线帽子,看上去年纪很小。

既然说好要做大餐,两人便一起去买食材。

郁南给阿姨打过电话,说这几天她不用过来,在她的指点下,两人顺利在附近找到了一个生鲜市场。买完东西回家后,宫丞果真系上围裙,做了一桌郁南喜欢吃的菜。他们喝了些红酒,郁南喝得很少,因为还有事要做。

宫丞收拾好出来,看到郁南趴在沙发上听着录音,一边听一边写写画画。

宫丞问道:"你在干什么?"

郁南说:"老师说话有口音,说得也很快,我每次都会用录音笔录下来,回来再仔细地听一次。但是今天这节课他讲的一些内容我录了音也没听懂。"

宫丞说:"让我听听。"

郁南又放了一遍录音,宫丞听完了,帮他翻译道:"老师讲的是抽象油画的研究方向,提出抽象派中又有许多不同的流派,如立体主义等,叫你们这周可以选择一位抽象油画大师,对其代表性作品进行分析学习。"

郁南懵懂地点点头:"这样啊。"

宫丞问郁南:"你喜欢哪位大师?"

郁南想了想,道:"太多了,不过我觉得要是分析的话,蒙德里安比较有代表性。我得查一下资料。"

宫丞笑了一下，说："那还不简单，我们可以去市立图书馆，找到资料我帮你翻译，会更准确。"

"真的？"郁南很惊喜，眼睛亮闪闪的，觉得宫丞真是什么都懂。

第二天下午，两人早早用过晚餐，准备去希黎市立图书馆。这段宫丞特意腾出的时间，让他们的生活节奏变得很慢，他们好像从来没有过这样的时候。

郁南的生活本是两点一线，除了去学校，就是在家里。宫丞的到来并没有让郁南的生活改变多少，这让郁南感到安心。

F国有自己的语言，希黎美院的教授上课时会使用国际通用语言，本地人则习惯用本地语言，而郁南除了"你好""谢谢""再见"之外，什么都听不懂，这也是他不爱出门的原因。

郁南出门前查了路线，到了玄关发现宫丞已经穿好衣服了，正拿着自己的外套等着。

"我们可以坐地铁。"郁南看着街景地图说，"坐三个站之后换乘公交，一个小时内就能到。"

宫丞之前就没坐过地铁和公交，郁南没有想到这一点。

出门后，宫丞直接忽略了早就在路旁等候的司机，和郁南一起进站、买票、上地铁，然后一起走出地铁站，在路旁等公交车。

一路上总有人打量宫丞，可能是终于察觉到哪里不对，郁南看着身边与这交通工具格格不入的人，明白了什么，不过他不想因此去迁就对方，这就是他的生活。他理直气壮地说："平时多坐公共交通工具，少坐私家车，现在世界首富都是这样出行的。"

宫丞没有说什么，只是颔首："你说得对。"

进入市立图书馆后，宫丞用图书馆的电脑很快找到了他们要查的资料。去办临时阅读证时，宫丞流利的口语惊到了郁南，郁南这才回忆起来，宫丞第一次请自己吃饭是在一个F国餐厅，主厨就是一个F国人，当时宫丞就和对方聊过天。

拿到的书自然也是原文版的，这下郁南就不奇怪了，拿出纸笔道："你帮我看帮我翻译，我做笔记。"

"好。"宫丞优雅地坐在郁南的身边，看上去就像是这里的常客。

于美术一道上，宫丞算不上外行，他的翻译并不生硬，许多专业词汇转换为中文，语境与释义都十分准确，两人配合起来事半功倍。遇到郁南写得慢的时候，他就会把速度放得更缓一些。

"纯粹造型。"郁南忽然停笔，不好意思地问，"'粹'字怎么写来着？"

长期使用电子文档的人如今有了一个通病，手写时常常会忘记如何书写一个不算生僻的文字，作为"网瘾晚期患者"，郁南当然也不例外。

宫丞拿起一边的笔，说："我教你。"

宫丞的字十分漂亮，潇洒又有力道，与郁南那乱七八糟的狗刨式幼圆体形成了鲜明对比，郁南觉得脸上火辣辣的。

"没事多写字，"宫丞似乎知道郁南在想什么，放下笔挑眉道，"不要一空下来就玩手机，现在世界上的大艺术家们都提倡返璞归真。"

郁南脸一热，"咚"的一声将额头磕在桌面上："你怎么这么睚眦必报，太小气了。"

宫丞逗郁南："我再说,你是不是又要画一部手机骗我了?"

郁南恼羞成怒道："我才没空!画那个很费时间的好吗?"

做完重要资料的取材,郁南便整理了一下记录下来的信息,宫丞已经拿了另一本书在看。

郁南见时间还早,去还了刚才那本书,准备再借几本书回去慢慢看。

这个图书馆已经有百年历史,许多书都不可以外借,郁南只能找一些新的可以替代的版本,顺着号码牌在高大的书架间穿梭着,慢慢地搂了一摞书,才准备回去了。

对面有人走过来,低声交谈着,郁南与他们错身而过,对方忽然停住了脚步。

"是你。"那人用中文说。

郁南转过身,看见了Louis。就是这么巧,在希黎的图书馆,他竟然碰到了Louis。

郁南有点厌烦,皱起了眉,不管这是巧遇,还是对方有意为之,总之他对Louis完全没有好印象。

两年未见,Louis也没什么变化,因为是混血,在这里出现看上去倒是更加符合身份,那头鬈发依旧拢在脑后,脸庞精致柔美,有一股艺术气息。

Louis手中拿着几本书,旁边是一个金发碧眼的外国人。Louis对同伴说了几句话,对方便点点头走了,于是狭窄的走道里就剩下了两人。

"我听说你和宫丞闹掰了。"Louis云淡风轻地说,甚至没有开场白,"看不出来,你竟然是一个特别有性格的人。"

郁南面无表情地说："我也没看出来你是一个特别让人讨厌的人。"

Louis听了并未发怒，反而淡淡一笑："是吗？"

郁南一拳打上了软棉花，不想再和这个人交流，准备直接离开。

"要是早知道会在这里碰见你，今天我就不会来图书馆。"他很直接地说，"你毁了我今天的好心情。"

"这里是我的国家。"Louis道，"要说不想碰见你的人是我才对。"

郁南差点忘了自己听封子瑞说过，Louis是有F国血统的混血。这个瞬间，仿佛往事重演，郁南的大脑一片空白。

好像过了一个世纪那么久，又好像不到一分钟，郁南的思绪百转千回，最终回到了眼前的情景里，心想：那又怎么样呢？宫丞和Louis早就没有关系了。

Louis继续道："碰见你，只能提醒我自己有多失败。"

郁南愣住了。

世界太小，没想到即使在另一个国家，他也能与郁南遇上，Louis不喜欢这种缘分，说那句话也并不是真的觉得自己比郁南差。

Louis的语气里有隐藏不住的惋惜："我一直以为宫丞这辈子都学不会怎么低下他那颗高贵的头颅，要不是我看见他的所作所为，也不敢相信他竟真的能做到。"

Louis习惯性地将浅色头发朝后拨动，依旧是斯文高贵的模样。

郁南平静地问："你告诉我这些，是想表达你非常后悔吗？"

Louis的表情凝滞了一瞬，以为郁南会像上次一样禁不起奚落，在自己面前被击得溃不成军，红着眼睛跑掉，没想到他会被对方反将一军。

"他现在已经改了，但是你们的关系不可能修复了。"郁南将手中的一摞书抖动着整理了一下，又说，"你接下来怎办呢？"

Louis收起了笑容，到了这个时候，他还努力地保持着那份优雅。

郁南真心实意地说："你好可怜。"他说完，转身往书架尽头走去，准备回他们的位置。

郁南刚走到书架尽头，就看到了宫丞，两人什么话都没说，默契地转身一起走了。

Louis还站在不远处，脸上露出惊愕的表情。他只知道这两人已经闹翻，却没料到宫丞竟然也在这里，竟然还和郁南一起走。那就说明，宫丞一直在试图修复和郁南的关系。

好好的一次图书馆行程变成了这样，其实两人都有些不得劲，尤其是宫丞。这里天高海阔，郁南却偏偏遇见了Louis。

偏偏郁南什么都不说，回去的路上还去面包店买了些面包。郁南挑的面包也不适合自己吃，还是宫丞重新选了一些。

回到温暖的公寓里，宫丞去泡了两杯茶，将其中一杯递给郁南："你有什么想问我的吗？"

郁南坐在沙发上，接过茶杯放在掌心取暖，这才开口："你觉得我们真的能平等相处吗？"他抬起头，眼中有些迷茫，"我们确实不是一个世界的人，我比你小那么多，我们的阅历和身处的环境都截然不同。"

宫丞对这个问题有些意外，他以为郁南会问Louis的事，却没想到郁南关心的竟然是这个。

宫丞还没想好怎么回答，郁南又问了一遍："是不是？你直接回答，你是不是也那么想过？"

宫丞有很好的谈话技巧，郁南已经领教过了，作为一个成功的商人,这几乎是宫丞与生俱来的天赋。可是对于郁南来说,需要得到的是最真实的反馈。

宫丞将茶杯放在茶几上,顿了顿,才道:"是。"

宫丞说:"我的确那么想过,但你没有必要为不一定发生的事担心。"

郁南道:"我才没有担心!我们干脆不要和好了,反正以后有可能还会分道扬镳,为什么要浪费时间?"

宫丞正色道:"你不要说这种话。"

郁南道:"距离这里不远的地方有一家酒店,是用你的名义订的。你来的第一天我哥哥就知道了,他不准我收留你,叫你去那里住。"

"严思危?"宫丞冷着脸,他和严思危肯定是八字不合。

郁南点头道:"嗯,你走吧,你去那里住。"

几天来屋内逐渐变得温馨的氛围一下子冷了下来,两人又陷入了僵硬的对峙里。

宫丞等了许久,郁南都没有再和他说一句话,桌子上的茶都已经凉了。

宫丞站了起来,郁南听见他往玄关走,应该是拿了外套,接下来便是关门的声音。

虽然现在是深夜十一点,但宫丞的保镖就在附近,郁南早就看见了,不觉得宫丞会找不到住的地方,也不觉得宫丞会有危险。

郁南在沙发上坐了很久,直到墙上的挂钟指向十二点,"当"地敲了一声。

与此同时,门铃也被按响,宫丞的声音在门外响起:"郁南。"

郁南吓了一跳,走到玄关,从猫眼看见宫丞竟然没有走,而是一直等在门外，深夜，外面那么冷，积雪都还未化。

"你疯了？"郁南气呼呼地打开门。

宫丞背在后面的手转过来，掌心托着一个纸杯蛋糕，上面插了一根蜡烛："生日快乐。"

郁南愣住了，那个纸杯蛋糕哪里来的？啊，对了，是他方才在面包店买的。不对，重点难道不是自己的生日？

过了十二点，就是当地时间三月十日了，如果宫丞不提醒，郁南不会想起这件事。

男人嗓音很好听："F国的时间比国内快，所以我是今年世界上第一个祝你生日快乐的人。"

郁南不知道说什么好，一瞬间就明白了宫丞为什么待在这里不走。

宫丞催促郁南："快许个愿，蜡烛要烧完了。"

郁南勉强完成了这个仪式，吹灭了蜡烛。一步之遥，他都能感觉到宫丞身上的寒意，生硬地开口："你……你要不要进来？冻死了我不负责的。"

宫丞却说："不了。"

郁南十分惊讶，被他的拒绝弄得脸上火辣辣的。

宫丞说："我凌晨两点的飞机，那边有个重要的会议，我不得不走，本就打算陪你过了生日就走的，不然你赶也赶不走我。"

郁南看见了等在公寓外面的那辆车，路灯下站着一位司机。

这几天日子过得太悠闲，郁南差点忘了，宫丞那种身份的人，怎么可能临时挤出这么多时间。从订机票到来F国，只能说明对方是在迁就他。现在应该是再也不能延迟了，宫丞才会选择坐红眼航班回国去。

司机站在那里，像是在无声地催促。

"礼物在你床头。"宫丞说。

郁南抬起头，这一刻，他连日来思考的问题好像有答案了。

这一次郁南没有冲动，想得很清楚。他确信自己愿意尝试和宫丞以平等的朋友关系相处。

"我走了，你好好吃饭，好好休息。等你下次放假了，我再过来。"宫丞轻声说道。

凌晨，车子消失在了街道尽头，郁南在门口站了一会儿才进了屋，屋子内的安静提醒着自己，宫丞已经走了。

宫丞走得很匆忙，郁南完全没有做好心理准备，想到宫丞本来是有机会和自己好好告别的，他失落地把那个纸杯蛋糕吃了。

一个人刷牙洗澡后，郁南躺在大床上，想着宫丞到机场了没有，想象对方登上那趟班机。宫丞有比他更多的身不由己，这是成功必须付出的代价。

枕头下面好像垫着什么东西，郁南拖出来一看，是一个牛皮纸袋，上面贴着一个蝴蝶结和一张小卡片，卡片上写着：祝你永远保持天真。

郁南打开那个纸袋，看到里面的东西时立刻懂了宫丞的意思。袋子里是一沓资料和一个证书，证书上面写着：郁南儿童烧烫伤救助基金会。

基金会的成立时间就在不久前，资料内容包括基金会的防烫伤科普宣传、康复指导、医疗与心理支持，甚至还包括了一些疤痕修复的美容处理方法。基金会初始资金由宫丞本人提供，除此之外，目前募款已有五百万元，每个十二岁以下的烧烫伤儿童都可以申请救助基金。

郁南第一次给宫丞看自己的文身时，提过是烫伤，宫丞却没有细问，后来宫丞问了，他却不愿意说了。他们没有讨论过这个问题，后来闹翻也不是因为这个。郁南没想到宫丞会注意到这一点，世界上再没有比这更好的礼物了。

宫丞是一个追求完美的人，筹备一个这样的项目并做到这种程度，至少需要花费一年，那么就说明，他在还不知道这份苦心能不能被自己了解的情况下就做了这件事。

宫丞的改变是从在 M 国开始的，而到了现在，宫丞又发生了巨大的变化。从最初的自负、强硬，到最后的隐而不发，宫丞比郁南成长得更快。

一个人不应该抓住过去的错误不放，要想真正长大，就得干脆地放下，于是郁南给宫丞发信息：宫丞。

宫丞没有回复，应该是飞机起飞了。

第二天中午，郁南才收到宫丞的回复，兴许是太忙了，宫丞没有时间打电话过来，而是回了一条语音，说："你知道错了？"

郁南当时正坐在画架前，一播放语音，周围的同学就好奇地看了过来。其实同学们都听不懂中文，但郁南还是有些尴尬。

宫丞指的是郁南故意把他赶出门还冷落他的事，以为郁南是在变着花样道歉。郁南虽然后悔，但发信息并不是那个意思。

由于分隔两国，两人之间不仅有距离，还有时差这个天敌。

他们打视频电话的时候，宫丞那边通常是晚上，通话的场景不是在办公室就是在车里。这一个月来，郁南只有两次见到宫丞是在家里和自己说话的，更别提按时上床休息了。

郁南只以为宫丞是身在其位，不得不这么忙，直到有一次宫丞在开会，示意小周用办公室电话给自己回电后，他才知道宫丞把工作都提前处理好，是为了攒时间到 F 国来多玩几天。

郁南的下一个长假在六月，也就是暑假，时间长达一个月，宫丞大概是想趁那个时间过来。

"今天你怎么穿这么少？"宫丞放下手中的文件，皱着眉问。

今天郁南只穿了一件连帽衫，看起来很单薄，这边还是早上，太阳刚刚冒出头，照得他的脸呈奶白色，眼睛又黑又漂亮。

"因为已经换季了呀。"郁南将镜头扫向四周的行人，"大家都换上了春装，现在一点都不冷了。"

宫丞太忙碌，差点忘了季节，闻言放下心来："换季时气温不稳定，你小心感冒。"

"我知道了。"郁南说，"对了，明天我要和老师一起参加艺术展，上午就不能和你视频了。"

宫丞道："好，注意安全。"

两人又闲聊了几句，秘书进办公室来递文件："宫先生，这里请您签个字。"宫丞"嗯"了一声，伸出手接过文件，修长的手指握着笔，在镜头前龙飞凤舞地签下大名。

等他快速签完字，郁南说："我先挂了，有认识的人在叫我。"

宫丞诧异地道："这么快？"

郁南点点头，没心没肺地挥挥手："拜拜！"

宫丞语塞，郁南则直接挂断了视频。

今天是最后一天上课，只上半天，整个上午郁南都很兴奋，一放学就回家收拾好衣物，并出门招了一辆出租车。郁南放好行李箱后上了车，对司机道："去机场，谢谢您。"

暑假实在是太遥远了，四月有个节日，学校放假三天，虽然时间短，可是也得好好地利用起来。

郁南算好了往返的日子，提前订好了机票，一边心疼钱一边按捺不住心里的激动。他是一个藏不住话又不会说谎的人，好几次差点在聊天时忍不住告诉宫丞这件事,但想一想就知道宫丞肯定不会同意的。

经过十多个小时的飞行,郁南下飞机时,深城已经是晚上七八点了。

连续熬了两个晚上,郁南的时间感有些错乱,此时踏上熟悉的土地,顿时感觉一股热浪袭来。他这次回来谁也没告诉,自然不会回家去,他叫了一辆车去那个很熟悉的地方。

郁南下车后,心里有些忐忑,对于门锁的密码,其实有些没有把握。自己当初要求重新设置了密码,要是宫丞已经改了的话,就搞不成惊喜了。

按键音一声一声响过后,门锁应声而开,空无一人的家里随着开门声自动亮起了灯。

一切恍如隔世。

郁南做贼般确定了宫丞还没回来,这才拉着行李箱进了门,客厅里放着一盏灯——镂空的木雕灯,随着旋转时机关开合,可以呈现不同的图案,各自组成风花雪月。

这是郁南亲手做的礼物,现在看来,灯当然是好的。

"骗子。"郁南关掉开关,自言自语道,"哼,还说坏了,明明就是不想还给我。"

郁南走出房间,去洗了一把脸,将自己收拾得干净整洁了,准备去喝点水,刚走到厨房,就听见门锁打开的声音,宫丞回来了!

厨房连接大阳台的地方有一扇木质屏风,郁南条件反射地跳到了屏风后面。才一个月不见,郁南已经对接下来的见面感到期待。

"下个月你再换一个部门。"宫丞在和人说话,"老规矩,还是找个资深的带你,少开一点小差。"

"知道了。"另一道声音听着有些耳熟,"我敢开小差吗?你找的那些人都是变态,没有一个人把我当人看。"

敢这样跟宫丞发牢骚的,除了骄纵的宫一洛,还有谁?郁南这下出去也不是,不出去也不是,虽然其并不想真的像贼一样偷听,可是如果现在自己跳出去……那也太尴尬了。

宫丞冷冷地说:"你是指没有把你当少爷看吧?"

两人进了厨房,宫丞走在前面,表情冷淡,宫一洛走在后面,看上去很绝望。

"我知道了知道了,你们没有资历的时候都经历过这么一遭!"宫一洛赶紧说,"不说这个了,任叔问你什么时候回去吃饭。"

宫丞背对着郁南的方向打开冰箱,他的背部宽厚,仰着头灌了一瓶冰水,看得出有些疲惫:"没时间。"

宫一洛走了,宫丞关上门,一只手松了领带,独自倚在沙发上。郁南悄悄溜到厨房,再溜到玄关,看见宫丞背对着自己,一条长腿放在茶几上,似乎很落寞。

这房子这么大,平日一个人住,面对着房子对面的繁华夜景与万家灯火,只会越发孤独。

郁南不知道在自己看不见的时候,原来宫丞竟然是这样度过的。

郁南从背后走近宫丞,刚靠近,沙发上的人就转过身,直直地看向他。

"参加艺术展?"宫丞开口,"敢骗我?"

郁南故意说:"骗了又怎么样?你不高兴吗?那我就坐飞机走了哦。"

宫丞听到郁南说要走，明知道对方是故意的，他的语气还是带着点凶："走？"

郁南露出狡黠的眼神，还有几分得意："学校放假了！怎么样，你没想到吧？我'咻'的一下就飞回来了！"

郁南此时看上去神采飞扬，实则已经掩盖不住长途飞行后的疲惫。他的这副模样终于有了一些过去的影子，旁人都不知道，郁南看上去单纯天真，实则在最信任的人面前才会毫无保留。

宫丞当然没想到郁南会突然出现，说出口的话却是："你什么时候走？"

宫丞清楚对方的学业有多忙，所以郁南必定是见缝插针地赶回来，时间一到就会走的。

郁南答道："后天早上的飞机呀。"

宫丞问："这么急？"

郁南解释说："我只有三天假，必须得赶回去。"

宫丞不悦道："那就是说，我们只有明天能聚一聚，你这三天里有两天都在坐飞机？以后你不准这样了，太任性。"

郁南却误解了他的意思，愣了一下："明天你要忙吗？"

他有些懊恼，他怎么每次都是这样，在做了一些决定后才来思考这样做到底对不对。他只想着赶回来给对方惊喜，却没想过问问对方的工作安排。

宫丞说："要忙，所以你要是有事的话，得和我预约。"

宫丞又问："怎么样，要预约吗？过时不候。"

郁南：……

Chapter 17
保 护

你也不要怕，我会保护你的。

第二天早上，阳光透过窗帘的缝隙洒入室内，在墙上形成了一条金黄色的线，很漂亮。

　　郁南的第一个念头是，这个画面用三分之一构图，走抽象画风，应该会很漂亮。

　　这时宫丞推开房门，笑着说道："醒了？早上好。"

　　郁南虽然飞回来了，但其实没有规划过回来后要做些什么，便问道："今天我们不用出去吗？"

　　宫丞问："你想出去？"

　　郁南小声道："不想，我想就这样待着，什么也不管，什么也不做。"

　　宫丞便笑了，说："我给你做点吃的，好不好？"

　　郁南是真饿了，又想念宫丞的手艺，于是说："我要吃鱼片粥，上次你在湖边别墅给我做的那种。"

　　宫丞无不应允，说道："好，你多睡一会儿，做好了我叫你。"

　　此时手机响了起来，宫丞不耐烦地直接开了静音。

　　郁南一个人在房间里待了一会儿，百无聊赖间，找到自己的手机准备刷一会儿社交软件，不料却看到一条微信，是严思危昨晚发来的。

　　严思危：明天回家一趟。

　　这简短的一行字，说明严思危已经知道自己回国了，并且知道自己在宫丞这里。从这行字里，郁南能清楚地察觉到严思危勃然的怒意，他知道哥哥生气了。

郁南更知道，自己今天一旦回家，就别想来宫丞这里了。

宫丞为了他推掉了许多工作，郁南不知道该怎么开口和宫丞说自己要走。

外面的餐桌上传来振动声，那是宫丞的工作电话，有一个接一个的来电，却被他扔开，很明显他想置之不理。当然，他肯定是有分寸的，只不过郁南还是有点担心罢了。

郁南有些内疚，坐起身，想让宫丞接电话。拉开床头的抽屉找备用的牙刷时，看到了抽屉里的东西。他一时怔住了——里面有一个损坏严重的小挂件。

这个挂件，郁南再熟悉不过，那毕竟是他精心制作，然后再亲手摔坏的礼物。

宫丞竟然把它捡回来了。

这个挂件缺失了一些零件，主体部分是最坚硬的，保存得还算完好，而它的其他部分是破损的，不过被人用胶水仔细地粘好了，那些破损的部件因为他当初制作得太精细而不易拼凑，能看出来粘它的人花了不少心思。

它带着满身伤痕，躺在一个丝绒铺就的小盒子里。

此外，这个抽屉里还有一部眼熟的旧手机、一顶手工制作的王冠、一些杂乱的小物件、一些草稿，还有一张宫丞的肖像素描画。

王冠是郁南COSPLAY白夜时用过的，杂乱的小物件也是那时候他住在这里留下的，它们出现在这里可以理解，可旧手机是那次和宫丞决裂后，他被郁家人找到，扔在那家酒店的垃圾桶里的。这是不是说明，宫丞去那里把它捡回来了？郁南都不知道宫丞那时去找过他。

手机早就没电了，可郁南就是知道，宫丞一定看了里面的内容。

而那张素描，是郁南以前偷偷画的。宫丞不喜欢别人给他画肖像，郁南画了也没敢拿给他看，随意扔在一堆草稿里，却被他好好地收了起来，还过塑处理了，生怕画纸受损影响画作。

如果郁南真的不愿再尝试和宫丞来往，那就永远也不会知道宫丞做过这些事。

郁南找到牙刷，穿上衣服才走出房间，隔壁那个房间是以前宫丞给他准备的画室。

此时宫丞在厨房熬粥，男人穿着一件米色家居服，背影宽阔高大，因为台面高度偏低，他正微微俯着身子，用勺子搅动锅里的粥，然后关掉了火。

鱼肉的鲜甜香气飘进郁南的鼻子，惹得郁南的肚子发出抗议，咕噜噜叫了一声。

男人拿出两个碗放在中岛台上，不紧不慢地道："饿了？"

郁南走过去坐上高脚凳，眼巴巴地守着那个碗："好香啊。"

宫丞瞥见郁南的馋样，勾唇道："你等着，再过几分钟就好，吃得太烫对食道不好。"他说着便盛了一碗粥，用调羹轻轻地盛起来。

郁南摸到口袋里那个小东西，将它拿出来放在碗的旁边。

宫丞看到那东西，脸上的神情微变。

他至今还记得郁南说他的那句"你不配"。

郁南笑着说："它都这么破了，你也不拿出来让我修一修，修好了不是更好看吗？"

宫丞问："你愿意修它吗，郁南？"

郁南"嗯"了一声，说："我会修的。"顿了顿，他决定讲得更清楚一些,"我愿意原谅你过去做的事,也会拿出我的诚意。"

他说得有些急,好像急切地要交代一些什么,怕说不清楚就没机会了,但这段话依旧令宫丞动容。

宫丞说:"好。"

郁南向来是瞒不住事的,不好意思地说:"吃完粥我就要走了。"

宫丞有些意外:"去哪里?"郁南应该是搭乘明天的飞机才对。

郁南告诉宫丞:"我哥哥叫我回家,他应该不会让我回来了。"

他的确不想走,可是又不得不走,他不是一个逃避问题的人。

相反,他需要去处理这些事,得向家人证明他不会再掉进谁的圈套里,也得向家人证明他有承担相应后果的能力,这是他的义务。

宫丞露出不悦的神色,不过出乎郁南意料的是,宫丞说:"我和你一起去。"

郁南一脸惊愕:"你和我一起去?"

宫丞失笑道:"既然我是你的朋友,有困难我也可以和你一起面对。"

吃完早餐,两人就应该去严家了。宫丞叫人送了一套新衣服过来,暗纹西装配宝蓝色袖扣,比平日的穿搭要稍微随意一些,却依旧很正式。

车子驶入了严家大院,严家人现在都居住在严老爷子留下的房子里。

严奶奶去年也走了,走得特别安详,严慈安说两位老人伉俪情深，奶奶是去陪爷爷了，他们不应该为奶奶感到伤悲。全家都搬过来之后，院子里热闹了一些，郁南很少回来住，但是也拥有自己的房间，还外加一个私人的小院子。

司机来开了车门，宫丞和郁南下了车，两人穿过前庭，严家三口人已经站在门口等待了。

郁南在来的路上给严思危发信息说明了这件事，说宫丞会和自己一起去，他以为会受到强烈的批评，却只收到严思危发来的一句"知道了"，所以他才忐忑不安。

宋阿姨温和地道："快进来吧。"

严家算得上是书香门第，来者皆是客，很快就唤来用人倒茶。

古朴的房子里，宫丞呈上见面礼。郁南看到那个长盒子里面装的不是什么俗套的昂贵补品，或者古董珍玩，而是一幅长长的工笔画绘卷，上面盖着严爷爷的私章。

这画上尽是珍稀药材图示，是严爷爷生前亲手绘制的，早已流落在外了。

严慈安露出震惊的神色，难以抑制自己的激动："这……宫先生，你在哪里找到的？"

宫丞回道："去年我参加一个拍卖会，看到是老爷子的作品就买下来了。这次我来到严家，便想着把它交给您或许更为合适。"

严思危也看了一下绘卷，开口道："加加，你跟我出来。"

严慈安和宋阿姨都激动地看着绘卷，暂时没空管他们。

严思危把郁南叫到一旁，问了问学业与生活，顺便提醒郁南以后不要在这么短的时间跑个来回，人会连续一周都感到疲惫。更令郁南感到意外的是，严思危把当初爷爷留下来的那些遗产都拿了出来给他。

郁南应道:"我知道了。"

用人来叫他们吃午饭了,严思危说:"吃完饭你就快走吧,明天我有手术,不送你去机场了。"

郁南忙不迭点头:"哦。"

继严家之后,郁南又将自己与宫丞重新恢复来往的事情告知了郁姿姿。

此时两人已经回到了宫丞的住处,严慈安并没有留他们吃晚饭。

吃完晚餐后,宫丞洗完澡,一边擦头发一边从浴室出来。

郁南坐在沙发上,眼睛亮晶晶的,说:"宫丞快来。"

宫丞不知道郁南又要搞什么鬼,便走过去问道:"干什么?"

郁南捏着手机说:"我要发个朋友圈,说一下我们的事,免得之后又被人造谣。"

"等一下。"宫丞道。

郁南回头道:"怎么啦?"

宫丞去了郁南的房间。不一会儿,他就拿着一张过塑过的画纸回来了,那是郁南偷偷给他画的素描。

郁南一脸惊诧:"拿它干什么?"

"就发它吧。"宫丞身材高大,他说,"明白的人自然会明白。"

郁南眨了眨眼睛,说:"好。"他赶紧低头,将这张素描拍成照片。

郁南很快就想好了发什么——这次什么字也没有输入,只配上这张照片,表示自己与宫丞已经和好。

殊不知,宫丞随后保存了这张照片,然后发了一条也带着这张素描的朋友圈,不过配文是:谢谢郁南大师,我很喜欢。

从不在社交软件上发私人状态的宫丞,朋友圈里的好友涵盖了社会各界人士,有高层、员工、合作伙伴、家人,甚至包含一些官方媒体,所以几分钟后,他就登上了新闻。

郁南是第二天上了飞机才知道这个消息的。

上午九点多的航班,六点多就得起床,他因为头一晚睡得太晚了,起不来,连行李都是宫丞为他收拾的。

"我不想吃这个。"郁南嫌弃那个三明治,"我想喝你熬的鱼片粥。"

"下次我再做,不吃早饭会胃疼,一会儿你上了飞机会不舒服。"宫丞说。

郁南喝了几口牛奶,恹恹的没什么精神。三天之内经历两次十几个小时的航程,的确有些吃不消,更何况郁南晕机,若不是有严家秘制的药膏,他只会更难受。

"我都不想走了。"郁南轻声说。

宫丞已经换好了衣服,衣冠整齐,说:"要来不及了。"

郁南颓丧了,一直到上车后都是闷闷不乐的。等到了机场,他被宫丞带着去办手续,快过安检时,他头也不回地进了安检区,就怕自己一回头,就真的不想走了,那怎么可以呢?

郁南上飞机后,还是决定拿出手机,想在起飞前给宫丞发一条信息,却被数条未读信息闪花了眼。

早上起来后,郁南根本没看过手机,此时打开那些信息一看,全是认识的人发来的,里面甚至还有高中同学。

郁南不明所以,问他们是怎么回事,有个同学回得很快,还截了图发到群里。

他看着图片上的新闻,新闻标题起得很吸引人眼球,媒体

437

说法不一,但是无一例外都发了宫丞的朋友圈截图。

郁南震惊了,点进宫丞的朋友圈,果不其然看到了那条状态。他有些飘飘然。

飞机开始滑行,空姐走过来,礼貌地请郁南把手机关机。

Chapter 18
礼 物

"再买一份香草口味的冰激凌。"

暑假终于开始了,最后一天放学时,郁南跑得比其他人都要快。

他一路小跑着穿过美院的喷泉、走廊、草坪,衬衣衣摆被风鼓起一截,成了古老的百年美院里一道独特的风景。

今天是宫丞来F国的日子,郁南得抓紧时间回家放好课本,然后打车去机场接机。他刚走到门口的天使浮雕壁处,手机便响了起来,来电显示是一个陌生的本地号码。郁南一脸疑惑,接听电话,还以本地语言问了一声好,对方低低地唤了一句:"郁南。"

霎时间,郁南顿住脚步:"宫丞!"

宫丞的航班应该还没到才对,难道……

果不其然,宫丞在电话里告诉郁南:"往你的右边看,有一辆慕尚。"他说完,便挂了电话。

郁南往右边一看,那里果然停着一辆引人注目的车。宫丞比计划中晚了几天才抽开身飞过来,而他早已翘首企盼。

郁南上了车,看到宫丞坐在后座,和他们过去许多次见面时的情形一样。他见到郁南,露出了笑容。

"宫丞!"郁南眼睛都在发亮,"你来了!你这个骗子,还说让我去接机,害我差点以为会迟到!"

宫丞说:"这几天天气热,这里去机场又很远,当然是我来找你就好。"

郁南激动道:"可是我想去接机呀!我想在机场等你,那你一出来就可以看见我了。"

宫丞放低声音："现在我也看见你了。我们先回去？"

郁南听见一道陌生的声音响起。

原来副驾驶座上还有一位西装革履的年轻人，看样子是宫丞在F国这段时间的助理，他正礼貌地和郁南打招呼。

小周哥现在被提拔去了更为正式的职位，宫丞身边除了秘书和管家，就再没有别人了，而他到F国来要待整整一个月，必须有人对接生活与工作。

郁南的脸马上红了："您好。"他刚才上了车光顾着兴奋，别说司机了，完全没注意到车里有其他人在。

他小声道："我们还是先回去吧。"

等郁南坐好了，宫丞才开口吩咐司机开车，车子往郁南的公寓驶去。助理又对宫丞说了一些话，郁南听不懂，宫丞则简短地答了几句。他对下属的态度和对朋友是完全不同的，难怪旁人总是评价他冷漠傲慢，令众人惧服。

到了公寓，宫丞这次带来的好几个箱子由助理与司机拿进了房子，助理有些惊讶于宫丞会住在这种租住的小公寓里。

郁南关上门，迫不及待地对宫丞说："你看，我已经提前腾空了半个衣帽间，等你来了，可以把你的衣服都放进去。我还买了很多吃的，冰箱里塞得满满的，比上次还要丰盛，基本上想吃什么都可以做。"

宫丞问："真的想吃什么都有？"

"当然啦。"郁南点头，"我买的都是你擅长做的食材，你还可以教我怎么做，等你走了，我也能做给自己吃。"

阿姨这一个月都不会来，郁南已经告诉她，自己朋友要来。

她似乎没想到郁南还能认识宫丞这样的人物，一时有些惊讶，答应了暂时不过来。

"我准备了蜡烛。"郁南说，"我还准备了蛋糕和点心呢。晚上我们可以一起吃。"

宫丞问："那有没有礼物？"

"有呀，有这个。"郁南从沙发边的柜子里拿出一个盒子，里面放着那个挂件。

"这次不会再摔坏了。"郁南摆弄了一下挂件上的小装饰。

宫丞拿起那个挂件，说："谢谢你。"

"你发现这里的变化了吗？"郁南又问。

房子的落地窗前架着一个画架，上面的画才打了线稿。窗外是一个小花园，当初郁南就是看中了这个花园才租下这个房子的，到了今年花儿盛放，才发现其中竟然有不少品种优良的玫瑰。

这里和宫丞年初来的时候完全不同了，此时花园里玫瑰盛开，热情似火，好一幅初夏美景。

郁南笑得眼睛弯弯："现在还早，我们先一起去整理衣服，然后再准备晚餐。你看看冰箱里缺不缺需要用的东西，如果有，我们就先去买。我可以帮忙洗菜，也可以负责洗碗。"

郁南已经计划好这一个月要怎么过了，虽然希黎可以玩的地方很多，但是对他们来说不重要。夏日太阳毒辣，他们可以趁傍晚出门散步，也可以趁阴天四处游玩，平时就窝在家里，吃一点冰镇西瓜，吹着冷气。

宫丞说："这么勤快？"

郁南理所当然地回答道："我在家的时候也会帮家里人干活的。"

"不需要你帮我干活。"宫丞失笑，"我都可以做好。"

宫丞说完这句话，郁南可就有些不满意了，他又不是手无缚鸡之力，怎么能被这样对待呢？他强调道："那不行，我也应该做事。"

郁南的表情很认真，虽然他比宫丞小十几岁，可是终究是一个成年人，也有自己的担当。

比如这次宫丞到 F 国来，郁南做出的安排就完全是站在他是照顾者的角度来的，想以一个平等的、成熟的姿态对待宫丞。

宫丞只淡淡一笑，并没有放在心上，说："好。"

宫丞不用考虑第二天的行程，不用和秘书核对下周的安排，也没有人随时来找他让他做某种决定，他有十几年没有这样悠闲地生活了。

如宫丞所说，他手下没有养废物，这次久违的假期任何人也别想打扰他，这感觉让他十分安心。

两个人收拾了衣服，去准备晚餐。

厨房很小，宫丞一个人待在里面还好，多了一个郁南就有点转不开。宫丞教郁南洗菜——郁南连这个都不会，郁姿姿简直把这家伙宠坏了。

郁南说："我买的有机蔬菜，应该冲一冲就可以了。"

宫丞道："嗯，但是无药的蔬菜容易有虫害，你得把菜心都掰开，把里面也洗干净。如果有虫就放一点白醋泡一泡，虫子很快就会跑出来。"

郁南说："我还以为买这种昂贵的蔬菜会很好呢，原来也这么麻烦。"

宫丞倒是不厌其烦，说："我教你。"

郁南身前是哗哗的水流，这似曾相识的情景让他想起什么，忽然说:"那次你是不是故意让我洗八爪鱼?"

宫丞回忆起来是有这回事,不以为意地反问:"你为什么觉得我是故意的?"

郁南郁闷地说:"因为八爪鱼滑滑的,很难洗啊!"

宫丞笑了一声,说:"洗只八爪鱼而已,怎么就难了?"

八爪鱼滑溜溜的,洗起来四只手都抓不住,郁南没有经验,弄得一身狼狈。

宫丞不觉得那时候自己的行为有什么不妥,反而道:"我知道了,那时候你看起来是在洗八爪鱼,其实心里在骂我。"

郁南听到他这么说,手中的菜叶不小心拿偏,水立刻溅了两人一身。郁南脸上也被溅了水,滴滴答答往下掉,忍不住为过去的自己抱不平:"那时候我们还不太熟呢,你就欺负我!"

宫丞伸手关掉水龙头,开口道:"郁南,我是不是没有告诉过你,我第一次见你就觉得必须和你认识一下?"

郁南惊愕地回头。

两人菜也不洗了,宫丞说:"那天我破天荒有空去画廊,等一个在学生绘画比赛中拿过奖的美术生来兼职。你推开门进来的时候,我就看到你了。"

郁南完全不知道还有这回事。

宫丞继续道:"我记得那天在下雨,你的头发打湿了,看上去有点狼狈。"

他的确从来没听宫丞提过这件事。

"我也差不多吧。"他告诉宫丞,"我也是看到你就产生了一种莫名的信任。"

两人吃过饭,外面已经全黑了,房子里没有开灯,只有落地窗外的小花园里有一盏夜灯，透进来些许光亮。

夏夜蝉鸣阵阵，房子里的风扇转得吱吱呀呀地响，整个世界都很安好。

窗外玫瑰的香气随着夜风似有似无地飘了进来，宫丞沉声说："你知不知道我为什么喜欢玫瑰？"

郁南本来都快睡着了，吃得太饱，浑身都懒洋洋的。

听到宫丞讲出了这句话，他一下子就抬起头来："为什么？"

这个问题郁南问过任叔，任叔只是说宫丞十几岁的时候忽然就喜欢了，还专门请人培育合他心意的品种。

昏暗的灯光里，宫丞脸上的表情有些暗沉，半晌他才继续道："这件事我没有和任何人讲过。"

郁南说："那我就是第一个知道的。"

宫丞微微一笑，很快又沉寂了一点："我小时候被绑架的事，只跟你说了一半。那次我本来想和你聊一聊的，可是时机和场合都不对，你那时也不愿意听我说话。"

郁南知道宫丞说的是哪一次——那次在 M 国，他与外界隔绝，晚上宫丞找了一条小狗来陪他，他们在沙滩上散步的时候，宫丞从小狗开始讲起的。

他那时候的确不想听宫丞说话，也没有兴趣和对方交流，现在回忆起来，他觉得那时候的自己是真的过于决绝，过于任性了。

他不知该说什么，宫丞摇摇头，似乎是在安抚郁南，表示没关系。

"我被弄晕了之后，他们要价五千万。"宫丞讲起二十几年前的往事，"等我父亲和我通完电话，他们又把赎金加到一个亿。那时候的侦查手段、通信设备都不如现在发达，每次联系都需要冒很大的风险，所以他们再也不让我和外界联系了。"

郁南紧张了起来,即使他知道宫丞现在安然无恙,还是免不了为当年的事情担忧。

宫丞说:"我记得那一片是拆迁危房,一半的楼都是废墟,关我的那个地方应该是在十几层,那个房子破得好像风都吹得倒。我待的房间是最小的卫生间,没有床,我就睡在浴缸里。那里不透光线,只有很小的一扇气窗排气,白天也很难看清东西,而到了晚上就更是伸手不见五指。我被关了整整十五天,没人和我说话,我差点得了幽闭恐惧症。"

郁南忍不住问:"后来呢?"

"我当然没有落下什么心理阴影,不然现在还能出现在这里?"宫丞用有点自负的口吻道,"好像是第三天还是第四天,我从气窗的缝隙里看到了对面那个空房子的阳台。"

郁南知道这里一定出现转机了,于是坐起来,全神贯注地听宫丞讲这个关键时刻。

宫丞说:"我看见了那个阳台上的一个花苞。"

郁南的眼睛瞪圆了,感叹这故事竟然在危险中惊现浪漫,简直像极了峰回路转的童话故事。

"对面的阳台以前应该是用来种花的,可惜杂草丛生,日晒雨淋,花都死得差不多了。"宫丞道,"我不知道那株玫瑰是怎么活下来的,或许是它吸收了杂草的养分,总之它在一堆砖砾中长出了花苞。"

"我十二岁的时候个子还不高,每天都踮着脚从气窗缝隙看它。我看到它从花苞到盛放的过程,有时候一看就是好几个小时,从天亮到天黑,每一片花瓣展开的样子都被我观察到了。它成了我唯一的乐趣和消遣,也成了保护我理智的屏障。"

郁南松了一口气,紧绷的身体完全放松了,似乎也跟着宫丞经历了那场惊险。

他虽然无法想象一个十二岁的孩子在那种境地需要多大的意志力才能保持心理健康，但现在看着这个成熟睿智的男人，竟又觉得理所应当。

宫丞是天生的强者，他当然有这样的能力。

"十五天，玫瑰开始凋谢了，我也被救了出去。"宫丞说，"我回到家里，狗死了，父亲问我要不要再买一条狗，我说不要，我不想再对任何事物倾注感情。再过了一段时间，家里来了一个陌生的混血小孩，父亲说我欠他爸爸一条命。"

这便是宫丞的过往了，一切仿佛尘埃落定，正是经历过这些，宫丞才成了今天的他。

"我喜欢上了玫瑰。"宫丞说。

长大后，宫丞弄了一个玫瑰园，没人知道缘由，也没有人知道他在那十五天里都经历了什么。他强硬的外表下隐藏着一颗偶尔会变得脆弱的心脏，他沉默地将它护了起来。

宫丞看着那些花，对郁南说："下次我带你去我的玫瑰花圃看一看，好不好？"

郁南其实不太喜欢那个地方，也不想再去宫宅。

"除了去花圃，我还想带你去我的房间、书房，去看我像你这么大的时候都经历了什么。"宫丞温和地说。

"好。"郁南说，"那你也要和我一起去我长大的地方看一看才行。"

宫丞已经去过霜山，很遗憾没能对郁南的儿时生活一探究竟，当然应允下来。

这一个月助理去过公寓三次，每一次都能有新的体会。

比如他那位平日里衣冠楚楚、讲究得不得了的老板，竟然会穿着简单廉价的白T恤短裤出门，脚上甚至穿着沙滩鞋，偶尔在路边买一些水果、买一束花，什么都亲力亲为。

比如老板会坐在地板上和郁南玩电子游戏，风扇聒噪地转动着，一人抱一个小西瓜吃。

比如老板会做饭，会洗碗，很难想象这个男人就是那个在商业论坛上目中无人的大佬。

比如他最后一次去公寓的那个傍晚，这个片区都停电了，因为天气闷热，屋子里热烘烘的，普通人待着都受不了。他到达时，是宫丞给他开的门，宫丞侧身让了让，吩咐道："讲话小声一点。"

他一看，发现郁南大概是午睡睡过了头，现在还没醒，整个人趴在沙发上睡得正酣，而宫丞则光着脚踩在地板上，像是借此缓解暑热。等走到沙发旁，宫丞直接坐在地板上，拿了一份薄图册做扇子扇风。

助理很快说了事，拿出文件让宫丞签字，宫丞便签了。助理又好心地道："宫先生，天气这么热，需要我现在订酒店吗？等恢复供电了，你们再回来？这附近有几家酒店条件不错的。"

宫丞淡淡地说："不必。"

助理立刻准备告辞，走之前听到宫丞对他说："你买一些冰袋带过来。"

助理说"好的"。

宫丞顿了顿，又说："等等，"这位大佬冷漠地吩咐，"再买一份香草口味的冰激凌。"

有人醒了就可以吃呢。

Chapter 19
了 解

让你每次看到画都只能想起这是我画的,而想不起其他讨厌的人。

两人和好后的第六个月,迎来宫丞的四十岁生日。

四十岁,又进入了一个新的年龄段,而宫丞的生日必定是要大肆庆祝的。不管是从私人方面还是商业关系,他作为一个上位者,有时候也不可免俗地来一次身不由己的大操大办。

郁南正好又有假期了,便提前预订了机票回国。

宫丞知道郁南要回国,提前几天就叫大宅的用人准备郁南的生活用品,按照对方的习惯准备菜肴。

这一次的生日宴要在大宅办,郁南答应了宫丞会去那里住几天。

宫一洛知道这个消息后慌张得不行,毕竟上次他会对郁南恶作剧,虽然不是出于恶意,却也是因为瞧不上郁南,不尊重人家。

宫一洛去问宫丞:"小叔,郁南会不会很讨厌我啊?"

宫丞没空理他:"你说呢?"

宫一洛要哭了,上次他和郁南打游戏时就知道郁南是一个很单纯的小可爱,这样的人往往爱憎分明。

宫丞说:"你想要郁南原谅你也很简单。"

宫一洛立刻问:"我要怎么做?只要郁南能原谅我,不管要我赔什么、做什么都可以!"

宫丞说:"好好和他道歉。"

宫一洛怔住了:"就……就这样?这么简单?"

宫丞"嗯"了一声，不耐烦地挥挥手，让他滚了。

宫一洛心中久久不能平静，他想，也是，郁南本身就是严家的人，物质条件早就优于常人，要什么没有？哪里还需要他给予物质赔偿。

只是让宫一洛没想到的是，宫丞这么说是因为郁南就是有那么完美的品质，不自傲、不自卑，坚忍又善良。

谁料郁南回来的那天早上，宫丞竟然走不开，公司突发急事，他作为掌权者，一时脱不开身。因此宫丞让司机先送郁南去了酒店。

司机对郁南说了，他迟疑了片刻，问："今晚宫丞回大宅住吗？"

司机说"是"，郁南就说："那请您直接送我过去吧，我在那边等他。"

大宅那边得到了通知，所有人都开始忙碌了起来，宫先生不在家，他们不能让郁南觉得有哪怕一丝的不自在，大太太早就交代过了。

大宅里有见过郁南一次的用人，但多数因为那晚人太多对他没什么印象，也有没有见过郁南的用人，最多只在新闻中见过郁南的侧面照。所以他们一边忙碌，一边觉得好奇。

任叔最为自在，他一向喜欢郁南，吩咐他们按北方人的口味准备稀粥小菜，再准备一些甜点即可。

飞机本就晚点，路上又堵车，到了晚上八九点钟，郁南乘坐的车才姗姗来迟。

车子平稳地驶到大宅门口的喷泉处，司机下车来，替后座的人打开门，过了十几秒，车里的人才揉着眼睛下来了。

451

郁南身穿一件灰色短款大衣，里面搭配了一件卫衣，下身是宽松的裤子，是时下年轻人喜欢的舒适类装扮。大概是因为在车上睡着了，他脖子上还有一个卡通颈枕，头发有点乱，脸上有一团压出来的红印。

司机帮郁南提着箱子，郁南有些拘谨，和他道了谢之后不知所措地站在那里，任叔上前去接郁南："南南，路上辛苦了。"

郁南见到认识的人，微微松了一口气，可对方是长辈还这么客气，就又有些脸红："任叔，您好。"

任叔带着郁南进门，好奇的用人们纷纷收回视线，在各自的岗位做事。

郁南跟着任叔穿过前厅，又走过大太太的温室，才来到宫丞的房间。任叔到底年长，考虑得周到，担心宫丞不在郁南会不自在，便没让他一个人去见大太太。

这个房间很大，几乎有郁南在 F 国的公寓那么大，复古的装潢与这别墅一样年代久远，红木地板与布艺沙发都带着厚重感，令人觉得沉稳，很像宫丞给人的感觉。

"已经有些晚了，你一定饿了。我听宫先生说你坐了飞机会不舒服，就叫人熬了粥。"用人端来了粥，任叔这么告诉郁南。

郁南受宠若惊道："谢谢任叔。"

任叔笑眯眯道："宫先生晚上一定会回来，你不要担心，他让你先在他的房间等一等，你的行李我已经叫人放去了客房。有什么事可以按铃叫我。我人老了，睡眠本来就很少，你不用怕打扰我。"

正说着，走廊上传来脚步声，宫一洛像风一样冲到了房间里："怎么没人告诉我郁南到了？"

任叔说："小少爷，这还没来得及呢。"

郁南刚到，正站在房间中央，因为皮肤白皙、五官出众，衬得这一屋装饰都暗了几分，再加上他身上沉静的艺术气息，竟给人不易接近的感觉。

宫一洛尴尬地站在那里，喊道："郁南。"

郁南对他点点头，却没有说话，看不出厌恶，也看不出热情。

宫一洛想，大不了被骂一顿丢一次脸就行了，谁叫他当初做错了事。他对任叔说："任爷爷，您先出去一下，我有话要和郁南说。"

任叔知道宫一洛不敢做什么，年轻人的事年轻人自己会处理，便点点头走了。

屋子里只剩他们两人，宫一洛立刻豁出去了："对不起！"

郁南没反应过来："什么？"

宫一洛的脸微微发红："上次的事对不起，那时候是我不够尊重你，还对你恶作剧。对不起，郁南。"

郁南当然还记得那件事，本是想着这一次来也好，以后来也好，都和宫一洛保持距离就行了，他向来不喜欢把时间浪费在不值得的人身上，没想到宫一洛竟然这么郑重地和自己道歉，显得很有诚意。

"你想要什么的话……"宫一洛实在找不到更好的方式，"我都可以……"

"没关系。"郁南说。

宫一洛几乎有些怀疑自己的耳朵。

郁南又说了一遍："事情都过去了，我接受你的道歉。"

宫一洛忍不住道："郁南，你也太好了吧！"

郁南想了想，说："要是你真的觉得很过意不去的话，这几天可不可以陪我打游戏？"这几天宫丞应该都很忙，他才不想无聊到对着一屋子古董家具发呆呢。

两人到底是年轻人,既然都既往不咎了,便扯开话题聊起了天。宫一洛说了一些宫丞生日会的安排,还说了会来些什么人。

郁南小口地喝完粥,不一会儿眼皮就开始打架,等宫一洛这个话痨一走,便也顾不上等宫丞了,找人带自己去了客房,还来不及洗漱就躺在房中的大床上睡着了。

宫丞回来时已经是深夜,一进门就脱下外套递给用人,并问道:"人呢?"

用人微笑道:"先生,郁先生有些累了,已经回了客房休息。"

宫丞淡然地点点头,深夜不便去打扰郁南,他转身回了自己房间。

郁南醒来时,首先闻到一阵花香,芬芳馥郁,裹挟着一丝甜扑面而来,那是他熟悉的玫瑰香气。

微光乍现,厚窗帘已经被拉开了,只余白色纱幔垂落在木地板上,随着清风微微飘动,鸟儿的叫声从窗外传了进来,床头上的玻璃花瓶里插了一大束玫瑰,还带着晶莹的晨露。

郁南的脸压着柔软的枕头,嘟起一小块肉。

宫丞敲门,然后走进来,他的衣服整洁齐整,看得出很早就起了。

郁南说:"昨晚你什么时候回来的啊?我太困了,实在坚持不住。"然后问,"花是你去剪回来的吗?"

"嗯。"宫丞低低地应了一声,"我早上起来后先去花圃看了看,怕你过去会不喜欢。"

宫丞带郁南去看他的花圃,就像是带郁南去了解他的秘密一样,因为除了园丁,那里从未有任何人踏足。

有人在外面敲门。宫丞去开门。

用人们毕恭毕敬地推着滚轮衣架进来,原来是为生日宴定做的衣服送过来了。他们还送来了两杯咖啡,礼貌地放在小圆几上,全程没有发出一点声音。

等他们都走了,郁南才从床上爬了起来:"还有一套我的衣服?"

他赤脚踩在地板上。那个衣架上挂着两套衣服,其中一套很明显是给他准备的。

宫丞说:"按你上半年的尺寸做的,你试试看合不合适。"

郁南灌了一口咖啡,舔舔嘴巴:"我没穿过这种衣服,都搞不清楚顺序。"

宫丞笑道:"你第一次穿这种衣服?"

"是啊。"郁南说道,"我还没有遇到过要穿这种衣服的场合……"

宫丞差点忘了,郁南的年纪还不大,他叫来用人,教郁南穿着技巧。

宫家大宅早早就苏醒了,郁南醒得不算晚,和宫丞一起下楼时也才八点多,一路上都可以看见正在工作的人,宫家上下为了迎接第二天的宴会已经忙碌起来了。

两人先去了餐厅,宫一洛已经坐在那里了,主位上还有一位体态丰腴的女士,肯定就是大太太了。她看上去上了年纪,不过保养得当,让郁南想起自己的继母宋阿姨。这位女士身上少了些温婉,多了分飒爽,想来是她既要当家,又要管教顽劣的儿子的缘故。

除了宫一洛,这是郁南第一次见宫丞的家人。郁南知道宫家人丁单薄,宫丞的父亲和大哥都已经去世,所以家里的一切都是这位大太太在打理。

郁南走到餐桌旁,听宫丞冷淡地开口:"大嫂,早。"

大太太看了他们一眼,笑眯眯地说:"不早啦,你们起得晚而已。"她说着,看向郁南,"你是叫南南吧?昨晚我想看你来着,任叔说你怕生。"

郁南脸红道:"您好。"

"乖。"大太太出乎意料的和蔼可亲,用人递来一个盒子,她用涂着蔻丹的手将盒子轻轻推过来,"初次见面,这是我送给你的见面礼。"

郁南有些受宠若惊,他不好意思地说:"我没有给您准备礼物。"

大太太说:"没关系,你能不嫌弃宫丞过去做的蠢事,还愿意和他重新来往,就已经特别不容易了。"

郁南:……

宫丞挑眉,看了嫂子一眼,惹得嫂子冲他笑,还对郁南说:"你吃过早餐随便去逛逛,家里就我们这几个人,不要见外。你有什么需要的都可以和我提,或者和一洛提。"

宫家讲究食不言寝不语,一顿早餐吃完,气氛还算得上轻松。

宫丞先带人去了玫瑰花圃,郁南以为离得很近,实则距离大宅两公里,不过也属于宫家的范围。

这里实在是很大,简直算是一个庄园了,起伏的后山、草坪、溪流都在宫家的后院,是普通人很难想象的豪华庄园。

不过这些都不是宫丞要给郁南看的。

他们坐车到了花圃门口,一大片绚烂的花田映入眼帘,除了大红色的玫瑰,还有粉色、黄色、白色的,甚至还有紫色的。

花圃有专人打理，几位园丁正在里面工作。宫丞告诉郁南，这些花除了平时送往大宅，大多会送去宫家捐赠或资助的老人院、福利院等，以往他闲暇时也会来剪一剪枝，不过近几年已经很少来了。

　　身处这样的花田，很难让人不觉得浪漫。郁南拍了几张照，和宫丞一起摘了不少花。郁南对手作一直很有兴趣，还上网查了一下这些花可以用来做什么。

　　"啊，我们可以用这些花做一些玫瑰花茶或者玫瑰精油呢。"郁南搜到了资料。

　　"做精油？"宫丞从没有过这样的想法，"有什么用处？"

　　郁南站在花圃里，眼神干净纯澈，五官得天独厚。他对着网页念道："功效很多啊，洗澡可以放一点，镇定、舒缓、减压等等。"

　　两人回到大宅，生日宴的策划人来了，要最后和宫丞对一次流程。宫一洛看到他们从外面回来，简直佩服宫丞对郁南的耐心，此时他奉命带郁南在宅子里逛一逛——这一次他可不敢怠慢。

　　上次郁南就觉得这里像一个迷宫，宫一洛就不一样了，他是在这里长大的，自然十分熟悉。

　　"其实晚上我都不敢出来乱走。"宫一洛告诉郁南，"因为有点恐怖。"

　　走到三楼，他们踏上一条特别长的走廊，走廊曲折弯绕，似乎没有尽头。

　　"我小的时候不听话，我小叔就把我扔到这里。"宫一洛说，"新来的用人胡说，说这里有一间屋子闹鬼，谁都不可以进去，

457

把我吓得半死。"

郁南也怕鬼，闻言耸肩道："那我们就不要去了吧。"

宫一洛取笑郁南："我都说是用人胡说了，那里其实是我爷爷的书房，里面的书很多很多，小叔小时候经常进去找书看呢。我带你去看看。"

郁南松了一口气，两人一起穿过阴暗的走廊，推开书房门。房间里的光线却好极了，宽阔得足有一百多平方米，墙壁做了满墙的书架，还放有方便拿书的梯子。

书桌后挂着一张弓箭，宫一跟郁南介绍："我爷爷会射箭，这是他送给我小叔的，我小叔十几岁就拿过箭术方面的奖。我爷爷说他什么都好，会骑马，会射击，会格斗，就是没有经商的天赋。其实是爷爷误解了，爷爷走了以后，我小叔就开始接班，做得比我爸爸还出色，但是他再没机会玩这些了。"

郁南听到宫丞以前的事，很感兴趣，原来还有这么多关于宫丞的事自己不知道。

宫一洛说完就要去取下弓箭给郁南看，他刚走到书桌后，忽然顿住脚步："咦，这是什么？"

他把放在墙角的东西拿起来，好像是一幅画。他对待自己家里的东西有些粗鲁，三两下就撕开牛皮纸要一探究竟，等牛纸皮撕开，里面的画露出真容，郁南的神色便凝固了。

宫一洛也想到了什么，他早就知道郁南和宫丞之所以会认识，全是这幅画。他慌张起来："郁南，你……"

郁南说："你看上去为什么这么害怕啊？"

宫一洛没想到他会是这个反应。

郁南看到这幅画，其实也说不上来是什么感觉，总之不是好感就是了。这幅画是他当初修复的，但与其说是修复，不如说是照着原画重绘了一幅。

他现在再看见它，隐隐觉得或许对宫丞来说，重要的不是画这幅画的人，而是这幅画本身。否则，宫丞怎么会叫旁人来修复画，而不找 Louis 这个画画的人呢？

郁南从宫一洛手中把画拿过来，仔细看了一下，基本上能确认这幅画是自己画的。

当初他画完之后，宫丞就将画放在市中心那套房子里，他们闹翻之后，郁南就再也没见过它，想来是这次房子装修，它和画室里的东西一起搬出来了，至于为什么会在这里，就不得而知了。

宫一洛怎么能不害怕呢，他简直是欲哭无泪。他是一个有前科的人，如果这次郁南又被气走，他怕是要横着出宫家大门了。

好在郁南看上去并没有生气，还问他："这幅画有什么意义吗？"

"有！"宫一洛赶紧告诉郁南，"这是爷爷最喜欢的画！"

郁南不解。

宫一洛说："我听我妈说，这是 Louis 九岁那年画的。那年爷爷生了重病，小叔被送出去读书，Louis 就画了这幅肖像画送给爷爷。这么说吧，Louis 从小就很会讨好人，知道哪些人能让自己过得好，哪些人才是真正的掌权者。因为这幅画，爷爷就更喜欢 Louis 了，还让 Louis 改口叫自己爸爸。"

Louis 长到十二岁，老爷子去世，他临终前告诉宫丞，要对 Louis 好，多照顾 Louis。只是出于种种原因，两人总是不断地吵架，可是责任、义务让他们始终无法真正断绝往来。最后一次吵架时，Louis 点火烧画，宫丞到场后只冷冷地让 Louis 不要再用这幅画威胁他，疯狂的 Louis 便将这幅画扔进火场，说宫丞辜负了父亲的期待,说他对不起老爷子。

那是宫丞第一次真正暴怒,他将被烧毁的画捡了回来,而后只要 Louis 在,他基本上再未回过大宅。

"就是这样咯。"宫一洛叹了一口气,"他们吵架的时候我还小,我一直把 Louis 当家人,直到 Louis 离开宫家,我才知道那家伙这些年都做了什么。"

上次宫一洛还振振有词地告诉郁南,他们是家人,现在想起来只觉得那时候自己的嘴脸又搞笑又可恶。

宫一洛讲完,见郁南没有反应,漂亮的眼睛直视前方,好像在放空,便叫对方:"郁南?"

郁南好像明白宫丞为什么很反感别人给他画肖像了,有这样的一段经历,的确不是什么美好的体验,当画像和道德绑架联系在一起,谁也不会喜欢的。

"郁南?"宫一洛轻轻推郁南,"你怎么啦?"

郁南回过神,说:"嗯?"他低头,先动手收拾那幅画的包装纸,"我们把画包起来吧,就这样放着不太好。"

宫一洛惊疑不定:"你没事吧?"

郁南熟练地将画包起来,用工具固定好,重新放回了墙角:"你刚才是不是想给我看这张弓?"他神色自若,没有露出不对的样子。

大宅后,草坪上放了一只箭筒,几米外有一棵大树,树干上新挂了箭靶。

郁南是新手,又只是玩一玩,宫一洛便叫人拿来一张十八磅的练习反曲弓。任叔很高兴,因为宫家人习箭术与马术都是老爷子留下来的传统,宫一洛小时候还练过,长大了只顾着开派对、玩赛车或者电子游戏,已经很久没碰过这些了。

郁南换了一件紧身的衣服,穿好护胸,戴好护指,虽然搭箭引弓的姿势不标准,可是乍一看,还挺像那么回事。他的身姿提拔,腰板挺直,好似漫画中会箭术的主人公。

几场射箭下来,宫一洛就对这项运动失去了兴趣,只站在一旁盯着郁南的动作看。

没过多久,几辆车出现在路上,离开了大宅,宫丞则顺着花园的小道走了过来,路上的人和他打招呼,他便朝这边看来。

郁南还在认真练习,宫一洛想了想,先迎上去对宫丞说了什么,然后两人远远地朝着这边看了一眼。

郁南又一箭射偏,懊恼起来,转身去拿箭,有人递了一支过来,来人身形高大,却不是宫一洛。

他抬头一看,说:"咦,你怎么知道我在这里?"

"所有人都知道你在哪里。"宫丞说,"这么热?"

郁南不常运动,而拉弓是很费力的,所以额头与鼻尖都出了一层薄汗,脸颊发红,看上去倒是畅快淋漓。

宫丞还记得,上次因为那幅画,郁南很受伤。他做了许多不好的事,曾让郁南失望透顶。

现在旧事重提,之前搬家时不知是不是下面的用人误以为那幅画是原件,才将它又拿回了大宅,叫郁南看到了。

"我看到那幅画了,"郁南先开口,"在楼上那个传说闹鬼的大书房里。"

"我知道。"宫丞低声道,"对不起,我……"

"我要给你重新画一幅画。"郁南打断了他,任性地说,"不,我要画十幅、一百幅,让你每次看到画都不会再想起其他讨厌的人。"

461

宫丞惊讶于郁南的反应,可不等他说话,郁南又主动安慰他说:"我知道,那幅画对你来说是你父亲的东西,所以你才修复它,可是你也值得拥有你自己的。我绝对不会用这个来道德绑架你,就算有一天我们又闹掰了……"

宫丞说:"你还想和我闹掰一次?"

这下,郁南才发现宫丞看似胸有成竹、临危不乱,其实心中十分不安。他再次见到那幅画,宫丞只怕比他还要慌张。

这次因为那幅画难受的人变成了宫丞。

"我只是打个比方,我才不会呢。"郁南小声说。

话说开了,最后一个心结也解开了,这一回他们平等而真诚,好像再没有什么会成为他们之间的隐患。

晚上吃饭的时候,宫丞独自下楼来,大太太问郁南怎么没下来。

宫丞吃完饭,优雅地用餐巾擦嘴,回了一句:"下午郁南运动太多,用力过猛了,肌肉酸痛。"

大太太放下筷子关心道:"年轻人细皮嫩肉,郁南第一次射箭,肯定是会肌肉酸痛的,一会儿让任叔给你拿点药膏,让南南按摩着缓解一下,任叔那儿这些东西都有。"

宫丞应了一声。

大太太又看见了什么:"阿丞,你换了新表带?哪一家设计的?还挺好看。"宫丞的表带换了新的,款式稳重又不失新颖,大太太很喜欢。

宫丞特别淡定地说:"郁南设计的,纯手工制作,一共做了四条,说让我出席不同的场合戴。"他又补充一句,"我的生日礼物。"

大太太低低一笑:"表带很漂亮,我早就听说郁南很有天分,这么一看,真的比名家设计还出色呢。"那个孩子的审美真是叫人艳羡。

"谢大嫂夸奖。"宫丞端了托盘上楼。

傍晚,国内某匿名论坛忽然多了一个热帖——

求助:第一次参加高规格的宴会应该注意什么?救救孩子吧!进来就领红包。

楼主:明天是朋友的生日,他们家为他举办了生日宴,会来许多尊贵的客人,我第一次参加这种正式的宴会,很想问一问大家,应该注意些什么。

系统提示:主楼随机掉落10个红包,快来抢吧。

2楼:哇,楼主好人,抢到了!

3楼:我抢到8块!

4楼:我抢到5块多!

5楼:我也是!楼主你不要紧张,生日酒席而已,你不是主角,坐着吃饭就好啦。

6楼:不是普通的酒席,是有茶话会和酒会的那种,很多很厉害的人都会来,我什么都不懂,好紧张,好怕给他丢脸。

7楼:我抢到了20块!楼主真大方!楼主直播吗?我前排占座!

8楼:那也没关系,5楼说得对,你不是主角,也不太会有人关注到你,你保持微笑就行了。

9楼:可是会有人关注我啊。

10楼:为什么?

11楼:他过生日,为什么要关注你?

12楼:不是你朋友过生日吗?

13楼：在本帖火之前留个名。

14楼：我怎么感觉有点假？

楼主：虽然是他生日，但是有个环节我需要和他一起，所以我也会被大家关注到。重点不是这个，我是想问，到时候我是一直在他身边帮帮他比较好，还是让他自己和人交际比较好？他其实不太想办宴会，可是没有办法，客人们都已经从世界各地赶来了。

16楼：真的好假啊，还从世界各地赶来，楼主以为你朋友是什么大佬吗？（到底是不是专业写手发帖待鉴定）

17楼：看你说话好像年纪很小，你朋友应该和你差不多大，能有那么大面子？

18楼：我还在念书，不过他40岁了。

19楼：假帖，鉴定完毕。

20楼：假帖，编故事也编得像一点吧，楼主怕不是想说自己朋友是宫丞吧？

21楼：神经病。

22楼：楼上，宫丞是谁？

23楼：就是那个很帅很酷的大佬啊，超有钱的！

24楼：我好像听说过。

25楼：回23楼，我也知道！

26楼：等下，你们在说什么，我听不懂……

27楼：我的妈！哈哈哈，我抢到了88！哈哈哈，我疯了我疯了！

28楼：楼主是不是人傻钱多？谁在匿名论坛发这么多红包？发10块钱的都是富翁了。

29楼：嫉妒27楼。

......

门外传来敲门声,郁南应了句"请进",接着宫丞走进来问道:"你在看什么?"

郁南关掉手机,只说:"看论坛啊。"

男人将托盘拿过来,里面装着给郁南留的晚饭。

郁南一口一口吃光了饭后,宫丞去叫人来收拾,顺便吩咐任叔明日宴会的事宜,郁南这才又得了空。

他躺回床上的时候,帖子已经被回复到100层了,他没空去翻前面的回复,所以并不知道发生了什么。

107楼:等等,我们就当楼主说的是真的吧。这么重要的场合,他还把你安排进流程里,这是要帮你造势,给你拓展人脉的意思?

楼主:我不太确定,不过我觉得应该是的,因为他给我定做了一套礼服。

109楼:我不信,除非你给我看照片。

110楼:求看照片。

111楼:求看照片。

......

楼主:发布照片。

136楼:好高级的样子。我看到背景了,好多衣服啊,好大的衣帽间。

137楼:该不会是盗图吧?

138楼:同意楼上,不是盗图就是炫富。

139楼:只有我一个人觉得楼主很单纯,我们问什么楼主就答什么吗?我觉得楼主说的是真的,那我们给点建议也不会怎么样。楼主,你明天穿这一身?

楼主回 139 楼：对。

楼主回 138 楼：我没有炫富，我是普通人，第一次参加这种宴会，所以才会紧张。这里不是商务社交论坛吗？我以为可以问的。

141 楼：笑死我了，什么商务社交，这里是留言区啦。

142 楼：宴会几点开始啊？人会不会很多？

楼主：等等，我看看日程表。

144 楼：噗，竟然还有日程表。

……

楼主：下午一点开始入场，人不多，大家都有自己的座位，会有司仪带着走流程。

160 楼：那我建议楼主跟着朋友学就可以了，他是真正的主角，肯定不会出错。

161 楼：同意，人不多的话，你跟在他旁边最稳妥了！

162 楼：对对对，本来就该这样。

163 楼：你进场之后不要急于去找座位，累了也不要一直坐着休息，喝酒用餐的时候少吃一点，那种场合不是去吃东西的，我参加过一次，他们都吃得很少很小口，食物再好吃你也不能多吃。晚宴同桌长辈没有拿餐巾，没有动餐具，你就不能拿和动。刚才楼主说有来自世界各地的人，每个地方打招呼的方式都不一样，如贴面礼、亲吻礼都有，楼主大方回应就是了。

164 楼：楼上小姐姐好厉害。

165 楼：我是 163 楼，继续。

楼主，你朋友致辞的时候，如果向客人介绍你，你要在台下举杯回应。

楼主：谢谢！

167楼：我补充一个！如果是吃西餐，楼主可以再查一下西餐礼仪！

楼主：好呀。

……

207楼：好好奇哦，楼主和你朋友是怎么认识的啊？我也想认识这样的大佬。

楼主：我们是因为兼职认识的。

209楼：楼主说你朋友都40岁了，这种大佬的脾气是不是比较好？

楼主：他有时候很暴躁，生气的时候挺可怕的。

211楼：你们听起来差距挺大的，平时怎么互相称呼啊，会叫大佬"X总"吗？

……

楼主回211楼：叫名字。

242楼：羡慕。

243楼：真实地羡慕了。

……

270楼：楼主呢？

……

295楼：楼主不见了。

……

410楼：楼主明天要参加宴会，应该已经睡了吧？

……

637楼：我的天！我发现了亮点！今天就是那位大佬举办生日宴！你们看看新闻！

638楼：谁在一直回复啊，烦不烦？

639楼：我也看见新闻了！今天宫丞举办生日宴，好多大佬参加！M国的那个谁直接包机过来了！

640楼：是不是楼主蹭热度啊？我不信这么巧。

641楼：不是，我说你们不看新闻图片吗？楼上，看你头像，你家偶像才是发了大佬的生日宴会照片蹭热度，这种私人宴会的照片应该是不可以外传的，我看你偶像马上就要flop(失败)了。

642楼：天哪，你们对比一下楼主发的礼服照片，和微博上的一模一样啊！

643楼：你们看看楼主发的礼服，还有衣帽间抽屉里那块表的表带，把图片放大70%可以看见！

644楼：妈呀！今天宫大佬把它戴手上了！

645楼：嗯？？？

646楼：643楼太厉害了！

647楼：等一下，我来理一下思路……如果楼主就是郁南，那么楼里的这些信息……

……

凌晨，宴会结束，郁南陪着宫丞送走最后一批客人，累得睡着了。

宫丞看到郁南的手机在振动，打开一看，是某论坛网站显示未读消息上千。

他看到标题后，滑动了几页帖子，然后用自己的手机登录这个名字奇怪的论坛，恰好成了第9999楼。

系统提示：9999楼随机掉落10000个红包，快来抢吧。

Chapter 20
幸 福

你现在在我的地盘。

转眼又是一年春节,大年二十九晚上,郁南告诉郁姿姿,宫丞要来,郁姿姿正在厨房洗碗,要不是房子足够小,她还以为自己听错了,她从厨房里探出头来:"宝贝,你再说一遍。"

郁南盘腿坐在地毯上,全神贯注地玩拼图:"我说,明天宫丞可能会来。"

郁姿姿有些慌乱,手上的橡胶手套还在滴水。郁南转过头,像是不知道自己刚刚扔下了重磅炸弹,想了想才说:"他刚才打电话,说想来看看,或许还会在这里住一两天,问你同不同意。"

郁姿姿半晌才"啊"了一声,她其实有点搞不懂,按理说,宫丞是自家宝贝的朋友,但因为年纪和身份,宫丞很难让她产生类似于晚辈的感觉,她便没想过对方会来做客。

"妈妈,可以吗?"

郁南的问话打断了郁姿姿的思绪,她很快回神,笑道:"可以啊。"

郁南便笑道:"谢谢,我马上打电话跟他说。"他说着便起身去房间打电话了。

郁姿姿隐约听见郁南愉悦的笑声,她在厨房里站了一会儿,也露出了笑意。孩子长大了就是这样的,总会去属于他们自己的地方。

大年三十那天下起了大雪,郁南这次回国后还来不及和宫丞见面,是直飞的霜山。

这两年宫丞坐稳了位置,慢慢地从繁重的事务中退出。

覃乐风说,说不定再过几年,宫丞会提前退休。

郁南：……

说实在的,郁南一点也没法把"退休"这样的字眼和宫丞联系在一起,甚至在他眼中,宫丞与他们第一次见面时的模样并无二致,时间仿佛在宫丞身上停止了。

大年夜,人们都在家里团聚,街上没什么人,只挂着喜气洋洋的红灯笼。正当郁南望眼欲穿时,一辆黑色的车悄然从街角驶来。

郁南裹着厚厚的羽绒服,已经在楼下站了十几分钟,鼻尖冻得发红,一双眼睛却亮晶晶的,挥手道："宫丞！"

那台车却与他擦身而过,径直开走了。

车里不是宫丞？郁南感到了一丝尴尬。忽然,有熟悉的声音在他身后响起："你怎么对着别人乱喊名字？"

郁南又惊又喜,立刻转身去看,夜幕下,宫丞的五官立体,眼中含着笑意,头发与肩头上都落着雪花。

郁南问："你什么时候跑到我后面去的？"

宫丞说："我说了不用下来等我,你怎么不听？"

其实是家里人多,郁南要先给宫丞交代些事情,当然是要下来接人的。

宫丞说："都冻成冰块了,回去吧。"

郁南一脸不满,他还有很多话没说,刚要开口,却听见有人在咳嗽。

"舅舅……"郁南看清了宫丞身后的人。

舅舅只是陪宫丞下来找人,道："郁南啊,咳,我们那个……"

先上楼吧？"

宫丞从容地对舅舅道："郁先生请。"

舅舅比宫丞大不了几岁，闻言受宠若惊地道："宫……宫先生请。"

因为知道宫丞要来，这年郁家人的年夜饭就挪到了郁姿姿这边吃，所以全家人都在家里等着。郁南下楼后光顾着站在路口等，却忽略了宫丞可以直接让司机从停车场开进去。

当时宫丞进门后，全家人是什么反应郁南不敢想，总之舅舅都带宫丞下来找自己了，想必气氛应该是挺令人窒息的。郁南捂着脸，早知道自己刚才应该听宫丞的话，乖乖待在家里等他就好。

"小地方，环境不好，您多担待。"舅舅边走边抱歉地道，"郁南就是在这一片长大的，以前这附近还算得上高档，现在城市发展快，我们这一片看上去就破落了。"

这倒不是舅舅的客气话，这个小区修好快二十年了，在日新月异的发展中，渐渐成了被遗忘的地方，除了平时比较安静，没有别的好处。街道的地面有些坑洼不平，此时因为下雪泥泞一片。

宫丞这样的人出现在这个地方，着实有些格格不入。

"老街有老街的味道。"宫丞道，"郁先生您不要客气。"

郁舅舅走在前面，继续给宫丞介绍，郁南的脚突然被小石子绊了一下。

宫丞低声道："紧张？"

郁南看到宫丞被泥弄脏的鞋子，只道："没有。"

还没走到家门口，郁南就听到了大家的说话声，显然方才宫丞的短暂露面足以让他们慌作一团，他又不在，郁家人大概手足无措了。

舅舅拉开门进去说:"都回来了!准备开饭!"

谈话声戛然而止。

气宇轩昂的男人站在门口道:"抱歉,方才我来不及好好打招呼。各位新年好,我是宫丞。"

郁南注意到家里多了一大堆年货礼物,都快堆成山了,用脚指头想都知道是谁搬来的。

郁南家的房子果然如郁南所说是很小的,客厅自然也不大。这个大年夜因为宫丞的到来,将原本按惯例在舅舅家的团聚转移到了这里,为了摆下一张圆桌以便所有人都能落座,他们甚至移开了客厅的茶几与单人沙发,这才堪堪摆下。

这房子麻雀虽小,但五脏俱全,被郁姿姿收拾得很干净,处处透露着一股温馨的气息。不知怎的,宫丞一进门,这原本就小的房子变得更小了,连他落座后都没有得到缓解。

郁姿姿很热情,但又有些拘谨:"南南,外面冷,你去给宫先生倒杯热水暖暖胃。"

郁南点点头要起身,宫丞轻轻按住对方:"不用了,家里很暖和。"

所有人见他这么随和,都放松了一些,或许他们没想到,在财经新闻里才能见到的男人会这么平易近人。

郁桐和郁柯两人其实是最惊讶的。

最先是妹妹郁桐在微博和论坛上看见的消息,像宫丞这样有钱有颜又正值壮年的大佬,本来就是会被女孩憧憬的对象,若不是他的曝光率太低,估计能吸引更多的粉丝。

郁桐告诉闺密:"我说这个'郁南'是我哥,你信不信?"

闺密也震惊了，首先想到的是郁柯："你不是就只有郁柯这一个哥哥吗？"

郁桐差点吐血，翻出郁南的照片给她看，道："我是说这个哥哥！"

照片是郁南去 M 国参加比赛那段时间拍的，照片上的郁南戴着毛线帽，穿着厚外套，手中捧一杯咖啡。

闺密说："好可爱啊！"

郁桐心满意足，开始高度关注郁南的朋友圈，并和闺密一起研究。现在宫丞本人来到了家里，郁桐要晕厥了，在桌下按着手机发消息的手就没停过。

郁桐：来了来了，宫丞进来了，啊啊啊！

闺密：快快快，他真人有没有照片上那么帅？

方才宫丞来时只短暂地在门口说过一两句话，就被父亲带着下楼了，郁桐那时在房间里，没看到他，只听到对方好听的声音，咬字缓慢而标准，带着一份从容与优雅。等她急忙跑出来看，他们已经下楼去找郁南了。

郁桐：超帅的！我估计他有一米九了，进来的时候差点碰到吊灯，低头让开的时候好绅士啊！

闺密：求照片！

郁桐还没来得及回复，就听到了郁南的声音。

原来他们一边吃饭，郁南一边给宫丞做起了介绍，郁桐是最后一个被介绍的："这是我妹妹郁桐，今年也考进了湖心美院，她画画也很棒。"

宫丞手中拿着高脚杯，并未因为对方是一个小女孩就怠慢，还微微举起杯来，说了声："你好，郁桐。"

这男人的魅力与严思危完全不同，郁桐的脸登时全红了，一时竟不知道如何回答他,还好她的反应算快,和父母一样打招呼:"宫先生好。"

一旁的郁柯十分郁闷,他平时完全不看新闻,自然不知道宫丞是哪一号人物,对他来说就是郁南这个朋友很有钱。

直觉告诉他,上次郁南那么难过还扔掉手机,就和这个宫先生有关,因此,双胞胎的表现完全相反。不过桌上很热闹,大家都聊开了,倒没人注意到郁柯。

宫丞这辈子都没和这么多人一起坐过这么小的桌子,却并未感到不适,反而觉得温馨,就是这样的一家人,才能培养出来郁南这样的人。

郁南很乖,重新给大家斟满了饮料才坐下。

舅妈说:"家里好久没热闹过了,上一次有客人来,还是郁南那边的爸爸妈妈来的时候。"

舅舅表示赞同,顺便问起了郁南:"郁宝贝,这次你准备什么时候去那边?"

郁南现在留学,每年只有放假的时候能回来,一般都是两边跑,此时却抬头问宫丞:"宫丞,你什么时候走?"

宫丞看着郁南,那目光在众人眼中像是长辈在看晚辈:"你想我什么时候走?"

郁南想了想,道:"要不就后天?明天我想带你出去逛一逛。"

宫丞道:"好。"

郁南得到回答,便告诉舅舅:"宫丞后天走,我就和他一起走吧。"

"宫先生不是深城本地人吧?"郁姿姿问,"我看采访,说你家是从首都那边迁过去的。"

宫丞道:"对,我家里从祖爷爷那辈起就是做舶来品的,早年间自家做起了造船厂，后来就迁到深城去了。我出生在深城，只算得上半个深城人。"

郁姿姿道："南南的爸爸就是首都人，你们还挺有缘的，南南小时候还在首都生活过一段时间呢。"

郁南点头道："对，我还记得我们住的那个胡同里的石狮子，不过具体的记不太清了，有机会的话我还想去看看。"

宫丞勾唇，说："下次我带你去找找。"

郁南啃着鸡腿，说："真的吗？什么时候？"

宫丞说："年后稍微空闲一些，你有假期的时候。"

郁南这才满意了："好啊。"

郁桐松开语音键，正好把这一段对话录下来发给闺密。

闺蜜：这声音太好听了！

郁姿姿看到他们的互动，心算得上是安定的。她与宫丞虽然是第一次见面，但已经通过两次电话，郁南知道有一次是自己离家出走后，另一次是严爷爷去世后。其实还有一次，却是郁南从来不知道的。

那次宫丞打电话给郁姿姿，询问郁南的经历，是为了用郁南的名字命名那个儿童烧烫伤基金会。

一个商人能做这样一件事，不管是出于什么目的，还是单纯做慈善项目，都是一件好事，郁姿姿便将郁南那段过往告诉了他。

那时候男人在电话里沉默了很久才问："那时候……郁南很疼吗？"

"疼。"郁姿姿告诉他，郁南最怕疼了，"烫伤的时候疼，换药的时候疼，后来每次穿塑身衣的时候也疼。郁宝贝疼了也很少喊出来，我忙着在医院奔波，有天半夜才发现枕头都被他哭湿了一大半。他最爱哭了,可是又太懂事,怕我伤心,疼了就偷偷地哭。"

郁姿姿说那些也就算了,本来算不得什么,可是郁南的长相实在是太出众了,这样的小孩应该很受欢迎,可是小孩子又哪里懂事呢?游泳课上,郁南的秘密被发现后,郁南便成了大家嘲笑的对象。

郁姿姿至今还记得那天她从学校游泳馆用毛巾将郁南裹好抱回家的场景。

宫丞在电话里说:"郁女士,谢谢您告诉我这些。"

舅舅告诉郁南,让郁南走的时候记得去拿一些舅妈做的风干牛肉,每次郁南离家都会带的。不料宫丞也吃过,还称赞道:"您的手艺很好,我试着做过一次,但差了点味道。"

舅妈很惊讶:"宫先生还会做吃的?"

宫丞说:"只是兴趣。"

舅妈简直不敢相信,还是告诉了他秘方:"你可以试着加一点咖喱粉,不要放太多了,会很好吃的!"

"原来是这样。"宫丞道,"难怪郁南只爱吃您做的风干牛肉,我做的郁南一尝就知道味道不对。下次我再试试。"

之后有一天舅妈问郁南,宫先生是不是真的会做饭,郁南说:"真的啊,他做饭可好吃了。"

宫丞买的那一堆礼物,有不少是给舅舅一家的,这些事情虽然不用他亲自打理,可是他还是仔细询问了大太太的意见才叫人去办的。

大太太听说他要去郁家做客,干脆把这事包揽了下来。大太太根据双胞胎的年纪,准备了游戏机——宫一洛帮忙选的,还有电子设备,又准备了给女孩子的香水和包包,舅舅则有保健品和茶叶，舅妈和郁姿姿则有化妆品、项链等。

每一样礼品都不算贵重得令人难以接受——郁家都是普通人家，对奢侈品的接受程度不高，所以宫丞送的礼物都是特别实用的。

大家都不矫情，每个人拿到礼物都很高兴。郁南去帮郁柯摆弄游戏机，连接好线路后绊到线差点摔一跤，宫丞提醒道："当心一点。"

郁南说："过来，我们先给郁柯示范一下。"

两人在沙发上坐下，郁南踢掉鞋子盘起腿，自然地和宫丞坐下来："我不会让你哦，所以你也不要让我。"

看上去和游戏完全不沾边的男人却熟练地选角色和装备："知道了。"

"你又玩这个。"郁南有点恼火地说，"耍赖。"

郁柯注意到，宫丞选的角色是玩枪的。

"射击是一种天赋。"宫丞逗郁南，"你怎么说我耍赖？"

此时郁柯完全不觉得宫丞比郁南大那么多。这个年纪和他爸差不多的人，到了这个时候，看上去简直像换了一个人！

郁南选好了角色，凶狠地跳进竞技场："那就来吧！我大不了被你按在地上摩擦！"他被激起了胜负欲，摩拳擦掌要和宫丞一较高下。

宫丞看了郁南一眼，不动声色地换了一个角色，这次是一个匕首刺客，显然不是他常玩的。

郁南怔了一瞬："你怎么换了角色？"

宫丞说："看你用刀打不打得过我。"

郁南狡黠一笑："来呀，这次是你自己选的，打不过我可不要后悔。"

郁柯很无语，觉得郁南怎么这么好骗。

晚上十一点，舅舅一家要走了，郁桐却磨磨蹭蹭的，闺密一直在催她拍照片，简直恨不得马上亲自赶过来拍。

郁南和宫丞送他们下楼，双方告别，郁桐终于忍不住，回头拍了一张照片。照片上是两人的背影，宫丞走在前面，郁南走在后面，一个比另一个高很多。

郁桐：拍正面不太好，就这样吧。

闺密：我哭了，看背影都觉得好帅。

郁姿姿回了房，听见他们在客厅说话。

宫丞说："太晚了，先睡觉吧。"

郁南说："今天晚上要守岁呀，我们家的习俗是必须守岁。"

宫丞说："是吗，这次我来守？"

郁姿姿心里暖烘烘的，关上了房门。

家里挂着灯笼，挂了年画，贴着窗花，摆着不少年货，舅舅一家刚离开，热闹的氛围还在，却安静极了，外面偶尔传来几声爆竹声，显得年味正浓。

宫丞轻声道："你的房间在哪里？"

不知道是不是因为在家里，郁南声音很轻很轻地说："就在你后面。"

宫丞推开了那扇门。

房间果然如郁南以前告诉他的那样很小，他记得郁南说过，这是用一间卧室改出来的，郁南和郁姿姿一人一半。郁南还想给妈妈买大房子，一砖一瓦都要自己亲手攒起来，别人送的房子郁南都不要。

小房间里有一张单人床、一个装得满满当当的书柜、一张放着画具画册的书桌，床靠着的那面墙上钉了一排置物柜，里面全部装的是郁南的衣服，从小到大的衣服都有。他的床当然是堆满玩偶的，几乎睡不下人。

郁南坦率地告诉他："你现在居然站在我的地盘上，这感觉就像做梦一样。"

宫丞拿出一个红包，说："看，今天我还收到了红包。"

郁南很惊讶，宫丞又说："是你妈妈给的。"

宫丞说："谢谢你让我来，这个除夕，我很难忘。"

Chapter 21
凡 尘

郁南是一位艺术家,本该与俗世绝缘。

郁南二十五岁这一年，在深城举办了第一场个人画展。这场画展名为"南之意"，于深城树与天承美术馆举办，展览很成功，在短时间内吸引了许多人的目光。

近年来郁南参加了不少比赛，在业内算得上是小有名气了。因偏向浪漫派，他的画作大多以写意、抽象为主，具有强烈的个人风格。他还继承了老师余深的衣钵，将这些技巧运用得炉火纯青。

这次展出的所有画作卖得的钱都会捐给郁南儿童烧烫伤基金会，包括那幅让他第一次在国际性比赛上得奖的《仲夏夜之梦》。许多人都是冲着这幅画来的。

但《凡尘》除外，那是非卖品。

《凡尘》画的是一位高鼻深目的成熟男人，是郁南笔下少见的写实画作，画中的男人慵懒地坐在窗台上。

整幅画的构图用的是逆光，能看见窗外一片瑰丽的云彩，相比之下，男人的表情显得有些冷淡，尤其是那双眼睛，会令人止不住想要匍匐在地。男人手中捏着一朵红色的玫瑰，他的手指修长，动作轻柔，让整个画面都显得温情起来。

这个男人，当然是熟悉郁南的人都认识的，是宫丞，那个叱咤风云的男人。

为此，大家都猜测这幅画的名字到底有什么寓意，而在画展结束的这一天晚上，郁南终于被问到了这个问题。

为庆祝画展取得圆满成功，郁南特地让人准备了香槟、甜点，以派对为画展画上句号。觥筹交错间，郁南谈笑风生。

他从一个完全不懂社交礼仪的懵懂小孩，变成如今算得上游刃有余的成功人士，最初的那份纯粹还在。这次的画展没有钩心斗角，没有利益关系，他更没有特意吹嘘自己的能力，画得好，人们自然就买了。

严思危陪在郁南身边，郁南穿着黑色礼服，严思危穿了白色礼服，两人的眉目极为相似，吸引了不少人的目光。严家的背景没有宫家来得深厚，可旁人只要稍微了解一下，也会为郁南的身份感到咋舌。

有媒体在，难免会有尖锐的问题提出，如询问郁南早年间比赛时的传闻，以及询问郁南烫伤后去文身的心路历程等，这些问题都被严思危毫不客气地挡回去了。

"抱歉，只回答与画相关的问题。"严思危道，"其他问题大家可以登录基金会官网查看。"

记者再问："郁南，你怎么看？"

郁南微笑道："我哥哥说得对，不好意思。"

另一个记者说："郁老师，那幅非卖品《凡尘》，'尘'字与'丞'字谐音，大家都在猜测这幅画是不是送给画中那个人的呢？"

郁南取这个名字，其实是想说因为亲情、友情等各种情感，凡尘俗世才变得有意义，才让自己成了郁南。除了这一幅画，他之后还会陆续为家人作画，准确地说，《凡尘》将是一个系列。

不等郁南回答，又有记者问："我们都知道宫先生确实不是普通人，如果不是因为谐音，那么您画的《凡尘》，是不是表达了像他那种高高在上的人也会落入凡尘的意思？"

"不是这样。"

蓦地，一道声音打断了这场对话，宫丞刚结束一场不得不参加的会议，还穿着正装，不疾不徐地朝他们走来。

这几天郁南开画展，媒体都来这里蹲宫丞。自宫丞掌控国轮制造集团之后，他逐渐改变经营策略，媒体收到的最新消息是国轮要经过运作实现企业重组。不过他们蹲了几天宫丞都没来，以为小小的画展不足以让宫丞露面，已经放弃了会遇到他的想法，没想到他会在画展结束的这晚出现。

宫丞走到他们面前，他比大家都要高许多，气势自然也压了所有人一头。他淡淡地瞥一眼那位记者："《凡尘》表达的意思恰巧与你说的相反。"

闪光灯不断亮起，记者们都十分激动。

"这两个字表达的意思是，郁南是一位艺术家，本该与俗世绝缘，却因为俗世间的各种情感才跌落凡尘。"宫丞端起一杯香槟，"他的家人和朋友就是那个让他有了凡心的理由，所以这幅画才命名为《凡尘》。"

他说着，举杯道："谢谢大家，今晚的采访到此结束。"男人仰头喝了香槟，喉结因为吞咽的动作上下滚动，优雅而性感。

工作人员上来拦住还要继续向宫丞发问的媒体，三人转身上了楼梯。宫丞走了两步，郁南便跟上去："你开完会那么累，怎么不回家去休息，还过来？"

宫丞道："我觉得还是应该来。"

郁南说："不是说好你不来的吗？他们说不定又要在外面堵你了。"

因为公司的事，宫丞一出现就会被围得水泄不通，所以两人已经说好了他不会在画展上露面，之前画展的筹备事宜大多是宫丞叫人处理，郁南亲自跟进。

"来总有来的理由。"宫丞说,"我准备了东西给你庆祝。"

郁南高兴地道:"真的?"他转头对严思危说,"哥哥,你和我们一起,我把朋友们都叫上,回去开真正的派对。"

三人上了二楼内部休息室,这里已经没有其他人了。

"我就不去了。"严思危说。

"为什么啊?"郁南不解,"你难道不想参加派对吗?叫上那个小姐姐,还能制造机会。"

拜宋阿姨所赐,严思危最近真的通过相亲谈上了一个医生小姐姐。不过对方是兽医,从事海洋动物医疗工作,相对来说工作没有那么忙碌,两人也能有一些共同话题。

严思危笑了一下,道:"这几天我天天陪你,你哥又不是铁打的,该回去休息了。"

郁南"哦"了一声,恍然大悟:"我都没想到……那哥哥你不去的话,我也不叫其他人了。"其实是经过严思危这一提醒,他才想到宫丞也累了,那还开什么派对,不如让宫丞也好好休息。

严思危走后,宫丞与郁南便去了停车场。宫丞是临时决定过来的,大张旗鼓太引人注意,便开的郁南的车。外面很冷,宫丞叫郁南在室内等待,他去把车开过来。郁南等他开车过来的间隙,听到有人叫自己的名字,回头后却一时之间没有认出来对方是谁。

"不认识我了,大画家?"来人瘦巴巴的,"我也算得上是你的家人呢。"

郁南穿着黑色礼服,头发梳往脑后,显得很精神,这是被生活眷顾着的人才会有的,说明他正被众人宠爱。

在室内橘色的光线里,郁南投去疑惑的目光。那人注视着郁南,几年过去了,这家伙比那时候还要引人注目,皮肤好像

485

一片细腻的白瓷。

郁南看了好几秒，从对方的唇环、厚嘴唇和怨毒的目光中，终于确认这瘦得形销骨立的人是几年不见的严思尼。

两人狭路相逢，郁南还记得爷爷的事，记得严思尼害过自己的事，眼中露出掩盖不住的厌恶："是你。"

严思尼被外婆送去国外，与严家彻底断绝了关系。然而，他在国外大肆挥霍，再加上他过惯了纸醉金迷的生活，很快就将外婆给的那笔钱挥霍一空，几年后又悄悄地回了国。他本想再去找外婆敲诈一笔，觉得外婆疼了自己那么多年，哪有那么容易恩断义绝，谁料外婆已经过世了。外公向来不喜欢他，自然不可能给他钱，他连门都没能进。

严思尼在深城流浪了几天，正好看见郁南举办画展的消息，顺便也看见了常伴郁南左右，俨然一副好哥哥模样的严思危。严思危对他一直是冷漠严厉的，只要他做错了事，就会被严思危惩罚得抬不起头。

而郁南却得到了他从来没得到过的一切。

"你过得真舒坦。"严思尼艳羡道，"我听说爷爷的钱都给你了，一定有不少吧？这辈子你都花不完。"

郁南冷冷地道："你没有资格叫他爷爷。"

严思尼阴笑了一下，说："那些钱我也本该有份的。是你，你抢走了我的家人，抢走了我的生活！"

郁南被恶心得不行，眉头皱出川字："没人抢你的家人，是你不配得到他们。你气死爷爷，欺骗外婆，陷害我，到了这种时候，你竟然还不知悔改！"

"我悔改有用？"严思尼自问自答，"没有。我向严思危磕头认错，他都没有放过我。而严慈安那个坏老头，我连面都见不到，谁给过我机会？"

没人和郁南说过这些，可能大家都怕脏了郁南的耳朵。

郁南到底太单纯，问道："那你现在找我是想干什么？你总不可能要求我给你机会吧？"

严思尼道："求你当然没问题，好歹我也姓严，现在你这么成功，难道不该给我点补偿？给个十万百万的，对你来说不是难事吧？"

车灯在不远处亮起，是宫丞开车过来了。刺眼的灯光中，严思尼的表情是那么狰狞，他好像从阴沟里爬出来的臭虫。郁南看得清楚，脑子更清楚，才不会给他一毛钱呢。

"你做梦。"郁南转身就走，"下次你再来，我就直接报警。"

郁南走了几米，宫丞的车子猛地停下，轮胎摩擦地面发出刺耳的声音。他正不明所以，宫丞已经推开车门，疾步走了过来："郁南！"

宫丞面色可怕，一把将郁南狠狠推开。

郁南只觉得一阵冷风扫过耳朵，震惊地回头，发现白光一闪，宫丞已经一脚将严思尼踹出五六米远，只听"哐当"一声，匕首落地。

"宫丞！"郁南直觉不好，冲过去看宫丞的手。

男人的左手在滴血，掌心被划了一条口子，深得隐约看见白肉，鲜血汩汩涌出，很快打湿了白色衬衣的袖口，深红一片。郁南脑子里嗡嗡作响，那一瞬间，他好像快听不见任何声音了。

男人好像又走远了，控制着地上的严思尼，让他没法再动，保镖也已经出来了，三两下将他反扣着手臂控制住。

"别怕，我没事。"

"已经报警了，小伤而已，你不要怕。"

深夜，严思危给宫丞的伤口做了缝合后，才向郁南说："他很幸运，没有伤到肌腱，以后握手握拳都不会有问题，回去后注意不要让他的伤口沾水就可以。"

宫丞缝伤口的时候郁南不在，他一直在和警察录口供，将事情原原本本地说了出来。

严慈安也赶到了，严思尼虽然已被逐出家门，但这件事对他的打击还是很大。后来郁南听说他们再次见面时，严思尼哭着问他为什么要让自己知道自己是领养的，他因此陷入了深深的自责。

不过有罪的人始终是有罪的，事实证明，严思尼犯下的事不止这一件，坐一辈子牢都不够。

"我知道了。"郁南的眼圈还红着，"我会好好照顾他的。"

宫丞缝伤口时没打麻药，额头出了一层细汗，除了唇色因为失血显得淡了些，看上去倒是和平常差不多，他安慰郁南："我都说了没事，王医生处理也就够了。"

严思危冷冷地道："没错，家庭医生就足够了。"

郁南听不出两人之间的剑拔弩张："我哥哥是专家，很厉害的，当然还是我哥哥缝合得比较好。"

宫丞知道严思危不痛快，但应该不是针对他，便说："谢谢你，严主任。"

严思危摘下口罩说："你救了郁南，就不用谢来谢去的了。这几天叫你的律师和我谈，我不想郁南再去见凶手。"

宫丞点头道："当然。"

两人回了家，郁南开车时全神贯注，一下车就又处于恍惚的状态。宫丞见郁南真的被吓到了，喊道："郁南。"

郁南回过神，问道："是不是很疼？"

宫丞说："我吃了止疼药，真的不疼的。"

第二天，郁南回了严家一趟，没有说回去干什么，宫丞也没有问。

傍晚时分郁南才回来，宫丞已经由上门来看望的小周打理好了一切，他受伤的事没有媒体报道，严家如何处理这件事也没有影响到郁南。好在会议已经开完，宫丞这几日可以在家中办公。

小周走了以后，郁南才摸出一个刺绣的袋子，宫丞问："这是什么？"

郁南从袋子里拿出一枚圆形玉坠，说："这是我出生前，我奶奶去求的，说是可以保平安。"郁南平时都舍不得戴，好好地放在保险柜里存着，现在却拿了出来。

宫丞问："你要把它送给我？"

郁南点点头，说："对。"

郁南说："希望我的奶奶可以保佑你平平安安。"

在宫丞的伤好了以后，在某个早上，似乎仍是一个普通的早晨。

郁南留在深城的家里画画，宫丞则去了首都开会。他总是有开不完的会，这次企业整顿重组，要适应新的经营模式、新的管理方式，如果成功的话，他将逐渐从集团中淡出，或者可以完全将集团交由专业团队来管理，那么就意味着他将会有真正的私人时间。

前一晚两人还打了视频电话并互道晚安，但这晚郁南怎也睡不着。他抱着枕头，很久后才勉强睡着。

可是不知道怎么回事，这天早上郁南醒得很早，天都还没有亮。窗外黑漆漆的，完全不符合他睡到自然醒的作息规律，而他竟然没有感到一丝疲惫，反而觉得刚刚好，就像身体是自然苏醒的一样。

怀中空荡荡的，郁南伸手摸了摸，枕头不知道跑到哪里去了。

等一下，这是什么？他摸到了胸口处的圆形吊坠，特别像他送给宫丞的那枚，宫丞一直挂在脖子上的，是什么时候还给他了？

另外，他身上好像也有些奇怪……

郁南觉得毛骨悚然，赶紧摸索着去开台灯，却摸了个空。他的床边一直放着自己做的木雕灯，开关的位置自己就是用脚也摸得到，怎么会没有了？这下他更害怕了，慌张地摸到床头墙壁上的电灯开关，屋子里一下子亮了起来。

郁南发现这不是他住的地方，更像是一家酒店。

他彻底慌了：他知道这里，也认识墙上挂着的那幅画，昨晚视频通话时还见过的……这是宫丞在首都住的酒店！

郁南知道是哪里不对劲了，他看了看自己的手、自己的睡袍，再跑去浴室照镜子。

他变成宫丞了！

郁南眨眨眼，镜子里的男人也眨眨眼；郁南捏捏脸，镜子里的男人也捏捏脸。用他习惯的表情去做这些动作，却呈现在成熟英俊的宫丞身上，简直就是一场灾难，实在是太可怕了！

郁南转身去找手机，走路的时候，因为身高不同了，视线范围忽然扩大了。门框变低了，柜子和床也变低了，地面一下子离得很远，仿佛看什么都居高临下，原来宫丞眼中的世界是这样的。

按照宫丞的习惯，郁南在房间的书桌上找到了手机，看了下时间，早上六点十分。

这一定是梦境！

郁南扔开手机爬回床上，用被子将自己捂得死死的，果然他在做梦。

……

郁南再次醒来是七点半，有人敲了敲房门走进来，他迷迷糊糊的，看见一双高跟鞋、两条美腿、一条西装裙，以及一张漂亮温和的脸，是宫丞的秘书 Anna。

"Anna 姐？"他还在做梦？这个梦还没有醒？

Anna 看到床上的老板一反往日的精明，睡眼蒙眬，露出狐疑的神色，只能怀疑自己听错了，半点也不敢反问，只是恭敬地说："宫先生，今天您没有去晨跑，昨晚您说有点感冒，我担心您不舒服，就直接进来了。"

宫丞昨晚感冒了？郁南完全不知道，宫丞也没有和自己提。

宫丞这张脸大概天生就是冷淡的，饶是郁南心中百转千回，面上也是岿然不动，好像自带威严 buff。

"我没事。"郁南说。

天啊，这嗓音！郁南被自己震惊了，太好听了吧！说话的时候喉咙像含着一个名贵乐器，低沉美妙，原来用这种嗓音说话的人，自己听到声音也是一种享受。

Anna 点点头，礼貌地带上门离开了。几乎是同一时间，宫丞的手机响了起来，郁南条件反射地去接，看到上面显示着"南南"。

这是他的手机打来的电话，郁南顿时有了一个不可思议的猜测，难道宫丞也在这个梦里？

"郁南。"电话那头的人道，"我这里出了一点事。你呢？"

郁南激动地道："宫丞，我变成你了！你是不是变成我了？怎么办，这是怎么回事？"

宫丞沉默了一会儿，有条不紊地说："你先不要慌，我们都镇定一点。"

郁南听到电话那头自己的声音竟然用宫丞的语气，真的太奇怪了，简直算得上搞笑，不过还是紧张地问："我们不可以自己醒过来吗？"

宫丞反问："难道你没有再睡一觉试试？"

郁南："试了，但是没用。"

"你先稳住，别怕。"宫丞说，"我订最近的一班飞机飞过去，等我到了，我们再一起想办法。"

宫丞在任何时候都能让人有安全感，可惜这次不行，郁南告诉他："今天你不可以过来，我已经和余老师约好了，今天上午要去画室给学生们讲一下课，分享在国外留学的经验，下午要回家吃饭，晚上要和覃乐风见面。"

宫丞道："怎么都安排到一起了？"

郁南不好意思地说："之前为了配合你的时间，我就把这些事情一直往后推……余老师那里时间不能改，宋阿姨提前腌好了秘制鸡腿，覃乐风也为我特地从外地赶了过来。"

"我可以回去吗？"郁南提议，"我订机票马上飞回去找你好了。"

宫丞似乎很头疼："不行，今天开完会是要签合约的。"

两人都有些欲哭无泪。

"'我'不可以忽然缺席。"宫丞只好做下这个决定，"今天我需要你帮我签合约,因为真的很重要。你可以做到吗?"

郁南慌了,这梦竟然这么真实吗?

宫丞迟疑片刻,说:"如果真的不行,就不勉强……"

"我需要做什么?"郁南捏着手机,就算是在梦里,也不希望宫丞的努力化为泡影,签个字而已,自己模仿宫丞的签名肯定没有问题。

宫丞松了一口气,郁南总是特别懂事,于是他温和地道:"你不需要做什么,开完会之后在合约上签字就可以了。你在会议上也不用说太多话,下面的人会推进会议流程,你只要模仿我心情不太好的样子就可以了。"

虽然宫丞看不见,但郁南还是拼命点头:"这个我会的,就是冰山脸!"

宫丞:……

两人说好,暂时以对方的身份先处理手上的事情。相对来说,宫丞的高冷比较好模仿,而模仿郁南,宫丞是真的有点头痛,这导致他刚到余深画室的时候,认识的画家就询问他是不是心情不好。

"是有点感冒。"宫丞顶着郁南的皮囊,勉强微笑了一下。

那位画家觉得郁南的笑容有点瘆人,伸手揽住对方的肩膀做亲密状:"哈哈,我看出来了。"

宫丞说:"你把手拿开。"

那位画家:……

气氛有点尴尬,宫丞知道肯定是他的反应不对,可是这个时候补救已经来不及了,只能秉持做得越少就错得越少的理念,什么都没有再说了,将"不舒服"贯彻到底。

谁承想见了余深,对方直接塞给他一份讲义,都没正眼看他:

"又来了!没人陪你玩了你就没了动力似的。"

宫丞:……

余深用笔敲"郁南"的头:"你傻了?"

宫丞什么时候被人用笔敲过头,他下意识地皱起眉,这表现在郁南的脸上就是满脸不爽了,甚至因为郁南年轻,看上去还有些桀骜。

余深笑道:"你这样子倒是和宫丞一模一样,就算你要学他的气质和处世方法,也要选择好的一面。你听没听过近墨者黑?你少学点他那不可一世的嘴脸,让人看了想打。"

这点倒让宫丞很意外,郁南平时在学习他为人处世的方法吗?有意思。

这头,郁南全程冷着脸开完了会,因为开会之前他就练习过宫丞的签名了,此时大笔一挥,潇洒地签下了名字。

合作方是一个蓄着小胡子的年轻人,拿回合同后笑着提出请求:"宫先生,上次提过的那件事,我知道不应该再提,可是我们林总真的特别喜欢郁老师的画……这次不请求郁老师定制了,随便画一幅都可以。"

郁南没想到还会有人这么喜欢自己,这次签的合约金额又很大,便点点头道:"好,我回去和郁南说说。"他尽量简短地回答问题。

宫丞果然有些感冒,这具身体一直在发热,似乎还冒着冷汗,尤其是胸口更像有一团火在烧,但昨晚他们视频通话的时候,宫丞一点也没提,估计是怕自己担心。

对方露出受宠若惊的欣喜表情:"那就太谢谢您了!"

等那些人走了,他们也下楼回酒店,Anna 似乎想说什么,郁南以为自己说错了话，问："怎么了？"

Anna只好提出疑问："您上次回绝得很干脆，说郁南的画不是用来讨他们欢喜的，这次怎么又……"方才对方先向她提的请求，她委婉地拒绝了，根本没想过对方还会再跟宫先生提，可以说是很执着了。

郁南尴尬极了，心道，什么鬼，宫丞平时对合作方这么不客气的吗？

他学着宫丞的模样敲敲桌面，故作高深地淡淡说了句："这次是大项目，为了合作关系，郁南画幅画也不会怎么样。"

Anna的表情看上去有些复杂，原来一个人变起来也这么快吗？明明上次宫先生说再来十个这样的项目也不会让郁南扯进这些利益关系里呢。

郁南咳了一声，说："郁南特别愿意做这些。"

Anna点头，这样的话她就无所谓了，便拿出行程表，像说天书一样说给郁南听，他听得头昏脑涨。

这时宫丞的手机振动了一下，郁南拿出来一看，是宫丞掐着时间给自己发了短信：郁南，开完会了吗？

郁南回：开完了！我的表现特别棒！他们一点也没察觉我们换了芯！你呢？你表现得怎么样？

宫丞：目前为止，我暂时没有引起任何人怀疑。叫Anna马上给你订机票。

郁南：好！

Anna说到一半，自家老板便顶着一张冷脸打断了她："Anna，麻烦你把我其他的行程都取消了，另外请你帮我订回深城的机票，越快越好，我有急事，谢谢。"

请、麻烦、谢谢……Anna睁大了眼睛，她怎么也想不到宫先生会这么客气,总觉得自己马上要被炒鱿鱼了。

"好……好的,宫先生。"她结结巴巴地说。

郁南又说:"再找一个医生来看看,我好像有些发烧。"

郁南成了宫丞,觉得特别舒服,去哪里、做什么、吃什么都有人安排,只要他不想,没有任何人敢来打扰他,简单来说就是他身边没有任何闲杂人。

医生来检查过了,说"宫丞"体温偏高,约有三十八度,是低烧。

"您的身体素质不错,平时不常生病,所以发烧的症状会明显一些。"医生说,"您先吃点退烧药吧,要是还有其他症状,我再过来。"

"好。"郁南道,"谢谢。"

这位医生开了退烧药,又建议说:"您的体质、精力都还是最好的状态,这次与其说是生病,不如说您的身体想要暂时休息调整。我建议您不必太过克制,适当的放松也有助于身体健康。"

这话说得委婉又体贴,郁南一时没听懂。而医生不比秘书,到底要直接一些:"这么说吧,您的身体状态比二十几岁的年轻人还要好呢。"

郁南一下子明白了,原来宫丞平常锻炼、跑步、做负重练习,都是担心自己的身体。不,准确来说是担心自己老了吗?他还以为宫丞是喜欢才那么做的。

郁南回忆了一下,宫丞不到四十岁就断糖了,给他做大餐的时候也并不吃,只看着他吃。而且宫丞每天早上雷打不动地去跑步,下雨也会在室内运动。除了工作的时候,他每天都会去私人健身会所,并且强迫自己和他一起早睡。

对郁南来说，宫丞似乎有用不完的体力和不会老的外表，却没想到宫丞的自我管理已经到了可怕的地步。

在医生告辞、Anna把行程取消了之后，郁南整个下午都待在酒店房间里，遥控指挥宫丞在深城"穿"着自己的壳子做自己应该做的事。

那头宫丞按照准备好的讲义给大家分享留学经历，好在他足够了解郁南的学业，对画画也颇有研究，除了神情冷淡了些，倒没有半点露馅。其实就算露馅了也没关系，不就是一个梦吗？再加上"郁南"说自己不舒服，倒真的像那么回事。

宫丞上完课和余深告别，余深还摸了摸他的额头："没生病啊，回去吃点感冒药。"

宫丞又皱起了眉，不过这次微不可察，余深都没看出来。

他在从画室出来去严家的路上，发信息给郁南：你平时和别人相处都这么随和？

郁南不明所以地回复：什么？

宫丞料到郁南完全没想过这个问题，继续发消息：刚才有人搭了我肩膀，然后余深用手碰我的额头。

郁南恍然大悟：对不起呀，他们不知道"我"其实是你，肯定也不知道你不喜欢和别人有肢体接触。你先忍忍，我们换回来就好了。

宫丞暂时忍下了。谁料到了严家，平时在他眼中冷傲得不行的严思危竟然伸手拧上了"郁南"的脸。

宫丞：……

严思危换成两只手，在"郁南"脸上揉了一圈，见"郁南"没反应，便说："泪堂发黑，唇色无华，你怎么一副气血不足的样子？"

宫丞心想：大舅子平时都和郁南聊什么？

严思危丝毫没察觉"郁南"的眼神变得很吓人，还问："我上次叫你给宫丞的药，你给他吃了没？"

宫丞冷冷地道："什么药？"

"你少给我装糊涂。"严思危批评道，"我是医生，不会害他。那药是中药，性温，没什么害处，吃不死他的。还有你，就算再年轻也要注意身体，还经常熬夜，更要好好调理一下。"

宫丞十分无语，不过严思危的话虽然不好听，却好像有些道理，于是尽量用郁南的语气说："我上次不小心弄丢了，你再给我一份。"

其实他模仿得并不像，甚至有些颐指气使，而且完全没有要叫严思危哥哥的意思，如果不听内容，还以为他在叫严思危跪安。

但严思危对郁南的忍耐度始终是很高的，他满意地道："乖。"

接下来的一顿饭，全家人都给郁南夹菜。不得不说，郁南的继母宋阿姨做的秘制鸡腿还挺不错，挑剔如宫丞也觉得味道颇佳。

宫丞走的时候，宋阿姨叫住他："加加，你忘了拿东西！"

宫丞站住，郁南要拿什么？

宋阿姨提出一个纸袋，里面装着几个盒子，隐隐飘出中药的香味："上次我做的面膜，不是说好了今天给你几盒带回去的吗？"

宫丞完全不知道这回事："面膜？"

宋阿姨笑道："你记住了，阿姨上次教过你怎么敷的，千万不要偷懒。面膜这种东西要敷得勤一点，皮肤才不会总是那么干燥。你爸爸亲手写的方子，用了保证有效，我给你妈妈和舅妈也寄了呢。"

郁南竟然还打算用面膜？宫丞心里失笑。

这时郁南的信息发了过来：你和覃乐风约的八点会面，在xx烧烤吃夜宵，不过乐乐一般都会迟到，你可以晚一点到，没关系的。

宫丞轻描淡写，很自然地问：那面膜呢？提着吗？

郁南果然急了，回道：那不是我的，是我妈妈的！我才不会敷面膜！

郁南：宫丞，你听我解释……

他觉得太羞耻了，自己真的没敷过面膜，还是那天宋阿姨说二十五岁以后每个人都应该注意保养，他才一时兴起说要试一试的。他已经完全忘记了这回事，谁知道自己会做这个完全延续现实的梦，还被宫丞知道了。

郁南决定吃点东西安慰一下自己，便发信息给Anna：在吗？现在有没有空？

Anna：……

Anna：您尽管吩咐我。

郁南：帮我买点吃的吧。

他发了几种自己爱吃的东西过去，足足过了好几十秒，Anna似乎才从震惊中回过神来，回复道：好的，十分钟后我会把东西送到您房间。

这头宫丞已经到了xx烧烤，郁南果然很了解自己的朋友，覃乐风真的很不守时。

烧烤店老板拿来了菜单，宫丞翻了一下，每一样都是高热量的，看上去都很不健康，他一样也不想吃："等我朋友来了再点。"

这个长得很精致的年轻人看起来柔弱,说起话来倒是很有气势。烧烤店老板觉得真的不该以貌取人,对方不是个好亲近的,便礼貌地收回菜单。高冷的客人他见多了,只是这一个特别高冷。

宫丞看完菜单就发信息给郁南:你少在外面吃东西,想吃什么,我给你做。

郁南回的是语音,听起来很忙,像在咀嚼什么:"嗯嗯,好呀。"

宫丞:你在做什么?

郁南:"我在吃东西呀。"

这么晚了还在吃东西,完全不符合宫丞的生活习惯。宫丞正疑惑,郁南便发了一张图片过来。图片里,薯片、辣条、干脆面等零食堆了一床,还有一瓶可乐。若不是图片上那只手是自己的,宫丞都不敢相信那是自己会干的事。

宫丞:……

这么一看,垃圾食品都齐全了,烧烤算什么?他的饮食计划被郁南彻底破坏了。

宫丞:少吃点。

郁南:"医生说了,让你时不时放松自己的身体,才能过得更好。你对自己的要求太严格了,我帮你放松放松,放心,明天早上我保证起来跑步帮你消耗掉!"

宫丞无奈地捏捏眉心,忽然,有人从背后勾住了他的脖子,喊道:"郁南!"

宫丞被勒得差点背过气,忙说:"放……放开!"

覃乐风松开他,转过头说:"老板,拿菜单!"

老板终于找回了熟悉的烟火气息,热情地将菜单拿过来。覃乐风点了一大堆东西,远超两人能吃的分量,还点了啤酒,下单后才有空问"郁南":"今天怎么这么不开心?"

"没什么。"宫丞不动声色。

"有事都不告诉我！"覃乐风装作生气道，"我现在和你见面还得预约，大忙人。"

宫丞接过覃乐风递来的啤酒罐，有些迟疑地看着罐口。直接喝吗？他在思考这样的喝法算不算卫生。

覃乐风见"郁南"没回答，也不介意，烧烤来了其还细心地用筷子帮好友撸下来放进盘子里。

宫丞发现，郁南身边的人对他的忍耐度都很高。不知道郁南本人有没有注意到，他是被所有人宠爱着的那一个，从家人朋友到勉强熟悉的人，每个人都会不由自主地照顾他。

覃乐风问："上次你说的那件事，考虑得怎么样？有没有和宫丞商量？"

宫丞努力用郁南的模样喝了一口啤酒，不露破绽地说："哪一件？"

果然，覃乐风完全没发现自己被套话了，答道："就是去希黎读博的事啊！你再不做决定，马上就要过期了吧？"

郁南在希黎美院念了艺术硕士，并没有提过要继续深造，因此宫丞不知道这件事，他停下了动作："读博？"

覃乐风吃惊道："难不成你想和余老师一起去 M 国进修？不过和余老师一起去也不错，也能学到东西。其实我觉得还是和余老师一起去比较好，你是以创作为主，积累和灵感很重要。"

在覃乐风眼中，"郁南"放下了杯子，深深地皱起了眉，这副模样莫名让覃乐风觉得眼熟。

"进修，读博，"宫丞重复着郁南从来没跟他提过的事，"竟然有这么多选择。"

郁南从来没和他讲过，是没来得及，还是已经做好了决定？

可郁南不是那种私自做好决定，末了才通知别人的人，不告诉他，只能说明郁南没想过要和他商量。不，郁南那么爱画画，想肯定是想过的，不和他商量肯定是因为已经不打算去了——这就意味着郁南已经决定不离开深城，不离开这个家人朋友都在的城市。

宫丞忍不住想，郁南是什么时候接到的录取通知？又是什么时候做出的决定呢？

"前途是一辈子的事。"覃乐风一边吃串一边说，"你可是要成为大艺术家的人啊，一定要选择好，不管去哪里，对你来说都只有好处。宫丞见多识广，我想他一定会赞同我的说法。"

深城机场。

飞机降落后不久，郁南走出贵宾通道，随行人员已经取了行李，一辆等候已久的车开了过来。司机下来打开车门，郁南装出宫丞的样子漠然上车,忍住了说谢谢的冲动。Anna现在看"郁南"的眼神已经越来越古怪了。

郁南马上就要见到宫丞了，也许很快就能找到办法快点醒过来，另外他还有好多好多话想和对方说。

等到了地下停车场，司机帮忙拿了行李。

郁南拿过行李箱,冷淡地说："你们先回去吧，我自己上楼。"

他输入密码，进了门。家里黑漆漆的，只有客厅亮着一盏台灯，沙发上坐着一个人，对方正在用笔记本电脑，听到开门声朝这边看了过来。

两人的目光对上，俱是一愣。他们都还没做好从对方的视角看到活生生的自己的准备，明明是在镜子里看过无数次的脸，闭着眼睛都很熟悉的面孔，此时却觉得那么陌生，彼此都在想：

啊,原来我在对方眼中是这样的啊。

郁南看见"郁南"斜靠在沙发上,一条腿伸直,另一条腿微屈,是宫丞惯用的慵懒姿势。而在郁南愣神的这几秒,宫丞已经恢复了正常,即使换了个一具躯壳,他也还是最先镇定下来的那个人。

"过来。"宫丞开口道,"你愣着干什么?"

郁南磕磕巴巴地开口:"你……你这样,我好不习惯。"

宫丞笑了一下,说:"谁不是呢。"

郁南迈着宫丞的大长腿走过去。

"我们得想想办法,争取早点醒过来。"郁南说。

宫丞道:"先从我们睡着的前一晚开始分析,看看有没有遗漏什么细节。"

宫丞受伤之后,有很长一段时间他们都是待在一起的。除去受伤这件事,他们的相处方式与过去差不多。

总而言之,就是没什么异常,更没有遗漏什么细节。

两人讨论了一个小时,郁南越来越沮丧,此时他真的觉得害怕了。

宫丞捏着自己的鼻梁,讨论无果让他也有些烦躁,但是他不能先崩溃,因此他还是打起精神,说着自己都不相信的话安慰郁南。

晚上两人也没有休息,突然发生的事件让两人都变得谨慎了许多。

郁南突然被烫了一下:"啊!"

宫丞说:"怎么了?"

郁南捏着那枚圆形玉吊坠,疑惑地说:"它怎么在发烫啊?"

宫丞接过玉坠查看,发现吊坠看起来有些不一样了。

郁南突然想起来一件事,说:"早上我起来的时候有点发烧,Anna 说你不舒服,你头一晚为什么不告诉我?"

宫丞说:"你也有很多事没告诉我。"

他把那枚吊坠摘下来放在床头,慢条斯理地说:"你的两个进修机会,我怎么也不知道?"

郁南沉声道:"那……那我也没想瞒你啊。我已经决定和余老师去进修了,现在想多陪陪家人朋友,多和你玩一段时间,免得以后见面的机会都少了。"

半晌,宫丞笑道:"其实,我很高兴在梦里可以做一两天的你。"

郁南眨了眨眼睛,说:"我也很高兴可以暂时变成你。"

无论隐瞒与否,坦诚与否,他们都在变成更好的人。

"但是一次就够了。"郁南闷闷地说,"我不想再来一次。"

"我们会醒过来的。"宫丞道。

早上,宫丞醒过来,发现之前发生的果然是梦,暗暗松了口气。

回忆起郁南在梦里"帮"他吃的东西,宫丞想,他的健身计划还是要继续坚持。

(全文完)